The Historian

ヒストリアン

I

Elizabeth Kostova
エリザベス・コストヴァ

高瀬素子 訳

NHK出版

The Historian

ヒストリアン

I

The Historian
by
Elizabeth Kostova

装丁：福田和雄／小口翔平
(FUKUDA DESIGN)
本文DTPデザイン：パラゴン（権左伸治）

最初にこれらの物語をしてくれた父へ捧ぐ

読者へ

この話を書き残そうとしたことは一度もない。ところが最近、ある衝撃的なことがあったせいで、私は人生のなかでもっとも苦悩に満ちた一連のできごとを思い返すことになった。それは、私が心から愛していた人びとをおなじように苦しめたできごとでもあった。これは、十六歳の少女だった私が、父親の行方を捜して彼の過去をたどった物語だ。そして父が、恩師の行方を捜してその人の過去をたどった物語でもある。また、私たちがどのようにして、歴史に通じるこのうえなく暗い小道のひとつに足を踏み入れてしまったのかを語る物語でもある。ここには、その道筋で誰が助かり、誰が助からなかったか、そしてそれはどうしてなのかが描かれている。

じつのところ、私は歴史学者《ヒストリアン》として、過去をさかのぼって歴史に首を突っこむ者すべてが、そこからうまく戻ってこられるわけではないことはよくわかっている。それに、危険なのは歴史に手を伸ばすことばかりではない。ときには歴史のほうが、情け容赦もなく暗い鉤爪《かぎづめ》をこちらに伸ばしてくることもある。

この一連のできごとが起きてから三十六年間、私の人生は比較的おだやかだった。私は研究や気楽な旅行に、受け持ちの学生や友人たちに、歴史書の執筆に、そして最終的に逃げこんだ大学という砦の雑事に、もっぱら自分の時間を費やしていた。

今回、過去を振り返る物語を書くにあたっては、さいわいにも、私は問題の私的な文書の大半を自由に利用することができた。なぜなら、その資料は何年もまえから私の手元にあったからだ。適当と思われる箇所では、資料をつなぎ合わせて物語の流れが途切れないようにしたし、折にふれて記憶を頼りに足りないところを埋める必要もあった。父が私に明かしたいくつかの話は、彼の口から直接聞いたというかたちをとっているが、彼に聞いた話と重複する手紙のほうも大幅に引用している。

これらの資料をほぼそっくりそのまま利用したうえに、私は記憶をよみがえらせ、調査をするためのあらゆる道を探った。ときには色あせた記憶を鮮明にするために、その場所を改めて訪れたこともあった。この作業のなかでなんといっても喜ばしかったのは、問題のできごとに関わった学者のうち、まだ存命中の数人にインタヴューを——場合によっては手紙のやりとりを——したことだった。こうした学者たちの記憶は貴重な補足資料となってくれた。さらに言えば、さまざまな分野で若手の学者たちのお力も拝借している。

そして私がどうしても必要な場合に頼りにしたとっておきの手段——それは想像力だ。この最後の手段はよく考えて慎重に使った。読者から見て、私がすでに知っていておかしくないことしか想像しなかったし、それも、そこで確かな情報にもとづく推測をすれば資料の辻褄《つじつま》がきちんと合うという場合にかぎった。できごとや動機の説明ができないところでは、その隠された事実を尊重して、説明しないままにしておいた。この物語に登場するもっと遠い過去の歴史は、どんな学術書を書く場合にも負けないほど念入りに調べた。ちらりとかいま見えるイスラム教の東洋とユダヤ・キリスト教の西洋の宗教、および領土をめぐる紛争は、現代の読者にもいやになるほどなじみ深いことだろう。

本書の執筆活動を手助けしてくださった方々すべてに感謝の意を尽くすのはむずかしいが、少なくとも、何人かのお名前はここで挙げておきたい。なかでも、とりわけ以下の方々に心からの謝意を表したい。ブカレスト大学考古学博物館のラドゥー・ジョルジェスク博士、ブルガリア科学アカデミーのイヴァンカ・ラザロヴァ博士、ミシガン大学のペタル・ストイチェフ博士、大英図書館の疲れを知らない職員たち、フィラデルフィアのラザフォード文学館と図書館の図書館員たち、アトス山のゾグラフ修道院のヴァシル神父、そしてイスタンブール大学のトルグット・ボラ博士。

本書を公にするにあたり、この物語をありのままに受け止めてくれる読者が、〝心の叫び〟だと理解してくれる読者が、少なくともひとりはいるのではないかと大いに期待している。そんな洞察力鋭い読者に、私の過去の物語をここに残す。

イギリス、オックスフォードにて

二〇〇八年一月十五日

第一部

以下の文書がどうしてこのような順番で並べられたのかは、一読すれば明らかだろう。現代の通説とは矛盾しそうな過去のできごともまぎれもない事実として呈示されるように、不要な説明はいっさい省かれている。記憶ちがいが生じかねない回想体の叙述はまったく存在しない。ここに載せることにした記録はすべて厳密に同時代のものであり、その作成者本人の視点から、本人が知り得る範囲内で記されたものだからである。

ブラム・ストーカー『吸血鬼ドラキュラ』一八九七年

1章

一九七二年、私は十六歳だった——父に言わせれば、彼の外交活動についていくにはまだ幼すぎた。父は、私がアムステルダムのインターナショナル・スクールで、熱心に授業を受けているのだと安心しているほうがよかったのだ。

あのころ、父の財団はアムステルダムに本部を置き、私もそこに住み着いてだいぶ経っていたので、アメリカに住んでいた幼いころのことはほとんど忘れかけていた。いまにして思えば、世界じゅうの若者がドラッグに手を出したり、ヴェトナムでの帝国主義戦争に反対したりしていたなかで、十代になっても従順だったのは妙な感じがする。けれども私はおとなになってからの学者生活が向こう見ずな冒険に見えるほど、過保護な環境で育っていた。まず、私には母親がなく、父は二倍の責任感で徹底的に、私を守ろうとした。

母は私が赤ん坊のころ、父が〈平和民主主義センター〉を設立するまえに死んでしまった。父が母の話をすることはなく、あれこれ質問すると黙ってそっぽを向いたので、私は小さいころに、これは父にとってつらすぎて口にできない話題なのだと悟った。母の話はしないかわりに、父はじつによく私の面倒を見てくれたし、家庭教師や家政婦を次つぎに雇ってくれた——その日暮らしといってもいいつましい生活だったのに、子育てに関するかぎりお金は問題ではなかった。

いちばん新しい家政婦はミセス・クレイで、十七世紀に建てられたせまいタウンハウスのわが家を切り盛りしていた。その家は、旧市街の中心を流れるラーム運河のほとりに建っていた。ミセス・クレイは毎日家にいて、学校から帰る私を迎えてくれ、よくあることだったが、父が出張しているあいだは親がわりでもあった。彼女はイギリス人で、私の母が生きていたとしても彼女のほうが年上だったし、羽ぼうきの扱いはお手のものでも、十代の子どもの扱いはぎこちなかった。ときおり、ダイニングテーブル越しにその同情心あふれる老けた顔を見ながら、きっと彼女は私の母のことを考えているのだと感じていやけがさすこともあった。

父がいないと、そのきちんとした家には物音がうつろに響いた。代数の宿題を手伝ってくれる人もいないし、おろし立てのコートに感嘆の声を上げたり、抱きしめてくれたり、もうこんなに背が高くなったのかと大げさに驚いてくれる人もいなかった。ダイニングルームの壁に掛けられていたヨーロッパ地図のなかの町から戻ってくると、父はべつの時代のべつの場所にいたかのような、スパイスの香りと疲労を漂わせていた。私たち親子が休暇で出かけるのはせいぜいパリかローマで、父が私に見せるべきだと思う名所旧跡を丁寧に見てまわるぐらいだった。けれども私は、父が姿を消すほかの町に、自分が一度も行ったことがない風変わりな古い町に行ってみたくてたまらなかった。

父が家を空けているあいだ、私は家と学校とを律儀に往復し、磨きこまれた玄関のテーブルの上にどさっと教科書を放り出した。ミセス・クレイも父も、夜の外出は許してくれず、たまに慎重に選ばれた映画に、慎重に選ばれた友達と出かけるぐらいが関の山だったというのに――いま考えると驚きだが――私はこうしたルールに逆らったことがなかった。どっちにしても、私はひとりでいるほうが好きだった。それが私の育った環境であり、そのなかでなんの不満もなく暮していた。勉強はよくできたけれど、人付き合いはへただった。同い年の女の子は怖かった。それも、父の外交官仲間の娘たちのように、言葉づかいが荒っぽくてひっきりなしに煙草を吸う世慣れた連中はとりわけ怖かった――彼女たちのなかにいると、いつも私は自分のワンピースの丈が長すぎるとか、短すぎるとか、まったくちがう格好をしたほうがよかったとか感じてばかりいた。ぼんやり恋にあこがれてはいたけれど、男の子のことはよくわからなかった。じつのところ、私は自宅の一階にある広くて優美な父の書斎でひとり過ごしているときが、いちばん幸せだった。

この部屋は、たぶん以前は居間として使われていたのだろうが、父がそこに腰を落ち着けるのは読書をするときだけだった。彼は、広い書斎は広い居間より重要だと考えていた。ずいぶんまえから私は父の蔵書を自由に読んでいいと言われていた。父の留守中はその部屋にあるマホガニー製の机で宿題をしたり、四方の壁に並ぶ本棚をただ見てまわったりして何時間も過ごした。あとでわかったのだが、父はいちばん上の棚のひとつに何があるか半分忘れていたか、さもなければ――もっとありそうな話だが――娘の手がそこまで届くわけがないと思いこんでいた。ある日の夜遅く、私は『カーマ・スートラ』の翻訳本だけでなく、それよりはるかに古い本と黄ばんだ紙の束が入った封筒を棚から下ろした。

いまだにどうしてその本を引き抜いたのかわからない。だが、本のなかほどにある挿絵や、立ちのぼる年代物の匂いや、封筒の中に入っていたのが私信であったことが、いやおうなく私の気を引いた。父のであれ、誰のであれ、人の手紙を勝手に読んではいけないことはわかっていたし、ミセス・クレイが塵ひとつない机の埃を払いに突然入ってくるかもしれないとびくついてもいた――だからこそ、私はちらりとドアのほうを肩越しに振り返ったにちがいない。だが、それでも私は二、三分、本棚の近くに立ったまま、一通目の手紙の最初の一節を読まずにはいられなかった。

一九三〇年十二月十二日
オックスフォード大学トリニティ・カレッジ

親愛なる、そして不運なるわが後継者へ
きみが誰なのかは知らないが、私がここに書き記す話を読んでいるかと思うと、残念でならない。その嘆きは自分自身に向けたものでもある――なぜならば、この手紙がきみの手元にあるとすれば、私がトラブルに巻きこまれているのは確かだろうし、悪くすれば死んでいるか、ひょっとするともっとひどいことになっているかもしれないからだ。だが、見知らぬ友よ、私が残念なのはきみのことでもある。この手紙は、こんな不快きわまりない情報を必要とする人物だけが読むことになっているからだ。文字どおり私のあとを引き継ぐわけではなくても、きみはじきに私の相続人となる――べつの人間に、私が味わった、おそらくとても信じられないであろう邪悪な体験を継承することに深い悲しみを覚える。私自身、どうしてそんなしろものを受け継いだのかわからないが、ゆくゆくは——ひょっとしたら、この手紙を書いているあいだにも、あるいはもっと先のことになるかもしれないが——その理由を突き止めたいと思っている。……

この時点で、私は罪悪感のあまり——それだけではなく、何やらべつの感覚もあって——手紙をあわてて封筒の中に押しこんだが、その日も次の日も一日じゅうそのことばかり考えていた。父が出張から帰ると、私はその手紙と不思議な本のことを尋ねる機会をうかがった。父の手が空いて、ふたりきりになるのを待ったが、そのころの彼はいつも忙しかったし、私が見つけたものには話をもちかけるのをためらわせるところがあった。ようやくのことで、私は次の出張にいっしょに連れていってほしいと頼んだ。父に隠しごとをしたのははじめてだったし、私が何かをせがんだのもはじめてだった。

しぶしぶながら、父は私の頼みをきいてくれた。彼は学校の教師やミセス・クレイに話をつけ、ぼくの会議中には宿題をする時間がたっぷりあるからね、と念を押した。べつに意外ではなかった。外交官の子どもには、やるべきことがいつも用意されていた。私は紺色のスーツケースに荷物を詰め、教科書と洗濯し立てのハイソックスを多すぎるぐらい入れた。その朝、学校へは行かずに、父といっしょに家を出た私は、黙って喜びを嚙みしめながら、父と並んで駅へ向かった。列車はまず私たちをウィーンまで運んだ。父は飛行機が大嫌いで、それは旅の醍醐味を奪うものだと言っていた。手ごろなホテルで一泊した翌朝、今度はべつの列車が私たちを乗せて、アルプス山中を抜けていった。列車は、わが家の地図では白と青で表示されている、高地という高地のそばを通り過ぎた。

埃っぽい黄色い駅の外に出て、父がレンタカーを発進させるとすぐ、夢に出てくるほど何度も聞かされた都市の城門の前に出た。

スロヴェニア・アルプスの麓に秋は早めに訪れる。まだ九月にもならないうちに、収穫が終わるといきなり激しい雨が何日も降りつづいて、村々の小道に枯葉を舞い散らせる。私は五十代になったいまでも、何年かに一度はそのあたりへ足を伸ばして、はじめて目にしたスロヴェニアの田園風景を思い出している。ここは古い国だ。秋が訪れるたびにすこしずつ円熟味を増していくが、どの秋もおなじ三つの色ではじまり、それは永遠に変わらない。緑の大地と、どんよりした灰色の午後と、舞い落ちる二、三枚の黄色い葉、それが秋を告げる色だ。ローマ人も――そう、この地に城壁を残し、広大な領土を西の沿岸部まで広げたローマ人でさえも、おなじ秋を見て、おなじように身震いしていたことだろう。父がハンドルを切って、ローマ皇帝ユリアヌスが築いた最古の都市の城門を通り抜けたとき、思わず私は自分のからだを抱きしめた。私は生まれてはじめて、歴史のとらえがたい顔をまともに見る旅人の興奮に包まれていた。

私の物語はここからはじまるので、この街を〝エモナ〟と、ローマ時代の名前で呼ぶことにしよう。そうすれば、ガイドブック片手に滅亡の跡を追いかける観光客たちから多少なりとも守れるかもしれない。エモナは川沿いに打ちこまれた青銅器時代の杭の上に築かれた、アールヌーヴォー様式の建物が建ち並ぶ街だ。着いた翌日か翌々日に、私たちは歩いて市長公邸の前を通り、銀色のアイリスでふちどられた十七世紀のタウンハウスの家並みを通り過ぎて、金色に塗られた大きな市場の建物の裏を通った。そこにはしっかり閂《かんぬき》のかかった古い扉から川面まで通じる石段があった。何世紀ものあいだ、川船はその船着場で荷揚げをして、町に食料を供給していた。そのあたりの川岸にはかつては粗末な小屋が林立していたが、いまはすっかり幹が太くなったスズカケノキが岸壁の上高くそびえ立ち、端の丸まった樹皮を川のなかに落としていた。

市場の近くには、中央広場がどんよりした空の下一面に広がっていた。エモナは、南部にある姉妹都市とおなじく、カメレオンのように節操のない過去を見せびらかしていた。空に輪郭を描き出すウィーン風アールデコ建築の家並み、スラヴ語圏のカトリック教徒が手がけたルネッサンス時代の大きな赤い教会、イギリス諸島の特色が表れた猫背の茶色い中世の礼拝堂（聖パトリックはこの地域に宣教師を送り、新教をもとの状態に、地中海を発祥の地とする原初のかたちにまで戻したので、エモナ市はヨーロッパで最古のキリスト教の歴史を誇っている）。あちらこちらの戸口や尖りアーチ型の窓枠に、オスマン帝国の片鱗が見えた。市場の隣にある、小さなオーストリア風の教会が夕べのミサを告げる鐘を鳴らした。青い木綿の作業着を着た人びとが、社会主義国での一日の仕事を終えて、手にした荷物の上に雨傘をさしながら、家路につきはじめた。父と私はエモナの中心街へ車で向かう途中、華麗な古い橋が架かる川を渡った。緑色の肌をしたブロンズ製の竜が、その橋の両端を守っていた。

「ほら、城だ」と父は言って、広場の端で車のスピードを落とし、うっすらけぶる雨を透かして指さした。「きっと見てみたくなるよ」

私はもうその気になっていた。思いきり首を伸ばすと、濡れそぼった木々の枝の合間からちらりと城が見えた——街の中心にある険しい山の上に立つぼろぼろになったいくつもの茶色い塔。

「十四世紀…」父は考えこんだ。「いや、十三世紀だったかな? こういう中世の遺跡は苦手だ。正確な年代まではわからない。あとでガイドブックにあたってみよう」

「あそこへ上がって中を見られるの?」

「明日ぼくの会議が終わったら、いっしょに調べてみよう。鳥一羽の重みも満足に支えられそうには見えないけれど、なんとも言えないからね」

父は市庁舎近くの駐車場に車を入れると、助手席から降りる私にうやうやしく革の手袋をはめた骨ばった手を貸した。「ホテルにチェックインするにはちょっと早い。熱い紅茶でも飲もうか? あのデリカテッセン《ガストロノミア》で軽くつまんでもいい。雨が激しくなってきたな」彼は私のウールの上着とスカートに目をやって、危ぶむように付け加えた。私はすばやく、父が一年前にイギリスから買ってきてくれたフード付きの防水ケープを取り出した。ウィーンからの列車の旅はほぼ一日がかりで、食堂車でお昼をすませていたとはいえ、私はまたお腹が空いていた。

だが、私たちを誘いこんだのは、薄汚れた窓越しに赤と青の室内灯がぼんやりとともり、おそらくは紺色の厚底サンダルを履いたウエイトレスがいて、同志チトーの無愛想な肖像画が飾られている、そのデリカテッセンではなかった。雨に濡れた人込みを縫うようにしてゆっくり歩いていると、急に父が走りだした。「こっちだ!」私も駆け足であとに続いた。フードがばたばたはためき、ほとんど前が見えなかった。父は一軒のアールヌーヴォー調の喫茶店の入口を見つけていた。盛大に渦巻き模様のついた窓には水辺を歩くコウノトリが描かれており、ブロンズ製のドアは無数の睡蓮の茎を束ねたような形をしていた。ドアが私たちの背後でゆっくり閉まると、雨は霞と消えて、窓を曇らす湯気にすぎなくなり、銀色のコウノトリ越しにぼんやりかすんで見えるだけだった。「ここがこの三十年も生き延びたなんて驚きだな」父はロンドン・フォッグのコートを脱ぎながら言った。「社会主義は貴重な文化財に必ずしも寛大じゃないからね」

窓際の席に着くと、私たちはぶ厚いカップを通してもやけどしそうに熱いレモンティーを飲み、バターを塗った白パンの上にオイルサーディンをのせたカナッペに、ケーキ《トルタ》まで食べた。「このへんでやめておこう」と、父が言った。私は最近、ふうふうと何度も息を吹きかけて紅茶を冷ます父のやり方にげんなりするようになっていた。父が、もう食べるのをやめて夕食のために空けておいたほうがいいとか、なんであれとにかく何かに備えて、いましている楽しいことをやめたほうがいいと言いだすお決まりの瞬間もいやでたまらなかった。こざっぱりしたツイードのジャケットにタートルネックという格好をした父を眺めながら、夢中になっている外交の世界をべつにすれば、彼は冒険することをことごとくあきらめて生きてきたのだろうと思った。本当なら、もうすこし幸せな人生を送っていてもよかったはずなのに、父は何ごとにおいてもまじめ一本槍だった。

けれども、私は何も言わなかった。娘に批判されるのが大嫌いなのはわかっていたし、私にはききたいことがあったからだ。まずは紅茶を飲んでもらいたかったので、私はだらしない座り方をするなと注意されないぎりぎりのところまで、椅子の背にもたれかかった。銀色のまだら模様を描く窓からは、午後も遅くなって薄暗くなった濡れた街並みが見え、横なぐりの雨のなかを人びとが急ぎ足で通り過ぎていた。この喫茶店なら、すとんとした象牙色の紗のロングドレスをまとった淑女か、先をぴんと尖らせたあごひげをたくわえ、ヴェルヴェットのコートの襟を立てた紳士で満員であってもおかしくなかったが、店内は閑散としていた。

「車の運転がこんなに疲れるものだとは思わなかったよ」父はカップを置くと、雨のなかでもかろうじて見える城のほうを指さした。「ぼくたちはあっちの、あの山の向こう側から来たんだよ。城のてっぺんに昇ればアルプスも見えるだろうね」

私は肩まで雪に覆われた山々のことを思い出し、あの山々がこの街の頭上で息づくのを感じた。いま、私たちはこの店の奥でふたりきりだった。私はぐずぐずためらって、大きく息を吸った。

「お話をしてくれる?」語り聞かせは、父が、昔から母親のいないわが子に与える心の慰めのひとつだった。ボストンでの楽しい子ども時代に自分が聞いた話をすることもあったし、もっと異国情緒あふれる旅行で見聞きした話をすることもあった。なかにはその場で思いついた即興の話もあったが、私は近ごろその手のお話にあきてしまい、昔ほどおもしろく感じなくなっていた。

「アルプスの話?」

「ちがうわ」私は説明のつかない恐怖に襲われた。「お父さんに説明してほしいものを見つけたの」

父はこちらを向いておだやかに私を見ると、灰色がかってきた眉毛を灰色の瞳の上でぐっと吊り上げた。

「お父さんの書斎で」と、私は言った。「ごめんなさい——なんとなく眺めていたら、書類と本を見つけたの。書類のほうは見なかったのよ——そんなには。なんだか——」

「本?」相変わらず父はおだやかなようすで、カップに紅茶の最後のひとしずくが残っていないかどうか確かめており、ろくに話は聞いていなかった。

「見たところ——その本はとても古くて、真ん中のあたりに竜の挿絵が入っているの」

父は前かがみになったまま、ぴくりとも動かなかったが、やがて見た目にもわかるほどぶるぶると震えだした。その異様な態度に私ははっとした。話を聞かせてくれるにしても、それはこれまで聞いたどんなお話とも似ていないものだろう、と。父はちらりと上目づかいに私を見たが、驚いたことに、ひどくやつれて悲しそうな顔をしていた。

「怒ってる?」今度は私も自分のカップをのぞきこんでいた。

「いや、そんなことはないよ」彼は深いため息をついた。悲嘆に暮れているといってもいいため息だった。小柄なブロンドのウエイトレスが紅茶のおかわりを注ぎにくると、すぐに立ち去って、また私たち親子をふたりきりにしてくれたが、それでも、父はなかなか話をはじめられなかった。

◆　◆　◆　◆

2章

おまえも知っているように、と父は語りだした。おまえが生まれるまえ、ぼくはアメリカの大学の教授だった。教授になるために、それまで何年も勉強した。最初は文学を専攻しようと思っていたんだ。ところが、そのうち、架空の物語より実話のほうが好きなのだと気づいた。文学作品を読むと、いつもなんらかの——裏づけ——歴史に心惹かれた。それでとうとう、そっちに専念することにした。だから、おまえも歴史に興味をもっていると知って本当に喜んでいるんだよ。

まだ大学院生のころの話だ。ある春の夜、ぼくは大学の図書館の個人用閲覧席で、何列にも並んだ本に囲まれて、遅くまでひとりで勉強していた。ふと目を上げた拍子に、机の上の本棚に誰かが置き忘れた見覚えのない背表紙の本が一冊、ぼくの教科書のあいだにまぎれこんでいることに気づいた。この見たこともない本の古びた革の背表紙には、緑色の優美な竜が小さく描かれていた。

ぼくはその本を手に取り、無造作に目を通した。色あせた柔らかい革の装丁で、本文用紙はかなり古そうに見えた。開こうとすると、ちょうど真ん中のところでぱっと簡単に開いた。見開きいっぱいに、広げた翼とくるりと輪を描く長い尻尾を持った竜の木版画が載っていた。憤怒に駆られて翼を広げ、鉤爪を思いきり伸ばしたけだものだ。その竜はゴシック体のレタリングでたったひとこと、〝ドラクリア(DRAKULYA)〟と書かれた旗を鉤爪でつかんでいた。

その言葉はすぐに理解できたし、読んだことのない、ブラム・ストーカーの小説が思い浮かんだ。そして、子どものころ近所の映画館で過ごした夜のことを、新進女優の白いのどに覆いかぶさる俳優ベラ・ルゴシの姿を思い出した。だが、その単語の綴りは妙だったし、その本はどう見てもとても古いものだった。それに、ぼくは研究者でありヨーロッパ史に大いに興味があったからね、しばらくじっと見つめていると、どこかで読んだ話を思い出したんだ。実際、その名前は〝竜(dragon)〟か〝悪魔(devil)〟を意味するラテン語が語源で、家臣や戦争捕虜を信じられないほど残酷なやり方で拷問したカルパティア山脈の封建領主、ワラキア公ヴラド・ツェペシュ――〝串刺し公〟――の名誉称号だった。ぼくの研究対象は十七世紀のアムステルダムの貿易だったから、こんな題材の本を自分の資料のあいだに押しこんでおく理由はなく、誰かが、たまたまそこに置き忘れたのだろうと考えた。たぶん、中欧史か、封建領主の紋章を専門としている人だろう、と。

ついでにほかのページもぱらぱらめくってみた――一日じゅう本を相手にしていると、新しい本はどれも心の友となり、誘惑の種となるものだ。さらに驚いたことに、残りのページは――その古びた上質な象牙色のページは一枚残らず――まったくの白紙だった。表題の入った扉すらなく、発行年や出版場所を示すデータはもちろんのこと、地図も見返しもその竜以外には挿絵もなかった。大学の図書館の蔵書である痕跡はどこにもなく、カードもスタンプも分類ラベルもなかった。

ぼくはその本を机の上に置き、一階にあるカード式目録を見にいった。そこにはたしかに、〝ワラキア公ヴラド三世(ツェペシュ)、一四三一—一四七六年——ワラキア、トランシルヴァニア、ドラキュラ(Dracula)の項参照〃という件名カードがあった。まず地図をチェックしてみるべきだと思った。すぐに、ワラキアとトランシルヴァニアがどちらも現在のルーマニアにある古い地方だということがわかった。トランシルヴァニアのほうが山がちで、ワラキアはこの地方の南西部で境を接していた。書架を探してみると、この図書館が所蔵する唯一の一次資料とおぼしきもの、〃ドラクラ(Drakula)〃に関する小論文をいくつか集めた一八九〇年代の奇妙な英訳本を見つけた。原本の小論文は一四七〇年代から八〇年代にかけてニュルンベルクで印刷されたものだった。ニュルンベルクという地名を見てぞっとした。ほんの数年前に、そこで行なわれたナチス幹部の裁判の経過を一心に見守っていたからだ。一歳若すぎたために従軍できず、そのまま終戦を迎えていたせいか、ぼくは蚊帳の外にいた者らしく熱っぽく戦争の後始末を見守っていた。その小論文集には口絵が付いていた。粗雑な木版画で、腫れぼったい黒い目に長い口ひげ、羽根飾りの付いた帽子をかぶった猪首の男の、肩から上のショットが描かれていた。その稚拙な技法からすれば、その肖像画は驚くほど真に迫っていた。

自分の勉強に戻るべきなのはわかっていたが、ぼくはつい小論文のひとつの冒頭部分を読んでしまった。それはドラキュラ(Dracula)が領民や他の集団に対して行なった犯罪行為のリストだった。その内容ならそらんじているが、いまここでくり返すつもりはない——とにかく、気が動転するような話だった。ぼくはその小さな本をぱたんと閉じると、自分の閲覧席へ戻った。あとは真夜中近くになるまで、十七世紀のアムステルダムに没頭した。奇妙な竜の本は閉じたまま机の上に置きっぱなしにして、持ち主が次の日にそこで見つけてくれることを願いながら、家に帰って寝た。

午前中に出席しなければならない講義があった。夜更かししたせいで疲れていたが、授業のあとコーヒーを二杯飲むと、また自分の研究に戻った。例の古本はまだそこにあり、いまはあの身をよじる大きな竜の挿絵のところを開いた状態で置かれていた。睡眠不足のうえにランチがわりのコーヒーが胃にもたれていたとあって、ぼくはそれを見てめまいがした。もう一度その本を手に取り、もっと念入りに眺めた。中央の挿絵は明らかに木版画で、おそらくは中世のデザインだろう、よくできた製本見本だった。ひょっとしたら、金銭的な価値があるものかもしれないし、図書館の蔵書でないことははっきりしていたから、どこかの学者にとっては個人的な価値があるものかもしれないと思った。

だけど、ぼくはさっきも言ったように虫の居どころが悪く、その本の見かけが気に入らなかった。すこしばかりいらだって本を閉じると、午後遅くまでオランダ商人のギルドに関する論文にとり組んだ。図書館を出るときに、受付に立ち寄り、図書館員にその竜の本を手渡した。相手は遺失物保管庫に入れておくと約束した。

翌朝八時に重いからだを引きずりながら自分の閲覧席へ行って、もうすこし論文を進めようとすると、例の本はまた机の上に、ひとつしかない挿絵のところを開いて置かれていた。ぼくはうんざりした——たぶん、図書館員が勘違いしたのだろう。その本を机の上の棚にさっと片づけてしまうと、あとはもうずっとそこに目をやらずに過ごした。午後遅くに指導教官と打ち合わせがあった。ぼくは書類をかき集めると、例の奇妙な本を棚から引き抜き、書類の山の上に加えた。もののはずみというやつだった。その本をずっと持っているつもりはなかったが、ロッシ教授は歴史上の謎に目がなく、おもしろがるかもしれないと思ったのだ。それに、彼の豊富なヨーロッパ史の知識をもってすれば、本の正体を割り出せるかもしれない。

ぼくがロッシと会うのはいつも、彼が午後の授業を終えたあとで、終業前に教室に忍びこんで、彼が講義するようすを見るのが好きだった。今学期、彼は古代地中海文明の講座を受け持っていた。ぼくはこれまでに何度も、ロッシの講義の大詰め部分に魅せられていた。どれもみなすばらしくドラマティックで、彼は弁舌の才にあふれていた。その日も足音を忍ばせていちばんうしろの席に座ると、ちょうどクレタ島のミノア文明の宮殿を発掘したアーサー・エヴァンズ卿の復元手法をめぐる議論に結論を下そうとしているところだった。教室の中は薄暗かった。大学生が五百人は入る広々としたゴシック建築の講堂だ。しかも、大聖堂であってもおかしくはないほどしんと静まり返っていた。誰ひとり身じろぎひとつしなかった。すべての視線は前方の演壇に立つほっそりした人影にひたと据えられていた。

ロッシはひとりライトに照らされて壇上に立っていた。ときにはうろうろと歩きまわり、自分の書斎で思索にふけっているかのごとく、思いつきをあれこれ口に出して答えを探ることもあった。かと思うと急に立ち止まり、鋭いまなざしで、雄弁な身ぶりで、思いがけない断言で、学生たちを見据えることもあった。ロッシは演台を無視し、マイクを軽蔑し、ときおりスライドを上映してばかでかいスクリーンを棒で叩きながら論旨を明確にすることはあっても、一度もノートを使ったことはなかった。ときには興奮のあまり両腕をさっと振り上げて走りだし、壇上を途中まで横切ることもあった。ギリシア民主制の全盛期について講義に熱中しているうちに壇上から落ちたが、講義のリズムを微塵も崩さずまた這い上がってきたという伝説まである。それが実話なのかどうか、本人にきいてみる勇気はなかったけれど。

今日、ロッシは考えこんだようすで、両手をうしろにまわして行ったり来たりしていた。「よろしいかな、アーサー・エヴァンズ卿は現地で発見したことや想像力、自分なりのミノア文明像にもとづいてクノッソスのミノス王の宮殿を復元したわけです」彼は頭上の丸天井を眺めた。「文献は乏しく、エヴァンズ卿はもっぱら謎解きに専念しておりました。精度の限られた事実にあくまでもこだわるかわりに、彼は想像力を駆使してひとつの宮殿様式を一から十まで丸ごとすっかり——ただし、欠陥のあるかたちで——創り出したのです。こうした手法はまちがっていたのでしょうか？」

ここで彼は言葉を切り、くしゃくしゃに乱れた髪や、逆立てた前髪や、スポーツ刈りで埋め尽くされた人波を、わざとくたびれたブレザーを着る若い男子学生たちのひたむきな顔を（いいかい、おまえは好きな学校に入学できるだろうけれど、あのころは学部課程があるような大学に通うのは男の子だけだったんだ）物言いたげに見渡した。五百人分の目が彼を見つめ返した。「この疑問をじっくり考えるのは諸君に任せるとしよう」ロッシはほほえみ、いきなりきびすを返して、スポットライトの輪から退場した。

息をのむ音がしたかと思うと、学生たちはおしゃべりしたり笑ったりしはじめ、自分の持ち物をまとめだした。ロッシは講義のあと演壇の端に腰を下ろすのが常で、熱心な弟子たちのなかには急いで質問をしにいく者もいた。そうした質問に愛想良くまじめに答えていって、ようやく最後のひとりものろのろ姿を消してしまうと、ぼくはロッシのもとへ挨拶にいった。

「やあ、ポール！　ひと休みしてオランダ語を話すとしよう」彼は親しみをこめてぼくの肩をぽんと叩き、ふたりそろって教室を出た。

ロッシの研究室はいつ行ってもおもしろかった。〝いかれた大学教授の研究室〟という、型にはまったイメージを小気味よく裏切っていたからだ。本はきちんと本棚に整理して並べられ、窓辺にはコーヒー中毒患者の飢えを癒す最新式の小型のコーヒーポットがあって、デスクの上は水遣りを欠かしたことがない草花で飾られていたし、ロッシ本人もいつもツイードのズボンに染みひとつないワイシャツとネクタイというきちんとした格好をしていた。いかにもイギリス人らしいくっきりした顔立ちで、彫りが深く、鋭い青い目をしていた。いつだったか本人から聞いたことがあるが、イタリアのトスカーナ地方からイギリスのサセックス州へ渡った移民の父親から受け継いだのは、美食家の血だけだったのだそうだ。ロッシの顔には、バッキンガム宮殿の衛兵の交替並みに明確で規律正しい世界が広がっていた。

彼の頭脳となると、話はまったくべつだった。四十年間もきびしい自己修練を積んでいても、頭のなかは過去の遺物への情熱と、解き明かせない謎でふつふつ煮えたぎっていた。その膨大な知識を駆使した著作は、学術出版よりはるかに読者層の広い出版界で大昔から絶賛されていた。一作仕上げるなり、すぐにまたべつの仕事にとりかかったし、いきなりがらりと方向転換することもしょっちゅうだった。その結果、さまざまな学科の学生がロッシの教えを請おうとしており、ぼくは指導教官になってもらえて運がいいと思われていた。そしてまた、ロッシはぼくにとってこれまで出会ったことがないほど親切で心温かい友人でもあった。

「さてと」と、彼は言うと、コーヒーポットのスイッチを入れ、ぼくに手を振って椅子を勧めた。「論文のほうはどんな具合かな？」

ぼくは数週間分の進捗状況を説明し、十七世紀初頭におけるユトレヒト・アムステルダム間の貿易についてちょっと議論を闘わせた。彼はいつもの上等なコーヒーを磁器のカップについでくれ、ぼくはこちら側で、ロッシは大きなデスクの向こう側で、そろってうんと腰を伸ばした。春が深まりかけているとあって、ひと晩ごとに日は長くなっていたが、研究室の中にはまだその時間に入ってくる心地よい薄闇が広がっていた。そのときぼくはあの古めかしい貢物のことを思い出した。

「そうだ、めずらしいものを持ってきたんですよ、ロス。ぼくの閲覧席にずいぶん気味の悪いしろものを置き忘れた人がいたんですが、もう二日も経つから、ちょっと拝借してあなたに見せてもいいだろうと思って」

「見せてくれ」彼は優美なカップを下に置き、腕を伸ばして本を手に取った。「りっぱな装丁だね。この革は厚手の上質皮紙《ヴェラム》のような手合いかもしれない。それに、浮き彫り細工を施した背表紙か」その背表紙にはどこか引っかかるところがあったらしく、ふだんはおだやかな彼の顔が曇った。

「開いてみてください」と、ぼくは勧めた。どうしてかすかに胸騒ぎがするのかわからなかったが、ロッシがほとんど白紙の本を見てぼくとおなじ体験をするのを待った。彼が慣れた手つきで開けようとすると、その本はちょうど真ん中で開いた。デスクの陰になっていて、ロッシの手元は見えなかったが、それを目にした彼のようすは見えた。その顔は急に真剣になった――無表情で、これまで見たこともない顔だった。ぼくとおなじく、彼も前後のページをぱらぱらめくったが、その真剣な顔つきが驚きに変わるということはなかった。「うむ、中身はない」彼はその本を開いたままデスクの上に置いた。「すべて白紙だ」

「妙じゃないですか?」手にしたコーヒーは冷めかけていた。

「それに、かなりの年代物だ。だが、未完成だから白紙なわけではない。真ん中の装飾が際立つように、ただひたすら白紙にしてある」

「そうか。たしかに、真ん中のけだものが周囲のものをことごとく食い尽くしてしまったようですね」ぼくはふざけた調子で言いはじめたが、最後はゆっくり言い終えた。

ロッシは目の前に広がるその挿絵から目を引き剥がせないようだった。とうとう、彼はその本をしっかり閉じると、ひと口も飲まずにコーヒーをかき混ぜた。「どこで手に入れた?」

「その、さっき言ったように、二日前にぼくの閲覧席にうっかり置き忘れた人がいたんです。すぐに稀覯本屋《きこうぼんや》へ持ちこむべきだったという気もしますけど、正直言って、誰かの私物だと思い、それはやめました」

「ああ、それは確かだ」と、ロッシは言うと、目をすがめてこちらを見た。「誰かの私物ではある」

「それじゃ、持ち主をご存知なんですか?」

「それはきみのものだ」

「いや、つまり、ぼくはたんに見つけただけで――」彼の顔つきを見てぼくは言葉を切った。夕闇迫る窓から差しこむ光のいたずらなのか、十歳は老けたように見えた。「どういう意味です、ぼくのものだというのは?」

ロッシはゆっくり立ち上がると、デスクの奥にある研究室の片隅へ行って、脚立を二段昇り、小さな黒っぽい本を棚から下ろした。彼はしばらくじっとその本を眺めていた。ぼくに見せるのを渋っているかのようだった。やがて、ロッシはそれをデスク越しに手渡した。「これをどう思う?」

その本は小さく、古い祈禱書《きとうしょ》か日記のような古めかしい茶色いヴェルヴェット地のカヴァーがかかっており、本の背にも表紙にも、中身を示す手掛かりは何もなかった。ちょっと押しただけでするりとはずれるブロンズ色の留金が付いていた。そしてその本もいきなり真ん中で開いた。見開きいっぱいに広がっていたのは、ぼくの——そう、このぼくの——竜だった。この竜はページからはみ出すほど大きく、鉤爪をうんと伸ばし、狂暴な口をかっと開いて牙をあらわにしていたが、おなじ単語がおなじゴシック体で書かれた旗を持っていた。

「もちろん」と、ロッシは話を続けた。「私には時間があったから、この本の正体はもう突き止めている。中欧のデザインで、一五一二年ごろに印刷されたものだ——そうなると、もし一行でも本文があれば、活字印刷されていた可能性がきわめて高いということはわかるだろう」

ぼくはその繊細なページをゆっくりめくった。最初のページにも題名は入っていない——いや、それは見るまえからわかっていた。「不思議な偶然の一致ですね」

「裏表紙には海水の染みがある。おそらくは黒海を渡ったときについたものだろう。スミソニアン博物館で調べても、この本が旅の途中でどんな体験をしてきたかはわからなかった。ある時点で、たぶん一七〇〇年以前の話だろうが、石粉にまみれた環境にさらされていたということを知るのに三百ドルもかかったよ。はるばるイスタンブールまで行って、この本の由来をもっと調べようともした。だが、なんといってもいちばん不思議なのは、この本をどうやって手に入れたかだ」彼が片手を差し出すと、なにしろ古くてもろい本だったので、ぼくは喜んで返却した。

「どこかで買ったんですか?」

「大学院生のときに私の机の中に入っていた」

背筋がぞっとした。「あなたの机にですって?」

「図書館の閲覧席の机だ。当時もそれぞれ自分の席が決まっていた。もとをただせば十七世紀の修道院にさかのぼる習慣だからね」

「いったいどこから——その本の出どころは? 贈り物ですか?」

「そうかもしれない」ロッシは妙な顔をしてほほえんだ。彼は何やらやっかいな感情を抑えているらしかった。「もう一杯どうかね?」

「そうですね、お願いします」と、ぼくは言った。のどがからからだった。

「持ち主を見つけようと努力はしたが、うまくいかなかったし、図書館でも正体はわからなかった。大英図書館ですら、いまだかつて見たこともない本だということで、けっこうな金額で譲ってほしいという申し出があったよ」

「でも、あなたは売りたくなかった」

「そうだ。知ってのとおり、私は謎が好きなんだよ。まともな学者ならみんなそうさ。歴史をじっと見つめて、〝きみの正体はわかっている。だまそうとしたって、その手には乗らない〟と言ってやることは学者にとってはごほうびのようなものだからね」

「つまり、なんなんです？　この大きいほうの本も同時期におなじ印刷者によって刷られたものだと思います？」

ロッシは窓がまちを指でとんとん叩いた。「じつを言えば、もう何年もこの件についてはあまり考えていない――というか、つとめて考えないようにしてきた。もっとも、いつもなんとなく――そのへんにいて、肩越しにのぞかれているような気がしているんだが」彼はその本があったところにできた暗い裂け目のほうを身ぶりで示した。「あのいちばん上の棚には私の失敗作が並んでいる。それと、できれば考えたくないしろものがね」

「まあ、ぼくが連れ合いを見つけてきたんだから、もっとぴたっとパズルの駒がはまるかもしれませんよ。なんの関係もないなんてことはあり得ない」

「なんの関係もないなんてことはあり得ない」淹れ立てのコーヒーがしゅんしゅん湯気を上げるなかで聞いても、それはうつろなおうむ返しだった。

じれったくもなってきたし、その当時はよくあることだったが、寝不足と頭の使いすぎで、いささか熱に浮かされたような興奮状態にもあったので、ぼくは話をせかした。「で、あなたの調査のほうは？　化学的な分析だけじゃなくて。もっと調べようとしたと言いましたよね――？」

「ああ、もっと調べようとした」ロッシはまた座ると、器用そうな小さな両手でコーヒーカップを包みこむように持った。「きみには、話をするだけというわけにはいかなそうだな」と、彼は静かに言った。「謝らなければならないと言ってもいいぐらいだろう――その理由はいずれわかるにしても――こんな遺産を受け持ちの学生に押しつける気などなかったのだがね。とりあえず、受け持ちの学生の大半には」彼はほほえんだ。愛情のこもった――だが、悲しげな微笑だと思った。「ヴラド・ツェペシュのことを――串刺し公の話を聞いたことがあるか？」

「ええ、ドラキュラですね。カルパティア山脈の封建領主で、ベラ・ルゴシの当たり役としても知られている」

「そいつだ――というか、そのうちのひとりと言うべきか。この一族は古くから連綿と続く旧家だった。そのなかのもっとも不愉快なメンバーが権力を握るまではね。図書館を出るまえに彼のことを調べたかい？　え、調べた？　良くない兆候だな。この本があまりにも奇妙に現れたものだから、私はトランシルヴァニアやワラキアやカルパティア山脈はもちろん、旗に書かれた単語そのものも――その名前も――調べた。その日の午後にはね。たちまちとり憑かれていた」

ひょっとして、これは遠まわしのほめ言葉なのだろうかと思ったが――ロッシは学生がしゃかりきになって勉強するのが好きだった――そのまま聞き流した。いらない口をはさんで話のじゃまをしたくなかった。

「さて、カルパティア山脈だ。ここは昔から歴史学者《ヒストリアン》にとって神秘的な場所だった。オッカムの弟子のひとりはこの地を旅し――おそらく、ロバに乗っていったんだろうな――そのときの体験をもとに『恐るべき人びとの哲学』と題する愉快な小品を著している。もちろん、基本的なドラキュラ伝はこれまで何度もくり返し論じられていて、検証しても大して収穫はない。オスマン帝国と自国の民の両方から憎まれた十五世紀の領主、ワラキア公の話だ。まさしく、数ある中世ヨーロッパの暴君のなかでもいちばんたちが悪い。長年にわたって、ワラキアとトランシルヴァニアの領民のうち、少なくとも推定二万人を虐殺したとされている。ドラキュラは〝ドラクル（Dracul）の息子〟という意味だ――大ざっぱに言えば、竜の息子ということになる。父親は神聖ローマ皇帝ジギスムントによってドラゴン騎士団に叙せられていた――これはオスマン帝国から神聖ローマ帝国を守るための組織だった。じつを言うと、ドラキュラの父親が政治取引上の人質として息子をオスマン帝国に預けていた形跡があり、ドラキュラの嗜虐性の一部はどうみてもトルコ兵の拷問方法を観察して身につけたものだ」

ロッシは頭を振った。「ま、いずれにせよヴラドはオスマン帝国軍と戦って討死にしたか、ひょっとしたら、自分の手勢にまちがって殺されたのかもしれないが、とにかく、いまではわれらが同志、社会主義国家ルーマニア領となっているスナゴフ湖上の島にある修道院に埋葬された。ヴラドについての記憶は伝説となり、迷信深い農民たちのあいだで代々語り継がれてきた。十九世紀末になって、情緒不安定な通俗作家――エイブラハム・ストーカー――がドラキュラの名前を手に入れ、自分が創りあげた怪物、吸血鬼にその名を付ける。ヴラド・ツェペシュはぞっとするほど残虐だったが、彼はもちろん吸血鬼ではなかった。ストーカーの本のどこを探してもヴラドに関する言及は見あたらない。もっとも、その物語のなかでドラキュラは、自分の一族にはオスマン帝国と戦った勇士という偉大な過去があると語るのだがね」ロッシはため息をついた。「だが、ストーカーは吸血鬼伝説に関する有益な言い伝えを集めている――トランシルヴァニアに関する言い伝えも、現地に行きもしないで集めている。ただし、ヴラド・ドラキュラが実際に統治したのは、トランシルヴァニアと境を接するワラキアのほうだったのだがね。二十世紀に入ると、ハリウッドがあとを引き継ぎ、神話は生きつづけた。さて、このへんでふざけた口は慎むとしよう」

ロッシはカップをわきに片づけ、両手を組んだ。一瞬、彼は話を続けられないように見えた。

「すっかり商業化されてしまったドラキュラ伝説は冗談のネタにできるが、私の調査結果に関してはそうはいかない。じつを言えば、それを公表できないと思ったのは、ひとつにはその伝説が存在するせいでもあった。まさにそのものずばりがテーマではまじめに受け取ってもらえないと思ったのだ。だが、べつの理由もあった」

それを聞いてぼくは呆気にとられた。ロッシはどんな手を使っても一度書いた論文は発表する男だった。それも多作の秘訣のひとつであり、ありあまる才能のうちでもあった。学生たちにもおなじことをするように、何ひとつ無駄にしないようにときびしく指導していた。

「私がイスタンブールで発見したことは、真に受けずにすますにはあまりにも深刻だった。この情報を――そう言っていいと思うが――自分の胸ひとつに納めることにしたのはまちがいだったかもしれないが、人が信じる迷信というのはそれぞれだ。私はたまたま歴史学者《ヒストリアン》の迷信を信じている。私は恐ろしかった」

ぼくがじっと見つめると、話を続けるのは気が進まないと言わんばかりに、彼はため息をもらした。

「ヴラド・ドラキュラは昔から中欧や東欧の名だたる古文書館で、せんじ詰めれば、彼の郷里で研究されていた。だが、よく調べてみると、トルコ人殺しとして人生のスタートを切っていたというのに、オスマン帝国側にあるドラキュラ伝説の資料を探した者は、それまでひとりもいなかった。だから私は、イスタンブールへ向かったのだ。こっそりまわり道して、自分の専門である古代ギリシア経済に関する調査はしばらく棚上げにして。ああ、ギリシア関係の論文のほうはすべて発表したさ、鬱憤《うっぷん》ばらしのようにね」

しばらく彼は口をつぐみ、窓のほうへ目を向けた。「洗いざらいきみに話したほうがいいような気がする。イスタンブールのドラキュラ・コレクションで発見し、その後努めて考えないようにしてきたことをね。なにしろ、きみはこのすばらしい本のうちの一冊をもう受け継いでいるのだから」ロッシは積み重ねた二冊の本の上に重々しく片手を置いた。「私がすべてを打ち明けなければ、きみはたぶん私の足跡をそのままたどることになるだろうし、ひょっとすると、余分な危険を冒すはめになるかもしれない」彼はデスクの天板を見つめながらかすかに顔をゆがめてほほえんだ。「どっちにしても、研究助成金の書類を書く手間はかなり省いてやれるだろうな」

ぼくはのどがからからで含み笑いをもらすこともできなかった。いったい全体、ロッシは何が言いたいのだろうか？　もしかすると、この恩師の一風変わったユーモア感覚を軽く見すぎていたのかもしれないと、ふと思った。これは手のこんだ悪ふざけなのかもしれない――ロッシはもともとこの恐ろしい古本をヴァージョンちがいで二冊所蔵しており、自分のところへ持ってくるのは折りこみずみで、そのうちの一冊をあらかじめぼくの席に仕込んでおいたのでは？　ぼくはばかみたいにまんまとそれに乗せられたのでは？　だが、デスクの上に置かれたスタンドの灯りを浴びながら、一日分のひげが伸びたロッシの顔は急に青ざめ、落ちくぼんだ目からは生気もユーモアも失われた。

ぼくは前に身を乗り出した。「何をおっしゃりたいんですか？」

「ドラキュラは――」と、彼はそこで言葉を切った。「ドラキュラは――ヴラド・ツェペシュは――いまも生きている」

◆　◆　◆　◆

「おっ、大変だ」腕時計を見ながら、父はだしぬけに言った。「どうして教えてくれなかったんだ？　もう七時になるじゃないか」

私は冷たい手を紺色のジャケットの懐に入れた。「知らなかったわ」と、私は言った。「でも、お願い、話をやめないで。そんなところでやめないで」父の顔はつかのま、この世のものではないように見えた。いままで考えたこともなかったが、ひょっとしたら父は――どう言えばいいのか。情緒不安定？　つかのまとはいえ、この話をしているうちに心の落ち着きを失ってしまったのではないだろうか。

「こんな長話をするにはもう時間が遅い」父はティーカップを手にして、また下に置いた。その手が震えていることに気づいた。

「お願い続けて」と、私は言った。

父はとり合わなかった。「それにしても、すっかり怖がらせてしまったんだか、退屈させただけなのかわからないけれど、きっとおまえは単純明快な竜の話が聞きたかったんだろうね」

「竜は出てきたわ」と、私は言った。私もあれは父がこしらえたお話だったのだと信じたかった。

「二匹の竜がね。明日になったらもっと続きを話してくれる?」

父は暖をとるかのように、自分の両腕をさすった。いまはもう、これ以上その話はしたくないのがわかった。その顔は暗く、かたくなだった。「食事にしよう。そのまえにまず、ホテル・ツーリストに寄って荷物を置いてきてもいいけど」

「そうしましょう」と、私は言った。

「どっちにしろ、いい加減に店を出ないと、一分もしないうちに叩き出されそうだ」あの明るい色の髪をしたウエイトレスがバーカウンターにもたれかかっているのが見えた。彼女は私たちが居座ろうがどうしようが気にならないようだった。父は財布を出すと、色あせた大きな紙幣のしわを伸ばした。そして、裏に雄々しくほほえむ炭鉱労働者か農民が描いてあるその数枚の紙幣を錫製のトレイに入れた。鋳鉄製の椅子やテーブルを迂回し、私たちは湯気で曇ったドアを開けて外へ出た。

夜の帳《とばり》はすっかり降りていた――霧が立ちこめる、冷たく、じめじめした東欧の夜で、通りにはほとんど人影もなかった。「フードをかぶったままでいなさい」と、例によって父が言った。雨に洗われたスズカケノキの下から歩きだすまえに、父は突然立ち止まり、私の前にさっと手を伸ばしてかばうように引き止めた。まるで車が猛スピードで通り過ぎたかのようなしぐさだった。だが、車一台走っているわけではなく、濡れた通りは黄色い街灯の光に照らされ、静かで田舎めいていた。父は鋭い目つきで左右を見た。ひさしのように突き出たフードをすっぽりかぶっているので、視界の一部がさえぎられていたが、どこにも人影はないと思った。父はじっと耳を澄ました。顔をそむけ、からだは微動だにしなかった。

やがて、父はどっと重い息を吐いた。ホテル・ツーリストに着いたら、ディナーには何を注文しようかと相談しながら、私たちはまた歩きだした。

その旅行ではもうドラキュラの話は出なかったはずだ。私はまもなく父の恐怖にはパターンがあることに気づくようになった。彼は途切れ途切れにしかこの話をすることができなかった。劇的効果をねらって小出しにしているわけではなく、何か――体力か、正気のどちらか――を失わないようにするために?

3章

アムステルダムの自宅にいても、父はいつになく寡黙で忙しそうで、私はいらいらしながらロッシ教授のことを尋ねる機会を待った。ミセス・クレイは黒っぽい羽目板張りのダイニングルームで、毎晩私たちといっしょに食事をした。サイドボードで給仕をする以外は家族のようにそこにいた。私は、父がミセス・クレイの前ではあの話の続きをしたがらないと直感した。父が書斎にいるところをねらっていっても、すかさず今日一日のようすをきかれるか、宿題を見せてごらんと言われるのがおちだった。エモナから帰ってきてすぐに、ひそかに書斎の本棚を調べてみたが、あの本と書類は高い棚の上からとっくに姿を消しており、どこに片づけられたのか見当もつかなかった。ミセス・クレイが暇をもらって外出する夜には、父はぼくらも映画を観にいこうと言いだすか、運河をへだてた向かい側にある騒々しい喫茶店に私を連れ出した。父は私を避けていると言ってもいいぐらいだったが、ただ、ときおりかたわらに座って本を読みながら、質問を切り出すきっかけを待っていると、悲しげな顔をして手を伸ばし、私の髪を撫でることがあった。そんなときは、話を持ち出す気になれないのは私のほうだった。

また南へ行く機会が訪れたとき、父は私を連れていった。出席する会議はひとつだけで、それも、わざわざ長旅をしてまで行く必要のないような非公式の集まりだったが、父は私にそのあたりの風景を見せたいと言った。今回は列車に乗ってエモナのずっと先まで行き、そこからはバスで目的地に向かうことにした。父は地方の公共交通機関が好きで、利用できるときは必ずそれを使った。いまでも私は旅に出ると、父のことを思い出し、レンタカーを避けて地下鉄に乗ることがよくある。「いまにわかるよ――ラグーザは車が入りこむようなところじゃないんだ」バスの運転席のうしろにある金属製のバーにしがみつきながら、父は言った。「前の席のほうが、乗り物酔いになりにくいからね」私はこぶしが白くなるほどぎゅっとバーを握りしめた。このはじめての地域で、山のかわりを務めるうず高く積み重なった灰白色の岩に囲まれていると、宙を飛んでいるような気がした。「なんてこった」バスがぞっとするような勢いでヘアピンカーヴに突っこんだところで、父は思わずそうつぶやいた。ほかの乗客たちはなんの心配もなくくつろいでいるようだった。通路をはさんだ向かい側では、黒い服を着た老婦人がかぎ針編みをしながら座っていたが、バスがガタガタ揺れるたびに、ショールのふさ飾りが顔のまわりで飛び跳ねていた。「よく見ていてごらん」と、父が言った。「この沿岸でも指折りの名所が見えてくるから」

私は、そう何から何まで指図しなくてもいいのにと思いながら、熱心に窓の外を見つめた。そして、ごつごつした岩山や、その頂きを彩る石造りの村のようすをできるかぎり目に焼きつけようとした。そのかいあって、夕暮れ間際に道端にたたずむ女性の姿が目に留まった。おそらく、反対方向行きのバスを待っていたのだろう。背の高い女性で、ずっしりした丈の長いスカートにぴったりしたヴェストという格好をして、オーガンジーでできた蝶のようなすばらしい頭飾りを付けていた。夕陽にほのかに照り映えて、岩場のなかにぽつんと立っており、かたわらの地面にはかごが置かれていた。バスが通り過ぎるときにそのみごとな頭をこちらに向けなかったら、てっきり銅像だと思っていただろう。色白で面長な顔だったが、遠すぎて表情まではわからなかった。その女性のようすを父に説明すると、ダルマチア地方でもこのあたり特有の民族衣装を着ていたのだろうと教えてくれた。「大きなボンネットで、両側が翼のように張り出していただろう？　それなら写真で見たことがある。彼女は今では亡霊みたいなものだ——たぶん、とても小さな村に住んでいるんだろう。このあたりの若者の大半はもうジーンズを履いていると思うよ」

私はずっと窓にぴったり顔をくっつけていた。もう、過去の亡霊は現れなかったが、目の前の奇跡のような光景はひとつも見逃さなかった。はるか眼下に見えるラグーザは象牙色の都市で、その周囲をとり巻く城壁には、日に照らされて燃え立つ海が激しく波を打ちつけ、その巨大な中世の囲いの中には、夕焼け空よりも赤い屋根が連なっていた。この街は大きな丸い半島にあり、その城壁は海の嵐や海水の侵入を寄せつけない難攻不落の砦のようで、アドリア海沖を歩く巨人を思わせた。その反面、相当な標高差があるその道路から見下ろすと、ミニチュアの模型のようでもあり、縮尺が合わないまま山の麓に置かれた手彫りの作品のようだった。

それから二時間ほどしてたどり着いたラグーザの目抜き通りは、大理石敷きで、何世紀にもわたって人びとの靴底でぴかぴかに磨きこまれ、周囲の店や邸宅からもれる灯りを反射して、大運河の水面のようにきらめいていた。港へ向かって通りの突き当たりまで行って、旧市街の中心部に無事入ると、私たちはカフェの椅子にへたりこんだ。風にまともに顔を向けてみると、砕け散る波の香りと――そんな季節はずれには不思議なことだったが――熟れたオレンジの匂いがした。海も空もほとんど真っ暗だった。漁船が数隻、港の奥まったところでもっと荒い波に揺られていた。風は海鳴りと磯の香といままでにないうららかさを運んできてくれた。「やっぱり南だな」と、父は満足げに言うと、ウイスキーが入ったグラスとイワシのカナッペがのった皿を引き寄せた。「船をこの港に着けて、雲ひとつない晩に船出ができるとする。そしたら、星を頼りにここからまっすぐヴェニスへでも、アルバニアの沿岸でも、エーゲ海へでも航海できるんだよ」

「ヴェニスへ船で行くとどのぐらいかかるの？」紅茶をかきまわすと、湯気はそよ風に吹かれて海のほうへたなびいた。

「そうだな、中世の船で行けば一週間かそこらはかかるだろうね」父はこのときはくつろいだようすで私にほほえみかけた。「マルコ・ポーロはこの沿岸で生まれているし、ヴェネツィア共和国はしょっちゅう攻めこんできた。ぼくたちはまさに世界の入口に陣取っていると言ってもいい」

「まえにここに来たのはいつ？」私は父にも独身時代があったことを、私が生まれるまえの生活があったことをわかりはじめたばかりだった。

「何回か来たことがあるよ。四、五回かな。最初はもう大昔の話で、ぼくはまだ学生だった。イタリアから足を伸ばしてラグーザに行くべきだと、指導教官に勧められたんだ。この景観を目にするだけでもいいから、そこで勉強しているあいだにぜひ、とね――言っただろ、ぼくはひと夏フィレンツェでイタリア語を勉強したことがあるって」

「ロッシ教授のことね」

「そうだ」父は鋭いまなざしでこちらを見てから、ウイスキーに視線を落とした。すこしの沈黙があり、ふたりの頭上で季節はずれの暖かいそよ風にはためくカフェの日除けがその沈黙を満たした。バーも付いているレストランの店内から、観光客のざわめきや、テーブルに並べられる食器の触れ合う音、サックスやピアノの音が聞えてきた。さらにその向こうでは、暗い港に係留された船が水音を立てていた。そこでようやく父が口を開いた。

「教授のことをもうすこし話したほうがいいだろうな」父はいまだにこちらを見なかったが、その口調は微妙に変わったような気がした。

「そうしてもらいたいけど」と、私は慎重に言った。

彼はウイスキーをひと口飲んだ。「お話のことになると強情だね」

強情なのはそっちのほうだと言いたくてたまらなかったが、私は口をつぐんだ。けんかをするより話を聞きたかった。

父はため息をついた。「わかった。明日になったら続きを話そう。昼間のうちに、ふたりで城壁を散歩する時間がすこしあるだろうから」彼は手にしたグラスで、ホテルの上にそびえ立ち暗闇でもほのかに光る灰白色の胸壁を指し示した。「そのほうがお話にはいい時間だろう。とりわけ、その話をするにはね」

午前中も半ばごろには、私たちは海抜百フィートのところから、この街の巨大な礎《いしずえ》の周囲に打ち寄せては白い泡となって砕け散る波を見下ろしていた。十一月の空が夏空のようにまばゆく光り輝いていた。父はサングラスをかけ、腕時計で時間を確かめると、眼下に見える錆《さ》びた屋根の建物に関するパンフレットを折りたたんで片づけ、ドイツ人観光客の一団がかたわらを通り過ぎて、声の届かないところへ行くまで待った。私は海のほうを向いて、森に覆われた島の向こうへ目をやり、それからしだいに薄れゆく青い水平線のほうまで眺めた。その昔、ヴェネツィア共和国の船はそちらの方角からやって来て、この地に戦争や交易をもたらした。いまとおなじ光きらめく天空の下、その赤と金色の国旗をせわしなくはためかせて。父が口を開くのを待ちながら、私は学問的とはとても言えない不安が湧き起こるのを感じた。ひょっとしたら、私が思い描いたあの水平線上の船影は、たんなる華麗な歴史絵巻のひとコマではなかったのかもしれない。父はどうしてこんなに話を切り出しにくいのだろう?

4章

まえにも言ったように、ロッシ教授は優秀な学者であり、心から信頼できる友人でもあった。父は一、二回咳払いをすると、こう言った。彼のことを変わり者だと思ってもらいたくない。まあ、このあいだうっかりあんな話をしてしまったから、ひょっとすると、そういう印象をもっているかもしれない――まともな人ではない、とね。たしかに、ロッシはあのときとても信じられないような話をした。ぼくはひどくショックを受けたし、頭のなかは疑念でいっぱいになったが、彼の顔は大まじめですべてを受け入れていることがわかった。話し終えると、ロッシはいつもの鋭いまなざしでちらりとこちらを見た。

「いったいどういう意味です?」きっとぼくは言葉につかえながら言っていたはずだ。

「もう一度言おう」と、ロッシは語気を強めて言った。「私はイスタンブールで、ドラキュラがいまも生きていることを発見した。少なくとも、その当時はそうだったとね」

ぼくはあ然として彼を見つめた。

「気がふれたと思っているのだろうな」と、彼は言って、はた目にもわかるほど表情をやわらげた。

「たしかに、これぐらい長く歴史をほじくり返していれば、誰だって頭がいかれてもおかしくないかもしれない」彼はため息をついた。「イスタンブールにあるその文書館は、あまり広く知られてはいないが、一四五三年にビザンティン帝国からこの都市を奪い取ったスルタン、メフメト二世が設立したものだ。この文書館に保管されている資料の大半は、いったん広げた帝国の領土から、じりじりと退却をよぎなくされたトルコ人がのちに集めたがらくただ。だが、なかには十五世紀末期の文書もあり、私は〝あるトルコ人殺しの不浄なる墓〟への案内図だと称する地図を見つけたのだ。〝トルコ人殺し〟というのはヴラド・ドラキュラのことではないかと私は思った。地図は三枚あり、おなじ地域を縮尺を変えて段階的に拡大したものだった。その三枚の地図には見覚えもなかったし、私が知っている地域につながるヒントは何もなかった。それぞれに記されている注釈はほとんどがアラビア語で、文書館の司書によると、それは一五〇〇年ごろのものだった」ロッシはあの風変わりな小さな本をとんとんと指先で叩いた。例の、ぼくが見つけたのとそっくりな本のことだ。「三枚目の地図の中央に文字が書いてあったが、それはきわめて古いスラヴ語の方言だった。何か国語も自由自在にあやつる語学の才のある学者でなければ、手も足も出なかったはずだ。私も最善を尽くしたが、確信にはいたらなかった」

ロッシはここで頭を振った。いまだに自分の能力の限界を悔やんでいるかのようだった。「この発見に全力を傾けたせいで、クレタ島の古代交易という本来の夏期研究のテーマからは、言い訳のしようがないほどかけ離れてしまった。だが、あのイスタンブールのむし暑い図書館にいたとき、私は理性の及ばないところにいたのだと思う。煤《すす》けた窓越しにハギア・ソフィアの尖塔《ミナレット》が見えた。

私は苦労して辞書を引きながら、おびただしい量のノートをとって、手描きで地図の写しを作成した。そうやって目の前の机の上にある、トルコ側から見たヴラド王国の姿を知る手掛かりにとり組んだのだ。

その作業は延々と続いたのだが、手短に言えば、ついにある日の午後、三枚目のいちばん不可解な地図を調べているうちに、ふと気がつくと、私は慎重に目じるしを付けられた〝不浄なる墓〟の間近にまで迫っていた。知ってのとおり、ヴラド・ツェペシュはルーマニアのスナゴフ湖上の島にある修道院に埋葬されたことになっている。ほかの二枚の地図とおなじく、この三枚目の地図にも島のある湖などどこにも描かれていなかった——もっとも、その地域を貫くように川が一本、流れていて、その川幅は地図の中央で広くなっていたがね。すでにイスタンブール大学のアラビア語とオスマン語を専門とする教授の助けを借りて、地図のへりに書かれている内容はすべて翻訳ずみだった——それらは人間の邪悪さについての謎めいた格言で、コーランからの引用が多かった。地図のあちらこちらには、大ざっぱに描かれた山々のあいだに見え隠れするようにして、スラヴ語の方言の一種で書かれた地名らしきものがあったが、翻訳してみるとそれはまるで判じもので、おそらくは実際の地名を暗号で示したものだった。〝八本のオークの谷〟だとか、〝豚盗人村〟だとか——私にとってはなんの意味もなさない田舎風の奇妙な地名だ。

さて、その地図の中央には、〝不浄なる墓〟——実際にその場所がどこなのかはともかく——の場所のしるしのすぐ上に、荒っぽいタッチで、王冠でもかぶるようにして頭の上に城を載せた竜の姿が描かれていた。その竜は私の、いや、われわれの本に載っていた竜とは似ても似つかなかったが、推測するに、ドラキュラの伝説とともにトルコに伝わってきたものにちがいない。竜の下に誰かがインクで細かい書きこみをしていた。はじめのうちは地図のへりに書かれた格言とおなじく、アラビア語だろうと思っていた。虫眼鏡で見て、はじめて気がついたのだが、それはギリシア語で、たしなみを思い出すまえに私は思わず声に出して訳していた――ただ、もちろん、私をべつにすれば、閲覧室には人けもなく、ときおり退屈した図書館員が出入りするだけで、それもどうやら私が何もくすねていないかどうか確かめるのが目的らしかった。このときは、私ひとりきりだった。〝ここに、彼は悪に包まれて宿る。これを読む者よ、言葉で彼を墓から出すがよい〟――私が声に出して読むと、その砂粒のように小さな文字がちらちら揺れだした。

そのとき、階下のロビーで入口のドアがばたんと開く音がした。階段を昇ってくる重い足音が聞えた。それでも、私はまだたったいま気づいたことで頭がいっぱいだった。虫眼鏡は、この地図が最初の二枚の概略地図とはちがって、三人のべつべつの人間の手で注釈が記されていることも教えてくれたのだ。使用している言語はもちろん、筆跡も異なっていた。古い古いインクの色もさまざまだった。そこでいきなり目の前の霧が晴れた。そう、何週間も丹念に研究してきたという裏打ちがあれば、学者が頼りにしてもかまわないあの直感というやつだ。

その三枚目の地図にはもともとこの中央の竜のスケッチと、それをとり巻く山々、真ん中に記されたギリシア語の指令だけが記されていたのではないかと思われた。おそらく、スラヴ語の方言で書かれた地名は、地図上で示されている場所がどこなのか特定するために――とりあえず、暗号で――あとから書き加えられたものなのだろう。それから、どういうわけかこの地図はオスマン帝国の手に落ち、コーランの引用でふちどられたが、それは真ん中の不吉なメッセージを封じこめるためか、魔よけの護符でとり囲むためだったのではないか。もしもこれが事実だとすれば、最初に地図にしるしを付けた人物、おそらくは地図の作成者でもあるギリシア語の知識のある者とは誰だったのだろう？ ドラキュラの時代、ビザンティン帝国の学者たちがギリシア語を使っていたのは確かだが、オスマン帝国の学者の大半は使っていなかったと思う。

この仮説を実証するには私の手には負えない検査が必要かもしれなかった。だが、内容を書き留める暇もなく、閲覧室の奥のドアがいきなり開き、背の高いがっしりしたからだつきの男が入ってくると、猛然と書架の列を通り過ぎ、私がいるテーブルの向かい側で立ち止まった。知っていてわざとじゃまをしにきたという小癪な態度で、図書館員でないのは確かだという気がした。私はなんとなく立ち上がるべきだとも思ったが、多少のプライドもあってその気にはなれなかった。いきなりずいぶんぶしつけなまねをされたのに、立ち上がったりしては敬意を表しているように思われかねなかった。

面と向かい合って顔を見ると、私は思わずぎょっとした。浅黒いトルコ人か南スラヴ人風のハンサムな顔に、垂れ下がった濃い口ひげをたくわえ、西洋のビジネスマンのような仕立てのきちんとした黒っぽい服を着たその男は、どう見ても場ちがいだった。彼は居丈高に私と目を合わせた。どういうわけかそのいかめしい顔にあると、長いまつげもむかむかするほど不愉快に見えた。肌は土気色をしていたが、みごとなまでに染みひとつなく、唇は真っ赤だった。〝失礼ですが〟と、彼は敵意のこもった低い声で言った。ほとんどうなり声のようなトルコなまりの英語だった。〝あなたはこの件に関して正式な許可を受けていないと思います〟

〝なんの件に関してですって？〟 私はたちまち学者なりに毛を逆立てていきりたった。

〝この研究資料に関してです。あなたはトルコ政府が非公開のトルコ公文書とみなす資料に手を出しています。身分証明書を見せていただけますか？〟

〝きみは何者だ？〟と、私はおなじぐらい冷静にきいた。〝そちらこそ身分証明書を見せていただけるかな？〟

相手は上着の内ポケットから財布を取り出し、開いて目の前のテーブルの上に叩きつけると、すぐにまたぱたんと閉じた。トルコ語の肩書きがごちゃごちゃ書きこまれた象牙色の名刺があるのがわかるぐらいの時間しかなかった。その男の手はいやに青白く、爪が長く伸びており、手の甲に生えた黒っぽい毛が筋になって盛り上がっていた。〝文化資源省の者です〟と、彼はひややかに言った。〝こうした資料を調べるに際して、あなたは実際にトルコ政府ととり決めを交わしたわけではないと聞いていますが、それは本当ですか？〟

〝そんなことはない〟私は国立図書館の認可状を取り出した。そこには、イスタンブールにある国立図書館のいかなる部門においても私に調査権を認めると書かれていた。

〝これではだめです〟と、彼は言うと、その認可状を私の書類の上にぽんと投げ返した。〝ご同行願うことになりそうですな〟

〝いったいどこへ？〟 私は立ち上がった。立ってみるとすこし安心できたが、言いなりになるという意味だと解釈しないでくれるといいがと思った。

〝やむを得なければ、警察署へ〟

〝そんなのはもってのほかだ〟経験上よくわかっていたが、お役所手続きに不備がありそうなときは、声を張り上げるにかぎる。〝私はオックスフォード大学の博士候補生にしてイギリス市民だ。イスタンブールに到着したその日にこの大学に登録し、身分証としてこの認可状を受け取っている。警察に尋問されるいわれはない――きみにもね〟

〝なるほど〟彼は私の胃がきゅっとひきつるような笑みを浮かべた。トルコの刑務所のことや、そこにときおり収容される西洋人の囚人のことは、何かの記事で読んだことがあり、私の立場は危ういのかもしれないと思われた。もっとも、いったいどんな面倒に巻きこまれているのかさっぱりわからなかったのだが。うろうろしている図書館員が私の声を耳にして、静かにさせようと閲覧室へ入ってきてくれればいいのにと思った。そこではっと気がついたのだが、このいかめしそうな名刺を持った人物がここまで大手を振って入ってこられたのは、図書館員が許可したからにちがいない。ひょっとしたら、この男は本当に大物なのかもしれなかった。彼は前に身を乗り出した。〝ここで何を調べているのか見せていただきましょう。さあ、そこをどいて〟

私がしぶしぶわきへよけると、彼は資料の上に身をかがめ、広げてあった辞書を次々に乱暴に閉じて表題を読んだ。相変わらず、あの不安をかき立てる笑みを浮かべていた。テーブル越しに見ても堂々たる貫禄があったが、その男は妙な臭いがした。コロンを使っても、悪臭のもとをいまひとつ覆い隠しきれないという感じだった。最後に、彼は私が調べていた地図を手に取った。その手つきは急に丁重になり、やさしくそっと扱った。はったりにちがいないとは思ったが、彼はじっくり調べなくてもそれがどういうものなのかわかっていると言わんばかりの目つきで地図を見た。〝これがあなたが研究している古文書ですね？〟

〝そうだ〟と、私は腹立たしげに言った。

〝これは非常に貴重なトルコの国家財産です。よその国の研究資料として必要になるとはとても思えませんな。それでも、この紙切れ一枚のために、このささやかな地図のために、わざわざイギリスからこのイスタンブールまでやって来たと言うんですね？〟

ほかにも用事があると言い返して、本当の研究目的から彼の注意をそらそうかとも思ったが、そうすればさらに根掘り葉掘り質問されかねないとすぐに気づいた。〝そう、手短に言えば〟

〝手短？〟と、彼はまえよりおだやかに言った。〝まあ、いいでしょう。この資料は一時的に没収されることになります。外国から来た研究者にはなんともお気の毒ですが〟

私はその場に突っ立ったまま、はらわたが煮えくり返ってどうかなりそうだったが、細心の注意をはらって写したカルパティア山脈の古地図を今朝は一枚も持ってきていなかったのは不幸中のさいわいだった。その地図とこの竜の地図を見比べてみるのは明日からにしようと考えていた。それはホテルに置いてあるスーツケースの中に隠してあった。

〝きみには私がすでに閲覧の許可をもらっている資料を没収する権利などない〟と、私は歯がみしながら言った。〝この件についてはただちにこの大学の図書館に掛け合うからな。イギリス大使館にも、だ。それにしても、私がこうした文書を研究することにいったいどんな差し障りがあるというんだ？　地味な中世史の資料じゃないか。トルコ政府の利害にはまったく抵触しないと思うがね〟

その役人は私から目をそらして立っていた。あたかも、ハギア・ソフィアの尖塔《ミナレット》をはじめてこのアングルから眺めてみたとでもいうように。〝あなたのためを思ってのことです〟と、彼は醒めた口調で言った。〝この件はべつの人に任せたほうがずっといい。またべつの機会にね〟

彼は相変わらず身じろぎひとつせず、窓のほうを向いたままで、まるで私にその視線の先を追わせて何かを見せたがっているようだった。その手は食わないとばかり子どもじみた意地を張って、私は視線の先を追わずにその男を見つめ、相手の出方を待った。

そのとき、まるで彼が意図してそこに当てたように、高級そうなワイシャツの襟からのぞく彼の首筋に光が差した。たくましい首筋のいちばんくぼんだところに、茶色いかさぶたになった刺し傷がふたつあった。真新しい傷ではなかったが、完治しているわけでもなく、対になった棘《とげ》が刺さったか、ナイフの先で突かれたかのようだった。

私は思わずあとずさりして、テーブルから身を引いた。病的な資料ばかり読んでいたせいで気が変になったのだと、とうとう混乱をきたしてしまったのだと思った。だが、日差しはふだんと変わりなく、黒っぽいウールのスーツを着た男は、垢と汗にコロンでは隠しきれない何かべつのものが入り混じったその体臭にいたるまで、生身の人間にほかならなかった。何も消えていなかったし、何も変わっていなかった。私はその治りかけのふたつの傷から目を引き剝がすことができなかった。

しばらくすると、彼はいま目にしたものに――あるいは、私が目にしたものに――満足したとでもいうように、うっとり見とれていた光景から振り向き、またほほえんだ。〝あなたのためなんですよ、先生〟

私が声もなくその場に立ち尽くしているあいだに、彼は丸めた地図を手にして閲覧室から出ていき、階段を降りる足音はしだいに小さくなった。

数分ばかりすると、年配の図書館員のひとりが閲覧室に入ってきた。もじゃもじゃのごま塩頭の男で、古い二つ折判の本を二冊持ってくると、それを下の棚に片づけはじめた。

〝すみません〟と、私は彼に声をかけたが、なかなか言葉が出てこなかった。〝ちょっといいですか、こんな理不尽な話はないですよ〟

図書館員はけげんそうにこちらを見上げた。

〝あの男は何者なんです？　あのお役人は？〟

〝お役人ですって？〟図書館員はその言葉をきいてひるんだ。

〝ただちに正式な許可状を出して、私にここで研究する権利を与えてください〟

〝でも、ここで研究する権利ならあなたはちゃんとおもちですよ〟と、彼はなだめるように言った。

〝私がこの手で登録手続きをしましたからね〟

〝ああ、それはそうだけど。それなら、あいつを捕まえて、あの地図を返却させないといけない〟

〝捕まえるって誰を？〟

〝あの男ですよ、なんとか省の――ほら、いましがたここへ来た男。きみが入館させたんじゃないんですか？〟

もじゃもじゃの髪をした図書館員は上目づかいにこちらを好奇の目で見た。〝いましがた入ってきた人ですって？　ここ三時間は誰も入館していませんよ。私は下の受付にいたんですから。残念ながら、ここで調べものをされる方は少ないんです〟

〝あの男は――〟と言って、私は言葉を切った。急に、自分がおかしな身ぶりをする外国人になっていることに気づいた。〝私の地図を奪い取った。いや、つまり、この文書館所蔵の地図を没収したんですよ〟

〝地図ですって、先生？〟

〝地図を調べていたんです。今朝、受付で貸し出してもらった地図をね〟

〝あの地図じゃないんですか？〟図書館員は作業台のほうを指さした。そのテーブルには、見たこともないありふれたバルカン半島の道路地図が載っていた。五分前までそこになかったのは確かだった。図書館員は二冊目の二つ折判を片づけはじめた。

〝失礼した〟私はできるだけすばやく自分の文献をかき集めて、その文書館を出た。人や車がひっきりなしに行き来する通りには、おなじぐらいの背格好で似たようなスーツを着た男が何人か、ブリーフケースを抱えて急ぎ足で通り過ぎていったが、あの役人の姿はどこにもなかった。ホテルに戻ってみると、それまでの部屋に使用上の問題が生じたとかで、私の荷物は移動させられていた。その日は必要なかった完璧なできばえのノート類はもちろん、あの古い地図を写した最初のスケッチもなくなっていた。スーツケースの中身はきちんと詰め直されていた。ホテルの従業員にきいても、その件は何も知らないということだった。私はひと晩じゅうまんじりともせず、あらゆる物音に耳をそばだてていた。翌朝、汚れた衣類と辞書をまとめて荷造りし、船でギリシアへ戻った」

ロッシ教授はまた両手を組んでこちらを見た。ぼくが疑うのを気長に待っているかのようだった。だが、ぼくは信じられないからではなく、信じられるからこそ動揺した。「ギリシアへ戻ったんですか?」

「そうだ。あとは夏じゅうイスタンブールでの奇妙な体験を思い出さないようにしていた。それがほのめかしていたことを忘れることはできなかったがね」

「あなたが立ち去ったのは──怖かったから?」

「怯えきっていたからだ」

「でも、そのあとでこの不思議な本に関してあれだけの調査をした──というか、調査をしてもらったわけですよね?」

「そう、主としてスミソニアン博物館で化学的に分析してもらった。だが、それだけでは結論が出ないことがわかると──ほかにもちょっとしたことがあって──調査はすっぱりやめて、本は棚に上げてしまった。最終的には、あの上の棚に」ロッシはあごをしゃくって、彼が失敗作を押しこめる鳥かごのいちばん高い止まり木を指し示した。「妙な話だが──あのときのことをときどき考えることがあるが、ありありと思い出せるときもあれば、断片的にしか思い出せないときもあるんだ。どんなに恐ろしい記憶であっても、いつかは薄れるものだとは思うが。それでも、周期的に──何年にもわたって──この件についてはいっさい考えたくなくなる時期がある」

「でも、本気で信じているんですか? その──首に傷がある男が──」

「その男がきみの目の前にいて、自分が正気だという確信があったとしたら、きみはいったいどう考えただろう?」ロッシは本棚にもたれかかっていたが、ほんの一瞬、その口調が険しくなった。

ぼくは冷めたコーヒーの最後のひと口を飲み干した。底にたまったコーヒーの澱《おり》はとても苦かった。「それで、あなたはその地図の意味も出どころも二度と突き止めようとはしなかったんですね?」

「二度としなかった」ロッシは一瞬ためらったように見えた。「そうだとも。あれは私が絶対にやり遂げることがないと確信する数少ない研究のひとつだ。それでも、このおぞましい学問の道は、ここまでひどくない多くの道とおなじように、人から人へとバトンタッチされながら、それぞれが一生のあいだにちょっとずつ貢献して、すこしずつ前進していくものでしかないというのが私の持論だ。ひょっとしたら、何世紀もまえのあの三人の人物も、地図を描いたりそれに何かを書き加えたりすることで、まさにそんな役割を果たしていたのかもしれない。もっとも、あのコーランから引用された護符めいた格言をいくら研究しても、ヴラド・ツェペシュの本当の墓の所在地は突き止められないだろう。しかも、当然のことながら、まったくのでたらめである可能性もある。ヴラドはルーマニアの言い伝えどおり、湖上の島にある修道院に埋葬されて、そのままそこに善人らしく――彼はそうではなかったが――安眠していてもおかしくはない」

「でも、あなたはそうだと思っていない」

またしても、彼はためらった。「学問は続けなければならない。善し悪しはべつにして、それでもいや応なしに、あらゆる分野でまんべんなく」

「スナゴフへ行って、自分で確かめようとしたことはないんですか?」

ロッシはかぶりを振った。「ない。私は捜索をあきらめたんだ」

ぼくは冷えきったカップを下に置いて、じっと彼の顔を見つめた。「でも、まだ資料は持っているんでしょう?」と、ぼくはゆっくり揺さぶりをかけた。

ロッシはまたいちばん上の棚に並ぶ本のあいだに手を伸ばすと、封印された茶色い封筒を引っぱり出した。「もちろんさ。研究資料を完全に破棄してしまうようなやつがどこにいる? 私は記憶を頼りにあの三枚の地図をできるかぎり忠実に復元したし、ほかのノートは、そう、あの日文書館に持っていった分のノートは、そのままとっておいた」

ロッシは未開封の封筒をデスクの上に置いてふたりのあいだに横たえると、その中身に対する彼の恐怖感にはそぐわないようなやさしさでそっとそれに触れた。その違和感のせいだったのかもしれないし、戸外で春の夕闇が夜へと深まりかけていたからだったのかもしれないが、ぼくはまえにも増して不安になった。「これは危険な遺産かもしれないと思いませんか?」

「思わないと答えられたらどんなにいいか。だが、たぶん、心理的な意味での危険でしかないはずだ。いたずらに恐怖にとらわれなければ、私たちの人生はもっとおだやかで、まっとうになる。知ってのとおり、人類の歴史は悪行だらけだが、そのことについては涙ながらに考えるべきなのかもしれない。そんな歴史に魅了されて首を突っこんではいけない。もう何年もまえの話で、イスタンブールのことはもはや記憶もさだかではないが、あそこへ戻りたいと思ったことは一度もない。それに、私が知るべき情報はすべて持ち帰ったという気がする」

「さらに先へ進むための情報、という意味ですか?」

「そうだ」

「でも、でっち上げにしろなんにしろ、いったい誰がこの墓がどこにあるのかを示す地図をこしらえたか、いまだにわからないわけですよね？　いや、どこにあったのか、というべきかな」

「ああ、わからない」

ぼくは茶色い封筒に手を伸ばした。「ロザリオとか何か、お守りみたいなものを着けていく必要はないですよね？」

「きみにはきっと自分なりの美徳が、道義心が、まあ、言い方はなんにしろ、そういうものがあるだろう――人間にはそういう素地があると思う。私はポケットににんにくを詰めこんで歩きまわる気は毛頭ない」

「でも、強い精神力という解毒剤をもっていますよね」

「そうだな。そう心がけてきた」彼の顔はひどく悲しそうで、険しいと言ってもいいぐらいだった。「そういう昔ながらの迷信を利用しないのはまちがっているのかもしれないが、私は合理主義者なのだろう。あくまでもそれで押しとおすよ」

ぼくはその封筒をしっかり握った。

「さあ、これはきみの本だ。興味深いしろものだから、出どころを突き止められることを祈っているよ」ロッシはあの上質皮紙《ヴェラム》のカヴァーが掛かった本をぼくに手渡した。軽い口調とは裏腹にその顔には悲しみが宿っているような気がした。「今度は二週間後に来てくれ、本題に戻ってユトレヒトの貿易を論じよう」

ぼくはきっと目をぱちくりさせたはずだ。自分の論文のテーマだというのに、えらく現実ばなれしているように感じた。「ええ、わかりました」

ロッシはコーヒーカップを片づけ、ぼくはこわばった手つきでブリーフケースに書類をしまった。

「最後にひとつだけ」と、彼が真剣な口調で言ったので、ぼくはそちらを振り返った。

「なんでしょう?」

「この件は二度と話題にしたくない」

「進捗状況を知りたくないんですか?」ぼくは愕然《がくぜん》とし、心細くなった。

「そうとも言えるな。私は知りたくないんだ。もちろん、きみが面倒に巻きこまれるようなことになれば、話はべつだが」ロッシはいつもの愛情のこもった握り方でぼくの手をとった。その顔にははじめて目にする悲嘆の色がありありと浮かんでいたが、そこで、彼は無理して笑顔をこしらえたようだった。

「了解しました」と、ぼくは言った。

「それじゃ、二週間後に」ぼくが研究室から出ようとすると、ロッシは陽気といってもいい口調で呼びかけた。「一章分は仕上げてこないと、大変なことになるぞ」

◆　◆　◆　◆

父はそこで話をやめた。私は思わずどぎまぎしたが、その目には涙が光っていた。たとえ父がそこで口を開かなかったとしても、そのちらりとのぞいた気持ちの高ぶりを見れば、私は質問をやめていたはずだ。「ほら、論文の執筆というのは本当に拷問みたいなものだからね」と、彼は気軽な口調で言った。「それにしても、こんな話にのめりこまないほうがよかったかもしれないな。ごちゃごちゃしたややこしい昔話だし、最後は万事うまくいくというのはもう目に見えている。だって、このとおり、ぼくはぴんぴんしているんだからね。いまはもう青白い大学教授ですらなく、おまえという娘も生まれているんだから」父は目をしばたたいた。気をとり直しかけていた。「結末としてはハッピーエンドだ」

「でも、そこへ行くまでにはいろいろあったんでしょう」と、私はやっとのことで言った。日差しはかろうじて肌に当たっているだけで、芯まで温めてくれるところまではいかず、冷たい海風は勢いを増していた。私たちはうんと伸びをすると、あちこちへ目を向けて眼下の町を眺めた。あたりをうろつく観光客の最後の一団は、とっくに私たちを追い越して城壁沿いをそぞろ歩き、離れたところにある胸壁のくぼみに立って、島々を指さしたり、お互いにカメラを向けて写真を撮り合ったりしていた。ちらりと父に目をやったが、彼はじっと海のほうを見つめていた。はるか前方にいるほかの観光客たちの背後に、それまで気づかなかった男がひとり、ゆっくりだが断固たる足取りで歩いているのが見えた。黒っぽいウールのスーツを着た、背が高くて肩幅の広い男で、もう手を伸ばしても届かないところにいた。黒っぽいスーツを着た背の高い男なら、ほかにもこの町で見かけたことがあったが、どういうわけか、私はその男のうしろ姿を見つめずにはいられなかった。

5章

父には気兼ねがあってなかなか話を聞けなかったので、私はすこし自分で調べてみることにして、ある日の放課後、大学の図書館へ行ってみた。私はオランダ語がそこそこできるようになっていたし、フランス語とドイツ語はもう何年も勉強していた。そしてその大学図書館には英語の本も豊富にそろっていた。図書館員たちは親切で、おどおどと尋ねただけで、探していた資料を見つけることができた。父の話に出てきたニュルンベルクのドラキュラ小論文集のことだ。この図書館にはその原書はなかった――それはとても稀少な本だと、中世資料室の年配の図書館員は言ったが、彼は中世ドイツ関係の文献目録をあたってこの英訳版を見つけてくれた。「これでまにあいますか、お嬢さん?」と、彼はにっこりして言った。オランダ人にときおり見かけるあの抜けるように白い顔をした男だった――まっすぐこちらに向けられた青い瞳、白髪まじりではなく色が薄くなったように見える髪。ボストンに住んでいた父方の祖父母は私が子どものころに亡くなっていた。祖父がこんな感じだったら、大好きだっただろうと思った。「ヨハン・ビンネルトスと言います」と、彼は付け加えた。「困ったことがあったら、いつでも声をかけてくださいね」

それこそまさに目当ての本だと言って、私が〝ダンク・ユー〟と礼を言うと、図書館員はぽんと私の肩を叩いて静かに立ち去った。私は人けのない閲覧室でノートに書き写した冒頭部分を読み返した。

〝主の年一四五六年、ドラキュラは世にも恐ろしく不可解な悪行をあまた重ねた。ワラキア公に任ぜられると、彼は自分の領地へ読み書きを習いにきた少年たち、総勢四百名を全員焼き殺した。さる大一族を串刺しにして根絶やしにし、領民の多くを裸のまま、へそまで地面に埋めて矢の的にした。ときには、火あぶりにしてから、皮を剝いだこともある〟

最初のページのいちばん下に脚注があった。その注の書体はとても細く、あやうく見逃すところだった。よくよく見ると、それは〝串刺し〟という言葉の説明だった。それによれば、ヴラド・ツェペシュはこの拷問方法をトルコ人から学んだとされていた。彼が実践した串刺しの刑では、先の尖った杭でからだを突き刺す必要があり、それもたいていの場合は肛門か性器から通すので、その杭がときには口から、ときには頭のてっぺんから突き出ていたという。

私はすこしのあいだそれらの言葉を見ないようにしたし、その後の何分かは本を閉じて、ぜんぶ忘れようとした。

それでも、その日、ノートを閉じコートを着て帰り支度をしながら、どうしても頭から離れなかったのは、私がぼんやり抱いているドラキュラのイメージでも、串刺しについての解説でもなく、それが——どう見ても——現実に起きたできごとだという点だった。耳を澄ませば、少年たちの悲鳴が、皆殺しにされかけている〝大一族〟の悲鳴が聞えるような気がした。父は私の歴史教育に熱心だったが、このこと、つまり歴史上の悲惨な事件は本当にあったことなのだ、という事実にはいっさい触れなかった。何十年も経ったいまになってみるとわかるが、父にはとても言えなかったのだろう。そんな事実を納得させることができるのは歴史だけだ。そして、いったんそのことに気づいたら――実際に目の当たりにしたら――誰も目をそむけることはできない。

その夜家に帰ると、私は妙に気が大きくなって、父に立ち向かった。ミセス・クレイがキッチンで夕食の後片づけをしているあいだ、父は書斎で読書していた。私は書斎へ入ると、うしろ手にドアを閉め、デスクの前に立った。彼はお気に入りのヘンリー・ジェイムズ全集のうちの一冊を手にしていた。心労が重なっているしるしだ。私は父が顔を上げるまで口を利かなかった。「やあ」と言うと、彼はほほえんでしおりを探した。「代数の宿題かい？」その目には早くも不安がにじんでいた。

「あの話を最後までできかせてほしいの」と、私は言った。

父は無言のまま、指で椅子のひじ掛けをとんとんと叩いた。

「どうして続きを話してくれないの？」父を困らせていると感じたのは生まれてはじめてだった。彼は閉じたばかりの本を見つめた。どういうわけか、私は父にむごい仕打ちをしているような気がしたが、ここまで言ってしまった以上、最後までやりとおすしかない。「私に知られたくないことがあるんでしょ」

父はついに顔を上げた。その顔はとても悲しげで、スタンドの灯りを浴びてくっきりしわが刻まれていた。「いや、そんなことはない」

「これでもいろいろ知ってるのよ」と、私は言ったが、子どもじみた強がりだった。何を知っているのかときかれても、言いたくはなかったはずだ。

父はあごの下で両手を組んだ。「わかってる」と、彼はやっとのことで言った。「おまえはなんでもお見通しなんだから、洗いざらい打ち明けるしかないだろう」

私は驚いて父を見つめた。「じゃあ、話して」と、私はけんか腰で迫った。

父はまたうつむいた。「ちゃんと話すよ、なるべく早く話す。でも、いっぺんにじゃない」父はいきなり声を荒げた。「いっぺんに話すなんて耐えられないんだ。我慢してくれ」

だが、その目は非難がましくはなく、訴えるようだった。私は父のもとへ行くと、そのうなだれた首に腕をまわした。

三月のトスカーナ地方は肌寒くて風が吹きすさんでいるものだったが、父はミラノで行なわれる四日間の会談――私はいつも父の仕事は〝会談〟だと思っていた――のあと、そのあたりの田園地方の小旅行を思いついた。今回は連れていってと頼むまでもなかった。「フィレンツェはすばらしいところだ。とりわけシーズンオフにはね」ある朝、ミラノから南へ向かう車の中で、父はそう言った。「そのうちおまえにも見せてやりたいけれど。そのまえに、あの町の歴史や絵画にもうちょっとくわしくならないと、本当のおもしろさはわからないだろうな。でも、トスカーナの田園地方は最高だ。目の保養にもなるし、刺激にもなる――もうすぐわかるよ」

レンタカーのフィアットの助手席で私はうなずいた。父の解放感で私までうきうきしたし、新しい土地をめざしているときに父がワイシャツの襟元やネクタイをゆるめるのも好きだった。彼はフィアットを低くうならせて平坦な北部の幹線道路を走っていた。「どっちみち、マッシモとジュリアにはもう何年もまえから遊びに行くと約束していたんだ。こんな近くまで来たのに顔も出さずに素通りしたら、絶対許してくれないよ」彼はシートの背にもたれて、脚を伸ばした。「あの夫婦はちょっと変わってる――エキセントリックというほうがぴったりくるかな、でもとても親切なんだ。気乗りがしない？」

「だいじょうぶよ。言ったでしょ」と、私は答えた。根が人見知りなので、私は父とふたりきりで泊まるほうがよかったが、父はその旧友になんとしても会いたいようだった。ともかく、フィアットの振動に身を任せていると眠くなってきた。私は列車の旅で疲れていた。その日の朝、急に月のものがはじまっていた。異常なほど遅れた生理のせいで、かかりつけの医者はずっと気をもんでいたし、ミセス・クレイはきまり悪そうに、私のスーツケースに綿の生理用ナプキンをどっさり詰めこんでいた。列車のトイレでからだの変調をはじめて目にしたとき、私は思わず涙ぐんだ。まるで誰かに傷つけられたかのようで、飾りけのない木綿のショーツについた染みは、殺人犯が残した親指の指紋のように見えた。父には何も言わなかったけれど。車窓には、谷間の川や遠くのいくつもの丘に何層にも重なって見える村が、おぼろげなパノラマをくり広げたかと思うとすぐに見えなくなった。のら猫が戸口で丸くなったり伸びをしたりしているカフェや薄暗いバーがある町で昼食をとったときも、私はまだ眠かった。

だが、黄昏のなか、まるで私たちをフレスコ画の一部のようにしてとり囲む、二十ある丘上都市のひとつへ向かって坂道を上っていくうちに、私はいつのまにかすっかり目が冴えていた。風が雲を掃き散らし、地平線に夕日が差しこんでいるのが見えた――あの地平線は地中海へ、ジブラルタル海峡やいつか行くかもしれないほかの土地へと続いている、と父は言った。上のほうに目をやると、石柱に支えられた町があった。通りはほとんど垂直の上り坂で、路地はせまい石段になっていた。父は小さなレンタカーをあちらこちらへ走らせ、湿った敷石に灯りを投げかける食堂《トラットリア》の入口を通り過ぎた。それから、慎重に坂道を下って丘の反対側に出た。「ぼくの記憶どおりなら、ここが入口だ」父はハンドルを切って門のように立つ黒っぽい糸杉のあいだを通り抜け、轍《わだち》のついた小道へ入った。「モンテペルドゥートのヴィラ・モンテフォリノコ。モンテペルドゥートというのは町の名前だ。覚えてる？」

ちゃんと覚えていた。朝食をとりながらふたりで地図を眺め、父は指で自分のコーヒーカップのわきを通過してルートをたどっていた。「シエナはここ。この旅のハイライトだ。ここはトスカーナ州にある。そこからウンブリア州にちょっと入る。ここがモンテプルチャーノ、有名な古い町で、その隣の丘にあるのがぼくたちの目的地、モンテペルドゥートだ」地名が頭のなかでごっちゃになったが、〝モンテ〟というのは山のことだったし、私たちはたしかに大きなドールハウス用の山のなかにいた。私がもう二度も旅行しているアルプスを小さくしたような、彩り豊かな山だった。

迫りくる夕闇のなかでその家は小さく見えた。天井の低い自然石造りの農家のようで、赤みがかった屋根のまわりに糸杉とオリーヴの木立ちがびっしり茂り合い、傾きかけた二本の石柱が入口の目じるしになっていた。一階の窓には灯りがともっていて、私は急にお腹がぺこぺこだということに気づいた。私は招いてくれた人に見せるべきではない、思春期特有の不機嫌のかたまりになっていた。父が車のトランクからバッグを取り出すと、私はそのあとに続いて玄関へ向かった。「呼び鈴までまだここにある」と、父は満足げに言うと、その短いロープを引っぱり、暗がりで髪をうしろに撫でつけた。

呼び鈴に応じて出てきた男は竜巻のような勢いで飛び出してくると、父を抱きしめ、背中をばんと叩いて、両方の頰に音を立ててキスし、いささか大げさすぎるぐらい腰をかがめて、私と握手した。その手はばかでかくて温かく、彼はそれを私の肩に置いて、家の中へ通してくれた。梁が低くてアンティーク家具でいっぱいの玄関ホールに入ると、彼は家畜のようなどら声で叫んだ。「ジュリア！　ジュリア！　早く！　ご一行さまの到着だ！　こっちへおいで！」彼の英語はものすごくエネルギッシュでしっかりしており、力強くて、声も大きかった。

にこにこしながら入ってきた背の高い女性を見るなり、私はいっぺんで好きになった。髪にはちらほら白いものが混じっていたが、銀色の光沢を放ち、ピンでうしろにまとめられて面長な顔があらわになっていた。彼女はまず私にほほえみかけ、挨拶を交わすのに腰をかがめるようなまねはしなかった。夫の手とおなじく、その手は温かかった。彼女は父の両頰にキスをすると、ゆったりした流れるようなイタリア語で話しながらかぶりを振った。「それからね」と、彼女は英語で私に言った。「あなたのお部屋もひと部屋用意したわ、いいお部屋よ、それでいい？」

「はい、けっこうです」と、私は答えた。私の部屋というのが気に入ったし、できれば心細くないよう父の部屋の近くで、いま上ってきた険しい坂道の下に広がる谷間を見渡せる部屋だったらいいなと思った。

板石敷きのダイニングルームで夕食を終えると、おとなたちはみんな椅子の背にもたれかかって、満足の吐息をもらした。「ジュリア」と、父が言った。「きみは年を追うごとに料理の腕を上げるね。イタリアでも指折りの料理人だよ」

「ばか言わないで、パオロ」彼女の英語には、かすかにオックスフォードとケンブリッジのなまりがあった。「いつも、ばかなことばかり言うんだから」

「キャンティ・ワインのせいかな。そのボトルを見せてくれ」

「もう一杯どうだ」と、マッシモが口をはさんだ。「ところで、何を勉強してるのかな、お嬢さん？」

「学校では全教科を勉強してます」と、私は澄まして言った。

「この子は歴史が好きらしいよ」と、父がふたりに説明した。「観光もうまいけどね」

「歴史だって？」マッシモは、ジュリアと自分のグラスにもガーネット色、つまり濃い血の色をしたワインのおかわりを注ぎながら言った。「おれたちみたいだな、パオロ。ちなみに、きみのお父さんにこんなあだ名を付けたのはね」と、マッシモはちょっと脱線して、私に説明した。「ああいう味気ないアングロ系の名前に耐えられないからなんだ。悪いけど。それより、なあ、パオロ、おまえさんが世界じゅうでしゃべりまくるために学者生活をやめると言ったときには、おれはぽっくり逝っちまいそうだった。そうか、あいつは読書よりおしゃべりのほうが好きなんだって、自分に言い聞かせたもんさ。浮世ばなれした本物の学者、それがきみのお父さんだ」彼は父に許可もとらずに私のグラスにワインを半分注ぎ、テーブルの上の水差しからそれに水を足した。私はもうマッシモのことも好きになっていた。

「今度はおまえがばかなこと言ってる」と、父は満足そうに言った。「ぼくは旅が好きなだけさ、それだけだよ」

「やれやれ」と、マッシモは頭を振った。「教授どの、昔は最高の学者になりたいと言ってたのにな。べつにおまえさんの財団にけちをつけるつもりはないがね」

「いま必要なのは平和と外交の大切さを世に広めることさ。ほかの人は誰も気にしないささやかな疑問なんてもう調べなくてもいいよ」と、父がにこにこしながら反撃した。ジュリアがサイドボードのランタンに灯を入れ、電灯を消した。そしてそのランタンをテーブルに持ってくると、私がさっきから見つめすぎないようにしていたケーキを切り分けはじめた。ナイフを入れられるケーキの表面は黒曜石のように光っていた。

「歴史にはささやかな疑問なんてないよ」マッシモは私にウインクした。「それに、あのロッシ御大だっておまえのことをいちばんの教え子だと言ってたじゃないか。ほかの学生はなかなかあの人のお眼鏡にはかなわなかったっていうのに」

「ロッシ！」

その名前は思わず私の口をついて出た。父はケーキ越しにちらりと不安そうにこちらを見た。「それじゃ、お父さんの輝かしい成績にまつわる伝説を知ってるんだね、お嬢さん?」マッシモはチョコレートケーキを口いっぱいほおばった。

父がまたちらりと私を見た。「あのころの話をちょっとしたことがあるんだ」と、彼は言った。その声には警告するような響きがあることに気づいた。ただすぐに、その警告は私にではなく、マッシモに向けられたものだったのだと思い直した。次にマッシモがもらした言葉を聞いて背筋がぞっとしたからだ。父はすばやく政治に話題を変えて打ち消そうとしたが、まにあわなかった。

「ロッシも気の毒に」と、マッシモは言った。「痛ましいことだ、あんなすばらしい男が。妙なもんだよ、面識のある人がふいに――ぱっと――蒸発してしまうことがあるだなんて」

翌朝、私たちはシエナのいちばん高いところにある日の当たる広場に陣取り、上着のボタンを上までしっかり留めてパンフレットを手にし、私とおなじく、本来なら学校にいるべき年頃のふたりの男の子を眺めていた。ふたりは金切り声を上げて、教会の前でサッカーボールをパントし合っており、私は辛抱強く待っていた。私は午前中ずっと待っていた。うわの空でやる気のないガイドが、〝ブルネレスキらしさがある〟と説明した暗い小さな礼拝堂や、何世紀も町の穀物倉庫として使われてきた接見の間があるプッブリコ宮殿を見学したりしているあいだずっと。父はため息をついて、優美なボトルに入った二本のオランジーナのうち一本を手渡した。「何かききたいことがありそうだね」と、彼はすこし浮かない顔で言った。

「ちがうわ、ロッシ教授のことが知りたいだけ」私はボトルの口にストローを差した。「だと思ったよ。マッシモがあんな話題を持ち出すからだ」

私は答えを聞くのが怖かったが、尋ねずにはいられなかった。「ロッシ教授は亡くなったの？マッシモが〝蒸発〟と言ったのはそういう意味？」

父は燦々と日の差す広場の向こうに目をやり、反対側の端に並ぶカフェや肉屋のほうまで見晴らした。「どちらとも言えない。それは、とても悲しいできごとだった。本当に聞きたいかい？」

私はうなずいた。父はさっとあたりを見まわした。私たちはみごとな古い宮殿に張り出した石のベンチに座っていた。広場でサッカーに興じている俊足の少年たちをべつにすれば、ほかには誰もいなかった。「わかった」と、父はついに言った。

◆　◆　◆　◆

6章

ほら、ロッシが書類の入った封筒を手渡してくれたあの夜のことだ、と父は言った。研究室を出てくるとき、ロッシは戸口でほほえんでいたが、彼に背を向けたとたんに、ぼくはまだ彼といっしょにいるべきだ、つまり、引き返してもうすこし話をしたほうがいいという思いにとらわれた。たんにあんな奇妙な会話、それまでの人生のなかでもいちばん奇妙な話をしたせいだとわかっていたので、ぼくはすぐにその思いを押し殺した。おなじ学科の学生がふたり、会話に没頭しながら通りかかり、ロッシがドアを閉めるまえに彼に挨拶すると、ぼくのあとから足早に階段を降りてきた。ふたりの生き生きしたおしゃべりで、周囲ではふだんどおりの生活が続いていることを実感したが、ぼくはそれでも不安だった。竜の飾りがついた例の本はブリーフケースの中で焼けつくような存在感を放っていたし、いまではそれにロッシが封印した資料が加わっていた。今夜遅くに自分のせまいアパートでひとり机に向かって、その書類に目を通すべきだろうかと思案した。ぼくは疲れ果てていた。何が書いてあるにせよ、とても立ち向かえないと思った。

朝になって明るくなってみたら、自信と理性をとり戻しているのではないかという気もした。ひょっとしたら、目が覚めたときにはもうロッシの話を信じてさえいないかもしれない。けれども一方では、信じていようがいまいが、それは頭から離れないにちがいないとも思ったが。そんなことがどうしてできる、とぼくは自問した――いまはもう外に出て、ロッシの研究室の窓の下を通り過ぎながら、まだスタンドの灯りがついているあたりを無意識のうちにちらりと見上げていた――指導教官の専門知識をいっさい信じないなんてわけにはいかないだろう？　そうなれば、これまでふたりでとり組んできた研究にはすべて疑問符がついてしまう。自分の博士論文の冒頭部分がタイプで打たれ、きちんと朱が入った状態でデスクの上に載っていることを思い出して、ぼくは身震いした。もしぼくがロッシの話を信じなかったら、いっしょに研究を続けていけないじゃないか？　ぼくは、彼の頭がいかれてしまったと見なさなければならないのだろうか？

ロッシの研究室の灯りがまだついていることをはっきり意識していたのは、その窓の下を通りながら、彼のことを考えていたせいかもしれない。とにかく、その灯りが通りに投げかける光の輪に実際に足を踏み入れたところで、それが――その光の輪が――文字どおり足元からぱっとかき消えた。ほんの一瞬のできごとだったが、全身にぞくりと悪寒が走った。いましがた物思いにふけりながら、ロッシの部屋の灯りが歩道に投げかけるまばゆい光の輪に足を踏み入れたかと思ったら、次の瞬間にはいきなりその場に凍りついていた。ほぼ同時にふたつの奇妙なことに気づいていた。ひとつ目は、そもそもゴシック建築の校舎にはさまれたその歩道では、これまで一度もそんな光の輪を見たことがなかったという点だ。その通りなら、たぶん、もう数えきれないほど何度も歩いていたというのに。これまで一度も見たことがなかったのは、その光の輪がはっきり目に見えるほどのものではなかったからだ。だがそのときは、すべての街灯が突然消えてしまったので、歩道に落ちるその光がはっきり目についた。通りにいるのはぼくひとりだけで、ぼくが立ち止まるまえの最後の足音だけが耳に残っていた。十分前にはふたりでおしゃべりをしていた研究室からもれる灯り以外、通りは暗かったのだ。

それが本当にふたつ目に気づいたことだったとすればの話だが、それには立ち止まるなり気づいた。それは急降下で襲いかかってきて、全身が麻痺したように動かなくなった。〝急降下〟と言ったのは、理性や直感でわかったのではなく、まさにそうやって視界に飛びこんできたからだ。ぼくがその場に立ちすくんだそのとき、指導教官の窓からもれる温かい灯りが消えた。べつになんということもない話だと思うだろう。学生との面接時間が終了して、最後に校舎を出る教授が自分の研究室の灯りを消せば、一時的に街灯が消えていた通りが暗くなってもべつに不思議ではない。だが、ぼくが受けた印象はそんなものではなかった。誰かが窓際にあるごくふつうの卓上スタンドのスイッチを切ったという感じはまるでしなかった。むしろ、何かがぼくの背後の窓をさっとよぎり、光源を覆い隠したかのようだった。そのあと、通りは真っ暗になった。

一瞬、ぼくは息を止めた。こわごわ振り返って、灯りの消えた窓を見た。通りが暗いせいでほとんど見分けがつかず、とっさにそちらへ駆け寄った。ぼくが出てきたドアにはしっかり鍵が掛かっていた。建物のこちら側にはほかに灯りは見えなかった。たぶん、この時間に人が外に出たら自動的にドアがロックされるように設定されているのだろう——もちろん、それはふつうのことだった。ぼくはぐずぐずしながらその場に突っ立っていた。横手へまわってほかのドアへ駆け寄ろうとしていると、街灯がまた点灯し、ぼくは急にきまり悪くなった。ぼくのあとから出てきたふたりの学生の姿はどこにもなかった。ぼくとはちがう方向へ立ち去ったのだろう。

だが、またべつの学生たちの一団が笑いながらのんびりかたわらを通り過ぎていた。通りはもう閑散とはしていなかった。研究室の灯りを消してドアに鍵を掛けたあといつものように、ロッシがすぐに出てきて、ぼくがここで待っているのを見つけたらどう思うだろう？　この件はもう話題にしたくないと、彼はさっき念を押していた。ロッシはその話題に――たぶん、気味の悪い話題すべてに――もう幕を引いていたというのに、ぼくのばかげた恐怖をどう説明するというのか？　ばつが悪くなって、ぼくはロッシに追いつかれないうちにきびすを返し、急いで家に帰った。あの封筒は開封もせずにブリーフケースに入れたまま、朝まで――ぐっすりとはいかなかったが――眠った。

それから二日間は忙しく、ロッシの書類に目を通す暇はなかった。じつのところ、すべてを忘れてしまおうと心に決めていた。だから、二日目の午後遅く、おなじ学科の友達に図書館で呼び止められたときには不意打ちを食らうはめになった。「ロッシの話を聞いたか？」と、彼は尋ねると、足早に通り過ぎようとしたぼくの腕をつかんで、振り向かせた。「パオロ、待てよ！」そう、それはマッシモだった。学生のころも大柄で声の大きなやつだった。ひょっとしたら、声はいまより大きかったかもしれない。ぼくは彼の腕をぎゅっと握りしめた。

「ロッシ？　なんだ？　ロッシがどうしたって？」

「いなくなったんだ。蒸発しちまったんだよ。警察がいま研究室を捜索してる」

ぼくは学科棟まで走った。いまその建物にはいつものように、夕陽が差しこんで霞がかかり、教室から出てくる学生たちでごった返していた。二階にあるロッシの研究室の前では、警官が学科長や見たことのない数人の男たちと話をしていた。ぼくが到着すると同時に、黒っぽい上着を着た男がふたり、ロッシ教授の研究室から出てきて、ドアをしっかり閉めると、階段や教室があるほうへ向かった。ぼくは人を押し分けて前に出て、警官に話しかけた。「ロッシ教授はどこです？　何があったんですか？」

「知り合いかね？」警官は手帳から顔を上げると、そうきいた。

「彼の指導学生です。二日前の晩にここにいました。蒸発しただなんて誰が言ってるんですか？」

学科長が前に進み出て、ぼくと握手した。「この件について何か事情を知らないかね？　ロッシ教授の家政婦が昼に電話してきて、教授が昨夜もおとといの夜も帰宅していないと言うんだ——夕食や朝食の時間になっても、いつものようにベルを鳴らして合図しなかった、とね。そんなことはいままで一度もなかったそうだ。ロッシは今日の午後の学科会議を事前の連絡もなしに休んでいる。そんなこともいままで一度もしたことがない。ここに立ち寄った学生の話では、面会時間中に会う約束をしていたのに、研究室には鍵が掛かっていたし、ロッシも姿を現さなかったという。今日は講義まで休んだので、私はとうとうドアを開けてもらったんだよ」

「彼は中に？」ぼくはあえぐまいとした。

「いや」

ぼくはやみくもに彼らを押しのけて研究室のドアへ突進したが、その警官に片腕をつかまれて制止された。「まあそう焦らずに」と、彼は言った。「二日前の晩にここにいたと言うんだね？」

「はい」

「最後に教授を見たのはいつ？」

「八時半ぐらいです」

「そのとき、このへんでほかの人の姿を見かけた？」

ぼくは考えた。「ええ、おなじ学科の学生をふたりだけ――バートランドとエライアスだったと思います。ぼくが外へ出るのと同時に、ふたりも出ました」

「よし。確認をとってくれ」警官は部下のひとりにそう言った。「ロッシ教授のふるまいに何か異常な点はなかった？」

ぼくに何が言えただろう。ええ、じつは――教授はぼくに吸血鬼は実在し、ドラキュラ伯爵はちまたを闊歩していると話したし、そのあと彼の研究室の灯りが覆い隠されるのを見たんです、まるで巨大な――

「いいえ」と、ぼくは答えた。「ぼくの論文の相談に乗ってもらって、八時半ごろまで話しこんでいました」

「いっしょに研究室を出たのかね？」

「いいえ。先にぼくが出て、教授は戸口まで送りに出て、また研究室に戻りました」

「校舎を出るときに付近で不審な物や人物を見かけた？」

ぼくはまたためらった。「いいえ、何も。ああ、通りがちょっとのあいだ停電してました。街灯が消えていたんです」

「ああ、それは報告されている。だが、きみは何も不審な物を見たり聞いたりはしなかったんだね？」

「ええ」

「いまのところ、最後にロッシ教授の姿を見かけたのはきみだ」と、警官は食い下がった。「よく考えて。教授といっしょにいたときに、なにか妙なことをしたり言ったりしなかったかい？　気分がふさいでいるとか、自殺したいとか、なにかそういう話題は出なかった？　あるいは、どこかへ行くとか、旅行に出かけるとか、そんな話は？」

「いいえ、そんなことはまったくありません」と、ぼくは正直に言った。警官はきびしいまなざしでこちらを見た。

「住所と氏名を教えてもらえるかな」彼はすべて書き留めると、学科長のほうを向いた。「この青年の身元を保証できますか？」

「彼はまちがいなくいま名乗ったとおりの人物ですよ」

「けっこう」と、警官はぼくに言った。「いっしょに中へ入って、なにかふだんとちがうところがないか教えてほしい。とくに、二日前の晩とちがう点をね。何にも手を触れないように。正直言って、こういうケースはよくある話で終わることが多い。家族の火急の用件でとか、ちょっと精神的に参ってしまったとか――一日か二日もすれば、たぶん戻ってくるよ。私はこういうのを何度も見ているからね。だが、デスクの上の血痕に関しては、われわれとしても慎重に対応するつもりだ」

デスクの上の血痕？　へなへなと座りこみそうになったが、ぼくはなんとか警官のあとからゆっくり中へ入った。研究室は、これまで何十回となく目にしてきた昼間のようすと変わらないようだった。きちんと片づいていて気持ちのよい部屋だ。訪問者を心地よく迎え入れる家具、本や書類はテーブルやデスクの上に几帳面に積み上げられている。ぼくはもっとそばへ寄ってみた。デスクの向こうに目をやると、ロッシの黄褐色の吸い取り紙の上には、広がって中に染みこみ動かなくなって久しい、黒っぽい血だまりがあった。警官は落ち着かせるようにぼくの肩に手を置いた。「直接の死因になるほど大量の失血ではない」と、彼は言った。「たぶん、ひどい鼻血か何かの出血というところだろう。いっしょにいるときに、ロッシ教授が鼻血を出したことはなかったかい？　おといの夜は具合が悪そうだったとか？」

「いいえ」と、ぼくは言った。「教授が——出血するところなんて——見たこともなかったし、健康状態について相談されたこともなかったです」ふと、ぞっとするほどまざまざと気づいたが、ぼくはいまロッシとのやりとりを過去形で話していた。すべてが終わってしまったかのように。ロッシがにこやかに研究室の戸口に立って、見送ってくれたことを思い出して、のどが詰まった。彼はどういうわけか怪我をし——まさか、故意に？——一時的に情緒不安定になって、部屋から飛び出して、ドアに鍵を掛けたのだろうか？　ロッシがどこかの公園で、おそらくは空き腹を抱え寒さに震えながら、わけのわからないことをわめき散らしている姿を、あるいは、バスに乗ってでたらめに選んだ行き先に向かう姿を思い描こうとしてみた。どれもしっくりとはこなかった。ロッシは芯が強く、これまで出会ったことがないほど冷静で分別のある人物だった。

「注意して見まわしてほしい」警官はぼくの肩から手を放した。彼はじっとこちらを見つめていたし、学科長やほかの男たちが背後の戸口にたたずんでいる気配もした。もしもロッシが殺されていたら、身の潔白が証明されるまで、ぼくは容疑者のひとりなのだと気がついた。だが、バートランドとエライアスに事情をきいてもらえれば、ぼくがあのふたりの弁護ができるように、彼らもぼくの肩をもってくれるはずだ。ぼくは部屋の中のありとあらゆるものに目を凝らし、おかしな点を見抜こうとした。いらだちが募っただけだった。すべてが現実で、まともで、しっかりしているのに、ロッシはそこから完全に姿を消していた。

「だめですね」と、ぼくは最後に言った。「何も変わっていないようです」

「よろしい」警官はぼくを窓のほうへ向かせた。「それじゃ、上を見て」

頭上高くへ目をやり、デスクの上の白いしっくい塗りの天井を見上げると、何か屋外にあるものを指さしているかのように、先端が横へ流れた五インチほどの黒っぽい染みがあった。「あれも血痕のようだ。だいじょうぶだよ、ロッシ教授の血かどうかはわからない。あの天井は踏み台を使ってもそう簡単に手が届くような高さじゃない。まあ、ぜんぶ検査してもらうつもりだがね。さあ、よく考えてくれ。おとといの夜、ロッシ教授は研究室に鳥が入ってくると言ってなかったか？　あるいは、帰り際に何か物音がしなかった？　何か部屋の中に入ってくるような音がしたとか？　窓は開いていたのかな、覚えているかい？」

「いいえ」と、ぼくは言った。「そんな話は出ませんでした。それに、窓は閉まっていました、まちがいありません」ぼくはその染みから目を離すことができなかった。じっと見つめていたら、その身の毛もよだつ象形文字のような形から何か読みとれるかもしれないという気がした。

「この校舎には何度か鳥が侵入したことがあります」と、学科長が背後から助け舟を出した。「鳩ですよ。たまに天窓から入ってくるんです」

「それは考えられますね」と、警官が言った。「鳥の糞は見つかってませんが、たしかにあり得る話です」

「あるいは、蝙蝠《こうもり》とか」と、学科長が言った。「蝙蝠はどうですか？　きっと、こういう古い建物にはあらゆるものが棲みついているでしょうからね」

「うん、それもあり得るな。とくに、ロッシがほうきか傘で何かを叩き落とそうとして、その最中に怪我をしたとすればね」と、戸口に立っている教授が意見を出した。

「ここで蝙蝠とか、鳥のようなものを見かけたことは？」と、警官がまたぼくにきいた。

その簡単な答えを言葉にして乾いた唇から押し出すのに数秒かかった。「いいえ」と、ぼくは言ったが、警官の質問の意味はろくにわかっていなかった。あの黒っぽい染みの内側にようやく目が行き、その染みがどこから伸びているように見えるか気づいたところだった。ロッシの本棚のいちばん上に並ぶ〝失敗作〟の列には、一冊抜けている本があった。おとといの夜、彼があの謎めいた本を戻した場所には、背表紙の合間に細い隙間がひとつ、黒々とした口を開けていた。

学友たちが背中をぽんと叩いたり、心配するなと声をかけたりしながら、またぼくを外へ連れ出そうとしていた。きっと真っ青な顔をしていたにちがいない。警官のほうを振り向くと、彼はドアを閉めて戸締りをしていた。「ロッシ教授が、自分でやったか、他人にやられたかはともかく、怪我をしていたとすれば、すでにどこかの病院に収容されているということはありませんか？」

警官はかぶりを振った。「病院にはすべて連絡してあるし、最初のチェックもすんでいる。教授が担ぎこまれた形跡はない。どうしてまたそんな質問を？　教授が怪我をしているかもしれないと思うのかね？　彼には自殺しそうだとか、落ちこんでいるとかいったようすはなかったと言ってなかったかな」

「ああ、もちろん、教授にはそんなそぶりはなかったですよ」深呼吸すると、また足に力が入るようになった。どっちみち、あれだけ天井が高ければ、ロッシが手首をこすりつけたはずはない――心は晴れないとはいえ、それはひとつの救いではあった。

「それじゃ、みなさん、今日はこのへんで引き揚げましょう」警官は学科長のほうを向き、ふたりでぼそぼそ話しながら立ち去った。研究室の戸口付近の人垣は散り散りになりはじめ、ぼくは先に立って退散した。なにはさておき、ゆっくり腰を下ろせる静かな場所が必要だった。

大学図書館旧館の中央部分にあるぼくのお気に入りのベンチは、春の午後の日差しの名残でまだ温かかった。周囲では学生が三、四人、本を読んだり静かにおしゃべりしたりしており、あのおなじみの学者の安息の地の静けさが骨身にしみわたるのを感じた。この図書館の大ホールには彩色された窓がいくつもあり、なかには閲覧室や回廊風の廊下や中庭を見渡せる窓もあるので、利用者たちが内外をうろうろしているのや、大きなオーク材のテーブルで勉強しているのを見ることができた。いつもの一日が終わろうとしていた。やがて、太陽はぼくの足元の石の銘板を見捨てて消え去り、あたりはいきなり黄昏に包まれる――そろそろ、ぼくの指導教官と話をしてから四十八時間になる。いまのところ、ここでは向学心と活気がみなぎっており、忍び寄る暗闇を押し返していた。

あのころぼくは、誰にもじゃまされずひとりきりで、修道院のような静寂に包まれて勉強するのが好きだった。よく利用する個別閲覧席のことはすでに話したが、これは書庫の上の階にあり、ぼくにはそこに専用の席があったし、その場所で、ほとんど一夜にしてぼくの人生と考え方を一変させた、あの気味の悪い本を見つけてもいた。二日前のこの時間には、その閲覧席にひとりこもって勉強していた。論文で手いっぱいでなんの不安もなく、いまにもオランダ関係の資料を抱え上げ、指導教官との楽しい打ち合わせに駆けつけようとしていた。その一年前にヘラーとハーバートが書いたユトレヒトの経済史に関する論文のことしか眼中になく、どうやってそれを論破しようか、それも、自分の博士論文の一章分をうまく流用した論文で行なえないものかと、そればかり考えていた。

実際、ぼくがそのとき過去の一場面を想像していたとすれば、それは、せいぜいあのお人好しでいささか欲の深いオランダ人たちが、ギルドのちょっとした問題を論じ合っているところか、運河の上にある戸口に両手を腰に当てて立ち、木箱に入った新しい商品が住居兼倉庫の最上階に荷揚げされるのをじっと見守っているところだった。過去の幻を見ていたとすれば、ぼくの目にはその海の男たちの薔薇色がかったさっぱりした顔と、げじげじ眉毛、器用な手しか映っておらず、彼らのみごとな船がきしる音を耳にし、スパイスやタールや波止場の下水の臭いを嗅いで、交易の場で発揮するしたたかで巧みな駆け引きに大喜びしていた。

だが、どうやら、歴史というものは、そういうものとはまったく違うこともあるようで、飛び散った血痕の主の苦悩はひと晩では、いや、何世紀経っても消えなかった。そして、今日、ぼくは新しいたぐいの研究に手を染めることになった――ただ、ぼくにとっては目新しいが、ロッシをはじめ、このおなじ暗いやぶのなかを一歩一歩慎重に進んできたおおぜいの人びとにとってはそうではない。この新たなタイプの調査は、ときおり遠くのほうの階段で疲れた足音がする、しんと静まりかえった書庫の中ではなく、がやがやした大ホールの陽気なざわめきのなかではじめたかった。駆け出しの人類学者たちや、白髪まじりの図書館員たちや、スカッシュの試合か買ったばかりの白い靴のことを考えている十八歳の若者たち、にこにこしている大学生たちや、人畜無害な変わり者の名誉教授たち――夕方の大学を行き交うあらゆる人びとの疑うことを知らないまなざしの下で、歴《ヒス》史学者《トリアン》として人生の次の局面を切り開きたかった。ぼくはもう一度人であふれかえっているホールを、どんどん消えていく日溜りを、ブロンズ製の蝶番《ちょうつがい》で開閉する正面玄関のスイングドアの活発な動きを見まわした。それから、自分のくたびれたブリーフケースを手に取り、ふたを開けて、ロッシの手書きのラベルが貼られたぼってりふくらんだ黒っぽい封筒を取り出した。そこにはただひとこと、〝次のために保存〟と書かれていた。

次？　二日前の晩にはラベルまでよく見ていなかった。ロッシはこの次にこの仕事を、この暗黒の砦の攻略を試みるときのために、同封した情報を保存すると言いたかったのだろうか？　それとも、このぼくが〝次の人〟ということか？　これはロッシが常軌を逸した証拠なのだろうか？

開封してみると、重さも大きさもばらばらな書類の山が見えた。年季が入ってぼろぼろになり破れやすくなったものが多く、なかにはタイプで打たれた文字でびっしり埋め尽くされたオニオンスキン紙もあった。大量の資料だ。ぜんぶ広げてみる必要があるだろうと思った。ぼくはカード式目録のそばにある手近な蜂蜜色のテーブルへ行った。周囲にはまだおおぜい人がいて、それも、みんな害のない他人だったが、ぼくはまず迷信深くうしろを振り返ってみてから、書類を引き出し、テーブルの上にきちんと並べた。

ぼくは二年前にトーマス・モア卿の手書き原稿の一部や、ハンス・アルブレヒトのアムステルダムからの手紙の一部を取り扱ったことがあったし、もっと最近では、一六八〇年代のフランドルの出納簿一式を分類整理する手伝いをした経験もあった。歴史学者《ヒストリアン》として、古文書を扱う際には発見した順番が大切だということは心得ていた。鉛筆と紙を取り出すと、書類を引っぱり出しながら、その順番をリストにまとめた。ロッシの文献のなかで最初にあったもの、いちばん上にあったものは、オニオンスキン紙の束だった。几帳面このうえないタイプ文字で覆われており、手紙といっていい形式のものだった。ぼくは中身にはろくに目を通さずそれを注意深くひとつにまとめた。

ふたつ目の資料は、まごつくほどきっちり手書きで描かれた地図だった。こちらはすでに色があせかけていて、見るからに古いノートから剝ぎとってきた外国製らしきぶ厚い用紙の上では、目じるしや地名はろくに目立たなかった。似たような地図が二枚、そのあとに続いた。それから、雑然とした手書きのメモが三ページ分、これはインクで書かれており、一見したところ、きわめて読みやすかった。ぼくはこれらもひとまとめにした。次は〝ロマンティックなルーマニア〟へ観光客をいざなう印刷されたパンフレットで、英語で書かれており、アールデコ風の装飾からして、一九二〇年代か三〇年代のもののように見えた。その次はホテルの宿泊費と、そこでとった食事代のレシートが二枚。イスタンブールのものだ。それから、大判の古いバルカン半島の道路地図がひとつ、二色刷りのずさんな印刷のものだった。最後は小さな象牙色の封筒で、封印されており、ラベルも何も付いていなかった。ぼくはやせ我慢してその封筒の折ぶたには手も触れず、それをわきに置いた。

それでぜんぶだった。その大きな茶封筒をさかさまにひっくり返し、死んだ蠅でも気づかずにはいられないほどばさばさ振ってもみた。そんなことをしているうちに、ふいに(そして、そのときはじめて)、それからずっとぼくに付いてまわる感覚を覚えた。ロッシの気配を、ぼくの几帳面さを誇りとしてくれた彼の思いを、当の本人から教わった緻密な手法を通して生き生きと語りかけてくる彼の精神のようなものをひしひしと感じた。ロッシが研究者として仕事が早いことは知っていたが、それでいて、何もみだりに使わないし、何もないがしろにしないことも知っていた――どんなに遠く離れたところにあっても、たったひとつの資料も、古文書もおろそかにすることはなく、どんなに仲間内では流行らない題材であっても、けっして思いつきを無駄にすることはない。ロッシが失踪して――ぼくは必死になって考えた――まさにぼくの助けを必要としていることで、ふたりは急にほぼ対等の立場となっていた。ロッシはずっとこうなると、こういう対等な関係になると確信し、ぼくがそれに見合う働きをするときを心待ちにしていたという気もした。

さて、ぼくはいま目の前のテーブルに乾いた臭いのする資料をひとつずつ広げた。まずは手紙からはじめることにして、ミスも訂正もほとんどなく、オニオンスキン紙にタイプでびっしり打たれたあの長い書簡を手に取った。手紙はそれぞれ一部ずつあり、すでに年代順になっているようだった。どの手紙にもきちんと日付が入っていたが、すべて一九三〇年十二月で、二十年あまりもまえのものだった。どの手紙の冒頭にも〝オックスフォード大学トリニティ・カレッジ〟とあり、それ以上くわしい住所は載っていなかった。ぼくは最初の手紙にざっと目を通した。あの謎めいた本を発見したいきさつと、最初にオックスフォード大学で行なった調査の顚末が書かれていた。手紙は最後に〝悲しみに沈むバーソロミュー・ロッシ〟という署名で結ばれていた。そして、書きだしは――書き手がかすかに震えだしても、ぼくはそのオニオンスキン紙を細心の注意を払って持っていた――書きだしはこう愛情深くはじまっていた。〝親愛なる、そして不運なるわが後継者へ――〟と。

◆ ◆ ◆ ◆

父はだしぬけに話をやめた。その声が震えていたので、私は父が無理してそれ以上言葉を重ねないうちに、気を利かせて顔をそむけた。暗黙の了解で、私たちは上着の前をかき合わせ、その有名な小さな広場を大またで突っ切りながら、教会の外観にまだ関心があるようなふりをしていた。

7章

父はそれから数週間アムステルダムを離れなかったが、そのあいだ、私は彼がこれまでになく娘をつけまわしていると感じた。いつもよりすこし遅く学校から帰ってきたある日、ミセス・クレイはちょうど父と電話中だった。彼女はすぐに私に代わった。「どこへ行ってたんだ?」と、父は尋ねた。彼は〈平和民主主義センター〉のオフィスからかけていた。「二度も電話したのに、ミセス・クレイはまだ帰ってきていないと言うし。彼女がとても気をもんでいたぞ」

気をもんでいたのは父のほうだった。努めて冷静な声を出していても私にはわかった。「学校のそばに新しくできたコーヒーショップで本を読んでいたの」と、私は言った。

「そうか、わかった」と、父は言った。「ただ、遅くなるときには、ミセス・クレイかぼくに電話してくれ」

従いたくなかったけれど、私は「わかったわ」と言った。その夜、父は早めに帰宅して夕食をとると、『大いなる遺産』を読んでくれた。それから、アルバムを引っぱり出し、ふたりでいっしょにそれを見た。パリ、ロンドン、ボストン、ローマ、はじめてのローラースケート、小学三年生の終業式。写っているのはいつも私だけで、パンテオンやペール・ラシェーズ墓地の門の前に立ってポーズをとっていた。父は写真を撮っていたし、その場には私たち親子しかいなかったからだ。九時になると、父はドアや窓の戸締りをすべて確かめ、やっと私を寝かせてくれた。

それから遅くなりそうなときには、ちゃんとミセス・クレイに電話した。同級生たちとお茶を飲みながら宿題をやるつもりだと説明した。ミセス・クレイはそれならかまわないと答えた。電話を切ると、私はひとりで大学の図書館へ行った。アムステルダムの中世資料室図書館員、ヨハン・ビンネルトスは私の姿を見慣れてきたらしく、私が新しい質問をすると、いかめしい顔をほころばせてくれたし、歴史のレポートの進み具合はどうかといつも声をかけてくれた。ありがたいことに、ミスター・ビンネルトスは十九世紀の本の一節を見つけてくれた。私はしばらく時間を割いてそれを書き写した。いまはオックスフォードの私の研究室にも一冊置いてある——数年前に本屋で見つけたのだ——それはロード・ゲリングの『中欧史』だった。これだけ歳月が流れても、その本にはどうしても愛着がある。開けば必ず暗澹たる思いにとらわれるというのに。若くてすべすべした自分の手が学校のノートにその一節を書き写している光景を、私はいまもはっきり覚えている。

〝並はずれた残虐性だけではなく、ヴラド・ドラキュラは並はずれた豪胆さも持ち合わせていた。一四六二年には、大胆不敵にも、馬を駆ってドナウ川を渡り、ワラキアを攻撃せんとして集結していたメフメト二世率いるオスマン帝国軍の野営地に夜襲をかけた。ドラキュラはこの奇襲で数千人のトルコ兵を血祭りに上げ、スルタンが命からがら逃げたところで、ようやくオスマン帝国の守備隊がワラキア軍を退却させた。
その時代のヨーロッパの名だたる封建領主であれば、誰の名前を挙げても、同様の数の資料はかき集められるかもしれない——これより多い場合がほとんどだろうし、少数ながら、はるかに上まわる場合もあるだろう。現在入手できるドラキュラ関係の情報の特筆すべき点はその息の長さにある——すなわち、彼は歴史上の人物として頑として生きつづけ、その伝説はいつまでも根強く残っている。イギリスで入手できる数少ない資料は、直接にしろ間接にしろ、ほかの資料を参考としているが、その多種多様な資料には歴史学者《ヒストリアン》なら誰でも好奇心をそそられるはずだ。ドラキュラは生前もヨーロッパでは悪名高かったようだ——ヨーロッパが広大で、現代人から見れば、ばらばらでまとまりがなく、国と国を結ぶ連絡手段が馬に乗った伝令と川船だった時代、ぞっとするような残虐趣味が貴族のあいだではめずらしくもなかった時代には、それは偉業といってもいい。ドラキュラの悪名は一四七六年に彼が謎めいた死を遂げて埋葬されても消えなかったが、西洋に巻き起こった啓蒙運動にのみこまれて影が薄くなるまで、衰えることなく続いていたようだ〟

ドラキュラについての記述はそこで終わっていた。そこには私が一日たっぷり頭を悩ますぐらいの歴史の問題があったが、私は英文学のセクションへぶらりと足を踏み入れた。うれしいことに、この図書館にはブラム・ストーカーの『吸血鬼ドラキュラ』が一冊収蔵されていた。実際、それを読破するために私は、かなり足しげく図書館に通う必要があった。私に本の貸し出しが許可されるかどうかわからなかったが、たとえそれができたとしても、その本を家に持ち帰る気にはならなかったはずだ。あくまでも隠すか、それとも、あえて人目につくところに置いておくか、むずかしい選択を迫られるからだ。そのかわりに、私は図書館の窓際にあるつるつる滑る椅子に座って、『吸血鬼ドラキュラ』を読んだ。窓からは、お気に入りのシンゲル運河を見ることができ、花市場や人びとが小さな立ち食いの屋台でニシンを買うのが見えた。その席は奥まったところにあり、本棚の背に隠れて、私の姿はほかの利用者から見えなかった。

その椅子に腰掛けて、私はおどろおどろしいゴシック・ホラーとほのぼのとしたヴィクトリア朝時代のラブストーリーが織りなすストーカーの世界にしだいに引きこまれていった。その本に何を期待していたのか、よくわからなかった。父の話によれば、ロッシ教授はこの本のことを実在のドラキュラに関する情報源としてはほとんど役に立たないと考えていた。この小説に登場する慇懃無礼《いんぎんぶれい》なドラキュラ伯爵は、ヴラド・ツェペシュと大して共通点はないにしても、読者の心をつかんで放さない魅力的な人物だという気がした。だが、ロッシ自身もドラキュラが生前に——歴史の流れのなかで——〝死なざる者〟になったと思いこんでいた。小説にはそんな奇妙なことを現実にするような力があるのだろうか。なんといっても、ロッシがその件を発見したのは、『吸血鬼ドラキュラ』の出版からずいぶん経ってからのことだった。その一方で、ヴラド・ドラキュラはストーカーが生まれるほぼ四百年もまえからずっと悪の権化だった。わけがわからなかった。

それに、ロッシ教授はストーカーが吸血鬼伝承に関するまともな資料を数多く発掘したとも言っていたのでは？　私は吸血鬼ものの映画を見たことがなく——父はとにかくホラーと名のつくものが嫌いだった――この物語の約束ごとには疎かった。ストーカーによれば、吸血鬼は日没から日の出のあいだしか獲物を襲うことができないのだそうだ。吸血鬼には寿命がなく、人間の血を大のごちそうとしており、血を吸うことで相手を自分とおなじ〝死なざる者〟に変えていた。吸血鬼は蝙蝠や狼や霧に姿を変えることができたが、逆にこちらがにんにくの花か十字架を使えば撃退することができた。昼間、棺の中で寝ているあいだに、吸血鬼の心臓に杭を打ちこみ、口の中ににんにくを詰めれば、完全に始末することができた。銀の銃弾で心臓を打ち抜いて退治することもできた。

それらのどれひとつとして怖くはなかった。あまりにも浮世ばなれしていて、迷信深く、古臭い話だった。だが、この小説にはひとつだけ、読むたびに気になることがあった。それは読みさしのページをメモして、本を所定の書架に戻したあともずっと頭から離れなかった。それは図書館の階段を降り、運河に架かる橋をいくつか渡って家にたどり着くまでぴったり私についてきた。ストーカーの想像力の産物であるドラキュラ伯爵のお気に入りの獲物、それは若い女だった。

春に南部を旅したいという思いは募る一方だ、と父は言った。私にもその美しさを見せたがっていた。いずれにしても、学校はもうすぐ春休みだったし、父がパリで会議に出席しても、足止めを食うのはせいぜい二、三日のはずだった。経験上、こういう場合には、旅行にしろお話にしろ、せかしてはいけないことはよくわかっていた。父の心の準備ができれば、話の続きは聞かせてもらえるだろうが、家にいるときは絶対に無理だった。父はあの不吉な気配を直接わが家にもちこみたくなかったのだと思う。

私たちは列車でパリへ行き、そこからは車で南のセヴェンヌ地方へ入った。毎日午前中には、私はだんだんまともになってきたフランス語で二、三本レポートを書いて、学校へ郵送した。そのうちのひとつをまだ持っているが、何十年も経ったいまでも、そのレポートを広げると、フランス語でしか言い表せない、五月のフランスのすばらしさがよみがえってくる。草ではなく〝レルブ〟とフランス語で言うのがふさわしい、あのみずみずしい緑の匂い。フランスの植物はサラダにするか、チーズに入れるなどして、ことごとく食べられそうだった。

途中道路沿いの農場に立ち寄っては食材を買い集め、どんなレストランでも太刀打ちできないほどおいしいピクニックランチを用意した。日差しを浴びて赤くつやつや光り、洗う必要などなさそうなとれ立てのイチゴが数箱と、貯蔵室の床を転がされたかのように、ざらざらした灰色のかびで覆われた、バーベルのように重い円筒型の山羊のチーズがいくつか。父は濃い色の赤ワインを飲んだ。ラベルも貼られていないせいぜい数十サンチームの酒だったが、彼は食事が終わるたびにコルクで詮をし直して、丁寧にナプキンでくるんだ小さなグラスといっしょに持ち歩いた。デザートには、すぐまえに寄った町で買った焼き立てのパンのかたまりを崩し、真ん中にブラックの板チョコを差しこんで代用した。私のお腹はうれしい悲鳴を上げていたし、父はうらめしそうに、ふだんの生活に戻ったらまたダイエットしなければとこぼした。

一日か二日、のんびりと過ごしたあとで、私たちは南東部を走り抜け、ひんやりとした山の中へ入っていった。「ピレネー・ゾリアンタル県（Les Pyrenees-Orientales）だ」ピクニックランチの上に道路地図を広げながら、父が教えてくれた。「何年もまえからまたここに来たいとずっと思っていたんだよ」指でルートをたどってみると、私たちは驚くほどスペインの近くにいた。そう思ったとたんに——そして、その〝オリアンタル（Orientales）〟という美しい言葉を聞いて——私は愕然とした。私たちは慣れ親しんだ世界のはずれに近づいていた。そのときはじめて気がついた。いつか私はさらに進んでその世界の外へ行くことがあるかもしれないということに。見たい修道院があるんだ、と父が言った。

「今夜までにその麓の町にたどり着いて、明日歩いて登ってみたらどうかと思うんだが」

「高いところにあるの？」と、私はきいた。

「山の中腹あたりだ。だから侵略者から身を守れたんだよ。建立されたのはちょうど一〇〇〇年。まったく、信じられないよ——この小さな修道院は岩を彫り抜いて造られたんだ。熱心な巡礼者でもたどり着くのはなかなか骨が折れる。でも、麓の町もおなじぐらい気に入ると思うよ。古い温泉町で、本当にすてきなところだからね」父はそう言うとほほえんだが、落ち着かないようすで、そそくさと道路地図をたたんだ。もうすぐあの話の続きをしてくれそうな気がした。ひょっとしたら、今回はせがむ必要もないかもしれない。

その日の午後にレ・バンの町に入ると、私は本当にその温泉町が気に入った。小さな峰のひとつに広がる、大きな砂色の岩の町だ。頭上にはピレネー山脈がそびえ立ち、何もかもすっぽりその影に覆われていたが、下のほうに見えるいちばん広い通りはべつで、それは川の流域やその下の乾いた平地に点在する農場へ向かって延びていた。いくつもある埃っぽい広場のまわりに植えられた埃っぽいスズカケノキは四角く刈りこまれ、散策する住民たちや、年老いた女たちがかぎ針編みのテーブルクロスや瓶詰めのラベンダーの精油を売る台の上には木陰ひとつ落としてくれなかった。そこから見上げると、町のいちばん高いところに燕《つばめ》たちの巣になったありきたりな石造りの教会が建っていた。教会の塔は山々が落とす巨大な影の海に浮かんでいた。日が傾くにつれて、その長くなった影の先端は通りをひとつひとつのみこんで、町のこちら側へと延びてくるだろう。

私たちは街なかの十九世紀のホテルのレストランで、ガスパチョのようなスープを、続いて仔牛のカツレツをお腹いっぱい食べた。レストランの支配人はバーの真鍮製の足掛けに片足をのせ、給仕のついでという感じながら礼儀正しく、旅行のことを尋ねた。清潔な黒い服を着た朴訥な男で、ほっそりした顔はオリーヴ色だった。これまで耳にしたことがないぴりっと歯切れのよいフランス語をしゃべり、私は彼の話を理解できなかった。父が通訳してくれた。

「ええ、もちろん——うちの修道院ですね」父の質問に答えて、支配人は言いはじめた。「知ってます？　毎年夏場はあのサンマチューに八千人の観光客が押し寄せるんですすよ。ええ、本当ですとも。でも、みんな物静かな善い人たちばかりで、徒歩で登る外国のキリスト教徒が多いですね。いまでもまじめに巡礼してるんです。あの人たちは朝になると自分でベッドを整えますし、出入りしてもろくに気づきませんからね。もちろん、そうじゃない人もおおぜい湯治にきますよ。お客さんたちも温泉に入るんでしょ、ちがいます？」

ここにふた晩泊まったらすぐまた北へ引き返さないといけないし、明日はまる一日修道院で過ごすつもりだと、父は説明した。

「ここにはいろいろな伝説があるんですよ。なかには驚くべきものもあるんですが、ぜんぶ本当の話です」と言って、支配人がほほえむと、その細面が急にハンサムになった。「お嬢さんは話がわかってます? 興味があるんじゃないかと思いますけど」

「わかりますわ、だいじょうぶです《ジュ・コンプラン、メルシ》」と、私は礼儀正しく答えた。

「よかった《ボン》。それじゃ、ひとつお話ししましょう。いいですよね? あ、どうぞ、カツレツを召し上がってください――熱々のうちにね」そのとき、レストランのドアがさっと開いて、この町の住民としか思えないにこやかな老夫婦が入ってきて、席を選んだ。「こんばんは、《ボン・ソワール》こんばんは《ブエナス・タルデス》」と、支配人はひと息に言った。私がけげんそうに父を見ると、彼は笑った。

「そうなんです、このへんはぜんぶいっしょくたなんですよ」と、支配人も笑いながら言った。「サラダのようなもので、ばらばらな文化の寄せ集めなんです。うちの祖父はりっぱなスペイン語を――それも完璧なスペイン語を――話しましたが、もういい歳をしたじいさんだったのに、あのスペイン内乱に従軍しましたからね。みんなここで使われている言語が大好きなんです。ここではバスクのように爆弾はないし、テロリストも願い下げ。こっちは犯罪者じゃありませんからね」誰かに反論されたかのように、彼は憤然として店内を見まわした。

「あとで説明してあげる」と、父は声をひそめて言った。

「さてと、それじゃお話ししましょう。自慢じゃありませんが、私は郷土史家《ヒストリアン》と呼ばれてるんですよ。さあ、食べながらお聞きください。ご存じのように、うちの修道院は一〇〇〇年に建立されました。ま、正確には九九九年なんですけどね。ほら、この場所を選んだ修道士たちは千年紀にやって来る〝世界の終わり《アポカリプス》〟に備えていたからです。彼らは教会を建てるのにふさわしい場所を探して、このあたりの山々に登っていました。そのとき、修道士のひとりが、聖マタイ《サン・マチュー》が天国から降りてきて彼らの頭上にそびえる峰に白い薔薇を一本置く夢を見たんです。翌日、彼らはそこに登り、お祈りでその山を清めました。とても美しい――きっと気に入りますよ。でも、すばらしい伝説というのはその話ではありません。それはたんにこの大修道院教会の起源にすぎませんから。

さて、その修道院と小さな教会が建てられてちょうど一世紀経ったころ、この修道院で若手の指導に当たっていた敬虔な修道士が、まだ中年だというのに謎めいた死を遂げました。彼はミゲル・ド・クサという名前でした。修道士たちは彼の死をひどく悼み、教会の地下聖堂に埋葬しました。この町はその地下聖堂で有名なんですけれど、それはヨーロッパ最古のロマネスク建築だからです。そう！」支配人は角張った長い指で小気味よくバーカウンターを叩いた。「そうなんです！　その栄誉に浴すのは、ペルピニャンのはずれにあるサンピエールだと言う人もいますけど、それは観光業のために嘘をついているだけなんですよ。

とにかく、この大先生は地下聖堂に埋葬されたんですが、それからまもなく、修道院に災いが降りかかりました。修道士が数名、奇妙な疫病にかかって死んだのです。ひとり、またひとりと、回廊で死んでいるのが見つかりました――この回廊は美しいところです、きっと気に入りますよ。ヨーロッパでいちばん美しい回廊です。ところで、亡くなった修道士たちは幽霊のように蒼白な状態で発見され、血管に一滴の血も残っていないかのようでした。誰もが毒殺を疑いました。

とうとう、若い修道士のひとりが――最初に亡くなった修道士の愛弟子だったんですけど――地下聖堂に降りていって、恐れおののく修道院長の要請を振りきり、恩師の遺体を掘り起こしたんです。発掘してみると、恩師は生きていましたが、どう言えばいいのかな、本当に生きていたわけではなかったんです。生ける屍というやつですね。彼は夜な夜な起き上がって仲間の修道士たちの命を奪っていました。この哀れな男の魂をしかるべき場所へ送るために、修道士たちは山中の聖堂から聖水を持ってきて、先が鋭く尖った杭を用意し――」

支配人はその杭の鋭さが私にもぴんとくるように、大げさな身ぶりで空中に形を描いてみせた。私は彼の風変わりなフランス語に神経を集中させて、一心不乱に頭のなかで話の筋を整理していた。父はすでに通訳するのをやめていたが、そのとき、彼のフォークが皿にカチャンと当たる音がした。顔を上げると、父は真っ青な顔をして、この新たな友人をじっと見つめていた。

「コーヒーを――」父は咳払いして、一回か二回、ナプキンで口をぬぐった。「コーヒーをもらえますか？」

「でも、まだサラダを召し上がってない」支配人は沈んだ顔をした。「あれは格別なのに。今夜は洋梨のシュクレに、おいしいチーズが出ますし、お嬢さんにはケーキもご用意してます」

「ああ、もちろんです」と、父はあわてて言った。「それもぜんぶいただきますよ、お願いします」

店を出ると、町のいちばん麓に近い埃っぽい広場にはスピーカーから大音量の音楽が鳴り響いていた。カルメンを思わす衣装を着た十人かそこらの子どもたちの出演で、観光ショーのようなものが行なわれていた。少女たちは小刻みにからだを震わせて、腰から足首まで黄色いタフタ地のフリルがついたスカートの衣擦《きぬず》れの音を響かせ、レースのマンティーリャをかぶった頭を優雅に揺らしていた。少年たちは足を踏み鳴らしてひざまずくか、つんと澄まして少女たちのまわりをまわった。少年たちはそれぞれ丈の短い黒いジャケットにぴったりしたズボンという格好をして、ヴェルヴェットの帽子を手にしていた。音楽は鞭を鳴らすような音とともに燃え立つようになったり静かになったりしたが、近づくにつれてその音は大きくなった。ほかの観光客も五、六人、足を止めて踊りを見物していたし、子どもたちの両親や祖父母は水の枯れた噴水のそばの折りたたみ椅子にずらりと座り、少年たちが足を踏み鳴らす音や音楽が最高潮に達するたびに、拍手喝采していた。

私たちはほんの数分そこに足を止めたが、すぐにその広場から町の教会まで続く上り坂に入った。父はどんどん沈む夕陽についていて何も言わなかったが、ふたりの足取りは突然の日没で速まったような気がした。日の光がいきなりかき消えても、驚かなかっただろう。坂道を上っていくと、藍色に染まるピレネー山脈の稜線がくっきり浮かび上がった。やがて、その山影は藍色の空にまぎれて見えなくなった。教会の袂《たもと》からの眺望は並はずれていた——それはいまだに夢に見るあのイタリアの町で見かけた目も眩むような景色ではなく、果てしのない広大な景色で、平野や丘がいくつも集まって山麓の丘となり、その山麓の丘が高くそびえ立って、遠くの世界を完全にさえぎる黒っぽい峰となって続いていた。真下に目をやれば、麓の町の灯がぽつぽつともりはじめ、人びとが笑いさざめきながら通りや路地を歩いているのが見えたし、塀で囲まれたせまい教会の庭からはカーネーションのような香りが漂ってきた。陽炎《かげろう》で目に見えないものの輪郭を描くかのように、燕たちがくるりと輪を描きながら教会の塔を出入りしていた。そのなかに一羽だけ、すばしこいどころか、ふらふらとぎこちなく、千鳥足で旋回する燕がいることに気づいたが、薄暮を背景としてかろうじて浮かび上がる姿をよく見れば、それははぐれ者の蝙蝠だった。

父はため息をついて、ずんぐりした石材の上に足をのせた——馬か何かをつないでおく杭か、ロバによじ登るための踏み台かな？　父は私のためにわざわざ口に出してそう自問した。それがなんであれ、その石は何世紀もこの景色を目にし、似たような夕暮れを幾度となく体験して、比較的最近では、高い壁で囲まれた町の通りやカフェを照らす灯りが蠟燭《ろうそく》から電灯へと変わるのを目の当たりにしていた。ごちそうに舌鼓を打って澄みきった空気を吸いながら散策したあと、いまはここで教会の壁によりかかっているとあって、父はまたくつろいでいるように見えたが、私には彼が無理に肩の力を抜いているように見えた。あのレストランの支配人の話になぜあんな妙な反応をしたのか、父に尋ねる勇気はなかったが、それをきっかけに、父にとっては、私に語りはじめているあの話以上に、恐ろしい話があるのではないかと感じていた。今回は例の話の続きをしてくれと父に頼む必要はなかった。もっとひどい話に触れるぐらいなら、こちらの話をしたほうがましだとでも言うようだった。

◆　◆　◆　◆

8章

一九三〇年十二月十三日
オックスフォード大学トリニティ・カレッジ

親愛なる、そして不運なるわが後継者へ

今日は教会暦では光の聖人ルチアの日、スカンディナヴィアの商人たちが苦労して南イタリアから母国へもちこんだ聖なる存在の記念日だということで、多少は心安らかでいられる。一年でいちばん日が短く、寒い日を迎えようとしているいま、光とぬくもりほど、闇の力から――内側の闇、外側の闇、永遠の闇の力から――身を守ってくれるものがあろうか？　だから、私はまたひとつ眠れない夜を過ごして、まだここに居残っている。私がいまは枕の下に輪にしたにんにくの花を忍ばせてまどろむと言っても、あるいは、無神論者の私が小さな金の十字架の首飾りを肌身離さず着けていると言っても、きみはそれほど困惑しないのでは？　もちろん、そんなことはしていない。その手のお守りのことを考えるのはきみに任せよう。知的なものにも、心理的なものにも、お守りに相当するものはある。少なくとも、私は後者のお守りに昼も夜もすがりついている。

私の調査に話を戻すと、そう、私はこの夏、旅先にイスタンブールを加えるために旅行計画を変更した。それは一冊の小さな羊皮紙の本に魅入られたためだった。オックスフォードでもロンドンでも、あの謎めいた白紙の本の〝ドラクリア（Drakulya）〟に関係ありそうな文献は手に入るかぎりことごとく調べていた。この問題に関しては山ほどノートもとっていたが、不安に苛《さいな》まれる未来の読み手よ、そのノートはこの手紙といっしょに見つかるはずだ。あとでわかるが、私はいまではそのときよりいささか調査の手を広げているし、それがきみの指針となるだけではなく、きみの身を守ってくれることを願っている。

ギリシアへ出発する前日、私はこの無意味な調査や、偶然発見された本に記されたでたらめな手掛かりの追跡から、手を引くつもりでいた。自分がそれを運命の挑戦だと勝手に受け止めているのだと気づいていたし、信じてもいないくせに、ただとにかくどんなものの足跡でも突き止められることを証明したいばかりに、いわば、学者の見栄から、ドラクリアというとらえどころのない邪悪な言葉を追いかけて歴史をさかのぼろうとしているということも、百も承知だったからだ。

実際、私は洗い立てのシャツや日に焼けた麦わら帽子をかばんに詰めているうちに落ち着いてきて、純粋な心持ちになりかけていたので、その旅行前日の午後、もうすこしですべてを投げ出すところだった。

だが、いつものように、旅行の準備は早々と入念にすませてしまい、翌朝の列車の時間に合わせて寝るにしても、まだ少々時間があった。〝黄金の狼亭《ゴールデン・ウルフ》〟へ行ってスタウトを一杯ひっかけていれば、そのうち親友のヘッジズがやってきたかもしれないし――だが、私は意に反して不幸なまわり道をしてしまうのだが――最後にもう一回だけ、九時まで開いている稀覯図書室に立ち寄ってもいい。そこにはかねがね調べてみるつもりだったファイルがあり（もっとも、無駄足に終わるだろうと思っていたが）、ヴラド・ドラキュラの生存期間にぴったり重なるとおぼしき〝オスマン帝国〟の項目があった。そのファイルに載っている文書は、もっぱら十五世紀半ばから末期までのものだったからだ。

もちろん、私は自分に言い聞かせた。ヨーロッパやアジアじゅうへ出かけて、その時代の資料をしらみつぶしに探しまわることなどできない、と。それには何十年も――一生が何回あっても足りないほど――かかるだろうし、これはとんでもない骨折り損で、論文のネタにもなりそうになかった。だが、私は陽気なパブ――何人ものへぼ学者がここで身を滅ぼしてきたのだが――に背を向け稀覯図書室へ向かった。

なんなく見つけたその箱ファイルには、平らに広げられたオスマン帝国時代の短い巻物が四、五巻入っていた。すべて十八世紀に大学へ寄贈されたものだ。どの巻物もアラビア語の飾り文字で埋め尽くされていた。そのファイルの表に書かれた英語の説明を読めば、私にとってこれが宝の山でもなんでもないことは確かだった（私がすぐさま英語の説明を参照したのは、私のアラビア語が悲しいほど未熟だからだが、たぶん上達することはないと思う。何もかも捨てて言語学に身を捧げるのでもないかぎり、ほんのひと握りの言語にしか勉強の時間は割けないものだ）。その巻物のうちの三巻は、メフメト二世がアナトリアの住民に課した税の目録だった。最後のひとつには、サラエヴォやスコピエといった都市から徴収した税のリストが載っていた。ワラキアのドラキュラの住まいにいま現在住んでいるとすれば、サラエヴォやスコピエは若干身近なところだが、それでも、当時のドラキュラの領地から見れば、オスマン帝国の遠いはずれにあたる場所だ。私はため息をついてその書類をまた集め直し、これからでも〝黄金の狼亭〟へ顔を出して、短いながらも充実したひとときを過ごしてはどうかと考えた。だが、その羊皮紙の文書を、ボール紙の箱ファイルに戻そうとしたところで、最後の巻物の裏側にちょっとした書きこみがあることに気づいた。

サラエヴォとスコピエで作成されたそのスルタン向けの公用書類の裏側には、短いリストというか、気まぐれな落書きというか、昔ながらのいたずら書きのようなものが書かれていた。私は好奇心に駆られて読んでみた。どうやらそれは支払い記録のようだった――購入品目は左側に、代金は右側に、通貨単位を明記することなく書き留められていた。〝栄光あるスルタン陛下にピューマの子ども五匹、四十五〟と、私は興味深く読み上げた。〝スルタン陛下に宝石付きの金のベルト二本、二百九十、スルタン陛下に羊の皮二百枚、八十九〟そこで、最後の項目が目に留まり、その古びた羊皮紙を持っている腕にぞっと鳥肌が立った。〝ドラゴン騎士団の地図と軍事記録、十二〟。

先ほど打ち明けたように、私のアラビア語の知識がお粗末なら、どうしてひと目でそこまでわかるのかと疑問に思うことだろう。明敏なるわが読み手よ、きみは私のために眠らないで、この労作に目を通し、話の筋を丹念にたどってくれる。ありがたいことだ。じつを言えば、この走り書きは、この中世の備忘録は、ラテン語で書かれていた。その下にぞんざいに記された、かすかな日付を見たとたんに、それは脳裏に焼きついた。一四九〇年。

たしか、一四九〇年には、ドラゴン騎士団はオスマン帝国軍に鎮圧され、壊滅していたはずだし、ヴラド・ドラキュラはその十四年前に亡くなっていて、言い伝えによれば、スナゴフ湖の修道院に埋葬されていた。ドラゴン騎士団の地図や、記録や、秘密は——このとらえどころのないものが何を指しているのかはともかく——宝石をちりばめたベルトや異臭を放つ大量の羊毛に比べると、ずいぶん安い値段で買われていた。ひょっとしたら、それはこの商人が土壇場になって急に買う気になって、購入品の山にぽんと付け加えた品なのかもしれない。博識なスルタンのご機嫌をとる珍品として、占領地のお役所仕事の実例として。このスルタンの父親か祖父は領土のはずれの悩みの種だった野蛮なドラゴン騎士団にしぶしぶ賛辞を贈っていたはずだ。この商人はラテン語が書けて、スラヴ語かラテン語の方言を話す、バルカン半島の漂泊の民だったのではないだろうか？　とりあえず字が書けるのだから、教養が高いことはまちがいなく、三か国語か四か国語は自由自在にあやつれるユダヤ人の商人だったのかもしれない。何者だったにしても、こうした出費をメモしてくれたことに私は心から感謝した。この商人が戦利品を積んだ隊商をつつがなく送り出していたら、それがまた無事スルタンのもとにたどり着いていたら、そして——とりわけありそうにない話だが——宝石や、銅箔や、ビザンティン帝国のガラスや、異教徒の聖遺物や、ペルシアの詩集や、カバラの本や、地図帳や、星座図が収められたスルタンの宝物蔵に、その戦利品がいまなお残っているとしたら——

図書館の受付に行ってみると、図書館員は引き出しの中を調べていた。「すみません」と、私は声をかけた。「歴史文書を保管する文書館の国別リストはありませんか？　たとえば、その——トルコの文書館のリストは？」

「どういうものを探しているのかはわかりますよ。網羅されてはいませんが、大学や博物館に関してはそういうリストがあります。ただ、うちにはありません——中央図書館の受付へ行けば、見せてくれるでしょう。開館は明日の午前九時です」

私が乗るロンドン行きの列車の発車時刻は十時十四分だという覚えがあった。見こみがありそうなところをざっと調べるには十分かそこらしかかかるまい。そして、そのなかにメフメト二世の名前か、すぐ次の後継者たちの名前が登場したら——まあ、どちらにしても、もうロードス島はそれほど見物したくなくなっていた。

深い悲しみに沈むバーソロミュー・ロッシ

周囲の喧騒をよそに、高い丸天井の図書館の中で、時は止まってしまったかのようだった。ぼくは手紙を一通読み終えていたが、少なくともあと四通は残っていた。顔を上げると、上方の窓の外に青い深淵が広がっていることに気づいた。黄昏だ。あのなかをひとりで家まで帰らなければならないのかと、ぼくは怯えた子どものように考えた。またしても、ロッシの研究室のドアに駆け寄り、勢いよくノックしたいという衝動に駆られた。そうすれば、きっとデスクの黄色い灯りを浴びて静かに原稿のページを繰っているロッシに会えるはずだ。ぼくはまたあらためて途方に暮れた。友人を亡くした人が、その実感の湧かない状況に、受け入れがたい思いに、戸惑うように。実際、ぼくは怖気づいていたが、それとおなじくらいまごついてもいて、そんな精神状態でいつもの自分を見失っていたので、うろたえればうろたえるほど恐怖は募った。

こんなことを思いながら、ぼくはテーブルの上にきちんと小分けされた書類の山にちらりと目をやった。テーブルの大半はぼくが広げた資料でふさがっていた。だから、誰もこれまでぼくの向かい側に腰を下ろそうとはしなかったし、そのテーブルのほかの椅子にも座ろうとしなかったのかもしれない。この資料をぜんぶかき集めて持ち帰り、この続きは家でしたほうがいいのではないかと思案していると、若い女性がこちらへ近づいてきて、テーブルの端の席に着いた。あたりを見まわしてみると、この目録コーナーのテーブルはすべて満席で、各自の本や、タイプ原稿や、カード式目録の引き出しや、メモ用紙が散らばっていた。ほかに座る場所がなかったのはわかったが、ぼくは急にロッシの資料を守らなければという気になった。他人がなんの気なしにちらりと目をやるのが怖かった。どう見てもいかれているように見えるのでは？　いや、資料ではなく、このぼく自身のことが？

ぼくはいまにも、もとどおりの順番を守るように気をつけながら、書類をかき集めてしまいこもうとしていた。カフェテリアで申し訳なさそうに相席になった人に、そうでなくても本当に席を立つところだったのだと嘘でも思いこませようとする場合のように、あのゆっくりした礼儀正しい物腰で立ち上がろうとしていた——そのとき、ふと、その若い女性が開いている本に気づいた。彼女はすでに真ん中あたりのページをぱらぱらめくっており、ノートとペンはいつでも使えるように手近に用意してあった。ぼくは愕然として、その本の題名から彼女の顔へと視線を走らせると、彼女がそばに置いたまたべつの本にも目をやった。それから、ぼくはまた彼女の顔を見つめた。

それは若い顔だったが、早くもごくわずかながら老いが上品に忍び寄っていた。ぼく自身も毎朝鏡を見るたびに気づいたが、彼女の目のまわりにもかすかにしわが寄り、わかるかわからないほどうっすらと疲労のヴェールで覆われていたので、大学院生にちがいないとわかった。それは中世の祭壇の絵に描かれていてもおかしくない優雅で骨ばった顔でもあり、頬骨が微妙に張っているおかげで、やつれた顔にならずにすんでいた。顔色は青白かったが、一週間も日向にいれば、オリーヴ色になりそうだった。まつげは伏せて本のほうに向けられ、きりっと引き締まった口元と伸びやかな眉毛は、なんであれいま目で追っているページに書かれていることに油断なく身構えていた。黒髪は額から外に飛び跳ねていて、身だしなみにうるさいあの当時には、おしゃれというよりは元気のいいヘアスタイルといったほうが近かった。研究対象ならごまんとあるこの場所で、彼女が読んでいた本の題名は――ぼくは驚いて何度も見直したが――『カルパティア山脈』だった。そして、黒っぽいセーターのひじの下には、ブラム・ストーカーの『吸血鬼ドラキュラ』が置かれていた。

そのとき、その若い女性はちらりと目を上げ、こちらをまともに見た。ぼくはそこではっとして、彼女をずっと露骨に見つめていたことに気づいたが、それが癇《かん》にさわったにちがいない。その証拠に、こちらを見返した暗くて深いまなざしは――その瞳の奥底には、蜂蜜のように琥珀色の好奇心も宿っていたが――あからさまな敵意に満ちていた。ぼくは当時のいわゆる女たらしではなく、むしろ、ちょっとした世捨て人だったが、恥を知るぐらいの分別はあり、あわてて釈明しようとした。あとでわかったが、彼女のとげとげしさは、人目を引く容貌のせいで見つめられてばかりいる女性一流の防衛反応だった。「すみません」と、ぼくは急いで言った。「あなたの本につい目が行ってしまって――つまりその、あなたが読んでいる本が気になったんです」

彼女は本を目の前に広げたまま、取りつく島もなくじっとぼくを見つめ返すと、ゆるやかに弧を描く黒い眉をぐっと吊り上げた。

「その、じつはぼくもおなじテーマを研究しているんですよ」と、ぼくは食い下がった。彼女の眉はさらに心持ち吊り上ったが、ぼくは自分の前にある書類を指し示した。「いや、ちょっとちがうな。ただ資料を読んでいただけなんだけど、この——」ぼくは目の前にあるロッシの資料の山を見て、唐突に口をつぐんだ。吊り上った目じりに軽蔑の色が浮かんでいたので、ぼくの顔は火照《ほて》った。

「ドラキュラの?」と、彼女はあざけるように言った。「そこにあるのがあなたの持っている一次資料みたいね」その口調には、どこだか思い出せない強い外国なまりがあった。声はおだやかだったが、それは図書館という場所柄、抑えているからで、いざとなれば、いきなり本領を発揮しそうだった。

ぼくは戦法を変えてみた。「こういう本は好きで読んでいるの? つまり、楽しみのためにってことだけど。それとも、調べものをしているだけ?」

「好きでですって?」彼女はいまだにその本を開いたままにしており、たぶん、使えるものはなんでも使ってぼくの気をそごうとしていた。

「だって、論文のテーマとしては変わっているし、カルパティア山脈に関する本まで借り出したとなると、このテーマにとても関心があるにちがいないからさ」こんなにてきぱき答えたのは修士号の口頭試問以来のことだった。「ぼくもその本を借り出そうとしていたんだよ。はっきり言えば、二冊ともね」

「あらそう」と、彼女は言った。「どうして?」

「じつはね」と、ぼくは思いきって踏みこんだ。「これは、その——ちょっと変わった経緯で入手した資料なんだけど、これにはドラキュラの話が出てくる。ドラキュラに関する手紙なんだ」

そのまなざしの奥にかすかな興味が湧くのが見えた。あの琥珀色の光がついに勝利をおさめ、しぶしぶながらそれをこちらに向けたとでもいうようだった。彼女は椅子にすこしだけからだを沈めると、本から手は離さずに、なんとなく男のようなくつろぎ方でリラックスした。それはこれまで何回となく目にしたしぐさだという気がした。考えごとには付きもののこの気のゆるめ方、会話に集中するときのこの落ち着き方。どこで見たのだろう?

「正確に言って、その手紙はなんなの?」と、彼女は外国なまりの口調で静かにきいた。本題に入るまえに、とりあえず自己紹介をして、信用のおける人物であることを証明すべきだったと、ぼくはほぞを噛んだ。どういうわけか、ここまで来たらもうやり直しはきかないと――いきなり手を差し出して握手し、学部はどこで専攻はなんでと説明するわけにはいかないと思った。彼女の姿は一度も見かけたことがなかったから、ほかの大学から転入してきた新顔ならともかく、そうでもなければ、歴史学科の学生のはずはないとも思った。それでも、ロッシをかばうために嘘をつくべきだろうか? 運を天に任せて、嘘はつかないことにした。ただ、単純に彼の名前は省いて話した。

「ぼくはある人の仕事を手伝っているんだけれど、その人は――ちょっと問題を抱えていて、二十年あまりまえにこの手紙を書いたんだ。ぼくにそれを託したのは、ぼくなら彼を現状から救い出すことができるかもしれないと思ったからで、その――現状というのは――何に関係があるかというと――彼が研究する、いや、つまり、研究していた――」

「わかったわ」と、彼女は丁寧だがひややかに言った。彼女は立ち上がり、とくに急ぐようすもなく、本を集めはじめた。いまはブリーフケースを手に取ろうとしていた。立ち上がると、想像どおり背が高く見え、肩幅が広くて、少々がっちりしていた。

「どうしてドラキュラを研究しているわけ?」と、ぼくはやけになって尋ねた。

「そうね、あなたの知ったことではないのは確かよ」と、彼女はそっけなく言うと、くるりと背を向けた。「でも、いずれは旅行するつもりでいるの。いつ実行するかはわからないけれど」

「カルパティア山脈へ?」ぼくはこの会話すべてに急に不安を覚えた。

「いいえ」彼女は見下したようにその最後の言葉を背後のぼくに投げつけた。それから、ついこらえきれなかったとでも言うように、それでも、とてもあとを追う気にはなれないほどさげすんだ口調で、こう続けた。「イスタンブールへ」

◆　◆　◆　◆

「おっ、大変だ」父は鳥たちがさえずる空をバックにいきなりつぶやいた。最後の燕たちの一団がねぐらをめざして頭上を飛んでいくところで、灯りの落ちはじめた町は谷間にゆっくり身を沈めようとしていた。「明日は山歩きが控えているんだから、こんなところでぼんやりしていないほうがいい。巡礼者は早めに床に就くものなんだよ。日暮れか、それぐらいの時間にはね」

私は足を組み替えた。下になっていた足はすっかりしびれて感覚がなくなっていたし、教会の庭を囲む石の壁が急にごつごつと肌に当たるような気がして、どうしようもなく居心地が悪かった。

それも、前途に待ちうけるベッドのことを考えると、なおさらに。ホテルまでよろよろと坂道を下っていくときも、足はぴりぴりしびれているはずだ。私はそんな足のしびれよりはるかに激しく、煮えたぎるようないらだちも感じた。父はまたしても話をやめるのが早すぎた。

「ほら」と、父は言うと、ふたりが腰を掛けている高台からまっすぐ向こうを指さした。「あれがきっとサンマチューだよ」

その指の先を追って、ひとかたまりになった暗い山に目をやると、その中腹に小さな揺るぎない光が見えた。その近くにはほかに灯りひとつないようだった。おそらく、その付近にはほかに人家ひとつないのだろう。幾重にも折り重なる黒い布の上にぽつんとひとつだけ散った火の粉のようで、高いとはいっても、いちばん高い峰に届くほどではなく——町と夜空のあいだに浮かんでいた。「そう、修道院はまさにあそこにあるはずだ」と、父はまた言った。「車道を通っていったとしても、明日の登りは相当きついぞ」

月の出ていない通りを歩きはじめると、私はなんであれ崇高なものをあとにして、高いところからいきなり下界に降りてくるときに付きものの、あのさびしさを覚えた。古い鐘楼の角を曲がるまえに、私は一度だけちらりと振り返り、あの小さな光の点を記憶に刻みつけようとした。それはやはりそこにあって、黒っぽいブーゲンビリアが植えられた崩れかけた家の壁の上できらめいていた。しばらくじっと立ち止まり、私はその光を見つめた。すると、一度だけ、その光はまたたいた。

◆
◆
◆
◆

9章

一九三〇年十二月十四日
オックスフォード大学トリニティ・カレッジ

親愛なる、そして不運なるわが後継者へ

できるだけ早く話を終えよう。私たちがふたりとも――その、少なくとも、生き延びるために、神の恵みと慈しみを受けて生き延びるために、きみは私の話からどうしても欠かせない情報を得なければならないからだ。生き延びるにもいろいろあると、悲しいかな、歴史学者《ヒストリアン》は身をもって知っている。人間の悪しき衝動は、何代も、何世紀も、何千年も続くことがある。だが、ひとりひとりの努力の結晶は、一回かぎりの人生でついえてしまいかねない。

それでも、話を先へ進めるとしよう。イギリスからギリシアへの旅はこれまで体験したことがないほどスムーズに進んだ。クレタ島の博物館の館長がわざわざ波止場まで出迎えにきてくれたし、夏のあいだにまた戻ってきてミノア時代の墓の発掘に立ち合わないかと誘ってくれた。おまけに、長年会ってみたいと思っていたアメリカ人の古典学者がふたり、おなじペンションに泊まっていた。

ふたりは勤務先の大学にいまちょうど教授ポストの空きがあるから——まさに私のような経歴の持ち主にうってつけの職だから——ぜひ問い合わせてみるようにと勧めてくれ、私の業績をほめちぎった。個人所蔵のコレクションも含めて、研究しようとした資料はすべてすんなり利用できた。午後になって博物館が閉館し、町がいつもの昼寝《シエスタ》に入ると、私はつる草に覆われた気持ちのいいバルコニーに出て、走り書きのメモに手を加えたが、その途中で、後日手がけるほかの論文のネタをいくつか思いついた。こういうのどかな状況にあったので、私はいまや病的な幻想のように思えることを、あのドラクリア(Drakulya)という奇妙な名前の追跡をすっぱりやめてしまおうかと考えた。その本の手元から離したくなくて、あの古書は持参していたが、もう一週間も開いていなかった。その本の呪縛から解き放たれたような気がした。だが、どういうわけか——徹底的に調べないと気がすまない歴史学者の几帳面さのせいか、あるいは、純粋に追跡が好きなだけかもしれないが——私はあくまでも自分の計画どおりに、イスタンブールへ行かずにはいられなかった。さて、ここでそのイスタンブールの文書館で起きた変わったできごとについて話さなければならない。たぶん、これはこれから述べるいくつかの話のうち、きみの不信の念をかき立てる最初の話となるだろう。最後まで読んでくれることを願うばかりだ。

仰せにしたがって、ぼくは隅々まで読んだ、と父は言った。その手紙には、ロッシがメフメト二世の資料室で体験した身も凍るようなできごと——そこで、串刺し公ヴラドの墓の所在地を示していると思われる、三か国語の注釈が入った地図を発見したこと、その地図を意地の悪い役人に取り上げられたこと、その役人の首には水ぶくれになった小さな傷がふたつあったこと――が、また記されていた。

その話についてのロッシの文体は、そのまえの二通の手紙に見られた簡潔さと抑制をいくぶん失い、間延びして荒《すさ》んで、ひどく動揺しながらタイプを打ったかのように、小さなミスを連発していた。ぼく自身も不安だったが(なにしろ、そのときは夜で、ぼくはすでにアパートに戻り、ドアに閂を掛け迷信深くカーテンを閉めて、ひとりきりでその手紙を読んでいたからだ)、そのできごとを説明するロッシの言葉づかいに目が留まった。それはほんのふた晩まえに、ぼくに話してくれた内容を忠実になぞっていた。まるで、その話は四半世紀のあいだ彼の脳裏にくっきり刻みこまれ、はじめてその話をする相手には、ただすらすら読み上げるだけでいい、とでもいうように。

手紙はあと三通残っており、ぼくは次の手紙を熱心に読みはじめた。

一九三〇年十二月十五日
オックスフォード大学トリニティ・カレッジ

親愛なる、そして不運なるわが後継者へ
卑劣な役人があの地図を奪い取った瞬間から私の運は尽きた。ホテルへ戻ってみると、部屋の天井の一角が崩落したので、支配人は私の荷物をまえよりせまくて汚い部屋へ移していた。この間に、私の書類の一部がなくなり、ことのほか気に入っていた金のカフスも消え失せていた。
新たにあてがわれたせせこましい部屋にこもり、私はすぐさまヴラド・ドラキュラの生涯をまとめた自分のノートの内容を――それに、文書館で目にした地図を――記憶から呼び覚まそうとした。それから、あわただしくギリシアへ戻り、クレタ島に関する研究を再開しようとした。いまや自由に使える余分な時間があったからだ。

クレタ島への船旅は海が大荒れに荒れて、生きた心地がしなかった。フランスの悪名高いミストラルよろしく、尋常でない熱風が絶え間なく島に吹きつけた。まえに泊まったペンションはふさがっていて、暗くてかび臭い、悲惨きわまりない宿しか見つからなかった。アメリカ人の仕事仲間はとうに島を発っていた。親切な博物館長は病に倒れていて、彼が墳墓の発掘現場に私を招待してくれたことなど誰も知らないようだった。私はクレタ島に関する調査を続けようとしたが、自分のノートを隅から隅まで読み返しても、何もひらめかなかった。町の人びとがすぐ口にする素朴な迷信も、以前の旅行では気がつかなかったにしろどこかで必ず聞いているはずの迷信でも、私のささくれだった神経をなだめることはできなかった。ギリシアの言い伝えでは、ほかの多くの国とおなじく、何かのまちがいで生き埋めになった人はもちろんのこと、きちんと埋葬されなかった遺体や、なかなか腐らない遺体はすべて吸血鬼《ヴリコラカス》になるとされている。クレタ島の居酒屋にたむろする老人たちは、私が見せた陶片の同類が見つかりそうな場所を説明したり、自分の祖父の世代が海に潜ってめぼしいものを略奪した古代の難破船のことをあれこれ説明するより、地元に伝わる二百十もの吸血鬼譚を語るほうがよっぽど興が乗るらしかった。ある晩、私は見ず知らずの人に〝健忘症〟というふざけた名前のついた地元の名酒をおごってもらったが、おかげで次の日は一日じゅう気分が悪かった。

実際の話、イギリスにたどり着くまで、何ひとつうまくいかなかったし、それもとんでもない暴風雨の日に帰国したので、これまで体験したことがないほどひどい船酔いになった。

それらが何かべつの意味をもつ場合に備えて、私はこうした状況をあえて書き留めている。少なくとも、それで、オックスフォード到着時に私がどんな精神状態だったかはわかるだろう。私は疲れ果て、気落ちし、怯えていた。鏡には、青白くてやつれた顔が映っていた。ひげ剃りの最中に切り傷をこしらえると、それも、粗忽者《そこつもの》でしょっちゅうしでかすのだが、私はそのたびに顔をしかめ、あのトルコ人の役人の首筋にあったかさぶたになった小さな傷を思い出して、自分自身の記憶の健全さをますます疑うようになった。ときどき、何やら果たしていない目的がある、はっきり思い出せない心づもりがあるという気がして、それが頭から離れずおかしくなりそうになった。私は孤独に苛まれ、人恋しくてたまらなかった。簡単に言えば、私はかつてない精神状態にあった。

もちろん、私はふだんどおりにやっていこうとして、この件はいっさい誰にも言わなかったし、いつものように細心の注意を払って来るべき学期の準備をした。ギリシアで出会ったアメリカ人の古典学者に手紙を書き、おふたりに後押ししていただけるなら、短期間でもアメリカで教鞭をとりたいとほのめかした。学位は修得したも同然で、新規まき直しの必要性をひしひしと感じており、環境を変えたほうが自分のためになるような気がしていた。クレタ島の陶器製造の研究における考古学的証拠と文学的証拠の合流点に関して短い論文を二本、仕上げてもいた。なんとか、持ち前の自制心で日々身を律し、日を追うごとに落ち着きをとり戻した。

帰国してから一か月は、あの不愉快な旅の記憶をすべて押し殺そうとしただけではなく、荷物の中に入っているあの奇妙な本にも、そのせいで軽はずみにはじめた調査にも、新たな関心をもたないように心がけた。それでも、私の心のうちでふたたび自信がむくむくと湧き上がり、好奇心がまた――意地になって――頭をもたげてきて、私はある晩、例の本を手に取り、イギリスとイスタンブールでまとめたノートを整理し直した。その結果は――そのときからずっとあれはその結果だったと考えているが――即座に表れて、おぞましく、悲劇的なものだった。

ここでいったん筆を置く。勇気ある読み手よ、いまはこれ以上書く気になれないからだ。どうかここで読むのをやめずに、さらに追究してほしい。私が明日、自分にそれを強いるから。

深い悲しみに沈むバーソロミュー・ロッシ

◆　◆　◆　◆

10章

おとなになってから、私は時間が旅人にもたらす奇妙な感覚をたびたび経験している。あの場所をもう一度見つけ出したい、一度だけ偶然に出くわしたものを探し出したい、何かを発見する喜びをもう一度味わいたいと思うのだ。ときには、それ自体はとくに名所でなくてもふたたび探しまわることもある——たんにその場所を覚えているという理由だけで。もちろん、実際に探しあてたとしても、何もかもがちがっている。荒削りのドアはまだそこにあるが、記憶よりはるかに小さいし、天気は快晴ではなく曇りで、季節は秋ではなく春、友達三人といっしょではなくひとりきりだ。さらに悪いことに、ひとりではなく友達三人といっしょということもある。

未熟な若い旅人はこんな感覚を味わうことはめったにないが、私は身をもって体験するまえに、ピレネー・ゾリアンタル県のサンマチューで、父の胸のうちにそんな思いがあることに気づいた。父が何年もまえにそこへ行ったことがあるのはすでに知っていたので、はっきり見てとったというより、父のなかにその謎めいた反復願望があるのを感じた。しかも、奇妙なことに、この場所はこれまでふたりで訪ねた場所にはなかったかたちで父を引きつけ、放心状態にさせた。彼は私と訪ねるまえに一度エモナ地方に行ったことがあったし、ラグーザには数回足をのばしていた。マッシモとジュリアの石造りの家には以前にも何度か立ち寄って、おいしい夕食をごちそうになっていた。だが、サンマチューでは、父はこの場所に、文字どおりずっと恋いこがれていたのだという気がした。私にはわからないなんらかの理由で何度も考え、誰にも言わずに心のなかでその場所を再現していたのだ、と。父はいま口を閉ざしていたが、それでも、道が大修道院の外壁に向かう上り坂になるまえに、そのカーヴには見覚えがあるとつぶやき、のちには、どの扉が礼拝堂に、修道院に、そして――最終的には――地下聖堂に通じているか知っていた。この手の記憶力の良さはいまにはじまったことではない。以前にも有名な教会で、父がしかるべき扉に迷わず手を伸ばすところを、正しい角を曲がって古風な大食堂へ入るところを、木陰になったしかるべき砂利道の私道に入り、しかるべき番所で足を止めて入場券を買い求めるところを、さらには、前回極上のコーヒーを飲んだ店の場所を思い出すところを、私は何度も見たことがあった。

サンマチューできわだっていたのは、彼の注意の向かう先だった。四方の壁や修道院の回廊にはほとんどぞんざいに目を走らせるだけだった。〝おや、あっちの扉の上にあのすばらしいタンパンがある。たしか、こちら側にあると思ったのに〟と、ひとり言をつぶやくかわりに、父はすでに目を閉じたままでも説明できる光景をひとつひとつ正しいかどうか確かめているように見えた。糸杉が陰を落とす険しい斜面を登り終えて正面入口にたどり着くまえから、私にもじわじわとのみこめてきたが、彼がここで記憶しているのは建築物の細部ではなく、できごとだった。

茶色の長衣を着た修道士がひとり、木製の扉のわきに立って、静かに観光客たちにパンフレットを手渡していた。「まえにも言ったとおり、ここはいまだに現役の修道院なんだよ」と、父はふつうの話し声で言った。私たちは修道院の壁が落とす影にすっぽり包まれていたが、父はサングラスをかけていた。「ここでは観光客を一度にまとめて数時間だけ入れて、あとは静寂を保てるようにしているんだ」その修道士に近づくと、父は相手にほほえみかけ、手を差し出してパンフレットを受け取ろうとした。「ありがとう《メルシ・ボクー》──一部だけでけっこうです」と、父は例によって礼儀正しいフランス語で話していた。だが、今度ばかりは、子どもが親に向ける勘の鋭さで、私は、父が以前ここに来たとき、たんにカメラを手にして見物しただけではなかったと確信した。ガイドブックで美術史上の見どころはすべて押さえていたとしても、彼はただ〝観光〟をしたのではなかった。そうではなく、ここで父の身に何か起きたのだということをはっきりと感じた。

　私が次に受けた印象は最初の印象とおなじぐらいはかなく消えたが、こちらのほうが鮮明だった。父がパンフレットを開いて、石の敷居に片足をかけ、頭上の魔物の浮き彫り模様ではなく（ふつうなら彼の目に留まるたぐいのものだ）、手元の文面のほうへなんともさりげなく頭を下げたのを見て、私たちがこれから入ろうとしている聖域に対して、彼が過去の感情を失っていないことに気づいた。直感に思考が追いつくまで息をつくまもなかったが、私が気づいたその感情とは──悲嘆か恐怖のどちらかか、さもなければ、そのふたつがないまぜになった恐るべきしろものだった。

　サンマチュー・デ・ピレネー・ゾリアンタルは海抜四千フィートの高さにある──鷲が旋回する、この壁で囲われた風景を見て思うほど、海から遠いわけではない。赤い屋根の修道院は危なっかしいほど山頂高く築かれていて、尖峰のひとつの岩からじかに生えているように見えるが、それはあながち嘘ではない。付属教会の最古の建物は一〇〇〇年に岩場そのものを切り開いて造られたからだ。大修道院の正面入口は後期ロマネスク様式で、何世紀にもわたって陣取り合戦をくりひろげてきたイスラム世界の美術の影響も受けている。四角い石造りの正門には、イスラム風の幾何学模様のふちどりが麗々しく施され、ライオンとも、熊とも、蝙蝠とも、グリフィンともつかない生き物、キリスト教世界の怪獣が二匹、顔をゆがめ、うなり声を上げる姿で浅浮き彫りになっている――血筋をたどればなんでもありの、この世に存在し得ない動物だ。

中には、サンマチューの小さな大修道院教会とすばらしく優美な修道院がひっそりたたずんでいる。こんな目も眩むような高地にあってもそこは薔薇の生垣で囲まれ、周囲の回廊にはねじり柱がずらりとめぐらされている。その赤い大理石の柱は、サムソンのような怪力の芸術家がひょいとひねってらせん状にしたのではないかと思うほど、見た目には華奢でいまにも折れそうに見える。広々とした中庭の敷石には日差しが燦々と降りそそぎ、青空がふいに頭上に開けてアーチを描く。

だが、中へ入るなり私の注意を引いたのは、ちょろちょろと水が流れる音だった。こんなからからに乾燥した高地では思いがけなくも心地よく、しかも、岩清水のように自然な水音だった。それは回廊の噴水の音で、そこはかつて修道士たちが瞑想しながら歩いたはずのところだった。噴水は赤い大理石でできた六面体の水盤で、外側の平らな面は、この修道院のミニチュア版を描いた浮き彫り模様で飾られ、周囲の実物の姿をそこに映していた。この噴水の大きな水盤は、赤い大理石の六本の柱で支えられていた(水は中央にある支柱の一本の中を通って噴き上げているのだろう)。その外周には蛇口が六つぐるりと取り付けられていて、その下にある池にごぼごぼ水を流しこんでいた。噴水は妙なる音楽を奏でていた。

修道院の外側の端に行って、低い塀に腰を下ろすと、数千フィートの落差はある断崖を見渡すことができ、糸のように細い幾筋もの滝が、切り立った青い森をバックに白く浮かび上がって見えた。すでに山の頂きに腰掛けていた私たちを、不気味にのしかかる難攻不落のピレネー・ゾリアンタル県の最高峰がとり巻いていた。これだけ遠く離れていると、滝は音もなく下へなだれ落ちるか、たんなる霧のようにしか見えなかったが、背後ではあの活気に満ちた噴水が途切れることなく水音を立てていた。

「俗世を離れた生活」と、私の隣に腰を下ろしながら、父がつぶやいた。彼は妙な顔をしていて、めったにしないことなのに、私の肩に腕をまわした。「それはのどかなようだが、とても大変な暮しだ。そして、ときには危険なこともある」私たちは座ったままその断崖の向こうに目を凝らした。その深い谷にはまだ朝の光が届いていなかった。眼下に、きらりと光りながら宙に浮いているものがあった。父が言うまえに気がついたが、それは連なる尖峰の壁に沿って悠然と狩をする猛禽で、風に吹き流される一片の銅箔のように浮遊していた。

「鷲よりも高いところに建っている」と、父はつぶやいた。「鷲が古くからキリスト教のシンボルだということは知っているよね。聖ヨハネのシンボルだ。マタイ——聖マタイ《サン・マチュー》——のシンボルは天使で、聖ルカは雄牛、聖マルコはもちろん有翼の獅子《ライオン》だ。アドリア海ではそこらじゅうでそのライオンを目にする。聖マルコはヴェニスの守護聖人だからだ。あのライオンは前足で本を持っている

──その本が開いていたら、その像か浮き彫りはヴェニスが平和なときに彫られたということだ。本が閉じていたら、ヴェニスは戦争中だったということになる。ラグーザでも見かけたね──覚えてる?──本は閉じた状態で、城門のひとつの上に飾られていた。で、今度はこの場所を守る鷲の姿も見たわけだ。そうだな、ここには護衛が必要だ」父は顔をしかめ、立ち上がると、さっと身をひるがえした。その瞬間、私は彼がここを訪ねたことを後悔して、いまにも泣きだしそうになっているのではないかと感じた。「さあ、中を見学しようか?」

地下聖堂への階段を降りはじめたところで、私はまた父があの一種異様な恐怖のそぶりを見せることに気づいた。私たちは熱心に歩きまわって回廊も、礼拝堂も、身廊も、吹きさらしの厨房棟も見終わっていた。地下聖堂はこのガイド無しツアーの最後の場所で、父が教会を見学するときによく言うように、病的な連中用のデザートだった。ぽっかり開いた階段の降り口まで来ると、彼はいささか慎重すぎるぐらいの足取りで前進しているようだった。腕も上げずに私を背後にかばい、その岩の穴倉に足を踏み入れた。ぎょっとするほど冷たい風が土臭い暗闇から吹き上がってきた。ほかの観光客たちはこの観光の目玉の見物をすませて、とっくに先へ進んでいて、私たちはふたりきりでそこにとり残されていた。

「これは最初の教会の身廊だったところだ」と、父はまったくふだんと変わりない口調で、言わずもがなの説明をまたくり返した。「大修道院の力が強くなって、どんどん増築できるようになると、連中はあっさり戸外へ飛び出し、この古い教会の上に新しい教会を建てた」どっしりした柱に取り付けられた燭台から、蠟燭が暗闇をさえぎって光を投げかけてきた。後陣の壁には十字架が彫りこまれていた。それは後陣の中に置かれた石の祭壇か石棺――どちらとも言いがたかった――の上に影のごとく浮かんでいた。地下聖堂の側面にはまだふたつか三つ、ほかの石棺が置かれていた。小ぶりで素朴な造りで、なんの表記もなかった。父は深々と息を吸うと、その岩場にくり抜かれた大きな冷たい穴の中を見まわした。「初代の修道院長をはじめ、その後数代にわたる修道院長たちの安住の地だ。さあ、これで見学ツアーは完了だ。よし、お昼にしよう」

私は出る途中で立ち止まった。サンマチューについて何を知っているのか、何を覚えているのか、父に尋ねたいという衝動が怒濤のように押し寄せてきて、パニックになりそうだった。だが、黒い麻のジャケットを着た父の広い背中は、無言のうちにはっきりこう告げていた。〝待ちなさい。ものごとには潮時というものがある〟と。私はすばやくバシリカ式教会のいちばん奥に置かれたあの石棺のほうを見た。その形は粗削りでぼんやりとした光に浮かんでいた。その中に何が隠されているにせよ、それは過去の遺物であって、いくら想像をめぐらせても、それで秘密が暴かれることはない。

それに、推測するまでもなく、すでにわかっていることもあった。これから修道士たちの居住棟の下に設けられているテラスで、昼食をとりながら耳にする話は、ここからとても離れた町の話になるかもしれないということだ。そして、今回の訪問とおなじく、その話も私が気づきはじめているあの恐怖へ、父のうちに重く垂れこめているあの恐怖へ近づく、またべつの一歩であることは確かだろうということだ。マッシモがうっかり口を滑らすまで、どうして父はロッシの失踪の件を話したがらなかったのだろう？　あのレストランの支配人が生ける屍にまつわる伝説を披露してくれたとき、どうして真っ青になってむせ返ったのだろう？　この場所は、父の記憶にとり憑いて離れないものをまざまざと呼び覚ますところだった。本来なら恐ろしいというより神聖な場所であるはずなのに、彼にとってはあまりにも恐ろしい場所だったので、いまも肩を怒らせて身構えているのだ。ロッシのように、私も自分でこつこつ手掛かりを集める必要がある。この話に関しては、私も知恵がついてきた。

11章

サンマチューから帰って、次にアムステルダムの図書館へ行ったとき、ミスター・ビンネルトスは私の留守中にいくつか調べものをしてくれていた。私が教科書の入ったかばんを背負ったまま、学校から図書館の閲覧室へ直行すると、ビンネルトスはちらりと顔を上げてほほえんだ。「やあ、きみだったのか」と、彼はいつもの上品な英語で言った。「お若い歴史学者さん。いいものを見せてあげよう、きみの研究に役立つものだよ」あとについて彼のデスクに行くと、ビンネルトスは本を一冊取り出した。「これはそんなに古い本じゃない」と、彼は言った。「でも、とても古い話がいくつか載っていてね。あまり読んでいて楽しい話じゃないけれど、たぶん、レポートを書くときには参考になると思うよ」ミスター・ビンネルトスは私を席に着かせた。私は遠ざかる彼のうしろ姿をありがたく見送った。ひどい話を読ませてもだいじょうぶだと信頼されて感激していた。

その薄汚れた本は『カルパティア山脈の説話集』という題名で、ロバート・ディグビーというイギリス人の編纂者が自費出版した、十九世紀の大著だった。ディグビーの序文には、彼が未開の山地やもっと未開の言語のなかをさまよい歩いた顛末と、さらに一部でドイツ語やロシア語の資料も使ったことが記されていた。彼がまとめた話にも野蛮な雰囲気があり、語り口もかなり小説じみていたが、ずっとあとになってくわしく調べてみると、ディグビーの話は後世の編纂者や翻訳家が手がけたものと比べても、けっして引けをとらなかった。〝ドラキュラ公〟にまつわる話はふたつあり、私はそれを一心に読んだ。最初の話ではドラキュラが好んで野外で宴を開き、串刺しにした家来たちの死体に囲まれて食事をしたことが記されていた。ある日、召使がドラキュラの面前でおおっぴらに悪臭について不満をもらした。するとすぐさま、ドラキュラ公は家来に命じてその召使をほかの連中より上のほうで串刺しにさせ、死にかけている召使の鼻が悪臭に煩《わずら》わされないようにした。ディグビーは、これとはべつのヴァージョンも紹介しており、そちらの話では、ドラキュラはそのまえに串刺しにした連中に用いた杭より三倍長い杭を持ってこいと叫んだとされている。

ふたつ目の話もまた陰惨な話だった。オスマン帝国のスルタン、メフメト二世がドラキュラのもとへ二名の使節を派遣したことがあった。ドラキュラ公の前に伺候《しこう》しても、使節たちはターバンをはずさなかった。どういう了見でそんなに無礼なのかとドラキュラが詰問すると、ふたりはたんに自国の慣習に従っているまでだと答えた。〝では、わしがひと肌脱いでおまえたちの慣習を徹底させてやろう〟と言うと、ドラキュラはターバンを使節たちの頭に釘で打ちつけさせた。

私はこのディグビー版の短い話をノートにそっくり書き写した。ミスター・ビンネルトスが私のようすを見に戻ってきたときに、私は、ドラキュラと同時代の人が書いたドラキュラ文献を探してみたいんですけど、と頼んでみた。「いいですよ」と、彼は言って、重々しくうなずいた。これからデスクに戻るところだけれど、暇ができたらすぐにでも当たってみることにする。そのあとは

——彼はほほえみながら頭を振った——もっと愉快なテーマを見つけてみてはどうだろうか、たとえば、中世の建築とか。私は——やはり、ほほえみながら——考えてみます、と約束した。

◆ ◆ ◆ ◆

心地よい風が吹く、雲ひとつなく晴れ渡った暑い日には、ヴェニスほど活気に満ちあふれたところはこの世にない。船は無人のままいまにも冒険に乗り出そうとするかのように、ラグーナ(潟)で帆をふくらませ、飾り立てた派手な建物の正面は陽光を浴びて輝き、今日ばかりは潮の香もかぐわしい。街全体が帆を目いっぱい張った船のように、艫綱《ともづな》を解かれていまにも波間に漂い出しそうに見える。サンマルコ広場の端の運河では、シンバルを打ち鳴らすような、華やかだが低俗な音楽を奏でてモーターボートが通り過ぎるたびに沸き立つ。北のヴェニスと言われるアムステルダムで、こんな歓喜に満ちた天気は、街をさらに効果的に輝かせるだろう。だがここでは逆に、完璧な世界のほころびが目についてしまう——たとえば、裏通りの広場にある雑草だらけの噴水は、本当ならたっぷり水を噴き上げているはずなのに、鉄錆《てつさび》色の水が水盤のふちからぽたぽたしたたり落ちるばかり、聖マルコ寺院の青銅の馬たちは元気よく脚を跳ね上げていても、きらめく日差しを浴びるとみすぼらしい。ドゥカーレ宮殿の柱もいやになるほど汚らしく見える。

私がこの退廃的なお祭り気分についてひとこと言うと、父は笑った。「雰囲気にかけてはいっぱしの目利きだね」と、彼は言った。「ヴェニスは街自体が演じるショーが売り物だけど、世界じゅうから客が押し寄せて崇め奉ってくれるかぎり、多少の瑕《きず》は気にしないんだ」彼は身ぶりでオープンエアのカフェの――フロリアンの次にお気に入りの店だ――周囲にいる、帽子や淡い色のシャツを海風にはためかせている汗まみれの観光客たちを指し示した。「まあ、夕方になるまで待ってごらん、期待は裏切らないよ。舞台にはもっと柔らかい照明が必要だ。あまりの変身ぶりにきっと驚くから」

いずれにしてもいまは、動く気になれないほど居心地がよかったので、オレンジエードを飲みながら、うれしい驚きを待つのは願ってもないことだった。この暑さは秋がふらりと訪れるまえの夏の最後のひとあがきだった。秋になれば、もっと授業時間が増える。それでも、運が良ければ、父が話し合いや、歩み寄りや、激しい駆け引きの地図を描いてさまよい歩くときに同行して、ちょっぴり勉強しながらの旅ができるだろう。この秋、父はまた東欧に行くはずで、私は早くも同行を求めてロビー活動をしていた。

父はビールを飲み干すと、ガイドブックをぱらぱらめくった。「そうだ」と、彼は急に思いついたように言った。「聖マルコ寺院だ。ほら、ヴェニスは何世紀にもわたってビザンティン帝国のライバルで、しかも巨大な海軍国だっただろう？　現に、ヴェニスはビザンティウムから目を瞠《みは》るようなしろものをくすねている。あそこにあるあのメリーゴーランドの動物も含めてね」私はカフェの日除けの下から聖マルコ寺院を眺めた。そこにある青銅製の馬たちはじゃらじゃら飾り立てられた鉛の丸屋根の群れをごっそり引きずっているように見えた。教会全体はこの日差しのなかで溶けかけていた――ぎらぎらとまばゆく熱い、地獄の業火に焼かれる宝物だ。「それはともかく」と、父が言った。「聖マルコ寺院は部分的にイスタンブールの聖ソフィアをまねて設計されている」

「イスタンブール?」と、私は抜け目なく言うと、氷を探してグラスの底をあさった。「ハギア・ソフィアに似てるっていうこと?」

「まあ、たしかに、ハギア・ソフィアはオスマン帝国に蹂躙《じゅうりん》された。だから、尖塔《ミナレット》が外側を守り、中にはイスラム教の聖句の入った巨大な楯がある。あそこではまさに東西の衝突を目の当たりにするわけだ。ただ、そうは言っても、建物のいちばん上には巨大な丸屋根がいくつも載っている。まぎれもなくキリスト教様式とビザンティン様式の特徴で、聖マルコ寺院もおなじだ」

「つまり、あの屋根と似ているわけ?」私は広場の向こう側を指さした。

「ああ、うりふたつと言ってもいいが、ハギア・ソフィアのほうが壮大だ。あの寺院の規模ときたら半端じゃない。息をのむような大きさなんだ」

「ふうん」と、私は言った。「もう一杯おかわりをもらってもいい?」

父はふいに私をぎろりとにらんだが、あとの祭りだった。私はもう、父もイスタンブールへ行ったのだということを知ってしまった。

◆　◆　◆　◆

12章

一九三〇年十二月十六日
オックスフォード大学トリニティ・カレッジ

親愛なる、そして不運なるわが後継者へ

この時点で、私の過去が追いついてきて、いや、私が過去に追いついたと言うべきか。これから書かなければならないのは、現在にいたるまでのできごとだ。そこで終わるといいのだが。こんな恐ろしい体験がこの先もさらに続くかもしれないと思うとたまらない。

前述のとおり、私はやむにやまれぬ中毒患者のごとく、結局はあの奇妙な本を手に取った。そのまえに私は自分に言い聞かせた。私の生活はもう正常に復している、イスタンブールでの体験は奇妙だったが、きっと説明のつく話で、旅行で疲れた頭のなかで大げさにふくらんでしまっただけだ、と。だから、私はその本をまた文字どおり取り上げた。そのときのことはありのままをきみに伝えるべきだと思う。

あれは十月の雨模様の晩だった。いまからほんの二か月前の話だ。新学期はもうはじまっていて、私は寮の部屋でくつろぎ、夕食後のひとときをのんびり過ごしていた。友人のヘッジズを待っているところだった。私の大好きな大学教官で、年は十歳しか離れていない。彼は不器用だがいたって気立てのいい男で、申し訳なさそうに肩をすくめたり、恥ずかしそうにやさしくほほえむのに隠されて、才気は目立たなかったが、往々にして、その舌鋒《ぜっぽう》は同僚ではなく十八世紀の文学に向けられていてよかったと思うほど鋭かった。これほど内気でなかったら、ロンドンのコーヒーハウスに集う、アディソンやスウィフトやポープといった、十八世紀の文豪たちのなかに難なく入りこめたかもしれない。友人はごくわずかで、親戚でもない女性とはまともに目を合わせたこともなかったし、オックスフォードの田園地帯を越える夢も抱いたことがなかった。ときどき柵にもたれかかって牛たちが草を食むのを眺めながら、そのあたりを散歩するのが好きだったからだ。温和な気性はその大きな顔や、ぼってりした手や、おだやかな茶色い瞳に如実に現れていたので、あの持ち前の冴えた皮肉がいきなり炸裂するまでは、鈍重な牛かアナグマじみて見えた。彼の研究の話を聞くのはいつも楽しかった。謙虚ながら熱のこもった口調で論じ立て、いつも私に研究に励むようにとはっぱをかけた。彼の名前は——まあ、どこの図書館でも、ちょっと嗅ぎまわればすぐにわかるはずだ。イギリスの天才作家を数名ばかり、一般読者受けするかたちでこの世によみがえらせた男だから。だが、ここではヘッジズという、私が付けた仮名で呼ぶことにしよう。彼が生前保っていたプライバシーと体面をこの物語のなかでも享受できるように。

この日の晩、ヘッジズは私がクレタ島でなんとかひねり出した二本の論文の原稿を持って私の寮の部屋を訪ねることになっていた。私に頼まれて、彼はすでにその原稿を下読みし、まちがいを正してくれていた。古代地中海の交易に関する記述の正否は判断できないにしても、ヘッジズは天使のごとき名文家で、それも、その正確さをもってすれば、まさに針の先端でダンスができそうなぐらいの天使だったから、しばしば私の文章に磨きをかけてくれた。私は三十分ばかり友情のこもった批評に耳を傾けてから、シェリー酒を片手に、真の友が炉端で脚を伸ばしてくつろぎ、近況を尋ねてくれる、あの至福のひとときを過ごすつもりでいた。もちろん、いまだに癒えない私の心の動揺について彼に事情を打ち明けるつもりはなかったが、それ以外のことはざっくばらんに話し合ってもいい。

待っているあいだに、私は暖炉の火をかき立て、薪をもう一本くべて、グラスを二個並べると、デスクの上を見まわした。この書斎は居間の役目も果たしており、十九世紀の家具の重厚感をそこなわないよう、いつもきちんと片づいて居心地がよいように気をつけていた。その日の午後はたっぷり仕事をこなしていて、六時に運んできてもらった料理をゆっくり平らげてから、論文の残りを片づけた。夜の闇は早くも入りこもうとしていたが、それと同時に、気の滅入る横なぐりの雨もやって来た。これはうっとりするほど美しい秋の夕べであって、陰惨きわまりないたぐいの晩ではないはずだ。だから、十分ばかり読む物を求めて、ずっと避けていたあの年代物の本に何気なく手をかけたとき、私はほんのかすかな胸騒ぎしか覚えなかった。その本はデスクの上の棚に並ぶそれほど気にならないものの中に押しこまれたままになっていた。私はそこに腰を落ち着けると、古びたスウェードのように柔らかい表紙が手にしっくりなじむ感触をまた心ひそかに楽しみながら、その本を開いた。

たちまち、何かおかしいと気づいた。たんに古くなった紙やひび割れた上質皮紙《ヴェラム》のほのかな香りだけではない臭いがページから立ち上ってきた。それは腐敗臭のような、胸が悪くなるひどい臭気、古い肉か腐った肉の臭いだった。以前はそんな臭いに気づいたことはなく、私は信じられない思いで、身を乗り出して臭いを嗅ぐと、本を閉じた。すぐにまた開いてみたが、またしても吐き気をもよおす臭気が立ち上ってきた。その小さな本は私の手の中で生きているようでいて、放つ息は死の臭いだった。

この心かき乱す悪臭のせいで、ヨーロッパからの帰途に味わった不安がまざまざとよみがえってきたが、私はかろうじて気を静めた。古い本というのは朽ちるものだ。それは本当だし、私はその本を持って暴風雨のなかを旅行していた。こんな臭いがするのはそれで説明がつくはずだ。この本をまた稀覯図書室へ持っていき、洗浄するとか、燻蒸消毒するとか、必要に応じた処置をとってもらう相談をしたほうがいいかもしれない。

この不愉快な存在に関わり合うのをずっと避けていたのでなかったら、私はこの時点でその本をまた片づけてしまっただろう。だが、このときは何週間かぶりに真ん中のページを開いて、あの風変わりな挿絵を、手にした旗越しに牙をむく、翼を広げた竜を見る気になっていたのだ。そのときふいにぎくりとするほど正確に、あるものが生々しく、そしてはじめてはっきりと見えた。私はそれほど視覚能力にすぐれていたわけではなかったが、一瞬意識が研ぎ澄まされ、その竜の輪郭が、広げた翼とくるりと輪を描く尻尾のシルエットが目に飛びこんできた。とっさに好奇心に駆られて、私はイスタンブールから持ち帰ったノート類の包みを引っかきまわした。その包みはデスクの引き出しに入れたまま放置されていた。ごそごそ探しまわって、ようやく目当てのものを見つけ出した。それは自分のノートから引きちぎったページで、イスタンブールの文書館で描いたスケッチ、つまりそこで見つけた地図の最初の一枚の写しだった。

覚えていると思うが、地図は三枚あった。縮尺を変えてとある地域を段階的に拡大していた。丁寧ではあるがつたない私のスケッチを見ても、その地域はきわめて特徴的な形をしていた。左右対称に翼を広げたけだものそっくりに見えた。長い川が曲がりくねりながらその地域から離れて南西へ向かい、竜の尻尾とおなじく、くるりと巻き上がるようにしてまたもとの方向へ戻っていた。妙に胸を高鳴らせ、私は木版画の挿絵をとっくり眺めた。竜の尻尾には棘があり、先端は矢印のような形をしていて、それは——ここで私はこのまえこの竜にとり憑かれたときには立ち直るのに何週間もかかったことなどすっぱり忘れて、はっと息をのみそうになった——私がスケッチした地図上でいえば、〝不浄なる墓〟の位置にあたる地点を指し示していた。

見た目には、そのふたつの図形は驚くほど似ており、偶然の一致とはとても思えなかった。あのイスタンブールの文書館でどうして気がつかなかったのだろう？　あの三枚の地図に描かれた地域が、まるで上空からその上に影を落としているとでもいうように、まさに私の竜の形を、翼を広げた陰鬱な竜の形をしているということに。旅行前、私をさんざん悩ませたその木版画には明白な意図が、伝えたいメッセージがあるにちがいなかった。それは見る者を脅し、威嚇し、力を礼賛するように作られていた。だが、しつこい追跡者にとってはそれは手掛かりかもしれない。指で自分を指し示すように、竜の尻尾がその墓の場所を指し示しているのだ。私だ、私はここにいる、と。それでは、あの中央地点に、あの〝不浄なる墓〟の中にいるのは誰なのか？　竜は鋭く尖った鉤爪でその答えをつかんで掲げていた。ドラクリア（DRAKULYA）と。

　のどの奥に刺すような緊張感を覚えた。自分の血のような味がした。私が受けた教育でも戒められているように、こういう結論には早まって飛びつくべきではないのはわかっていたが、私は理屈を越えた確信を抱いていた。ヴラド・ツェペシュが埋葬されたとされる場所、スナゴフ湖が載っている地図は一枚もなかった。これはツェペシュが――ドラキュラが――どこかべつの場所に、伝説にもきちんと確信をもって記されたことがない場所に眠っているということを意味するはずだ。だとするなら、彼の墓はどこにあるのだろう？　私は歯がみしながら、思わず声に出して自問した。それに、どうしてその場所は秘密にされているのか？

　そこに腰を据えてパズルの駒を組み合わせようとしていると、学寮の廊下を歩く聞きなれた足音がして――足を引きずる、親しみの湧くヘッジズの歩き方だ――私はぼんやりと、この資料を隠してドアを開け、シェリー酒を注いで、気をとり直して、楽しい会話にのぞむべきだと思った。書類をかき集めながら、立ち上がろうと椅子から腰を浮かしたところで、ふいに静けさに気づいた。それは演奏中にミスをして、ひとつの音を押さえるのが一拍長すぎたために、ちゃんとした和音にならず、聴衆の注意を引きつけてしまったときのような感じだった。あの聞き慣れた心地よい足音は私の部屋の前で途絶えていたが、いつもとちがって、ヘッジズはまだノックをしていなかった。私の鼓動がそれとわかるほど乱れはじめた。がさがさと書類を集める音や、もうすっかり暗くなった窓の樋《とい》に雨がぱらぱら落ちる音越しに、低い雑音が聞えた――頭に血が上る音だった。私は本をぽとりと落とし、廊下に通じるドアへ駆け寄ると、鍵を開け、ぐいとドアを開いた。

ヘッジズはそこにいたが、頭をのけぞらせ、からだは横にねじれた状態で、磨きこまれた床の上に倒れていた。ものすごい力で投げ飛ばされたかのようだった。彼が叫ぶ声も倒れる音も耳にしていないことに気づいて、私は身震いするほど胸が悪くなった。ヘッジズの目は開いたままで、私の背後の虚空をじっと凝視していた。永遠とも思えるほど長いその一瞬のあいだ、私はヘッジズが死んでいるのだと思った。そこで、彼は頭を動かし、うめき声を上げた。私はかたわらにしゃがみこんだ。「ヘッジズ!」

彼はまたうめき、ぱちぱちとまばたきした。

「聞えるかい?」私はあえいだ。ヘッジズが生きていたので、安堵のあまり泣きそうになっていた。そのとき、彼の頭がびくりと引きつって横倒しになり、首筋にある血まみれの傷があらわになった。傷口は大きくなかったが、見るからに深そうで、犬が飛びついて肉を引きちぎろうとでもしたかのように見えた。おびただしい出血がシャツの襟にかかり、肩を伝って床に落ちていた。

「誰か、助けてくれ!」と、私は叫んだ。この学寮が建てられてから何世紀ものあいだ、このオーク材の羽目板張りの廊下に降りた静寂をこれほど乱暴に破った者がいたとは思えなかった。それに、叫んだところでなんになるというのか。今夜は仲間の大半が学寮長と食事する夜だった。そのとき、廊下の突き当たりのドアがぱっと開き、ジェレミー・フォレスター教授の従者がこちらへ走ってきた。それ以来寮を出てしまったが、ロナルド・エッグという気のいい男だった。彼はひと目で事情をのみこんだらしく、目が飛び出しそうになるほど驚いていたが、すぐにひざまずいて自分のハンカチをヘッジズの首の傷に巻きつけた。

「いいですか」と、彼は私に言った。「ほかに怪我をしていなければ、この人の上体を起こして、傷口を心臓より上に持ち上げたほうがいい」彼はヘッジズのこわばったからだを上から下まで念入りに触り、私の友人が抗議しなかったので、私とふたりで引き起こして壁にもたれかからせた。私が肩を貸すと、ヘッジズは目を閉じてぐったり寄りかかってきた。「お医者さまを呼んできます」と、ロナルドは言うと、廊下の向こうに姿を消した。私はヘッジズの脈に手を当てた。隣でだらりと頭を垂れていたが、心拍は安定しているようだった。私はたまらず、彼に呼びかけた。「何があったんだ、ヘッジズ？　誰かに襲われたのか？　聞えるかい、ヘッジズ？」

彼は目を開けてこちらを見た。頭は片側へかしぎ、顔の半分は弛緩して青みがかっているように見えたが、その口調は明瞭だった。「彼はきみに伝えるようにと言った……」

「何を？　誰のことだ？」

「彼はきみに伝えるようにと言った、不法侵入は許さない、と」

ヘッジズは壁に頭を、イギリスでも指折りの優秀な頭脳を保護するその大きなすばらしい頭をあずけた。彼を抱きしめると、腕が怖気立った。「誰のことだ、ヘッジズ？　誰がそんなことを言った？　そいつがきみを襲ったのか？　やつの姿を見たか？」

ヘッジズの口の端には泡がたまり、わきに垂らした両手はぴくぴく引きつっていた。

「不法侵入は許さない」彼はのどをごぼごぼ鳴らした。

「もうじっとしていろ」と、私は強く言った。「しゃべるんじゃない。もうすぐ医者が来る。気を楽にしてゆっくり呼吸するんだ」

「なんてこった」と、ヘッジズはつぶやいた。「ポープと頭韻詩。かわいいニンフ。争いのために」

私はあ然として彼を見つめた。胃がきゅっと締めつけられた。「ヘッジズ？」

「『髪の毛盗み』だ」と、ヘッジズはゆっくり丁寧に言った。「まちがいない」

ヘッジズを診察した校医の話では、彼は怪我をしたうえに、脳卒中の発作も起こしていたということだった。「怪我をしたショックが原因でしょう。首にあれだけ深い傷を負っていてはね」医者はヘッジズの病室の外でこう付け加えた。「何か鋭利なものでつけた傷のようです。たぶん、鋭い歯、動物の牙のようなもの。犬は飼っていませんよね？」

「もちろんです。寮の部屋で犬を飼うのは禁止されてます」

医者は頭を振った。「妙な話があるもんだ。彼はあなたの部屋へ向かう途中で何かの動物に襲われ、そのショックが原因で、おそらくはいつ起きてもおかしくなかった脳卒中の発作を起こしたんだと思います。単語を並べることはできるけれど、いまのところかなり錯乱した状態です。あの傷の件があるから、どうしても取り調べはあるでしょうけれど、どこかの性悪な番犬のしわざだったということになるような気がしますね。彼がどんな道順であなたの部屋まで行ったのか、考えてみてはどうでしょう」

取り調べでは満足のいく説明はつかなかったが、私が起訴されるということもなかった。警察は私がヘッジズに危害を加える動機も証拠も見つけられなかったからだ。ヘッジズには証言能力がなく、最終的にはこの事件は〝自傷行為〟として処理された。私には、彼が着なくてもいい汚名を着せられてしまったような気がした。ある日、ヘッジズを療養所へ見舞ったとき、私は彼にこの言葉を、〝不法侵入は許さない〟という言葉を思い出してほしいと頼んだ。

ヘッジズはむくんだ指で所在なさげに首の赤い傷に触りながら、ぼんやりした視線をこちらに向けた。「そうであれば、ボズウェル」と、彼は愛想良く、おどけているといってもいい口調で言った。「そうでなければ、消え失せよ」それから数日後の夜、二度目の発作に襲われ、彼は死んだ。療養所の話では、外傷はなかったということだった。学寮長が訃報を伝えにきたとき、私は心ひそかに誓った。やり方さえわかれば、ヘッジズの敵を討つために何ごとも辞さない、と。

トリニティ・カレッジの礼拝堂で行なわれた葬儀の痛ましさも、生者を慰めるための少年聖歌隊の美しい讃美歌がはじまるなり、ヘッジズの老父がもらした押し殺したすすり泣きも、トレイに盛られた聖別されたパンの無力さに私が感じた怒りも、とてもくわしく述べる気にはなれない。ヘッジズはドーセット州の郷里の村に埋葬された。私は十一月のうららかな日にひとりで墓参りに行ったことがある。墓石には〝安らかに眠れ〟と記されている。私が決める立場にあったとしても、やはりおなじ言葉を選んだはずだ。心から安堵したことに、そこは閑静な田舎の教会の墓地で、牧師はヘッジズの埋葬のことを地元の誉れでも話題にするようにおだやかに話す。目抜き通りのパブでは、私がこのうえなくわかりやすく、そつなくほのめかしてみても、イギリス版の吸血鬼譚《ヴリコラカス》はまったく耳にしなかった。どのみち、ヘッジズが襲われたのは一回だけで、ブラム・ストーカーが書いている、生きている者を死なざる者にするという病原菌に感染させるのに必要な数回の襲撃ではなかった。彼は見せしめに犠牲になっただけだと思う——私に対する見せしめとして。そして、不運なる読み手よ、それはきみに対する見せしめでもあるのだろうか？
深い悲しみに沈むバーソロミュー・ロッシ

◆　◆　◆　◆

父はグラスの氷をかきまわした。手が震えないように、何かせずにはいられないとでもいうように。午後の暑さはやわらぎ、おだやかなヴェニスの夕方になりかけていて、観光客や建物の影が広場を横切って長く伸びていた。鳩の大群が何かに驚いて敷石から飛び立ち、おびただしい数で頭上を旋回した。それまで飲んでいた清涼飲料水の冷たさがついに寒気となって骨の髄までしみこんできた。遠くのほうで、誰かの笑い声が聞え、鳩たちの上空では鴎《かもめ》たちの鳴き声がしていた。私たちが座っていると、白いシャツに青いジーンズという格好をした若い男がはずむような足取りでやって来て話しかけた。キャンバス地のバッグを肩に掛け、シャツには絵の具の染みが点々とついていた。「絵を買いませんか、シニョール？」と、彼は言うと、父にほほえみかけた。「あなたとお嬢さん《シニョリーナ》は今日の絵の主役なんですけど」

「いや、せっかくだけど」と、父は即座に断った。広場や路地にはこの手の美大生がうようよしていた。ヴェニスの風景画を買わないかともちかけられたのは、その日はこれで三回目だった。父はその絵をろくに見もしなかった。若者はまだほほえんだまま、せめてお世辞のひとつも言ってもらわないと立ち去る気になれなかったのか、その絵を私に見えるよう上に掲げた。私は同情するようにうなずいて、その絵にちらりと目をやった。相手はすぐにほかの観光客を求めて軽やかな足取りで去っていったが、私はその場に凍りつき、彼のうしろ姿を見送っていた。

その若者が見せた絵は極彩色の水彩画だった。そこには私たち父娘が座っているカフェと、フロリアンの端の部分が描かれ、その日の午後の明るく無難な雰囲気がよく伝わってきた。画家はどこか私の背後に、といっても、かなりカフェに近いところに立っていたにちがいない。風景に色を添えている赤い斑点は、私の赤い麦わら帽子の後頭部だとすぐにわかったし、そのすぐ向こうでぼやけた黄褐色と青に塗られているのが父だった。上品ながら気取らない作品で、夏の怠惰な雰囲気そのものといってよく、観光客が汚れのないアドリア海の一日を思い出すよすがとして手元に置いておきたくなるような絵だった。だが、さっきちらりと見たその絵には、父の背後にぽつんとひとりで座る人影が描かれていた。その肩幅の広い黒髪の人影は、店先の日よけやテーブルクロスの陽気な色合いに混じって、くっきり黒いシルエットを浮かび上がらせていた。だが、私ははっきり覚えていたが、そのテーブルは午後じゅうずっと空いていた。

13章

私たちは、次の旅行でまたユリアン・アルプスを越えて東へ行った。コスタニェヴィツァ、〝栗の木の町〟という名前の小さな町は、この季節はまさに栗だらけで、早くも足元に落ちているものもあり、丸石敷きの通りでうかつな歩き方をすると、鋭い毬《いが》の上で、危なっかしく足を滑らせるはめになった。もともとはオーストリア＝ハンガリー帝国の役人の住まいとして建てられた市長公邸の前には、たちの悪そうな毬に入った実が小さなヤマアラシの群れのように、そこかしこに転がっていた。

父と私は小春日和の一日の終わりを満喫しながら——女性店員が教えてくれたのだが、こういう陽気を土地の言葉では〝ジプシー・サマー〟と言うのだそうだ——通りをのんびり歩き、数百キロしか離れていない西側世界と、エモナのほんのすこし南にあるこの東側世界とのちがいに思いを馳せた。ここではどんな店でも、売っている物は似たり寄ったりだったし、店員たちもみんな、ロイヤル・ブルーの制服の上っ張りに花模様のスカーフという格好で、ろくに商品のないカウンター越しに金歯か銀歯をきらめかせていて、私にはみなおなじ顔に見えた。私たちはばかでかいチョコレート・バーを買い足した。今日のピクニックランチは薄切りのサラミと黒パンとチーズだった。父は私の大好きなナランチャ・オレンジジュースのボトルを何本も抱えていた。ナランチャはラグーザやエモナやヴェニスの思い出の飲み物だった。

ザグレブでの最後の会議は前日に終わっており、私はそのあいだに歴史の宿題にラストスパートをかけていた。父は私にドイツ語も勉強させたがっていたが、私は父に言われるまでもなく、熱意に燃えていた。アムステルダムの外国書籍専門店で買った本を教材にして、明日にでもドイツ語の勉強をはじめるつもりだった。私は真新しい緑色のミニのワンピースに黄色いハイソックスという格好をしていて、父は今朝ふたりの外交官のあいだで交わされた難解なジョークの応酬を思い返しておもしろがっており、ナランチャのボトルは網袋の中でカチャカチャ音を立てていた。前方にコスタン川に架かる低い石橋があった。私は急いでそちらへ向かった。はじめて目にするものはひとりで楽しみたかったし、父でさえもそばにいてほしくなかった。

川は橋の近くで大きく曲がって視界から消えていたが、その湾曲部に身を縮めるようにして、小さな城が建っていた。邸宅ぐらいの大きさのスラヴ民族の城で、白鳥たちが城壁の真下で水遊びをしたり、川岸で毛づくろいをしたりしていた。青い上着を着た女性が二階の窓を外へ押し開けると、格子窓のガラスが日差しにきらりと反射し、彼女はダストモップについた埃を払った。橋の下では柳の若木がびっしり身を寄せ合い、燕たちがその根元の泥の崖に出入りしていた。城の公園には石のベンチがあり（それも、十代になってもまだ私が怖がっていた白鳥に近すぎないところに）、栗の木立ちが枝を張り出して、城壁が心地よい影を落としていた。そこなら、父の清潔なスーツも汚れる心配はないだろうし、思っていたより長居して、つい話をしてしまうかもしれない。

◆　◆　◆　◆

ぼくは自分のアパートで彼の手紙に目を通していたが、そのあいだずっと、ロッシの失踪という悲しむべき問題以外にも何か心の片隅に引っかかるものがあるような気がしていた、と父は木綿のハンカチで手についたサラミの脂を拭きとりながら話しだした。ロッシの友人ヘッジズの身に起きた陰惨な事件を物語る手紙を下に置くと、気分が悪くなって、すこしのあいだまともにものを考えることができなかった。ぼくは知らぬまに狂気の世界に迷いこんでしまった。そこは、ぼくが長年慣れ親しんできた学問の世界の裏側にある闇の世界、歴史の常識では語られることのない世界だった。歴史学者《ヒストリアン》の経験から言えば、死者はきちんと死者のままでいるもので、中世には現実の恐怖はあっても、超自然的なものはなかった。ドラキュラは、ぼくの子ども時代に映画でよみがえった生彩に富んだ東欧の伝説だ。一九三〇年といえばヒトラーがドイツに独裁政権を樹立する三年前で、それはあらゆる可能性を排除する恐るべき事態だった。

だから、ぼくは一瞬、胸が悪くなり、心も弱くなって、こんなひどい妄想を置き土産にして失踪した恩師に腹を立てた。だが、ロッシの手紙の申し訳なさそうな、心やさしい筆致にまた心揺さぶられ、不実な感情を抱いたやましさで胸がいっぱいになった。ロッシはぼくに——ぼくひとりに頼りきっていた。杓子定規に原理原則にこだわるあまり、信じられない話を頭から受けつけなかったら、彼には二度と会えないだろう。

それに、ほかにどうしても脳裏から離れないものがあった。頭がすこしはっきりしてくると、それは図書館にいたあの若い女性の記憶だと気づいた。もう何日もまえのような気がするが、ほんの二時間ほどまえに出会った女性のことだ。ぼくがロッシの手紙について説明していたときのあの並はずれた目の輝きを、一心に話に聞き入りながら男のようにぐっと眉根を寄せたことを思い出した。どうして彼女はドラキュラに関する本を読んでいたのだろう？　よりによってぼくが座っているテーブルで、こともあろうにその晩に、このぼくのほんの間近で。どうしてイスタンブールという地名を口にしたのだろう？　ロッシの手紙の内容に動揺していたぼくは、信じられない話をさらに進んで受け入れてしまうほど平静を失ってしまっていた。そして偶然の一致という考えすら否定してしまっていた。だが、どこが悪い？　超常現象をひとつ認めるなら、ほかの超常現象も認めるべきだ。それがものの道理というものだった。

ぼくはため息をついて、ロッシの最後の手紙を取り上げた。これを読んだら、あとはあのごくふつうの封筒にしまいこまれていたほかの資料を見直すだけでよく、そこからは自力で進むしかない。あの女性の出現にどんな意味があるにしても――おそらく特別な意味なんかないはずだけれど――いまはまだ彼女の正体を突き止める暇もなければ、ふたりそろってこのおなじ超常現象に関心がある理由を探り出す暇もなかった。自分のことを超常現象に関心がある人間だと考えるのは妙なものだった。もとはといえば、ぼくはこれっぽっちもそんなものに関心はなかった。ロッシを捜し出したい、ただそれだけだった。

最後の手紙はほかとちがって手書きだった――罫線入りのノート用紙に黒っぽいインクで書かれている。ぼくはその手紙を広げた。

一九三一年八月十九日

親愛なる、そして不運なるわが後継者へ

さて、私には、きみがすでに私を見限ってしまっているとは思えない。私がいつか破滅したら救い出そうとどこかで待っていてくれるはずだ。ここで、きみがすでに（おそらくは）目を通している資料にいささか付け加えたい情報がある。この苦い器はふちまでいっぱいに満たしたほうがいいと思う。〝生兵法《なまびょうほう》は大怪我のもと〟だと、友人のヘッジズなら引用したはずだ。だが、彼は逝ってしまった。私がこの手で彼をあの世に送ってしまったようなものだ。寮のドアを開け、殴り、大声で助けを求めるという自作自演のかたちで。もちろん、実際に手を下したわけではない。きみがここまで読むことに同意しているなら、私の言葉を疑わないはずだ。

だが、二、三か月前、私はついに自分の力を疑った。ヘッジズの腹立たしくも恐ろしい最期に端を発して、自分の強さに疑念を抱いた。私は彼の墓場のかたわらから逃げ出して、アメリカへ向かった――ほとんど文字どおりの意味で。例の教授ポストへの任命が実現していて、ドーセットまで日帰りでヘッジズの安住の地を訪れたときには、すでに荷造りをはじめていたからだ。残念ながら、オックスフォードでは数人ばかりの失望を買い、自分の両親をひどく悲しませることにもなったが、いざアメリカへ渡ってみると、そこは明るい新天地だった。学期は（私の任期は三年だが、努力してもっと長くいられるようにするつもりだ）早めにはじまるし、学生たちはオックスフォードではなじみのない柔軟で割りきった考え方をする。だが、これだけのことがあったというのに、私は死なざる者に関する探求をすっぱりやめる気にはなれなかった。したがって、どうやら彼も――そいつも――私に関する探求をやめる気になれなかったらしい。

覚えていると思うが、ヘッジズが襲われた夜、私は思いがけずあの不吉な本に載っている木版画の意味を発見し、イスタンブールで見つけた地図上の不浄なる墓とはヴラド・ドラキュラの墓のことにちがいないと確信していた。そのとき、イスタンブールの文書館の場合とおなじく、いまだに残る疑問を――〝では、その墓はどこにあるのか？〟――口に出して問いかけていたが、この二度目の呪文で何やら恐ろしい魔物が呼び出されて、私への見せしめとして親友の命を奪ったのだ。ひょっとしたら、異常なうぬぼれ屋でもなければ自然現象と――この場合は、超自然的な怪奇現象と――戦おうとはしないものかもしれないが、こんなひどい仕打ちを受けて、いっときとはいえ、私は恐怖をしのぐ怒りを覚え、最後のひとつまで手掛かりを探し出し、力尽きるまで、私の追手をねぐらまでとことん追いかけると、かたく心に誓った。このとっぴな思いつきは、次の論文を発表したいという欲求や、私のひねくれた心をわしづかみにしかけているこの陽気な新しい大学で終身雇用の職を得たいという願望とおなじぐらい、私にとっては当たり前のことになった。

大学の日常業務にも慣れて、学期末にイギリスに短期帰省して両親に会う予定を組んだり、どんどん待遇が良くなっている親切なロンドンの出版社に博士論文の一部を渡したりする準備を整えると、私はまたヴラド・ドラキュラの臭跡を追いかけはじめた。歴史上の人物か、人知を超えた存在か、彼の正体がどちらになるとしても。次の課題はあの奇妙な本についてさらにくわしく調べることだという気がした。製作されたのはどこで、企画したのは誰で、どれぐらい古いものなのか。私はその本をスミソニアン研究所に（いやいやながらだったのは確かだが）献上した。連中は私の質問の特異性に首を振り、身分不相応な大物に相談するともっと費用はかさむとほのめかした。だが、私はあきらめが悪かった。あと五十年は彼の棺を迎え入れるべきではなかった墓の下で恨みを晴らさないままヘッジズが（それでも、ありがたいことに心安らかに）横たわっているあいだは、祖父から受け継いだ遺産も、オックスフォード時代のささやかな貯えも、私の洋服代や食費や遊興費にはびた一文回してはならないと思った。もはやどういうなりゆきになろうと怖くはなかった。想像し得る最悪のことはすでにこの身に降りかかっていたからだ。この点に関しては、少なくとも、悪魔どもは見込みちがいをしていた。

だが、私の気を変えさせ、恐怖がどういうものかつくづく思い知らせたのは、次に起きたできごとのむごたらしさではなかった。その手際のあざやかさだった。

スミソニアンで私の竜の本の分析を担当していたのは、ハワード・マーティンという小柄な愛書家だった。少々とっつきは悪いが親切な男で、事情は委細心得ているとでもいうように、私の言い分を真摯に受け止めてくれた（いや、よく考えてみれば、彼が事情をすべて知っていたら、私は最初に訪ねたときにとっとと追い返されていたはずだ）。だが、彼はどうやら私の歴史への思い入れしか目に入らなかったらしく、親身になって、最善を尽くしてくれた。その仕事ぶりは申し分なく、じつに周到だったし、研究所が取り扱いに細心の注意を払って送ってくるものを自家薬籠中のものとしていたが、本来なら、それは多分に官僚的なワシントンの博物館の学芸員オフィスより、オックスフォードにあったほうがよほど映えそうなしろものだった。私はすっかり感銘を受け、グーテンベルクの活版印刷技術が登場する前後の年代のヨーロッパ印刷・製本事情について、彼の造詣の深さにさらに感心した。

あらゆる手は尽くしたとおぼしきところで、マーティンは私に手紙を寄越し、大したことはわからなかったものの、分析結果が出ていることと、本を郵送されることを望まないなら、直接手渡しでお返しすると知らせてきた。私は列車でそこまで出向き、翌朝はすこしばかり観光をしてから、約束の時間の十分前にマーティンのオフィスを訪れた。胸は高鳴り、口の中はすでにからからになっていた。あの竜の本をまた手にしたくてたまらなかったし、本の出所に関する調査結果を早く知りたくてたまらなかった。

ミスター・マーティンはドアを開けると、かすかにほほえんで私を中へ通した。「よく来てくださいましたね」と、彼は言った。私にとってはこの世でいちばん心温まる歓迎の挨拶になっていたが、あの平板なアメリカ流の鼻にかかった言い方だった。

写本であふれ返った彼のオフィスに腰を落ち着け、向かい合わせになったとたんに、私は相手の面変わりにショックを受けた。ほんの二、三か月前に短時間会っただけだが、彼の顔は覚えていたし、プロに徹したきちんとした手紙のやりとりには病気をほのめかすような記述はなかった。いま目の前にいるマーティンは、やつれて弱々しく、皮膚の色が灰黄色に見えるほど憔悴《しょうすい》していて、唇は不自然なほど真っ赤だった。げっそりやせたせいで、流行後れのスーツは肉の薄い肩からだらりと垂れ下がっていた。からだのどこかが痛いか弱っているために背筋をしゃんと伸ばすことができないとでもいうように、背を丸めてやや前かがみになって座っていた。彼はすっかり生気が失せたように見えた。

最初に会ったときは急いでいたけれど、手紙のやりとりをする仲になった今回はもっと細部まで目が行くようになったか、もっと思いやりをもって観察するようになったのだと、自分に言い聞かせようとしたが、相手が短期間に一気に衰弱したところを見たという思いをどうしても振り払えなかった。いや、きっと何やら因果な変性疾患に、非常に進行の速い癌のようなものにかかっているのだろう、私はそう自分を納得させた。もちろん、礼儀上、彼の外見を話題にすることなどできなかった。

「さて、ドクター・ロッシ」と、彼は例のアメリカ流の口調で言った。「あなたはどんなに貴重なしろものをお持ちだったか、わかってらっしゃらないでしょうね」

「貴重なしろもの?」その本の値打ちなど彼にわかるはずがない、と私は思った。いくら化学分析をしても無理というものだ。それは私にとって復讐へ通じる鍵だった。

「そうです。これは中世の中欧における印刷技術を示す貴重きわまりない実例で、大変興味深い珍品です。いまのところかなり確信をもって言えることは、おそらくは一五一二年ごろに、ことによるとワラキアかハンガリーのブダで印刷されたものではないかということです。製作年代は、コルヴィヌス写本の『ルカによる福音書』よりあとだが一五二〇年のハンガリー語版『新約聖書』よりまえだとするのが無難な線でしょう。この新約聖書がすでに存在していたら、この手の本はたぶん影響を受けていたはずだからです」彼はキーキーきしむ椅子に座ったまま身じろぎした。「それどころか、あなたの本の木版画の挿絵が一五二〇年の新約聖書に影響を与えた可能性すらあります。そこには似たような挿絵が、翼のある悪魔の挿絵が載っているからです。でも、それを証明するすべはありません。いずれにしても、そうだとすれば、おかしな影響ですよね？　だって、挿絵入りの聖書の一節にこんな不愉快きわまりない挿絵が載っているんですから」

「不愉快きわまりない？」私は他人が口にした、その絵に対する非難がましい響きを楽しんだ。「そうですとも。あなたはドラキュラ伝説についてくわしく教えてくれましたが、私がそこでやめたとお思いですか？」

ミスター・マーティンの口調があまりにも平板で明るく、あまりにもアメリカ人らしかったので、すぐには返事ができなかった。ふつうそのものの声に、それほど不吉な深みを感じたことはかつてなかった。私は当惑して相手をじっと見つめたが、その口調はもう消え去り、その顔には動揺の色はなかった。彼はフォルダーから取り出した山のような書類をぱらぱらと見ていた。

「これが分析結果です」と、彼は言った。「清書しておきました。私の書きこみも加えてね。きっと興味をもっていただけるでしょう。いま申し上げた以上のことは大して書かれていませんが――そうそう、あとふたつばかりおもしろい点があります。化学分析によれば、どうやらこの本は石粉に満ちた空気のなかで、おそらくは長期間でしょうが、保管されており、それは一七〇〇年以前のできごとだったようです。さらに、本の背にはある時点で海水の染みがついています――たぶん、航海船上にあったということでしょう。本の製作地がわれわれの推測どおりだとすれば、その船が渡ったのは黒海だったかもしれないと思いますが、もちろん、ほかにもいろいろな可能性が考えられます。残念ながら、当方の調査ではそれ以上の進展はないようです――中世ヨーロッパ史に関する論文を執筆中だとおっしゃっていましたよね？」

彼は顔を上げ、飾りけのない気さくな笑みを見せたが、そのやせ細った顔に浮かぶと鬼気迫るものがあり、私はふたつの点に同時に気づいて、その場に座ったまま骨の髄までぞっとした。

ひとつ目は、中世ヨーロッパ史に関する論文を書いていることなど、彼にはまったく話したことがないという点だった。私はこの竜の本に関するデータを使って、伝説上ではドラキュラとして有名な、串刺し公ヴラドの生涯に関する文献の目録を完成させたいと説明していた。私が学者なりに几帳面であるとすれば、ハワード・マーティンは学芸員なりに几帳面な男で、気づかずにこんなまちがいを犯すはずはなかった。前回会ったときには、細かいところまでよく覚えているという点で、彼の記憶力はほとんど写真のように鮮明だという印象があった。ほかの人びとのなかにあるのに気づくたびに、私が心から賞賛するたぐいの資質だ。

同時に気づいたふたつ目の点とは、何か彼がかかっている病気のせいかもしれないが――気の毒に、私は思わず心のなかでそうつぶやきそうになった――ほほえむと、その唇は腐ってしまりがなくなったように見え、上の犬歯がむき出しになって、どういうわけか、顔全体にいやな印象を与えるようなかたちでにょきっと突き出ることだった。あのイスタンブールの役人のことはいやになるほどはっきり覚えていたが、見たところ、ハワード・マーティンの首筋には何もおかしなところはなかった。私が身震いをこらえて、本と書類を受け取ったところで、彼がまた口を開いた。

「ところで、あの地図はすばらしいものですね」

「地図?」私は凍りついた。私が知っている唯一の地図は――正確には、縮尺のちがう二枚の地図は――現在の心積もりとはなんの関係もなかったし、この赤の他人に地図の存在をもらしたことなど絶対にないのは確かだった。

「あれはご自分でスケッチしたんですか? どう見ても、古いものでないのは明らかですが、あなたは芸術家のようには見えませんでしたからね。言わせてもらえば、少なくとも病的な芸術家でないことは確かですね」

私は呆けたように彼を見つめた。何を言いたいのかさっぱりわからなかったし、どういう意味か尋ねることで墓穴を掘るのも怖かった。あのスケッチのうちの一枚を本のあいだにはさんだままにしておいたのだろうか? そうだとしたら、間抜けもいいところだ。だが、竜の本をマーティンに手渡すまえに、はずれそうなページはないか、念入りに確かめたはずだった。

「まあ、あれはまた本の中に差しこんでおきましたから」と、彼は慰めるように言った。「それでは、ドクター・ロッシ、よろしければ、うちの経理課までご案内しますし、ご自宅へ請求書を送るように手配してもかまいませんが」彼はドアを開けてくれ、また専門家らしい作り笑いを浮かべた。私にはその場ですぐさま手にした本の中を探しまわらないだけの分別があった。そして廊下の灯りの下で見ると、マーティンの奇妙なほほえみは私の気のせいだったにちがいないと思えたし、ひょっとすると、病気ですらないかもしれないとも思った。彼はふつうの肌をしていて、年代物の本に囲まれて何十年も仕事をしてきたせいで心持ち猫背だったが、それだけの話だった。マーティンはドアのそばに立ったまま片手を突き出し、心のこもったワシントン流の別れの挨拶をした。私はその手をとって握手し、請求書は勤務先の大学のほうへ送ってもらいたいとつぶやいた。

用心しながら、マーティンのオフィスのドアから見えないところまで行くと、さらにその廊下を出て、ついには彼やその同僚たちの仕事場である大きな赤い城からも離れた。戸外のザ・モールまで出ると、色あざやかな緑の芝生をぶらぶら歩いてベンチまで行き、そこに腰を下ろして、はた目にも内心でも、平静を装おうとした。

その本は例によって不気味な親切心を発揮して、手の中でぱっと開いた。私は驚くべきことが書かれたばらの紙がはさまっていないかと探したが、無駄だった。ただ、ページをめくり返しているうちに見つけたのは、カーボン用紙に微細にトレースされた地図だった。まるで誰かが私の秘密の地図のうちでもいちばん詳細な三番目の地図を実際に目の前に置いて、その謎めいた特徴をあますところなく書き写したかのようだった。スラヴ語の方言で書かれた地名も、私が持っている地図とまったくおなじだった——豚盗人村に、八本のオークの谷。じつを言えば、このスケッチにはひとつだけ見なれない点があった。不浄なる墓という名称の下に、ほかの表記のインクとおなじ色合いで、きちんとしたラテン語のレタリングが施されていた。その場所との確固たるつながりを示すかのように、見たところ墓の場所らしきところの上で、アーチを描いている文字は、〝バルトロメオ・ロッシ（BARTOLOMEO ROSSI）〟と綴られていた。

読み手よ、なんなら、腰抜けだと思ってくれてもいいが、私はその瞬間から追跡をやめた。私は駆け出しの若い教授で、マサチューセッツ州のケンブリッジに住み、そこで講義をし、新しい友人たちと食事に出かけ、毎週故郷の年老いた両親に手紙を書いている。にんにくも十字架も身に着けていないし、廊下に足音がしただけで十字を切ることもない。もっとましな防御策をとっている——あの恐ろしい歴史の岐路であちこちほじくり返すのをやめたのだ。私がおとなしくしているのを見て満足した者がいるにちがいない。なぜなら、さらなる悲劇には見舞われていないからだ。

さて、きみ自身も、一寸先は闇の不安定さより、自分の正気を、後世に残る人生を選ばざるを得ないとすれば、学者が人生をまっとうする正しい方法としては、いったいどちらを選ぶだろうか？ヘッジズも私に頭から暗闇に飛びこめとは言わなかったはずだ。それでも、きみがこの手紙を読んでいるなら、ついにこの身に害が及んだということになる。きみも選ばなければならない。この恐ろしい体験に関するかぎり、私はきみにもてるかぎりの知識をすべて与えた。これまでの経緯を知っていれば、きみは私に救いの手を差し伸べるのを拒めるだろうか？

悲しみに沈むバーソロミュー・ロッシ

◆　◆　◆　◆

木立ちの下の影はすでに長々と伸びており、父は足元の栗の毬を上等な靴でぽんと蹴った。もっと不作法な男だったら、父はいま地面にぺっと唾を吐いて、ひどい味がするものを吐き出していたはずだと、ふと思った。そうはしないで、彼はごくりと唾を飲みこみ、気をとり直してほほえもうとしたようだった。「おやおや！　いったいなんの話をしてるんだか。今日の午後はなんだかえらく辛気臭いな」父はほほえもうとしたが、気づかわしさがにじみ出る目でちらりとこちらを見た。何かの影が私の上に、とりわけこの私の上めがけて落ちてきて、なんの前触れもなくその場から連れ去るのではないかと言わんばかりに。

私はベンチの端をつかんでいた冷たい手の指をまっすぐ伸ばすと、いっしょになって無理して明るくふるまおうとした。いつからそんな努力をするようになったのだろう。私は考えこんだが、もう手遅れだった。私は父の代役を務め、かつて父が私に試みたように、彼の気をそらそうとした。私は逃げを打ってすこしすねてみせた――あまり度を越すと、父に怪しまれる。「はっきり言って、またお腹がぺこぺこなの。ちゃんとまともなものを食べたいわ」

父はまえよりすこし自然な笑みを見せた。上等な靴で地面を容赦なく踏みつけながら、彼は私に礼儀正しく手を貸してベンチから立ち上がらせると、からになったナランチャのボトルや食べ残しを持参した袋に入れはじめた。私はほっとして、身を入れて自分のゴミを集めた。こうなれば、父はさっさとこの場を離れて私といっしょに町へ向かうはずで、ぐずぐず城の正面を眺めることにはならないからだ。私は話の終わりのほうで、すでに一度そちらに目をやってあの二階の窓を見ていたが、そこにはさっきの年配の掃除婦にかわって、風格のある黒っぽい人影があった。私はそれ以外のことなら、頭に浮かんだことはなんでもどんどん話題にした。父が目にしないかぎり、対決もあり得ない。私たち親子はふたりとも安全かもしれない。

14章

私はしばらく大学の図書館に近づかないようにしていた。そこで調べものをすることに妙に神経質になっていたからでもあるし、ミセス・クレイが私の放課後の行動に不審を抱いていると感じたからでもあった。私は約束どおり、遅くなるときはいつも電話していたが、彼女の声にはいぶかしむような響きが増す一方で、父と不愉快な話をしている姿が目に浮かんだ。具体的に目星をつけられるほど、ミセス・クレイが青少年の非行にくわしいとはとても思えなかったが、父はそれなりにばつの悪い推測をするかもしれない――マリファナ？　男の子？　それでなくても、父はときおりひどく気づかわしげに私を見ることがあったので、これ以上心配をかけたくなかった。

けれども、結局、誘惑はあまりにも大きく、私はまた図書館に行くことにした。今回はクラスのさえない女の子と映画に行くという口実をでっち上げ――ヨハン・ビンネルトスが水曜日の夜はいつも中世資料室に詰めていることも、父が〈平和民主主義センター〉の会議に出ていることも、承知のうえで――ミセス・クレイがろくにものも言わないうちに新しいコートを着て出かけた。

夜、図書館へ行くのは変な感じだった。それも、中央ホールが疲れた顔をした大学生で相変わらずいっぱいなのを知ると、なおさらに。もっとも、中世資料室の閲覧室は人けがなくがらんとしていた。そっとビンネルトスのデスクへ行ってみると、彼は山積みになった新着本を調べていた——おぞましいもの好みの私が興味を引くような本はない、と彼はやさしくほほえんで報告した。だが、私のためにちゃんと取り置いてくれた本があった——どうしてもっと早く取りにこなかったのか? 私がおどおど謝ると、彼はくすくす笑った。「何かあったんじゃないかと心配したり、いや、ぼくの忠告をきいて、若いお嬢さんにふさわしいもっと上品なテーマを見つけたのかなと思ったり。でも、おかげでぼくも興味が湧いてきて、思わず調べてしまいましたよ」

私はその本をありがたく受け取った。ミスター・ビンネルトスはこれから作業室に行くけれど、すぐにようすを見に戻ってくると言った。一度その作業室に案内してもらったことがあるが、それは閲覧室の裏手にある窓付きの小部屋で、図書館員たちが華麗な古書を修復したり、新しい本にカードを貼り付けたりする場所だった。ビンネルトスがいなくなると、閲覧室はいっそう静かになったが、私は彼にもらった本を意気ごんで開いた。

いまでこそ十五世紀のビザンティン帝国史にとって基本中の基本の資料だとわかっているが、そのときは驚くべき発見だと思った——ミカエル・ドゥカスの『イストリア・トゥルコ・ビザンティナ』の翻訳だ。ドゥカスはヴラド・ドラキュラとメフメト二世の抗争にかなり紙数を割いており、私がはじめてあの有名なくだりを、一四六二年のワラキア侵攻でドラキュラのうらさびしい首都トゥルゴヴィシュテへ進軍した際に、メフメト二世が目にした光景に関する記述を読んだのは、まさにそのテーブルでだった。ドゥカスの主張によれば、その首都の郊外で、メフメトは〝果実ではなく死体をたわわにつけた何千何万という数の杭〟に出迎えられたのだそうだ。この死の庭園の中央にあるのがドラキュラのとっておきの出し物で、メフメトの寵臣ハムザ将軍が自前の〝紫色の薄物の服〟を着たままその他おおぜいといっしょに串刺しにされていた。

私はメフメト二世の文書館のことを思い出した。ロッシがイスタンブールまで調査しにいったところだ。このワラキア公はずっとスルタンの悩みの種だった——それは確かだ。メフメト二世に関する資料を読むというのはいい考えかもしれないと思った。ドラキュラとの関係を説明する文献もあるかもしれない。どこから手をつければいいのかわからなかったが、ミスター・ビンネルトスは私のようすを見にすぐに戻ってくると言っていた。

彼の居場所を確かめにいこうかと考えながら、しびれを切らして振り返ったところで、閲覧室の裏手で物音がした。どすんという鈍い音で、実際の音というより床を伝わってくる振動といったほうが近く、鳥が磨きこまれた窓ガラスに猛スピードでぶつかったような感じだった。それがなんだったにしろ、何かが私をその方向に向かわせた。私は廊下の奥の作業室に駆けこんでいた。窓越しにはミスター・ビンネルトスの姿は見えなかったので、一瞬ほっとしたが、木製の扉を開けてみると、床の上に片脚があった。ねじれたからだにくっついている灰色のズボンに包まれた脚だ。よじれた胴体の上でゆがんでいる青いセーター、血で固まった薄い灰色の髪、そして——ありがたいことに半分陰になっていたが——潰れた顔に、まだデスクの角にすこし残っているその名残。ミスター・ビンネルトスの手から落ちたばかりらしき本が一冊。それも、彼とおなじく、だらしなく床に転がっていた。デスクの上の壁には血痕があり、子どもが描いた指絵よろしく、そのなかに大きくてりっぱな手形が付いていた。無理して物音を立てないようにしていたので、いざ口から飛び出すと、私の悲鳴は他人の声のように聞えた。

私はふた晩入院した——父が言い張ったからで、主治医は昔からの友人だった。警官が私の三度目の尋問にとりかかると、そのあいだ、父はおだやかながらいかめしい面持ちで、ベッドの端に腰掛けているか、腕組みをして窓辺に立っていた。誰も閲覧室に入ってくるところは見ていません。私はテーブルで静かに本を読んでいました。どすんという音がしました。あの図書館員の方とは親しく付き合っていたわけではありませんけれど、彼のことは好きでした。私に嫌疑がかかっているわけではないと、警官は父に請け合った。ただの目撃者みたいなものだった。だが、私は何ひとつ目撃していなかったし、閲覧室には誰ひとり入ってこなかったし——その点には確信があった——ミスター・ビンネルトスは叫び声ひとつ上げなかった。遺体にはほかにいっさい外傷はなかった。犯人はこの気の毒な男の頭をデスクの角にぶつけてあっさり叩き割っていた。それには並はずれた怪力が必要だったはずだ。

警官は困ったように頭を振った。壁の手形は図書館員がつけたものではなかった。彼の両手には血がついていなかったからだ。そもそも、手形そのものが被害者のものと一致しなかった。それは不思議な手形で、指紋の渦巻模様がふつうでは考えられないほど磨耗していた。そういうはっきりした特徴があれば、照合は簡単だったはずだが——警官は父と話をしているうちにしだいに口が軽くなっていた——そんなタイプの指紋はデータベースに登録されたことがなかった。ひどい事件だ。

アムステルダムは生まれ育った街ではないが――近ごろでは、みんな運河に自転車を投げ捨てるし、ほら、去年起きたあの娼婦がらみの悲惨な事件にいたっては――父は目で警官を制した。

警官が立ち去ると、父はまたベッドの端に腰を下ろし、図書館で何をしていたのか、そこではじめて尋ねた。私は勉強していたのだと説明した。閲覧室が静かで快適だったので、放課後はあそこへ行って宿題をするのが好きだったのだ、と。どうして中世資料室を選んだのかと、いまにもきかれるのではないかと不安だったが、ほっとしたことに、父は黙りこんだ。

父には話さなかったが、悲鳴を上げて図書館じゅうが大騒ぎになったとき、私はとっさにミスター・ビンネルトスが死に際に手にしていた本をバッグに突っこんだ。もちろん、警察は閲覧室に入ってくると、私のバッグを調べたが、その本については何も言わなかった――もっとも、警察が気づくはずはなかった。その本には血痕など付着していなかった。それはルーマニアの教会に関する十九世紀のフランスの本で、ワラキア公ヴラド三世の寄付で荘厳に飾りつけられたスナゴフ湖の教会のページを開いた状態で落ちていた。後陣の平面図の下に記された本文によれば、ヴラドの墓は昔からそこに、祭壇の前にあるとされていた。ところが、著者はスナゴフ近辺の村人たちにはまた独自の伝説があると述べていた。どんな話だろうと私は考えたが、この問題の教会に関してはそれ以上触れられていなかった。後陣の平面図にもこれといって異常なところは見られなかった。

病院のベッドの端にそろそろと腰を下ろすと、父は首を横に振った。「これからは家で勉強してもらいたい」と、彼は静かに言った。それは言わないでくれたらよかったのに。いずれにしろ、私はもう二度とあの図書館には足を踏み入れないはずだ。「不安なようなら、しばらくミセス・クレイにおまえの部屋で寝泊りしてもらってもいいし、そうしたければいつでもまた医者に診てもらえばいい。どうしたいか言ってくれ」私はうなずいたが、ミセス・クレイといっしょに寝るぐらいなら、スナゴフの教会の説明を読みながらひとりで寝たほうがましだと思った。その本を運河に捨てようかと考えたが——あの警官の話に出てきた自転車の運命だ——結局のところ昼間になったらまた開きたくなるだろうし、また読みたくなるだろうと思った。自分のためだけではなく、いまは死体安置所で横たわっている、あの祖父のようなミスター・ビンネルトスのためにも、そうしたほうがいい。

二、三週間後、父は旅行したほうが私のふさいだ気分にはいいのではないかと言った。それはとりもなおさず、娘を家に置いて出かけないほうが父にとっていいということだ。「フランス人さ」と、彼は説明した。この冬、東欧で交渉をはじめるまえに、自分の財団の代表と協議したいと考えており、最後にもう一度だけ彼らと会うつもりだった。観光客の一団が立ち去ったあとの、あたりが不毛の荒地に見えるにはまだ早いこの時期は、地中海沿岸を訪ねる最良の時期だった。私たちは念入りに地図を調べた。うれしいことに、フランス側はふつうならパリで会うところを遠慮して、スペイン国境に近い人目につかないリゾート地に打ち合わせの場所を設けていた——小さな宝石のようなコリウールの町にも近い、と父はほくそ笑んだ。内陸に入ってすぐのところにはレ・バンやサンマチュー・デ・ピレネー・ゾリアンタルがあると私がコメントすると、父の顔は曇り、ほかに気になる地名はないかと海岸沿いを探しはじめた。

さわやかな朝の空気のなか、宿泊先のル・コルボーのテラスでとる朝食が最高だったので、父が会議場でダークスーツ姿の仲間と合流したあとも、私はいつまでもそこにいて、本は取り出したものの、しょっちゅう顔を上げては数百ヤード離れたアクアマリン色の海を眺めた。あの苦いヨーロッパ風〝ショコラ〟の二杯目を、角砂糖と焼き立てのロールパンでごまかしながら飲んでいた。乾いた地中海性気候のこの世のものとは思えない透明な光のなかで、古い家々に当たる日差しは永遠に変わらないように見えた。どんな嵐もこのあたりの入り江には近づこうとしなかったとでもいうようだった。私が座っているところからは、早起きのヨットが二、三隻、みごとな色合いの海のはずれに浮かんでいるのが見えたし、幼い兄弟が母親といっしょにバケツを持ち、フランス風の（私の目には）奇抜な水着を着て、ホテルの下の砂浜まで降りていくのも見えた。湾はのこぎり状に起伏のある丘となって、ぐるりと右に大きく湾曲していた。その丘のひとつのてっぺんには、岩や枯草とおなじ色をした崩れかけた城砦があり、オリーヴの木立ちがそこに這い上がろうとむなしく枝を伸ばし、その背後にはほのかに青い朝の空が広がっていた。

私はふいに切ないほどの疎外感を覚えた。それは、母親に連れられて満足げな子どもたちに対する我慢ならない妬ましさだった。私には母親もいなければ、ふつうの生活もなかった。〝ふつうの生活〟とはどういうものなのか、自分でもよくわからなかったが、生物の本をめくって第三章の出だしのページを探しながらぼんやりと考えた。それはひとつところに住んで、毎晩夕食どきにはそこに顔をそろえる両親がいて、旅行というのはたまに行く海辺のバカンスであって、果てしのない放浪生活のことではない家庭のことかもしれない。シャベルを持って砂浜に座りこむ子どもたちをにらみつけながら、あのちびたちは歴史の不気味さに脅かされたこともないはずだと思った。

そこで、子どもたちのつやつやした頭を見下ろしながら、彼らも本当は脅かされていることに気づいた。ただ気づいていないだけだ。私たちはみんな無防備だった。私は身震いして腕時計に目をやった。あと四時間もすれば、私は父といっしょにこのテラスで昼食をとる。それから、私はまた勉強にとりかかり、五時になると、手前の水平線を彩る侵食された城砦のほうへふたりで散歩に出かける——父は、そこまで行けば向こう側のコリウールにある波に洗われた小さな教会が見えると言った。その日のうちに私は代数をさらに勉強し、ドイツ語の動詞をいくつか覚え、薔薇戦争について読んで、それから——なんだろう？　乾いた崖の上で、父の話の続きに耳を傾けることになるはずだ。父は砂地に目を落とすか、何世紀もまえに切り出された岩の上を指先でいらだたしげに叩きながら、気が進まなそうに話をし、恐怖にわれを忘れてしまう。だから、それをじっくり調べ直すのは、断片をつなぎ合わせてひとつにまとめるのは、私の役目だ。下の砂浜で子どもが金切り声を上げ、私はびくりとして、ココアをこぼした。

◆　◆　◆　◆

15章

ロッシの最後の手紙を読み終えると、と父は話しだした。彼がふたたび姿を消したかのようで、あらためて物悲しさを覚えた。だが、そのころには、ロッシの失踪は警察が主張しようとしたような、ハートフォードへバス旅行に行ったとか、フロリダで（あるいは、ロンドンで）家族が急病になったとか、そんなたぐいの事情ではないと確信していた。ぼくは雑念を振り払うと、ほかの書類を調べはじめた。まず資料を読み、すべてを吸収せよ。それから、年代順に整理し、推論に——ただし、ゆっくりと——とりかかれ。ロッシは、自分が助かる道を確保するつもりがあって、ぼくを指導していたのではないだろうか。これはぞっとしない最終試験のようなものだった——もちろん、ふたりにとってこれが最後の機会にならないことを心から願っていたけれど。計画を立てるのはすべてに目を通してからだと自分に言い聞かせたが、これからやらなければならないことは、うすうすわかっていた。ぼくは色あせた封筒をまた開けた。

ロッシが断言していたとおり、次の三つの資料は地図だった。三枚とも手書きで、どれも手紙より古そうには見えなかった。これはロッシがイスタンブールの文書館で見た地図を再現したもので、あそこで尋常ではない体験をしたあとで記憶を頼りに描いたものだろう。一枚目の地図には広大な山岳地帯があったが、それは小さな三角形で表現されていた。三角形がいくつも集まって、東西にふたつの長い三日月を形成している。しかも、その三角形は西側に密集していた。幅の広い川が地図の北端部に沿ってくねくね流れていた。都市はひとつも見当たらなかったが、西側の山間に記された三つか四つのXのしるしが町を示していたのかもしれない。この地図には地名はまったく載っていなかったが、ロッシは——最後の手紙とおなじ筆跡だった——地図のへりに、〝信仰を拒否し、無信仰のままで死ぬ人びと、そういう人びとの上にはアッラーと天使と全人類の呪いがふりかかろうぞ（『コーラン』）〟という一節や、それに似た言いまわしをいくつか書きこんでいた。この地図上の川は、ロッシが自分の本でいえば竜の尻尾で表されている部分だと思った川なのだろうか。いや、ちがう、それは最大縮尺の地図だったはずだ。それはこの三枚のなかにあるはずだが、ぼくは地図の原本を見ることも手にすることもできないことを——その原因のすべてを——呪った。いくらロッシの記憶力がすばらしくて手先が器用でも、写しには原本との食い違いや脱落箇所があるにちがいないからだ。

次の地図は最初の地図に描かれた西側の山岳地帯に焦点を当てているようだった。今度もあちこちにXのしるしがあり、しるし同士の位置関係は最初の地図とおなじだった。まえより小さい川が姿を現し、山間を曲がりくねって流れていた。またしても地名はない。ロッシはこの地図の上部にこう記していた。〝おなじコーランの警句のくり返し〟、と。そう、ロッシは当時も仕事に抜かりはなかった。だが、これまでのところ、この二枚の地図はあまりにも大ざっぱすぎて、見たことがある地域も、調べたことがある地域も具体的には浮かばなかった。思いにまかせぬいらだちが湧き起こったが、ぼくはやっとのことでそれを抑えこみ、無理して気持ちを集中させた。

三枚目の地図はもっとはっきりしていたが、この時点ではそこから何が読みとれるのか、いまひとつわからなかった。おおまかな輪郭は、まさしくぼくやロッシの竜の本でなじみのある猛々しいシルエットだったものの、ロッシが発見していなければ、すぐには気づかなかったかもしれない。この地図にも他と同様、三角形の山々が描かれていた。今度の山々はとても高く、南北にどっしりした尾根を築いていて、川が一本、そのあいだを縫うようにして流れ、しだいに川幅が広がって貯め池のようになっていた。ドラキュラの埋葬場所の伝説でほのめかされているように、これはルーマニアのスナゴフ湖なのでは？　だが、ロッシが書いていたように、川幅が広がった部分には島はなかったし、第一、それは湖のようには見えなかった。Xじるしはまたしても登場していて、今回は豆粒のようなキリル文字で表記が付いていた。ロッシが言及していた村のことだろうと思った。

点々と散らばる村の名前の合間に、四角い囲みがあり、ロッシの手で〝(アラビア語により)トルコ人殺しの不浄なる墓〟と書かれていた。この四角い囲みの上には、頭に城を戴く小さな竜の姿がかなり上手に描かれており、その下にはさらにギリシア語と思われる書きこみがあり、ロッシの英訳が載っていた。〝ここに、彼は悪に包まれて宿る。これを読む者よ、言葉で彼を墓から出すがよい〟と。まるで呪文のようで、その一節にはどうにも抗しがたい力があり、ぼくは口を開いて声に出して唱えようとしたが、そこでどうにか思い止まり、唇をきっと引き結んだ。それでも、その一節は頭のなかで一種の詩のようになって、二、三秒ほど悪魔のように踊りまわった。

ぼくはその三枚の地図をわきに置いた。ロッシが説明していたとおりに描かれた地図を見るのはぞっとしたし、原本を見ていないのに彼の直筆の写しだけを目にするのはもっと変だった。何もかもロッシのでっち上げとか、悪ふざけで描いたものではないという証拠がどこにある？　彼の手紙をべつにすれば、オリジナルの資料はいっさい手にしていなかった。ぼくはデスクの上を指でいらだたしげに叩いた。書斎の時計が今夜はいつになく騒々しく時を刻んでいるように聞えたし、ベネチアン・ブラインドを下ろした窓の外には、都会の中途半端な夜の帳がやけにひっそり降りているような気がした。何時間も食事をとっておらず、脚もじんじんうずいたが、いまさらやめるわけにはいかなかった。ぼくはちらりとバルカン半島の道路地図に目をやったが、見たところ、とりたてて異常なところはないようだった——たとえば、手書きのしるしはひとつも付いていなかった。ルーマニアのパンフレットのほうも、〝わが国の青々とした怖気をふるう田舎の光景を利用してください〟といったおかしな英訳で印刷されていることをべつにすれば、めざましい収穫はなかった。まだ見ていない資料は、ロッシ直筆のノートと、最初にざっと目を通したときに気づいた封印された小さな封筒だけだった。封をしてあったので、最後にとっておくつもりだったが、もう待ちきれなかった。デスクの上に散らばった書類のあいだからレターオープナーを見つけ出すと、注意深く封を切り、ノート用紙を一枚、取り出した。

その竜の形に、くねりと巻き上がる尻尾のような川、誇張して描かれたそびえ立つ山頂からして、これもやはり三枚目の地図だった。ロッシの写しとおなじく、黒いインクで書き写されていたが、その筆づかいは微妙に異なっていた——出来のよい複写ながら、よく見ると、どことなく見づらくて、古めかしく、いささか装飾過多だった。ロッシの手紙で、彼の写しとは一か所だけちがう点があることはわかっていたはずだが、それでも、ぼくは殴られたような衝撃を受けた。四角い墓所と墓守りの竜の上でアーチを描く、〝バルトロメオ・ロッシ（BARTOLOMEO ROSSI）〟という文字を見て。

ぼくは臆測や恐怖や断定を抑えると、意志の力でその紙をわきに押しやり、ロッシのノートを読んだ。最初の二ページはオックスフォード大学の文書館や大英博物館の図書館で書かれたもののようで、ロッシがまだ明かしていないような新事実はひとつもなかった。ヴラド・ドラキュラの生涯や武勲のあらましが手短に説明され、何世紀にもわたるドラキュラ関係史料のリストが載っていた。そのあとにはちがうノート用紙に書かれたものが続いていたが、これはイスタンブール旅行時のものだった。〝記憶を頼りに再現〟と、ロッシらしく、丁寧な筆跡で書かれていて、あのメフメト二世の文書館での体験のあと、急いで紙に書きつけたメモだと気づいた。ギリシアへ戻るまえに記憶を頼りに地図をスケッチしたときの話だ。

このメモにはイスタンブールの図書館が収蔵するメフメト二世時代の文書のリストが――少なくとも、ロッシが自分の研究に関係があると思ったものはなんでも――載っていた。例の三枚の地図、カルパティア山脈一帯の対オスマン帝国戦争を記録した巻物、その地方のはずれでオスマン商人のあいだで取り引きされた交易品の帳簿。ぼくにはどれもそれほど得るところが多い文献だとは思えなかったが、正確なところ、ロッシはどの時点であの不気味な風貌の役人に仕事をじゃまされたのだろうと考えた。ここで取り上げられている戦記の巻物や交易品の帳簿にヴラド・ツェペシュの死や墓所の謎を解く手掛かりが含まれているなどということがあるだろうか？　ロッシはこうした資料を実際に自分で調べていたのだろうか、それとも、あの文書館から尻尾を巻いて逃げ出すまえには、手当たりしだいに資料をリストアップするぐらいの時間しかなかったのだろうか？

リストには最後にもう一点だけ文書が挙げられていたが、それを見てぼくは面食らい、しばらくそこから目が離せなかった。〝ドラゴン騎士団蔵書目録（不完全巻物）〟そう書かれたメモを見て驚き、たじろいだのは、それがあまりにも情報不足だったからだ。ふつうなら、ロッシの覚え書きは綿密そのもので、一目瞭然だった。そうでなければノートをとる意味がないというのが口癖だった。彼がこんなにあわただしく言及したこの蔵書目録は、図書館がドラゴン騎士団関係の所蔵資料をすべて記録するためにまとめたリストなのだろうか？　そうだとすれば、どうして〝不完全〟なのだろう？　その資料自体、かなりの年代物のはずだ――ひょっとしたら、ドラゴン騎士団の時代からの所蔵品かもしれない。だが、どうしてロッシはもっとくわしく説明しなかったのか？　そうしなければ、このノート用紙には何も記されていないに等しいというのに。なんであれ、この蔵書目録が彼の調査には無関係なものだと判明したのだろうか？

こんなふうに、遠く離れた文書館でロッシがずっと昔調べものをしていたということに思いを馳せることが、彼の失踪に直結する道だとはとても思えず、ぼくはいやけがさしてそのページを放り出した。急にその瑣末な調査にうんざりしていた。ぼくはすぐにも答えがほしかった。戦記の巻物や、帳簿や、古い蔵書目録に何が載っているにせよ、それをべつにすれば、ロッシはこれまで驚くほどつぶさに自分の調査結果をぼくに伝えていた。だが、その簡潔さはいかにも彼らしかった。それに、そう言ってはなんだが、彼にはこれまで何ページにもわたる手紙で自分の立場を説明するというぜいたくが許されていた。それなのに、ぼくはいまだに事情がのみこめていないし、次に打つべき手だと思われることぐらいしかわからなかった。封筒はもう悲しくなるほどからっぽだったが、入っていた最後の文書からは、彼の手紙以上の収穫があったわけではなかった。ぼくはできるだけ迅速に行動しなければならないことにも気づいた。徹夜は慣れていたし、あと一時間のうちに、ロッシの意見では殺害の脅しだったという以前のできごとについて、整理できるかもしれない。

関節をきしませながら立ち上がると、ぼくは陰気なせまいキッチンへ行って、ブイヨンの素でスープをこしらえようとした。きれいな鍋を取ろうと手を伸ばしながら、猫がまだ餌を食べにきていないことに気づいた。ぼくはその猫に自分の食事を分けてやっていた。それは野良猫で、ぼくひとりに操を立てているわけではないだろうとは思っていた。だが、夕食どきになると、猫はたいていせまいキッチンの窓辺に姿を現して、非常階段から家の中をのぞきこみ、ツナをひと缶か、ぼくが大盤ぶるまいをする気になったときにはイワシをひと皿、ごちそうに預かりたいと伝えた。この猫がうるおいのないぼくのアパートにひょいと飛び降り、うんと伸びをしたり、鳴き声を上げて大げさに愛情を示したりする瞬間を心待ちにするようになっていた。猫は餌を食べたあともしばらくゆっくりしていくことが多く、ソファの端で眠るか、ぼくがシャツにアイロンをかけるのを見物していた。憐憫の情である可能性もあったが、ときにはそのつぶらな黄色い瞳に愛情の色がにじんでいるような気がすることもあった。柔らかい黒と白のぶちの毛で、筋肉質のからだはしなやかで強靭だった。ぼくはその猫をレンブラントと名づけた。猫のことを考えながら、ブラインドの端を持ち上げて窓を開けると、猫の名前を呼び、窓がまちにくぐもった猫らしい足音がするのを待った。夜の都心を行き交う車の音が遠くに聞えるだけだった。ぼくは下に目を向けた。

ふざけてごろごろ転がりまわり、疲れてだらりと寝そべっているとでもいうように、猫のからだは小さなスペースいっぱいにグロテスクに広がっていた。ぼくはそのからだを恐る恐るキッチンの中に入れたが、すぐに、背骨が折れていて、首が妙な具合にがくりと垂れていることに気づいた。レンブラントの目は生前には見たこともないほど大きく見開かれ、唇はまくれ上がって恐怖のうなり声を上げようとしていて、前足の指は大きく開いて爪が出ていた。猫が偶然その場所に、ぴったりそのせまい窓がまちの上に落ちたはずなどないのはすぐにわかった。こんな動物を殺すには大きくて握力の強い手が必要だったはずだが——猫の柔らかい毛に触れると、恐怖の下から怒りがあふれ出した——犯人はきっと引っかかれ、もしかすると、手ひどく嚙まれていたかもしれない。だが、わが友は疑問の余地なく死んでいた。ぼくは猫をキッチンの床にそっと寝かせた。ぶすぶすとくすぶる憎悪で胸がいっぱいになったが、そこで、手に触れる猫のからだがまだ温かいことに気づいた。

ぼくはさっと振り返り、窓を閉めて掛け金を掛けると、次にすべきことを必死になって考えた。どうすれば身を守ることができるだろう？　窓にはすべて鍵が掛かっていたし、玄関は厳重に戸締りしてあった。だが、昔のホラー映画の主役たちについていったい何を知っているというのか。連中はドアの下の隙間から霧のように部屋に忍びこんでくるのでは？　あるいは、窓ガラスを木っ端みじんに叩き割り、いきなり目の前に飛びこんでくるのか？　武器になりそうなものはないかと周囲を見まわしてみた。銃は持っていなかった——だが、主人公が特別あつらえの銀の銃弾でもこめていないかぎり、吸血鬼映画のなかでは、銃はベラ・ルゴシに威力を発揮したためしがなかった。

ロッシはどんなアドヴァイスをしていただろう？　〝私はポケットににんにくを詰めこんで歩きまわる気は毛頭ない〟ほかにもこんなことを言っていた。〝きみにはきっと自分なりの美徳が、道義心が、まあ、言い方はなんにしろ、そういうものがあるだろう――人間にはそういう素地があると思う〟

キッチンの引き出しから清潔なタオルを出し、ぼくは友の亡骸をそっとくるみ、玄関に安置した。明日になったら埋葬しなければならない。明日という日がいつものようにめぐってくるならば。レンブラントはアパートの裏庭に葬ろう――犬の手が届かない地中深くに。食事をすることなどとても考えられなかったが、ぼくはカップ一杯のスープをこしらえ、パンを一枚切ってそれに添えた。

食事をすませると、ぼくはまたデスクに向かい、ロッシの書類を片づけてまたきちんと封筒の中へ戻した。開かないように気をつけながら、あの謎めいたぼくの竜の本をその封筒の上に重ねた。さらにその上には、大昔から愛読しているヘルマンの名著、『アムステルダムの黄金時代』を置いた。デスクの真ん中に自分の博士論文の原稿を広げ、ユトレヒトの商人ギルドに関する小論文を目の前に立てかけた。これは図書館で複写したものだったが、ぼくはまだ熟読していなかった。腕時計をかたわらに置いた拍子に、夜の十二時十五分前を指していることに気づき、迷信を思い出してぞっとした。明日になったら、図書館へ行って、来るべき日々に備えられそうな資料にすばやく目を通そう、とぼくは自分に言い聞かせた。民間療法として何世紀ものあいだ死なざる者退治に使われてきたものだとすれば、銀の杭やにんにくの花や十字架についてもっとくわしくなっても損はするまい。少なくとも、それは伝統を重んじることを表しているはずだ。さしあたってはロッシのアドヴァイスしかすがるものはなかったが、ロッシは自分の力が及ぶかぎり、ぼくを見捨てたことは一度もなかった。ぼくはペンを取り上げ、小論文の上にかがみこんだ。

論文に集中するのにこれほど苦労したことはなかった。全身の神経という神経が戸外の何者かの気配にぴりぴりしていた。何かがいるかどうかさえさだかでないというのに。それが窓をかすめる音は耳というより頭で聞きとれるような感じだった。やっとのことでぼくは腰を据えて一六九〇年のアムステルダムにとり組んだ。ぽつりぽつりと細切れに文章を書いた。真夜中まであと四分。〝オランダの船員たちの生活にまつわる逸話を探すこと〟と、ぼくはメモした。オランダ商人のことを考えた。当時すでに古臭かったギルドでがっちり団結してできるだけ経費を切り詰め、わりに単純な倫理観にもとづいて日々行動し、余った金の一部を使って貧しい人びとのための病院を建てるような商人たちのことを考えた。真夜中まであと二分。あとでもう一度調べるために、小論文の著者の名前を書き留めた。〝オランダ商人にとって市内の印刷所がもつ意味を調べること〟と、メモした。

腕時計の長針がいきなりぴょこんと動き、ぼくもつられて飛び上がった。十二時まであとわずかのところまで迫っていた。うしろを振り向きたいのをじっと我慢しながら、印刷所はきわめて重要だったかもしれないと、ぼくは考えた。ギルドがその一部を思いどおりにあやつっていたとすればなおさらに。それどころか、支配権を握り、買収してオーナーになっていた可能性もあるのでは？ 印刷工にはギルドがあったのだろうか？ その時代のオランダの知識階級は出版の自由についてどう考え、それは印刷所の買収にどう関係していたのだろう？ 思わず興味が湧いてきて、アムステルダムやユトレヒトの初期の出版事情について、どこかで読んだ話を思い出そうとした。ふと、あたりが深い静寂に包まれているのを感じ、緊張の糸がぷつりと切れるのがわかった。ちらりと腕時計に目をやった。真夜中を三分過ぎていた。ぼくはふつうに息をしながら、すらすらとペンを走らせた。

仕事を中断しないように気をつけながら思った。ぼくをつけまわしていたものがなんだったにせよ、そいつは恐れていたほど賢くはなかったようだ。どうやら、死なざる者には外見をうのみにするところがあるらしい。一見したところ、ぼくはレンブラントの死というかたちで発せられた警告におとなしく従い、いつもの課題にとり組んでいるように見えた。そういつまでも実際の行動を隠しておくことはできないだろうが、今夜は見た目をとりつくろうしか、身を守るすべはなかった。ぼくは電気スタンドを引き寄せると、仕事に逃げこんだという印象を深めるために、さらにもう一時間、十七世紀に没頭した。論文を書くふりをしながら、ぼくは自分に言いきかせた。一九三一年にロッシが受けた決定的な脅迫とは串刺し公ヴラドの墓の所在地にロッシ自身の名前が記されたことだった。うかうかしていると、まもなくそれがぼくの末路になりそうだが、ロッシは二日前にデスクに突っ伏して死んでいるところを発見されたわけではなかった。ヘッジズのように、廊下で怪我をしているところを発見されたわけでもなかった。ロッシは誘拐されていた。もちろん、どこかべつの場所で死んでいる可能性もあったが、ちゃんと確認するまでは、彼の生存に望みをかけずにはいられなかった。夜が明けたら、ぼくはひとりでこの墓探しにとりかからなければならない。

そのフランスの古い城砦に腰を下ろして、父はじっと海を見つめていた。どちらかというと、サンマチューの峡谷の虚空を見渡し、鷲が翼を傾けて旋回するようすを見守っていたときのようなまなざしだった。「ホテルへ戻ろう」と、父はついに口を開いた。「ずいぶん日が短くなったな、気がついていたかい？　日が暮れてからこんなところではまりたくない」

私はじれったくなって、思いきって直撃してみた。「はまる？」

父は真顔でちらりとこちらを見た。いま呈示できる答えの危険度を比較検討しているかのようだった。「この道は本当に険しいからね」と、彼はやっと答えた。「真っ暗ななか、こんな木立ちのあいだを抜けて帰るはめになるなんてごめんだよ。おまえはそうしたいのかい？」なるほど、その気になれば、父も開き直れた。

私はうつむいて、いまは桃色と銀色ではなく、灰白色に見えるオリーヴの林を眺めた。どの木もねじ曲がり、かつてはそこを――あるいはその先祖を――サラセン人の焼き討ちから守っていた城砦跡に向かって必死に枝を伸ばしていた。「いいえ」と、私は答えた。「私もごめんだわ」

16章

十二月のはじめ、私たちはまた旅人となっていた。けだるい夏の地中海旅行がはるか昔のことのように思えた。アドリア海の強い風がまた髪をくしけずっていたが、私はその感触が、がさつな荒っぽい手つきが好きだった。まるで、不器用なけだものがその港のあらゆるものの上によじ登って、近代的なホテルの前に掲げられた旗を勢いよくひるがえらせ、遊歩道沿いに並ぶスズカケノキの梢をたわませているかのようだった。「え、なあに?」と、私は叫んだ。父はもう一度何か聞きとれないことを言って、ローマ皇帝の宮殿の最上階を指さした。私たちはふたりともっとよく見ようとしてうんと頭をのけぞらせた。

ディオクレティアヌスの優雅な牙城が朝日を浴びて頭上高くそびえ立っていた。その上端を見ようとして、私は危うくうしろへ倒れそうになった。美しい柱と柱のあいだのスペースはふさがれているところが多く——父がさっき説明してくれたが、たいていは建物の中を区切って住居にしている人びとのしわざなのだそうだ——寄せ集めた石の大半は遺跡のほかの一角から奪ってきたローマ大理石とあって、その風変わりなファサードのいたるところで、きらめくまだら模様を描いていた。

雨水か地震のせいであちこちに長い亀裂が入っていた。その割れ目からはしぶとい雑草が垂れ下がり、木まで生えているところもあった。三々五々波止場をぶらつく水兵たちの幅広の襟は、風に煽られてまくれ上がり、その赤銅色の顔は白い制服によく映えて、角刈りの黒髪はワイヤーブラシのように光っていた。父のあとについて宮殿の角を曲がり、落ちた黒胡桃の実やスズカケノキの枝葉を踏みながら、遺跡が並ぶ裏手の広場に向かうと、小便の臭いがした。真向かいにはすばらしい塔がそびえ立っていた。吹きさらしで、お菓子のように飾りつけられ、ひょろりとしたウエディングケーキのような塔だ。裏手のほうが表通りより静かだったので、もう大声を出さなくてもよくなった。

「昔から見たかったんだ」と、父はふつうの話し声で言った。「てっぺんまで昇ってみないか?」

私は先に立って、いそいそと鉄の階段を昇りはじめた。大理石の窓枠越しに、ときどきかいま見える波止場近くの青空市場では、木立ちはすっかり金茶色に変わっており、海沿いに並ぶ糸杉はそれを背景にして浮かび上がり、緑というより黒っぽく見えた。上に行くにつれて、眼下の湾を彩る紺碧の海や、オープンエアのカフェのあいだをうろつく休暇中の水兵たちの小さな白い人影も見えてきた。私たちが投宿している大きなホテルの先に目をやれば、はるか彼方でカーヴを描く陸地が、矢じるしよろしく、スラヴ語圏の内陸部のほうを指さしていたが、父はまもなくそのあたり一帯に広がる緊張緩和《デタント》の洪水に巻きこまれるはずだった。

塔の屋根のすぐ下に立つと、私たちはひと息入れた。そこは鉄製の踊り場だった。真下には、いま昇ってきた鉄の階段の入り組んだ網目模様を透かして地面までずっと見通せた。石壁に開いた窓の向こうには見渡すかぎり世界が広がっていたが、どの窓も、軽率な観光客がつんのめって、九階建ての高さから舗装された中庭まで落ちてもおかしくないほど低かった。私たちは窓に近づくかわりに踊り場の中央にあるベンチから海のほうを眺めることにした。私たちがあまりにも静かに座っていたので、アマツバメが一羽、翼を弓なりにたわめて吹きすさぶ海風を受けながら塔の中に飛びこんできたが、すぐに軒下に姿を消した。その鳥はくちばしに何か光るものをくわえていた。それは、海から飛んできたときに日差しを浴びてきらりと光った。

◆　◆　◆　◆

ロッシの資料をすべて読み終えた翌朝はとても早く目が覚めた、と父は言った。その日の朝ほど、太陽の光を見てうれしかったことはない。朝いちばんの悲しい用事は、レンブラントを埋葬することだった。そのあと、いままさに開館してドアが開きかけているというころに、苦もなく図書館にたどり着いた。今日はまる一日かけて、来るべき夜に、来るべき暗闇の猛攻に備えたかった。何年ものあいだ、夜はぼくにやさしく、その静けさにすっぽり包まれて勉学にいそしんでいた。それがどうだ、いまや夜は脅威であり、ほんの数時間先には必ず襲いかかってくる避けがたい危険だった。それに、ぼくはまもなく旅に出ることになりそうだった。せめて行く先だけでもわかっていたら、すこしは楽なのにと恨めしかった。

図書館の中央ホールは職務をこなす図書館員たちの足音がこだまする以外、しんと静まり返っていた。こんな早朝に来館する学生はほとんどいない。少なくとも三十分は誰にもじゃまされず静かに過ごせるはずだった。ぼくは迷路のようなカード式目録の世界に入りこみ、ノートを広げると、必要な引き出しを次つぎに開けはじめた。カルパティア山脈に関する資料の記載が数件あり、トランシルヴァニア地方の民話に関するものが一件あった。吸血鬼関係の本が一冊——エジプト古来の伝説を集めたものだ。世界各国の吸血鬼にはどれほどの共通点があるものなのか。エジプトの吸血鬼は東欧の吸血鬼と似ているのだろうか？　それは考古学者向きの研究であって、ぼく向きではなかったが、とりあえず、そのエジプト伝承の本の請求番号を写しとった。

それから、ドラキュラの調査にとりかかった。その目録には主題と書名が混在していた。〝Drab-Ali the Great（偉大なるドラブアリ）〟というカードと〝Dragons, Asia（ドラゴン——アジア地域）〟というカードのあいだには、少なくともひとつはべつの項目があるはずだった。ブラム・ストーカーの『Dracula（吸血鬼ドラキュラ）』という書名が記されたカードだ。私は前日にあの黒髪の若い女性がここでその本を読んでいるのを見かけていた。その手の名作なら二冊所蔵されている可能性もなくはない。ぼくはいますぐその本が必要だった。ロッシに言わせれば、それはストーカーが心血を注いだ吸血鬼伝承の研究の集大成だということだったし、役に立つ防御策のヒントが含まれているかもしれなかった。ぼくはその前後をくまなく探した。〝ドラキュラ〟という項目はひとつもなかった——ただの一枚のカードもない。この伝説が主要な研究テーマになるとは思っていなかったが、その本は少なくとも一冊は目録のどこかにあるはずだった。

そのとき、〝Drab-Ali〟と〝Dragons〟のあいだに何かがあることに気づいた。引き出しの底にはさまっていたのはねじれた紙の切れ端だった。少なくともカードが一枚、もぎ取られたことは確かだった。ぼくは急いで〝St〟の引き出しに行った。そこに〝Stoker（ストーカー）〟という項目はなかった――あわただしく盗まれた疑いは強まるばかりだ。ぼくは手近な木の椅子にどさりと腰を下ろした。あまりにも妙な話だった。いったい誰がわざわざこんなカードを引きちぎったりしたのだろう？

最後に『吸血鬼ドラキュラ』を借り出したのがあの黒髪の娘であることはわかっていた。彼女は本を借り出した証拠を隠滅したかったのだろうか？　だが、この本を盗むか隠すかしようとする者が、図書館のど真ん中でそれをおおっぴらに読んだりするだろうか？　誰かほかの者がカードを引き抜いたにちがいない。たぶん、誰にもこの図書館でこの本のことを調べてもらいたくない人間だ――だが、いったいどうして？　誰であれ、犯人はあわてて事に及んでおり、きちんと痕跡を消すのを怠っていた。ぼくはもう一度とくと考えてみた。カード式目録というのはここでは神聖不可侵なる一角で、学生がテーブルの上に引き出しを置きっぱなしにした現場を見つかろうものなら、図書館員にこっぴどく叱られた。目録を冒瀆しようとするなら、周囲に誰もいないときか、誰も見ていない隙を見計らって、すばやく実行に移す必要があったはずだ。あの若い女性のしわざでないとすれば、彼女はその本を借り出されたくない人間がいることを知らないかもしれない。しかも、いまだにその問題の本を所持しているはずだ。ぼくはほとんど駆け足で中央受付に向かった。

この図書館は、ロッシがオックスフォード大学を卒業するころに（彼はそこで本物のゴシック建築に囲まれていたわけだが）、とびきり格調高いゴシック復興様式で建てられたもので、ぼくは昔から美しいだけではなく滑稽だとも思っていた。中央受付にたどり着くには、大聖堂の身廊のような長い通路を急ぎ足で突っ切るしかなかった。貸出・返却受付は、本物の大聖堂であれば祭壇がしつらえられている場所にあり、その上には瑠璃色の衣をまとい、腕いっぱいに神々しい書物を抱えた聖母マリアの壁画が——おそらくは、〝知識の聖母マリア〟だろうが——掛かっていた。そこで本を借り出すことには聖体拝領を受けるようなおごそかさがあった。今日はそれが皮肉きわまりない冗談のように思えて、ぼくは聖母マリアのなんの助けにもならない柔和な顔を無視し、いらだっていると思われないように心がけながら、図書館員に話しかけた。

「探している本が書架に見当たらないんですが」と、ぼくは切り出した。「いま貸出中なのか、あるいは返却されたばかりでまだ書架に戻ってないだけなのかわかりますか」

その図書館員はにこりともしない小柄な六十代の女性で、仕事の手を止めてちらりと顔を上げた。

「書名をどうぞ」と、彼女は言った。

「ブラム・ストーカーの『吸血鬼ドラキュラ』です」

「お待ちください、館内にあるかどうか確認します」彼女は無表情で小さな箱の中を調べた。「申し訳ありませんが、現在貸出中ですね」

「そりゃまずいな」と、ぼくは心から言った。「いつ返却されます？」

「三週間後です。昨日借り出されたばかりですから」

「とてもそんなに待てそうにないんですよ。その、授業を受け持っているもんで……」ふつうなら、これは魔法の呪文だった。

「予約を入れておくこともできますよ、ご希望でしたら」と、図書館員はひややかに言った。彼女は仕事に戻りたがっているかのように、きれいにセットした白髪まじりの頭をぷいと横に向けた。「ひょっとしたら、受け持ちの学生が借り出したのかもしれない、予習するつもりでね。名前を教えてもらえたら、ぼくのほうで直接連絡をとってみますが」

図書館員はしげしげとこちらを見た。「そういうことはふつうしませんけど」と、彼女は言った。「ふつうの状況じゃないんですよ」と、ぼくは打ち明けた。「正直に言いましょう。じつは、この本の一節を使って試験問題を作成しないといけないんですが――その、自分の本を学生に貸したら、なくされてしまって。ぼくが悪かったんですけどね。ほら、学生っていうのがどんなものかわかるでしょう。貸すほうがどうかしてたんです」

彼女の表情がやわらぎ、同情しているといってもいい顔になった。「ひどいもんよね」と、彼女はうなずきながら言った。「うちでも学期ごとに山ほど本がなくなるんですよ、まったく。いいわ、それじゃ、貸出者の名前がわかるかどうか調べてみますけど、私がこんな便宜をはかったなんて内緒ですからね」

彼女はうしろを向いて背後の整理棚の中を引っかきまわしはじめたが、ぼくはさっき不意に気づいた自分の意外な一面について考えこんでいた。いつのまにそんなにすらすら嘘がつけるようになったのだろう？　なんだかうしろめたい快感を覚えた。そうやってその場に立っているうちに、その大きな〝祭壇〟の向こう側にいるべつの図書館員がこちらに近づき、じっとぼくを見つめていることに気づいた。まえからよく見かけるやせた中年男で、身長は同僚の女性図書館員より心持ち高いくらいで、ツイードのジャケットに染みだらけのネクタイというみすぼらしい身なりをしていた。

たぶん以前に見かけたことがあったからだろうが、ぼくは相手の面変わりに思わずぎょっとした。男は土気色のやつれた顔をしていて、重病人のように見えると言ってもよかった。「何かお探しですか?」と、彼は急に声をかけてきた。いますぐぼくの相手をしなければ、受付から何かくすねるのではないかと疑ったかのようだ。

「あ、いや、いいんです」ぼくはこちらに背を向けている女性図書館員のほうに手を振った。「もう探してもらっていますから」

「わかりました」彼が身を引くと同時に、女性図書館員のほうが紙片を持って戻ってきて、ぼくの目の前に置いた。その瞬間、ぼくはどこを見たらいいかわからず——視線はその紙の上を通り過ぎていった。というのも、あのもうひとりの図書館員がわきへよけたとたんに、返却されたばかりの本の山のほうへ身を乗り出したからだ。目が悪いのか、その男は本のほうへぐっと身をかがめたので、一瞬すり切れたシャツの襟から首筋がむき出しになった。かさぶたになった汚らしいふたつの傷と、乾いた血の跡がその皮膚に醜いレース模様を描いているのが見えた。そこで、彼はしゃんと身を起こすと、本を抱えてまた立ち去った。

「これでいいんですよね?」と、女性図書館員が尋ねていた。ぼくは彼女がこちらに押しやった紙に目を落とした。「ほら、ブラム・ストーカーの『吸血鬼ドラキュラ』の貸出票です。うちには一冊しかありませんから」

さっきの不精者の図書館員が急に本を一冊床に落とし、その音が天井の高い身廊じゅうに派手にこだました。彼は背筋をぴんと伸ばしてまっすぐこちらを見た。それほど憎しみと警戒心に満ちた人間のまなざしは見たことがなかった——いや、その瞬間まではなかったと言うべきか。「お探しの本はこれですよね?」女性図書館員はしつこく念を押していた。

「いや、ちがいますよ」と、ぼくは言った。とっさに気をとり直して、頭を働かせていた。「聞きまちがえたんですね。ぼくはギボンの『ローマ帝国衰亡史』を探してるんです。言ったでしょ、それを題材にした講義をしているから、もっと数が必要なんだって」

彼女はぐっと眉をひそめた。「でも、私はてっきり——」

そんな不愉快な場面でも、ここまで打ち解けてくれた彼女の気持ちを無下に踏みにじるのはいやだった。「かまいませんよ」と、ぼくは言った。「もしかしたらぼくのチェックが足りなかったのかもしれない。もう一度カード式目録にあたってみます」

だが、〝目録〟という言葉を口にしたとたんに、自分でも慣れない二枚舌を使いすぎたことに気づいた。図書館員はさらに目をすがめると、かすかに頭を動かした。獲物の動きを目で追う動物のようなしぐさだった。「ありがとうございます」と、ぼくは礼儀正しくつぶやいて立ち去ったが、長い通路を歩いていくあいだじゅう背中にその男の鋭い視線が突き刺さるのを感じた。しばらくカード式目録に戻るふりをしてから、ぼくはブリーフケースのふたを閉めて、きっぱりした足取りで玄関のほうへ向かい、熱心な学生たちが朝の勉強に励もうと早くも押しかけてくるのを尻目に、そのドアを通り抜けた。外に出ると、できるかぎり日当たりのよいベンチを見つけて、ゴシック復興様式の外壁のひとつを背にして座り、周囲の動静にきちんと目配りできるようにした。五分でいいから、落ち着いてものを考える時間が必要だった——ロッシがいつも教えてくれたように、熟考というのはだらだら時間をかけるより、ほどよいタイミングですることのほうが大事だ。

それでも、事が多すぎてそう簡単にはのみこめなかった。そのとき、ぼう然とするぼくの頭にはちらりと見たあの図書館員の首筋の傷だけではなく、『吸血鬼ドラキュラ』でぼくをだしぬいた図書館利用者の名前も入っていた。彼女の名前はヘレン・ロッシだった。

◆　◆　◆　◆

風は冷たく、ますます強くなった。父はここで口をつぐむと、自分のカメラバッグから防水ジャケットを二枚、各自に一枚ずつ引っぱり出した。写真機材やキャンバス地の帽子や小さな救急箱といっしょにバッグに収まるように、彼はジャケットをきちっと巻いてしまっていた。無言のまま、私たちはブレザーの上にそれをはおり、父はまた話を続けた。

◆　◆　◆　◆

晩春の日差しを浴びてそのベンチに座り、大学がもぞもぞと目を覚ましてふだんの活気をとり戻すのを眺めながら、ぼくは不意に構内のあちこちを闊歩する見るからにふつうの学生や教官たちが妬ましくなった。きっと、明日の試験は冗談抜きで大変だとか、学内政治はドラマチックなものだとか、そんなことを考えているのだろうと苦々しく思った。誰ひとり、ぼくの窮地を理解することも、そこから助け出すこともできないはずだ。巣から追い出された働き蜂のような孤独を、畑ちがいの領域にいる心細さを、ひしひしと感じた。それに、そこでふと気づいたが、この四十八時間で事態はここまで進展していた。

いまは秩序立てて、しかも、迅速にものを考える必要があった。まず、ぼくはロッシ自身が報告していた現象を目にしていた。ロッシの身の安全を脅かす目下の問題とは無関係の人物——この場合は、ろくに風呂にも入っていない風変わりな図書館員のことだが——その人物の首に噛まれた傷があったのだ。自分が信じかけている事柄のばかばかしさに笑いだしそうになりながら、ぼくは自分に言い聞かせた。仮に、あの図書館員は吸血鬼に噛まれたと、それも、ごく最近襲われたとしてみよう。ロッシが研究室から連れ去られたのは——それも血痕を残して、とぼくは思い出した——ほんの二、三日前のことだった。ドラキュラが野放しになっているとすれば、やつはとびきり優秀な学者ばかりではなく(このとき気の毒なヘッジズのことが頭に浮かんだ)、図書館員や文書館員のこともひいきにしているようだった。いや、ちがう——突然パターンが読めて、ぼくは思わず座り直した——あいつは自分の伝説に関した古文書を取り扱う人間がお気に入りなのだ。まずはイスタンブールでロッシの邪魔をした役人がいた。ロッシの最後の手紙を思い出して、あのスミソニアンの学芸員も勘定に入るだろうと思った。そして、もちろん、最初からずっと脅されていたロッシ自身もその範疇に入る。彼は〝あのすばらしい本〟を一冊持っていたし、その関係書類も調べていたからだ。そのあとに続くのはこの図書館員だが、もっとも、この男がドラキュラ資料の担当者だという証拠はまだつかんでいなかった。そして最後に挙げるとすれば——このぼく自身か?

ぼくはブリーフケースを手に取り、学生食堂の近くにある公衆電話ボックスへ急いだ。「大学の番号案内をお願いします」見える範囲ではここまであとをつけてきた者はいなかったが、ぼくは電話ボックスのドアを閉めて、そのドア越しに通行人に目を光らせた。「ミス・ヘレン・ロッシの電話番号はわかりますか？　ええ、大学院生です」と、ぼくは当てずっぽうで言ってみた。

大学の電話交換手は無駄口を叩かなかった。ゆっくり電話帳をめくる音が聞えた。「〝H・ロッシ〟という方なら大学院生の女子寮名簿に載っていますけど」と、電話交換手は言った。

「それだ。どうもありがとう」ぼくはその電話番号を書き留めると、またダイヤルをまわした。寮母が電話に出た。用心深く身構えた険のある声だった。「ミス・ロッシですか？　なんでしょう？　どちら様ですか？」

しまった。ここまでしか策は練っていなかった。「彼女の兄です」と、ぼくはすばやく言った。

「この電話番号のところにいると、妹から聞いたんですが」

電話から離れていく足音がして、もっときびきびした大またの足音が戻ってくると、がさがさと受話器を取る音が聞えた。「ありがとう、ミス・ルイス」遠くのほうでそう言う声がした。もう用はないと言わんばかりの口調だ。それから、相手はぼくに向かって話しかけ、図書館で耳にした覚えのあるあの低くてしっかりした声がした。「私には兄弟はいないわ」と、彼女は言った。それはたんなる事実ではなく、警告のように聞こえた。「あなたは誰？」

◆　◆　◆　◆

父は寒風のなかで両手をこすり合わせたので、ジャケットの袖がティッシュペーパーのようにしわくちゃになった。ヘレン、と私は心のなかでつぶやいたものの、その名前をもう一度声に出して言う勇気はなかった。それは昔から好きな名前だった。アメリカに住んでいたころに『子どものためのイーリアス』という児童書を持っていたが、そのラファエロ前派の口絵に描かれていたトロイアのヘレネ（Helen）のように、私のうちに雄々しくも美しいものを呼び覚ます名前だった。何よりも、それは私の母の名前であり、母のこととなると、父はけっして話題にしなかった。

私はじっと父を見たが、彼はすでに口を開いていた。「この下に軒を並べるカフェで飲む熱い紅茶」と、父は言った。「ぼくに必要なのはそれだな。おまえはどう？」そこではじめて気がついたが、父の顔は——その外交官らしい、ハンサムで人をそらさない顔は——くっきりくまができて台無しになっていた。ちゃんと寝足りたためしがないとでもいうように、目のまわりは黒ずみ、鼻の付け根のあたりには、やつれた表情が浮かんでいた。父は立ち上がって伸びをすると、最後の見納めに、ふたりで素通しの窓から目も眩むような四方の景色を眺めた。私が落ちるのを危ぶむように、父は私をすこしうしろに下がらせた。

17章

アテネは、父を気疲れさせた。それはたった一日そこにいただけではっきりわかった。私のほうは、その刺激的な街に魅せられていた。衰退と活気が入り混じった感覚も、広場や公園や古代遺跡のまわりを息苦しくなるほど排気ガスをまき散らして走る車も、中央にライオンの檻がある植物園も、空高くそびえ立ち、ちゃらちゃらしたレストランの日除けが麓のあちこちではためくアクロポリスも、気に入っていた。父は暇ができしだい景色を眺めにそこに登ると約束した。一九七四年の二月のことで、父にとってはほぼ三か月ぶりの出張だったが、彼はいやいや私を連れてきていた。街なかに駐留するギリシア軍を毛嫌いしていたからだ。私は一瞬一瞬を大切にするつもりだった。

父の手が空くまで、私はホテルの部屋でまじめに勉強してはいたが、ひとつしかない窓から、神殿をいただく高台をずっと見張ってもいた。それはまるで、二千五百年も経ったいま、まさに私が行くまえに羽根が生えて飛び立ってしまいそうに思えたからだった。道路や小道や路地が曲がりくねりながら頂上のパルテノン神殿のほうへ延びているのが見えた。あの神殿まで登るとなると、白しっくい塗りの民家やスタッコ仕上げのレモネード屋のあいだを延々と歩くことになるのだろう

――この暑い国の夏は早めにはじまる――道はときおり古代の市場や神殿の前にふいに出るかと思えば、また瓦葺きの家並みのあいだを上へ上へと続いているはずだ。その薄汚れた窓からはこの迷路の一部がよく見えた。私たちはアクロポリス界隈の住民たちが毎日玄関から目にする景色を見渡しながら、眺望から眺望へとめぐり歩くことだろう。ここからでもその眺めは目に浮かぶようだった。遺跡や、ぬっと突き出る市役所や、亜熱帯の公園や、曲がりくねった通りや、てっぺんが金色だったり赤い瓦屋根だったりする教会が、灰色の浜辺に散らばる色石のように、黄昏にくっきり浮かび上がるところが。

さらに遠くに目をやれば、建ち並ぶアパートのかすかな陰影や、ここより新しいホテルや、まえの日に列車で通り抜けたまとまりなく広がる郊外の街が見えるはずだ。それより先は想像できなかった。想像するには遠すぎた。父はハンカチで顔の汗をぬぐうだろう。その顔をちらりと盗み見ながら、私にはわかるはずだ。頂上にたどり着いたら、父はそこにある古代遺跡を案内してくれるだけではなく、自分の過去の一端ももうすこしかいま見せてくれるだろう、と。

◆　◆　◆　◆

ぼくが選んだ食堂は、あの気味の悪い図書館員の守備範囲ではないと思えるぐらいには大学のキャンパスから離れていたが(あいつが職場を離れるわけにいかないのは確かだったが、昼休みにはどこかに食べにいくはずだ)、それでも、そこで会ってほしいと頼んでもおかしくないぐらいには近く、斧を手にした殺人鬼が面識もない女性との待ち合わせに使いそうな、人里離れた場所ではなかった、と父は言った。ぼくの真意をはかりかねて逡巡《しゅんじゅん》し、ヘレンは遅れてくるかもしれないと思っていたかどうか自分でもはっきりしないが、彼女はぼくより先に来ていたので、ぼくがその食堂のドアを押し開けて入っていくと、彼女が片隅で青いシルクのスカーフをはずし、白い手袋を脱いでいるのが見えた――いいかい、これはタフきわまりない学究肌の女性といえども、実用一点張りではない美しい装いに身を包んでいた時代の話なんだ。髪はきれいに巻き上げられ、顔にかからないようにピンで留められていたので、彼女がこちらを向いてぼくに気づくと、まえの日に図書館で会ったときよりはるかにじっと見つめられているという実感があった。

「おはよう」と、彼女はひややかに言った。「あなたにもコーヒーを頼んでおいたわ。電話口で疲れた声を出していたから」

ずいぶんさしでがましい気がした――ぼくの声が疲れているのか、休養充分なのか、どうして彼女に聞き分けられるというのか？　コーヒーが冷めてしまうとは考えないのだろうか？　だが、今回はまずふつうに名前を名乗り、不安を隠そうと心がけながら、彼女と握手した。すぐさまヘレンの名字のことを尋ねたかったが、頃合いを見計らったほうがいいだろうと思った。その手はまだ手袋をはめたままかと思うほど、すべすべしてさらりと乾いており、ひんやり冷たかった。ぼくは彼女の向かい側の椅子を引いて腰を下ろした。吸血鬼狩りにふさわしい格好をするにしても、せめて洗い立てのワイシャツを着てくればよかったと思った。彼女が黒いジャケットの下に着こんだ男仕立てのブラウスは地味だったが、染みひとつなく真っ白に見えた。

「あなたから連絡があるなんて思ってもいなかったわ」彼女の言い方は侮辱に近かった。

「変だと思っているのはわかる」ぼくは居ずまいを正すと、相手の目をまともに見ようとした。はたして彼女がまた席を蹴って出ていってしまうまえに、ききたいことをすべてきけるかどうか。「すまない。でも、これは悪ふざけなんかじゃないし、きみに迷惑をかけたり、仕事のじゃまをするつもりもないんだ」

ヘレンは調子を合わせてうなずいた。その顔を見つめているうちに、彼女の容姿は――まちがいなくその声は――優雅なだけではなく醜い部類にも入ると、ふと思った。その思いがけない発見のせいで人間味が増したとでもいうのか、それに気づくとぼくは心強くなった。「今朝、妙なことを発見してね」と、ぼくは切り出した。また自信をとり戻していた。「やぶから棒にきみに電話したのはそのせいなんだ。図書館から借りたあの『吸血鬼ドラキュラ』をまだ持っている?」

ヘレンはすばやかったが、ぼくのほうが一枚上手だった。相手がぎくりとたじろぐのを、ただでさえ青白い顔からさらに血の気が引くのを、待ちかまえていたからだ。「ええ」と、彼女は用心して答えた。「人が図書館でどんな本を借りようと勝手なんじゃない?」

ぼくはこの挑発には乗らなかった。「あの本に関する目録カードをぜんぶ引きちぎった?」

今度ばかりは彼女も嘘いつわりなくありのままの反応を示した。「私が何をしたですって?」

「今朝、カード式目録で情報を探そうとしたんだ――その、ぼくらがふたりとも研究しているらしいテーマについてね。調べてみると、ドラキュラとブラム・ストーカーに関するカードは引き出しから根こそぎもぎ取られていた」

彼女はすでに顔をこわばらせ、じっとぼくを見つめていた。いまは醜さが前面に押し出されていると言ってもよく、その目はまばゆいほど輝いていた。だがそのとき、ぼくはマッシモにロッシの失踪を告げられてからはじめて、ほんのわずかながら肩の荷が軽くなるのを、孤独感がまぎれるのを感じた。メロドラマだとばっさり切って捨ててもおかしくなかったのに、彼女はぼくの話を笑い飛ばさなかったし、眉をひそめたり、戸惑った顔もしなかった。何よりも、その顔つきにはずるがしこさはなく、敵と話していると思わす兆候はひとつもなかった。彼女の顔に浮かんでいる表情は、ただひとつ、ほのかにちらつく不安だった。

「昨日の朝はカードはぜんぶそろっていたわ」と、彼女はゆっくり口を開いた。武器を捨てて話し合いに応じる気になったとでも言うようだった。「最初に『吸血鬼ドラキュラ』を調べたの。それに関する項目はひとつで、本は一冊しか所蔵されていなかった。それなら、ストーカーのほかの著作はどうかなと思って、著者名でも調べてみたわけ。ストーカーに関する項目はいくつかあって、その中に『吸血鬼ドラキュラ』も含まれていたわ」

食堂の気のないウエイターがテーブルにコーヒーを並べはじめていた。ヘレンは手元も見ずに自分の分を引き寄せた。ぼくは不意にロッシに会いたくてたまらなくなった。これよりはるかに上等なコーヒーを手ずから淹れてくれたロッシが——心づかいの行き届いた温かいもてなし方が恋しかった。そうだとも、この風変わりな若い女性には、ほかにもききたいことがいくつもある。

「どう見ても、きみに——ぼくに——いや、誰にも——あの本を借り出してもらいたくない人間がいる」と、ぼくは言った。声をひそめて、じっと彼女のようすを見守っていた。

「そんなばかげた話は聞いたこともないわ」と、彼女はとげとげしく言うと、コーヒーに砂糖を入れてかきまわした。だが、自分でもその言葉には納得していないようで、ぼくはさらに話を進めた。

「まだ本を持っている？」

「ええ」いらだたしげにカチャンと音を立てて、彼女の手からスプーンが落ちた。「私の本入れの中に入っているわ」ヘレンはちらりと下を見た。彼女のかたわらに、前日に手にしていたブリーフケースがあることに気づいた。

「ミス・ロッシ」と、ぼくは言った。「申し訳ないが、それに、こんなことを言うと、変人だと思われるかもしれないけれど、個人的には、この本を持っているのは危険なんじゃないかと思う。きみにこの本を持っていてもらいたくない人間がいるからだ」

「どうしてそう思うの？」と、彼女は反撃したが、今度はぼくと目を合わせなかった。「私にその本を持たせたくない人間がどこにいると思うわけ？」ほのかな赤みが頬骨のあたりにまた広がっていたし、彼女はうしろめたそうに視線を落としてカップの中をのぞきこんでいた。そのしぐさを説明するならこれしかなかった——身に覚えが大ありだということだ。吸血鬼と手を組んでいるのかもしれないと思って、ぼくはぞっとした。まさにドラキュラの花嫁ではないかと愕然とし、子どものころ観た映画の記憶が早送りでよみがえってきた。あのけぶったような黒髪も、国籍不詳の強いなまりも、青白い肌についたブラックベリーの染みのような唇も、上品なモノトーンの装いも、ぴったり当てはまる。ぼくはこの思いつきをきっぱり忘れようとした。それはばかげた空想だったし、ぼくのびくびくした気分にあまりにも合いすぎていた。

「きみにその本を持たせたくない人物に心当たりはない？」

「じつを言うと、あるわ。でも、あなたの知ったことじゃないのは確かよ」彼女はぎろりとぼくをにらみつけ、またコーヒーに戻った。「ところで、あなたはなぜこの本を探していたの？　私の電話番号が知りたかったなら、こんな面倒なことせずに、本人に直接きいたらよかったんじゃない？」

今度はぼくの顔が赤くなった。この女性と話をするのは、おとなしく平手打ちにされているようなもので、しかも、それが乱れ打ちで、次がいつ飛んでくるのかさっぱりわからないときていた。

「電話番号を教えてもらう気なんてなかった、あのカードが目録の引き出しから破り取られているのに気づいて、きみに知らせたほうがいいんじゃないかと思うまではね」と、ぼくはむきになって言った。「ぼくとしても、どうしてもあの本が必要だった。だから、図書館へ行って閲覧できる本がもう一冊ないか確かめようとしたんだ」

「でも、なかった」と、彼女は憤然として言った。「そこで、あなたには私に電話して本を探すという願ってもない口実ができた。私が借りた本が必要だったら、予約を入れればよかったじゃない」

「いま必要なんだよ」と、ぼくは言い返した。彼女の口調にうんざりしはじめていた。ふたりそろって深刻なトラブルに巻きこまれているかもしれないのに、ヘレンはデートの申し込みだとでもいうように、この顔合わせに難癖をつけてばかりいて、痛くもないぼくの腹を探っていた。ぼくがどんなひどい苦境に陥っているか、彼女には知るよしもないのだと、ぼくは自分に言い聞かせた。そのときふと、洗いざらい打ち明けたら、ただ頭がおかしい男で片づけないでくれるかもしれないと思った。だが、そんなことをすれば、彼女をいっそう危険にさらすことにもなりかねない。ぼくは思わず声に出してため息をついた。

「私を脅して図書館の本を取り上げようとしているの？」彼女の口調はすこしやわらいでいた。この展開をおもしろがって、凛とした口元がひくひく引きつっているのがわかった。「きっとそうね」

「いや、そうじゃない。でも、きみにこの本を借り出してほしくない人物が誰なのか、聞かせてもらえないかな」ぼくはコーヒーカップを置くと、テーブル越しに彼女のほうを見た。

ヘレンは薄手のウール地のジャケットの下で肩をもぞもぞ動かした。長めの髪の毛が一本、ジャケットの襟に張りついているのが見えた。本人の黒髪だったが、黒いウール地にきらりと赤銅色の輝きを放っていた。どうやら、彼女は何か言う気になったらしかった。「あなたは何者なの？」と、彼女はだしぬけにきいた。

ぼくはその質問を文字どおり学問上の話だと受け取った。「大学院生で、専攻は歴史」

「歴史ですって？」怒りの叫びだといってもいい、間髪を入れない合いの手だった。

「十七世紀のオランダ貿易について博士論文を書いている」

「まあ」彼女はしばし黙りこんだ。「私は人類学者よ」と、彼女はようやく重い口を開いた。「でも、歴史にもとても興味があるわ。バルカン半島と中欧の風習や伝統を研究しているの。とりわけ、母国である」――すこしだけ声を落としたが、内緒話のようにひそめたわけではなく、声は悲しげに小さくなった――「母国であるルーマニアを中心にね」

今度はぼくがたじろぐ番だった。まったく、話はどんどん妙になる一方だった。「だから、『吸血鬼ドラキュラ』を読みたかったの？」と、ぼくはきいた。

ヘレンがほほえんだのを見て、ぼくは驚いた——そのしっかりした顔立ちにはいささか小さく見える、きれいにそろった白い歯に、きらきら輝く瞳。そのとたんに、彼女はまた唇をきっと引き結んだ。「まあ、そんなところかもしれないわね」

「ぼくの質問には答えようとしないね」と、ぼくは指摘した。

「どうして答えなきゃいけないわけ?」彼女は肩をすくめた。「あなたは赤の他人で、私が借りた図書館の本を横取りしたがっている相手なのに」

「危険な状況かもしれないんだ、ミス・ロッシ。脅かすつもりはないけれど、ぼくは大まじめに言ってるんだよ」

ヘレンの目がすっとすぼまった。「あなたも何か隠しているわね」と、彼女は言った。「そっちが打ち明けるなら、私も話すわ」

こんな女性は見たことも、出会ったことも、話したこともなかった。媚を売るようなまねはかけらもせず、ひたすら好戦的だった。彼女の言葉は冷たい水たまりで、ぼくはあとさきを考えるゆとりもなく、頭からその中に飛びこんだような気がした。

「わかった。まずぼくの質問に答えてくれ」と、ぼくは相手の口調を拝借して言った。「きみにあの本を持っていてもらいたくない人物は誰だと思うんだい?」

「バーソロミュー・ロッシ教授よ」と、彼女は言った。皮肉たっぷりな耳障りな声だった。「歴史学科の院生なんでしょ。ひょっとして、彼の噂を聞いたことがある?」

ぼくはただひたすらあ然としていた。「ロッシ教授? それは、どういう——どういう意味?」

「あなたの質問には答えたわよ」と、ヘレンは言うと、仕事は終わったとばかりに、しゃんと身を起こし、ジャケットの具合を直して、手袋をまたひとつに重ねた。ぼくが面食らって口ごもるのを見て、自分の発言が及ぼす影響を楽しんでいるのではないかと、ちらりと思った。「さあ、今度はあなたが話してちょうだい、本のせいで危険な目に遭うとかいうこの芝居がかった話で、いったい何を言いたいのかをね」

「ミス・ロッシ」と、ぼくは言った。「お願いだ。事情はあとで話す。打ち明けられることは何もかも。でも、そのまえにバーソロミュー・ロッシ教授とはどういう間柄なのかどうか説明してほしい」

ヘレンは身をかがめ、自分のブリーフケースを開けると、革製のケースを取り出した。「煙草を吸ってもかまわない?」気づいたのはそれが二度目だったが、彼女にはあの男っぽい磊落《らいらく》さがあった。それはしとやかな物腰というガードを下げると、顔を出すらしかった。「一本いかが?」

ぼくは横に首を振った。そのほっそりしたすべすべの手からなら、好意にあずかって一本もらいたいところだったが、煙草は大嫌いだった。ヘレンは無造作に煙を吸いこみ、慣れた手つきで煙草を吸った。「知らない人にどうしてこんな話をしているのかしら」と、彼女は考えこみながら言った。「きっと、ひとりぼっちの生活が身にこたえているのね。このふた月、勉強以外のことでは、誰ともろくに話をしていなかったから。それに、あなたは噂好きとは思えないわ。うちの学科には口さがない連中がうようよしているけれど」彼女はやんわり恨みをこめてそう言ったが、その言葉には隠しきれないお国なまりがあった。「でも、あなたが約束を守ってくれるなら……」またきびしい顔つきになると、彼女はぴんと背筋を伸ばして、手にした煙草を挑むように突き出した。「私と高名なるロッシ教授との関係はじつに単純よ。というか、そうあるべきでしょうね。彼は私の父親なの。ドラキュラを探してルーマニアに滞在していたときに、私の母と出会ったわけ」

ぼくが飲んでいたコーヒーがばしゃっとテーブルじゅうに、ぼくのひざに、ワイシャツの胸元にかかり——どのみち、最初から染みひとつなくきれいだったわけではないが——ヘレンの頬にも飛び散った。彼女はこちらを見つめたまま、片手でその飛沫を拭きとった。

「なんてことを、すまない」ぼくはふたり分のナプキンを使って、なんとか拭きとろうとした。

「この話にショックを受けるとすれば」と、彼女は微動だにせず言った。「彼と面識があるのね」

「もちろん」と、ぼくは言った。「ぼくの指導教官なんだ。でも、ルーマニアの話は聞いたこともないし、教授に——その、家族がいるなんて話も聞いたことがない」

「それはそうでしょ」その声のひややかさがぼくの心に突き刺さった。「だって、私は一度もあの人と会ったことはないもの。まあ、こうなると、それも時間の問題でしょうけれど」彼女は小さな椅子の背にもたれかかり、無遠慮に背を丸めた。そばに寄れるものなら寄ってみたらと言わんばかりだった。「一度だけ、講義をしているところを遠くから見かけたことがあるわ——考えてもみて、そんなに離れたところからはじめて父親を目にする気持ちがどんなものかね」

ぼくの前にはびしょびしょになったナプキンが山積みになっていたが、その山も、コーヒーカップも、スプーンも、何もかもきれいさっぱりわきへ押しやった。「どうしてそんなことに？」

「ちょっと考えられないことよ」と、彼女は言った。ぼくのほうを見たが、物思いにふけっているというわけではなかった。それより、ぼくの反応を正確にとらえようとしているように見えた。

「いいわ、はっきり言えば、行きずりの恋の話なのよ」ほほえむ気にはならなかったが、彼女がなまりのある口調でこう言うと妙に聞えた。「たぶん、それほどおかしな話じゃないんでしょうね。あの人は私の母が暮す村で彼女と出会って、しばらく付き合うと、数週間後にはイギリスの住所を残して母のもとを去ったの。相手がいなくなってから、母は妊娠に気づき、私が生まれるまえに、ハンガリーに住んでいる自分の姉の手引きでブダペストへ逃げたというわけ」

「教授はルーマニアに行ったなんて話は一度もしなかった」ぼくはしゃべっているわけではなく、しゃがれ声を出しているだけだった。

「べつに驚かないわ」彼女は苦々しげに煙草を吸った。「母はあの人が残した住所宛にハンガリーから手紙を出して、赤ん坊のことを知らせたの。すると、母が誰なのかも、どうして自分の名前を知っているのかも、さっぱりわからないし、ルーマニアに行ったことなど一度もないという返事がきたわ。この世にそんな残酷な仕打ちがあると思う?」彼女は穴の開くほどぼくを見つめた。その目は大きく見開かれ、いまは真っ黒だった。

「きみが生まれた年は?」レディにこんな質問をするなら、まず失礼を詫びるべきだということなど、まったく頭に浮かばなかった。ヘレンはこれまで会ったこともないタイプの女性だったので、ふつうの物差しは当てはまらないような気がした。

「一九三一年よ」と、彼女は平然と答えた。「ルーマニアには一度だけ母に連れていってもらったことがあるわ。ドラキュラのこともよく知らないころにね。その当時でも、母は頑としてトランシルヴァニアに戻ろうとはしなかったわ」

「なんてことだ」ぼくは頭を垂れ、フォーマイカの天板に向かってつぶやいた。「信じられない。ぜんぶ打ち明けてくれたと思っていたのに、そんな大事なことを話してくれなかったなんて」

「打ち明けてくれたって――いったい何を?」彼女は語気鋭く尋ねた。

「どうして教授に会ってないんだ? きみがこの大学にいることを知らないのかい?」

ヘレンは妙な目つきでこちらを見たが、異議は唱えずに答えた。「そうね、これはゲームだと思ってくれてもいいわ。まさに私のなかではそうなの」彼女はここでちょっと言葉を切った。「ブダペストの大学ではそれほど悪い成績だったわけじゃないのよ。実際、私には素質があると言う人もいたわ」ヘレンは謙虚といってもいい口調でそう告げた。はじめて気づいたが、彼女の英語はたしかに驚くほどうまかった。ひょっとしたら、本当に天才なのかもしれない。

「後年になってもっと教育を受けたとはいっても、母は小学校も満足に出ていないわ。でも、私は十六歳になるころには大学に通っていたの。もちろん、母から父親ゆずりの資質のことは聞いていたし、東側ブロックというよどみの底に沈んでいても、ロッシ教授のすばらしい著作のことはちゃんと知っているわ――ミノア文明、地中海沿岸地域のカルト宗教、レンブラントの時代。イギリス社会主義について好意的に書いていたから、ハンガリー政府はあの人の著作の販売を許しているの。私は高校で徹底的に英語を勉強したわ――どうしてだか知りたい? 瞠目すべきロッシ博士の業績を原文で読めるようにするためよ。居所を突き止めるのもむずかしくはなかった。昔はよく彼の著作のカヴァーに記された大学名をじっと見つめて、いつかそこに入学すると誓ったものよ。私はじっくり策を練った。政治的な見地からみて、筋を通すべきところはすべて通したわ――手はじめに、イギリスであの輝かしき労働者革命を勉強したがっているふりをしてね。で、ついに機会がめぐってきたら、奨学金は選り取りみどりだった。近ごろではハンガリーでも多少の自由を謳歌しているのよ。はたしてソ連がいつまでそれを大目に見てくれるかと、みんな首をひねっているけれど。それこそ串刺し刑になるんじゃないかとびくびくしながら。ともかく、私はまずロンドンに六か月いて、それから、研究奨学金をもらってここへ来たの。それが四か月前の話」

ヘレンは考えこみながら、ゆらゆらと立ち昇る灰色の煙をひと筋吐き出したが、片時もぼくから目を離さなかった。そんなシニカルな口調で共産党政権のことを引き合いに出すようでは、ヘレン・ロッシはドラキュラより自国の政府に処刑されるはめになりそうだという気がした。ひょっとしたら、現実問題として、彼女はすでに西側社会へ寝返っていたのかもしれない。この件についてはあとできくことにしようと、ぼくは心に留めた。あとで？　それにしても、ヘレンの母親はその後どうなったのだろう？　西側社会の有名教授の名声を借りて箔をつけるために、ハンガリーにいたときにこの話をでっち上げたのではないのか？

ヘレンはヘレンで自分なりの思考の筋道を追っていた。「大した見物じゃない？　長らく音信不通だった娘がふたを開けてみれば家門の誉れとなり、父親を見つけて、めでたく再会するだなんて」そのほほえみににじむ辛辣さにぼくの胃は引きつった。「でも、それは私が考えていた筋立てとはちょっとちがうの。私がここへ来たのは、あたかも偶然のように、あの人に私の消息を知らせるためよ——私が発表する論文のこととか、講義のことを人づてに聞いてもらいたいわけ。いまにわかるわ、そのとき、あの人が過去から目をそらすことができるか、母を無視したように娘を無視することができるかね。それに、このドラキュラ関係のことで言えば――」ヘレンは煙草をこちらに突きつけた。「これを覚えていた純朴なる母の魂に神の祝福を、この件で母から聞いたことがあるの」

「お母さんから聞いたって何を？」と、ぼくは弱々しくきいた。

「この件に関するロッシの特別な調査のことよ。去年の夏までは、つまりロンドンへ発つ直前まではずっと知らなかったんだけれど、それがふたりの馴れ初めだったの。つまり、あの人は村じゅうで吸血鬼伝承についてききまわっていて、母はそのまえに自分の父親やその仲間から地元の吸血鬼伝説について聞いたことがあったから――そうは言っても、そのあたりの文化では、男がひとりで若い娘に人前で話しかけていいはずはないわよね。でも、あの人にはそんな分別はなかったんじゃないかしら。だって、歴史学者でしょ――人類学者じゃないもの。彼は串刺し公ヴラドの、われらがドラキュラ伯爵の情報を求めてルーマニアにいたわけ。妙な話だと思わない？」――彼女はいきなり身を乗り出し、それまでになくぐっと顔を近づけたが、ものすごい剣幕で、とても気をそそるようなものではなかった――「この件に関しては論文一本発表していないだなんて、どうみても変だと思わない？　よくわかっていると思うけれど、ただの一本もよ。どうしてなんだろう、と私は自問したわ。歴史的地域を渡り歩く有名な探険家ともあろうものが――女たちのあいだも渡り歩いているみたいね、そのあたりに天才の娘がほかに何人いるかわかったもんじゃないから――そんな男がいったいなんでまたこのじつに奇抜な調査から本一冊出さなかったのか？」

「知っているとでも？」と、ぼくはじっとしたまままきいた。

「いま話すわ。それはね、大詰めに備えてとっておこうとしているからよ。あの人にとっては虎の子の秘密であり、愛着のあるテーマなんだわ。ほかに学者が沈黙を守る理由なんてある？　でも、あの人は不意打ちを食らうことになるわ」今度はにやりと歯を見せて笑ったが、ぼくはそれが気に入らなかった。「この一年で私の調査がどれだけ進展したことか。彼のささやかな関心事のことを知ってからほんの一年でね。ロッシ教授と連絡をとったことはないけれど、私は自分の専門家としての力量が学科内で知れ渡るように抜かりなく手を打ってきたの。ほかの学者に先を越されて、このテーマに関する研究の決定版を出版されたら、さぞや無念でしょうね――しかも、それが自分の名字を名乗る人間だったら。みごとなもんでしょ。この大学に着いたとたんに、私はあの人の名前を拝借したわけ――学者用のペンネームというところね。そもそも、東側ブロックでは、よそ者がわれわれの遺産をくすねたり、あれこれ論評したりするのを快く思ってはいないわ。往々にして、そういう連中は本質を見誤るから」

ぼくは声に出してうなっていたにちがいない。彼女がつかのま口をつぐみ、顔をしかめてこちらを見たからだ。「今年の夏の終わりには、この世でいちばんドラキュラ伝説にくわしくなっているでしょうね。ところで、ご執着の本だけど、あれはあなたに渡すわ」彼女はまたブリーフケースを開け、問題の本をテーブルの上に人目も気にせず、どさりと乱暴に放り出した。「昨日ちょっと確かめたい箇所があったんだけれど、自分の本を取りに帰る暇がなかっただけなのよ。わかるでしょ、私にはこの本は必要でもなんでもないの。どっちにしろ、文学作品でしかないし、中身はそらで言えるぐらいぜんぶ頭に入っているから」

父は夢でも見ているように周囲を見まわした。私たちはその古代文明の丘の頂きにしっかり足を踏ん張って、もう十五分もアクロポリスに黙って立ち尽くしていた。私は頭上にそびえ立つどっしりした柱に気圧《けお》され、地平線上に見えるいちばんの遠景が山脈だと、この夕暮れどきにアテネ市の空高く黒々と突き出る長く乾いた尾根だと知って驚いた。だが、道を下りはじめると、父は夢から醒めてこの雄大なパノラマは気に入ったかと尋ねたが、私は考えをまとめて答えるのにちょっと手間取った。まえの晩のことをずっと考えていたからだ。

代数の宿題を見てもらおうと、いつもよりすこし遅く父の部屋へ入ってみると、夜にはよくやる作業だったが、彼は何か書きものをしていた。その夜は身じろぎひとつせずに、じっとデスクの上に身をかがめ、書類のほうにだらりと頭を垂れていて、背筋も伸びていなかったし、ふだんのようにてきぱきとページをめくっているわけでもなかった。戸口のところから見るかぎりでは、父はいま書いたところを丹念に見直しているところなのか、たんに居眠りをこらえているだけなのか、判断はつかなかった。その輪郭が飾りけのないホテルの部屋の壁に巨大な影を落とし、影の世界のもっと黒っぽいデスクの上にだらしなくかがみこんでいる男の姿を浮かび上がらせていた。父が疲労困憊していることを知らなかったら、それに、開いたページの上で傾斜している肩の形に見覚えがなかったら、私は一瞬――相手が父だとも気づかないで――この人は死んでいると思ったかもしれない。

18章

春が私たちとともにスロヴェニア入りし、輝かしい晴天があとに続いた。毎日が山の空のように澄みきった時期だった。またエモナに立ち寄る暇があるかと尋ねると――私はもうエモナを自分のもっと幼いころと結びつけて考えていた。私にとってこの街はそれまでとはまったくちがった意味合いのある場所になっていた。まえにも言ったけれど、人はそういう場所をふたたび訪れようとするものだ――父はあわてて今回は忙しすぎてとてもそんな時間はないと言った。エモナの北にある大きな湖のほとりに泊まって会議に出席したら、アムステルダムにとんぼ返りするという。そうでもしないと私が勉強で後れをとるからと。私にはそんな前科はなかったのに、父は万が一のことを心配していた。

着いてみると、ブレッド湖は期待を裏切らないところだった。この湖は氷河期の終わりにアルプスの谷間に流れこみ、初期の遊牧民たちに憩いの場所を提供していた――彼らは湖畔のわら葺き屋根の家で暮していた。いま湖はアルプス山脈の掌中にあるサファイアのようで、その磨きこまれた湖面には夕風に吹かれて白波が立っていた。湖のへりの急峻な壁からひときわ高く突き出る断崖があり、その上には観光局が復元したにしては趣味の良い、スロヴェニアでも指折りの名城が建っていた。その銃眼付きの胸壁から眼下の島を見下ろせば、オーストリア風の地味な赤い屋根の教会が鴨《かも》のように浮かぶのが見えた。島に渡るボートは数時間ごとに出ていた。例によって、泊まっているホテルは社会主義国家の観光モデルの定番、鋼鉄とガラスでできており、私たちは二日目には逃げ出して湖の南岸を散策した。私が、食事のたびに遠景を独占するあの城を見にいくのをあと二十四時間も我慢できないと訴えると、父はくすくす笑った。「そこまで言うなら、行こう」と、彼は言った。新たな緊張緩和《デタント》の流れは父の外交チームの期待以上に有望で、この湖に到着して以来、その額に刻まれていたしわは、いくらかゆるんでいた。

三日目の朝、その前日に蒸し返された外交問題がまた蒸し返されるのを尻目に、私たちは湖を周遊する小型バスに乗り、ほぼ城の高さまで登ると、そこでバスを降りて徒歩で崖の上に向かった。城は変色した骨のような茶色い石でできており、長いあいだ荒れ果てるがまま放置されたあとにきちんと継ぎ合わされていた。最初の通路を通って謁見の間へ（たぶんそうだと思うが）入っていくと、私は思わず息をのんだ。鉛枠の窓越しに千フィート下の湖面がきらめき、日差しを浴びてどこまでも白く広がっていた。その城は身を支えるために地面にめりこませたつま先ひとつで、断崖絶壁の端にへばりついているように見えた。眼下の島に建つ黄色と赤の教会、赤と黄色の花が咲く小さな花壇に囲まれた埠頭に着いたばかりの陽気なボート、すばらしい青空、そういうものすべてが何世紀にもわたって観光客の心を満足させてきたのだと私は思った。

十二世紀から使われているこの城の石はすりへってつるつるで、隅という隅に飾られている戦斧《せんぷ》や槍や手斧は、手を触れれば音を立てて崩れそうだったが――それでも、この城は湖の要だった。太古の昔の湖上生活者たちは、燃えやすいわら葺き屋根の小屋から空へ向かって移動し、最終的にはこの頂きを鷲とともに止まり木とすることにして、とある封建領主の支配を受けた。復元とはいえじつに巧みなので、この城には古代の息吹きが感じられた。目も眩むような窓を離れて次の部屋へ向かうと、ガラスと木でできた棺の中に、小柄な女性の亡骸が一体、横たわっているのが見えた。キリスト教が出現するはるか昔に亡くなった人で、ぼろぼろになった胸骨の上にはブロンズのマントの飾りがのっており、緑青の浮いたブロンズの指輪は指の骨からずり落ちていた。ケースの上にかがみこんでのぞくと、その女性は一対の穴のような落ちくぼんだ眼窩から不意に私にほほえみかけた。

城のテラスでは、紅茶は白い磁器のポットに入って運ばれてきた。観光用の営業許可が下りたおしゃれな店だ。紅茶は濃くておいしかったし、今度ばかりは、紙包みの角砂糖もかび臭くなかった。父は鉄製のテーブルの上で両手をぎゅっと握りしめていて、関節が白くなっていた。私はその手ではなく湖のほうを見つめてから、父に紅茶のおかわりを注いだ。「ありがとう」と、父は言った。その目にはぼんやり苦悩がにじんでいた。近ごろひどく憔悴して見えることに、あらためて気づいた。医者に診てもらったほうがいいのでは?「ちょっと聞いてくれ」と言うと、父は心持ち顔をそむけたので、その恐ろしく切り立った崖と、きらめく湖面をバックに浮かび上がる横顔しか見えなくなった。彼はここでひと呼吸おいた。「あれを書いてみたらどうかな?」

「あのお話のこと?」と、私はきいた。胸がきゅっと苦しくなり、鼓動が早くなった。

「そうだ」

「どうして?」私はついに言い返した。それはおとなの質問だった。そこには子どもらしい悪知恵をめぐらした防衛線は、いっさい張られていなかった。父はこちらを見た。これだけ疲労感が色濃くにじんでいても、その目には善良さと悲しみがあふれていると、私は思った。

「おまえがしなければ、ぼくがするはめになりそうだからだよ」と、父は言った。それから彼は紅茶をすすったが、その件は二度と口にする気がないのがわかった。

その夜ホテルに戻り、父と隣り合わせの陰気な小部屋に入ると、私は父からきいた話をすべて書きはじめた。彼は昔からよく言っていたが、私は抜群に記憶力が良かった——記憶力が良すぎる、そういう言い方をすることもあった。


翌日朝食の席で、父は私に二、三日じっとしていたいと告げた。父が実際にじっと座っているところなど、とても想像できなかったが、その目の下には黒々とくまができていたので、父が休息をとるのは大賛成だった。彼の身に何かが起こっている、何か新たな心配ごとがあるのだという気がしてならなかった。だが、父はまたアドリア海の浜辺がなつかしくなっただけだと言った。私たちは急行に乗って南へ向かい、駅名がローマ字とキリル文字の両方で表示されている地域を通り過ぎると、やがて、キリル文字だけで表示されている地域に差しかかった。父はそのなじみのない文字のことを教えてくれ、私はおもしろがって駅名を発音してみようとした。どれも私には隠し扉を開ける合い言葉のように見えた。

この話を父にすると、彼は小さく笑みを浮かべ、ブリーフケースに本を立てかけて、コンパートメントの座席の背にもたれかかった。その視線は手元の仕事から窓へと落ち着きなくさまよった。列車の窓からは、若い男たちがうしろに鋤の付いた小さなトラクターに乗っているところが見えた。ときには馬が荷車いっぱい荷を運んでいることもあり、年老いた女たちが家庭菜園で腰をかがめ、耕したり、草むしりをしたりしていた。列車はまた南へ向かっていて、あわただしく通過するうちに、土地は肥沃になって金色と緑色に彩られたが、そこからごつごつした灰色の山中へ分け入り、さらには、左手にちらちら光る海が見えるまで一気に下った。父は深いため息をついたが、それは満足の吐息であって、近ごろますますひんぱんになっているあの疲れた苦しい息づかいではなかった。

私たちはにぎやかな市場町で下車し、父が借りたレンタカーで複雑に入り組んだ湾岸道路を走った。片側では海を――夕もやが一面に立ちこめる水平線のほうまでずっと続いている海を――反対側では空に向かって屹立するオスマン帝国の城砦の残骸を見ようとして、ふたりそろって首を伸ばした。「トルコ人はそれはもう長いあいだこの土地を占有した」と、父は物思いにふけりながら言った。「オスマン帝国の侵略にはありとあらゆる残虐行為が付きものだったが、いったん征服すると、その統治ぶりは帝国らしく寛大だった――それに、何百年にもわたって効率的な支配を続けた。ここはかなりの不毛の地だが、ここを拠点にすることで制海権を得られた。トルコ人にはこのあたりの港湾が必要だったんだよ」

車を止めた町はすぐ海に面していた。その小さな港には漁船がずらりと並び、透き通った波に揺られて互いにぶつかり合っていた。父はすぐ近くの島に泊まりたがり、持ち主に手で合図して船を雇った。黒いベレー帽をちょこんと後頭部のあたりにのせた老人だった。これほど夕方近くになっても、風は暖かく、指先に当たった波しぶきは肌にさわやかだったが、冷たくはなかった。船首像にでもなったような気分で、私は舳先から身を乗り出した。「気をつけて」と、父は言うと、私のセーターの背中をぎゅっとわしづかみにした。

船頭はもう船を島の港に、優雅な石造りの教会がある古い村に近づけようとしていた。彼は艫綱《ともづな》を埠頭のずんぐりした杭にさっと巻きつけると、節くれだった手を差し出して私を船から降ろした。父は色あざやかな社会主義国家の紙幣を何枚か出して料金を払い、船頭はベレー帽に手をやって礼を言った。また船の操縦席に乗りこもうとして、彼はこちらを振り返った。「あんたの子かい?」と、彼は英語で叫んだ。「娘さん?」

「そうだよ」と、父は驚いたようすで答えた。

「神のご加護があらんことを」老人はただそれだけを言うと、私の近くで十字を切った。

父は本土に面した部屋を見つけた。今夜の宿を確保してから、私たちは波止場近くの野外レストランで夕食をとった。夕闇がゆっくり降りてきていた。私は海の上空にいちばん星が光っているとに気づいた。午後よりはひんやりしているそよ風に乗って、もうすっかりとりこになっている芳香が漂ってきた。糸杉に、ラヴェンダーや、ローズマリーや、タイムの香り。「いい香りはどうして暗くなると強くなるの?」と、私は父にきいた。それは心から不思議に思うことではあったが、ほかの話題に移るのを引き延ばす役目も果たしていた。どこか灯りがあって、人の話し声がする場所で気をとり直す時間が必要だった。少なくとも、ぶるぶる震える老人めいた父の手から目をそらす必要はあった。

「そうかな?」と、彼はうわの空できき返したが、私はほっとした。父の手を握って震えを止めようとすると、彼はまだぼんやりしたまま、その手を握り返した。父はまだ老けこむような歳ではない。本土に目をやると、山並みのシルエットがちらちら揺らめいていまにも海にはまりそうで、浜辺にのしかかり、この島にも、のしかからんばかりにそびえ立っていた。それからほぼ二十年後にこのアドリア海沿いの山間部で内戦が勃発したとき、私は仰天して目を閉じ、この山並みのことを思い返した。あの斜面に戦争ができるほどの人数が住みつく場所があったとは思いも寄らなかった。私が目にした当時はまったく手つかずの自然が残っているように見え、集落はなく、がらんとした遺跡の宝庫であって、海辺の修道院を守っているだけのところだった。

◆ ◆ ◆ ◆

19章

ヘレン・ロッシが『吸血鬼ドラキュラ』をテーブルにどさりと投げ出したあと——どう見ても、彼女はこの本が争いのもとだと思っていた——その食堂にいる者全員が立ち上がって逃げ出すか、さもなければ、誰かが「いたぞ！」とひと声叫んで、ふたりを殺しにくるはずだと、ぼくはなかば覚悟した。もちろん、そのあともまったく何ごともなく、ヘレンはさっきとおなじ苦い満足感を浮かべてこちらを見つめていた。ぼくはのろのろと自問した。この女性に、ロッシへの母娘二代の恨みと、学者ならではの復讐心とで、彼にみずから手を下して負傷させ、失踪させるなどということができるだろうか？

「ミス・ロッシ」と、ぼくはできるだけ冷静に話しかけ、テーブルからその本を取ると、自分のブリーフケースのかたわらに表紙を伏せて置いた。「きみの話は型破りで、正直言って、少々時間をかけないことにはとても消化しきれないと思う。でも、どうしても言っておきたいことがある」ぼくは一回、さらにもう一回と深呼吸した。「ロッシ教授とはじっこんの間柄だ。もう二年もぼくの指導教官で、ふたりで何時間もいっしょに過ごして、おしゃべりや研究をしてきた。きみも彼に会ったら——会うときには——いまのきみには想像もつかないほど善良で親切な男だということがわかるはずだ——」ヘレンが口を開きそうなそぶりをしたが、ぼくはあわてて話を続けた。「要するに——その、何が言いたいかというと——さっきの口ぶりからして、きみは知らないんじゃないかと思うんだ、ロッシ教授が——きみのお父さんが——失踪したということを」

彼女はじっとこちらを見つめた。その顔にはとっさに策略をめぐらすずるがしこさはかけらも感知できず、当惑しか見当たらなかった。それなら、この知らせは青天の霹靂だったということだ。ぼくの心の痛みはすこし軽くなった。「どういう意味?」と、彼女は詰問した。

「つまり——三日前の夜にはいつものようにぼくと雑談していたのに、その翌日突然姿を消してしまったんだ。警察はいまも行方を捜している。どうやら、いなくなったのは研究室からだったようで、おそらくそこで怪我を負ったと思われる。デスクに血痕があったから」ぼくは奇妙な本をロッシのところへ持っていったことからはじめて、その夜のできごとを手短に説明したが、ロッシから打ち明けられた話にはいっさい触れなかった。

ヘレンは困惑のあまり顔をゆがめて、ぼくを見た。「悪い冗談か何かのつもり?」

「いや、ちがうよ、とんでもない。そんなんじゃないんだ。それ以来、食事もろくにのどを通らないし、よく眠れないんだから」

「警察は彼の居所に心当たりはないの?」

「ぼくの知るかぎりでは、まったくない」

彼女は急に抜け目ない顔になった。「あなたは?」

ぼくはためらった。「もしかしたら、というぐらいなら。話せば長い話だし、それも、一時間ごとにさらに長くなっているみたいだ」

「ちょっと待った」彼女はきびしい目つきでこちらを見た。「あなたは昨日図書館で手紙を読んでいたけれど、そのとき、ある教授が抱えている問題に関する手紙だと言っていたわよね。それはロッシのこと？」

「そうだ」

「どんな問題を抱えていたの？　いえ、抱えているの？」

「ぼくが知っているほんのわずかなことを話して、きみに不愉快な思いをさせたり危険な目に遭わせたりするのは避けたいんだ」

「私が質問に答えたら、あなたも私の質問に答えると約束したでしょ」彼女の瞳の色が黒ではなく、青色だったら、そのときの彼女の顔はロッシにうりふたつだったはずだ。ロッシの娘だという彼女の主張に影響されているだけかもしれないが、いまは似ているのがわかるような気がした。ルーマニア人の頑丈な骨格に、ロッシのきびきびしたイギリス人気質を流しこんでこしらえた摩訶不思議な造形だ。だが、ロッシがルーマニアに行ったことなどないと平然と否定したとすれば、彼の娘であるはずがないではないか。少なくとも、スナゴフ湖には一度も行ったことがないと、彼は言っていた。ただ、そうは言っても、ロッシに託された書類のなかにはルーマニアのパンフレットが入っていた。いま、ヘレンは燃えるような目でぼくをにらみつけてもいた。ロッシがけっしてしなかったことだ。「私にきくなと言ってももう手遅れよ。あの手紙は彼の失踪と関係があったの？」

「まだよくわからない。でも、専門家の手を借りるべきかもしれないな。きみが調査の過程で何を発見したのか知らないけれど――」またしても、ヘレンは半分目を閉じた用心深い顔つきをしてみせた。「失踪前、ロッシがわが身に危険が迫っていると信じていたのは確かだ」

彼女はここまでの情報を、あまりにも長いあいだ乗り越えるべき試練のシンボルでしかなかった父親に関するニュースを、すべて頭に入れようとしているようだった。「わが身の危険ですって？　いったいどんな危険？」

ぼくは思いきって一歩踏みこんだ。ロッシはこの正気とは思えない話を学生仲間には話さないでくれと頼んでいた。それはしていなかったが、いま、思いがけなくも、専門家の手助けを得られそうになっていた。この女性は、ぼくが調べれば何か月もかかりそうなことをすでに知っているかもしれない。この件に関してはロッシ自身よりくわしいと考えれば、ヘレンはうってつけの協力者かもしれない。ロッシはいつも専門家の手を借りることの重要性を口がすっぱくなるほど強調していた――それなら、いまこそ実行しよう。これで彼女の身が危険になるなら、どうかお許しくださいと、ぼくは神に祈った。そもそも、ヘレンが本当にロッシの娘なら、彼の話を知る最大の権利があると言えるかもしれない。「きみにとってドラキュラはどういうもの？」

「私にとって？」彼女は顔をしかめた。「概念的にということ？　復讐の道具でしょうね。永遠の苦しみよ」

「うん、それはわかるけど、きみにとってドラキュラはそれ以上のものじゃないの？」

「どういう意味？」ヘレンがそう言ってごまかそうとしているのか、心からきいているのかはよくわからなかった。

「ロッシは」ぼくはまだためらっていた。「きみのお父さんは信じていた――いや、信じているんだよ――ドラキュラがいまだにこの地上をさまよい歩いている、とね」彼女はぼくの顔をじっと見た。「どう思う?」と、ぼくはきいた。「正気の沙汰じゃないと思う?」ぼくは彼女が笑いだすか、図書館のときのように立ち上がって出ていくのを待った。

「おかしな話ね」ヘレン・ロッシはゆっくり答えた。「ふつうなら、それは民間伝承だと言うところよ――血に飢えた暴君の思い出にまつわる迷信だ、とね。でも、不思議なことに、母もおなじ話を固く信じこんでいるの」

「きみのお母さんが?」

「ええ。言ったでしょ、母は農民の出よ。この手の迷信を信じるのは当然だわ。母の両親ほどではないにしてもね。だけど、西側社会の高名な学者がどうしてまた?」復讐に燃えてはいても、ヘレンはまちがいなく人類学者だった。立ち入った質問にも、とっさに突き放して答えられる聡明さに、ぼくは舌を巻いた。

「ミス・ロッシ」と言うと、ぼくはいきなり心を決めた。「どういうわけか、きみが物ごとを自分で調べるのが好きだということには確信がある。ロッシの手紙を読んでみないか? 正直に警告しておくけど、ぼくにわかるかぎりでも、この件の資料に関わった者は全員なんらかの脅しを受けている。でも、それを恐れないなら、自分で読んでもらいたいんだ。読んでくれたら、ロッシの話は本当だときみを説得する手間が省ける。ぼくは本当であると固く信じているけどね」

「手間が省ける?」ヘレンはあざけるようにくり返した。「浮いた時間をどう使うつもりなの?」

ぼくは必死だったので何を言われても傷つかなかった。「こういう手紙を読む場合には、きみはぼくより目利きのはずだ」

ヘレンは頬杖をついて、この申し出をじっくり考えているようだった。「わかったわ」と、彼女はついに答えた。「痛いところを突かれたわね。もちろん、父なるロッシについてもっと知りたいという誘惑には勝てないわ。とりわけ、そうすれば彼の研究を出し抜けるという場合には。でも、手紙を読んでも、あの人の頭がおかしいとしか思えなければ、最初に言っておくけれど、あなたは私の同情は大して得られないわよ。私もついていないわよね。あの人を苦しめるまっとうな機会も与えられないうちに、相手は病院に閉じこめられてしまうかもしれないなんて」彼女のほほえみはとてもほほえみと呼べるしろものではなかった。

「けっこう」ぼくは最後のくだりも苦々しげな渋面も無視し、彼女の犬歯に目をやりたくなるのをぐっと堪えた。その歯がふつうより長くはないということははっきりわかっていたのだが。それでも、話をまとめるまえに、ぼくはやむを得ずひとつだけ嘘をついた。「ただ、あいにく、手紙は持ってきてないんだ。今日一日持ち歩くのは不安だったから」実際には、ぼくはその手紙をアパートに置いて出かけるのが不安でたまらず、ブリーフケースの中に隠し持っていた。だが、この食堂のど真ん中でそれを引っぱり出すぐらいなら、死んだほうがましだった——たぶん、文字どおりそうなるかもしれない。誰が見ているかわかったものではなかった——たとえば、あの気味の悪い図書館員のお仲間はどうだろう? ほかにも理由があった。たとえその不愉快さに心が重く沈んだとしても、相手を試す必要があった。ヘレン・ロッシの正体が誰であろうと、彼女がグルではないことを確かめなければならなかった――というより、彼女にとって敵の敵はすでに味方だということは絶対にあり得ないのだろうか？　「まず家に取りに帰らないといけない。それに、その手紙はぼくの前で読んでもらわないと困るんだ。もろいものだし、ぼくにとってはとても貴重なものだから」

「いいわ」と、彼女は落ち着き払って言った。「明日の午後に会うのはどう？」

「それじゃ遅すぎる。いますぐ目を通してもらいたいんだ。勝手を言ってすまない。妙に聞えるのはわかっているけど、きみもその手紙を読んだら、ぼくの切迫感がわかると思う」

ヘレンは肩をすくめた。「そんなに長くかからないなら」

「かからないよ。あそこで――聖マリア教会で会うのはどうかな？」少なくとも、このテストはロッシばりの完璧さで行なうことができた。ヘレン・ロッシはひるまずこちらを見返した。その皮肉たっぷりのきびしい顔つきに変化はなかった。「エルム通りにあって、その二ブロック手前には――」

「場所ならわかるわ」と言うと、ヘレンは手袋をひとつずつ拾って、きちんとはめた。青いスカーフを巻き直すと、それは彼女ののどもとでラピスラズリのようにちらちら光った。「何時に？」

「手紙をアパートから取ってきてきみと落ち合うのに三十分ほしい」

「じゃ、教会で。いいわ。途中で図書館に寄って今日必要な論文を借りることにする。時間厳守でお願いするわ――これでも忙しい身だから」その黒いコートを着たうしろ姿は細身ながらしっかりしていて、見る見るうちに食堂から出ていった。気づいたときにはもう手遅れだったが、彼女はいつのまにかふたり分のコーヒー代を払っていた。

20章

　聖マリア教会は、旧キャンパスのはずれにたたずむ素朴なヴィクトリア朝の建物だった、と父は言った。これまで何百回となくその前を素通りしていたが、こんな恐ろしい体験の道連れにはカトリック教会はうってつけだという気がした。カトリック教会は日常的に血と復活した肉体を扱っているではないか、パンとぶどう酒というかたちで。迷信の大家ではなかったか？　なんとなく、構内に点在する簡素なプロテスタントの礼拝堂は歓待はしてくれても、あまり助けになるとは思えなかった。死なざる者と戦うには向いていなさそうだった。町の共有地にあるような大きくて角張った清教徒の教会は、ヨーロッパの吸血鬼には手も足も出ないはずだと思った。けちな魔女を火あぶりにするほうが性に合っている——相手にするのは近所の連中にかぎられるからだ。もちろん、ぼくは早々と聖マリア教会に着いて、気の進まない客を待つことになる。そもそも、ヘレンは姿を現すだろうか？　この教会を選んだのは半分は彼女を試すためだった。

　さいわいにして、聖マリア教会はちゃんと開いており、黒っぽい羽目板張りの内部は蠟燭と埃っぽい布地張りの座席の臭いがしていた。造花を散らした帽子をかぶった老婦人がふたり、前方にある木彫りの祭壇に生花を生けていた。ぼくはいささか気まずい思いで教会に足を踏み入れると、うしろの会衆席に腰を下ろした。そこなら、中へ入ってくる人間にすぐに見つかることなく入口のようすを観察することができた。待ち時間は長かったが、教会内の落ち着いた雰囲気と老婦人たちの押し殺した話し声のおかげで、すこし心がなごんだ。そこではじめて夜更かしの疲れをどっと感じはじめた。ようやく、築九十年の蝶番をきしらせて入口の扉が開いた。ヘレン・ロッシは一瞬ためらい、一度うしろを振り返ってから、中へ入った。

横窓から差しこむ日差しがその場に立ち尽くすヘレンの服にターコイズ・ブルーや藤色の光を投げかけた。彼女はカーペット敷きの入口をちらりと見まわした。誰もいないことを確かめると、先へ進んだ。びくりと身をすくめたりしないか、その張りのある顔に不気味なしわが寄ったり、血の気が失せたりしないかと、ぼくは目を皿のようにして見守った——はっきりこれだと知っているわけではなかったが、ドラキュラの宿敵に対するアレルギー反応らしきものならなんでもかまわなかった。ひょっとすると、箱型のヴィクトリア朝時代の遺物では悪霊は払えないのかもしれないと、ぼくは危ぶんだ。だが、どうやらこの建物はヘレン・ロッシにそれなりの作用を及ぼしたようだった。しばらくすると、彼女は色とりどりのステンドグラスの光を浴びながら壁際の洗礼盤のほうへ向かったからだ。のぞき見はうしろめたかったが、ヘレンが手袋を脱いで、片手を洗礼盤にちょっと浸し、額につけるのが見えた。そのしぐさはおだやかで、ぼくが見るかぎり、厳粛な面持ちをしていた。やれやれ、こんなまねをするのもロッシのためだ。それに、こうなると、いくら当たりがきつくて、意地悪そうに見えることすらあっても、ヘレン・ロッシが吸血鬼《ヴリコラカス》でないことはまちがいなかった。

ヘレンは身廊に入ったが、ぼくが立ち上がるのを見て、ちょっとあとずさりした。「手紙を持ってきた?」と、彼女はささやくと、咎めるような目つきでぼくを見据えた。「一時には研究室に戻らないといけないわ」彼女はまたちらりと周囲を見まわした。

「どうかした?」と、ぼくはすばやく尋ねた。思わず両腕に鳥肌が立った。この二日間で病的な第六感のようなものが身についたらしかった。「何か心配なことがあるんだね?」

「いいえ」と、彼女は答えた。まださささやき声だった。脱いだ手袋をひとまとめにして片手で握りしめたので、黒いスーツに映えて花のように見えた。「ただ、ちょっと――たったいまここへ入ってきた人がいる?」

「いや」ぼくもちらりとあたりを見まわした。あの祭壇奉仕者の老婦人たちをべつにすれば、教会にはすがすがしいほど人けがなかった。

「誰かが私のあとをつけてきたの」と、彼女はやはり声を落としたまま言った。豊かな黒い巻き髪にふちどられたその顔には、疑念と虚勢がないまぜになった妙な表情が浮かんでいた。ぼくははじめて考えこんだ。彼女一流の度胸を身につけるのに、いったいどんな犠牲を強いられてきたのだろうか、と。「そいつはたしかに私のあとをつけていたと思うわ。みすぼらしい格好をしたやせっぽちの小男で――ツイードのジャケットに、緑色のネクタイを締めていた」

「本当かい?　どこでそいつを見かけた?」

「カード式目録のところよ」と、ヘレンは静かに言った。「私はカードがなくなっているというあなたの話を確かめにいったわけ。真に受けていい話だとはとても言えなかったから」彼女は謝るでもなく、事もなげにそう言った。「そこでそいつを見かけたの。気がついたら、距離は置いていたけれど、あとをつけてきてたのよ、エルム通りでね。その男を知っているの？」

「うん」と、ぼくは暗い顔で答えた。「図書館員だ」

「図書館員ですって？」ヘレンは話の続きを待っているようだったが、ぼくは彼の首筋に付いていた傷のことまで打ち明ける気にはならなかった。あまりにも突拍子もなく、異様な話だった。そんな話を聞いたら、この男は頭がおかしいと思って、ぼくを見放すに決まっている。

「そいつはぼくの行動を不審に思っているみたいなんだ。とにかくきみは絶対にやつに近づいちゃいけない」と、ぼくは言った。「その図書館員のことはあとでくわしく説明するよ。さあ、ここに座って楽にして。これが問題の手紙だ」

　ぼくはヴェルヴェット地のクッションの付いた会衆席の奥に身をずらして彼女が座れるようにすると、ブリーフケースを開けた。たちまち、ヘレンは熱心な顔つきになった。彼女は慎重に封筒を持ち上げると、その前日のぼくとおなじく、うやうやしいといってもいい手つきで手紙を取り出した。本人の胸のうちは知るよしもなかったが、これまでずっと怒りの種でしかなかった父親とされる人物の筆跡をじかに目にするのはどんな感じがするものなのか。ぼくは彼女の肩越しにのぞきこんだ。そう、それはしっかりしていて、情のある、まっすぐな筆跡だった。ひょっとしたら、それを見ただけでも娘は父親にかすかな人間味を感じているかもしれない。そこで、のぞき見はやめるべきだと気がつき、ぼくは立ち上がった。「そのあたりにいるから、きみは必要なだけ時間をかけていいよ。何か説明がいるとか、用があったら、遠慮なく――」

ヘレンはうわの空でうなずいた。その目は一通目の手紙に釘付けだったので、ぼくはそっと立ち去った。彼女がその貴重な資料を注意深く扱ってくれることも、早くもロッシの手紙をすばやく的確に読んでいることもわかっていた。それから三十分ほど、ぼくは木彫りの祭壇や、礼拝堂に飾られた絵、房飾りのついた説教壇の掛け布や、疲れ果てた母親とすこしもじっとしていない赤ん坊を描いた大理石の像をとっくり眺めた。とりわけ、一枚の絵に心惹かれた。死肉を食らう悪鬼めいたラザロを描いたラファエロ前派の絵で、ラザロはちょうど墓からよろめき出て自分の姉妹たちの腕に飛びこもうとしており、その足首は灰緑色で、屍衣はぼろぼろだった。蠟燭や香の煙で一世紀もいぶされてすっかり色あせていたが、ラザロの顔は険しくうんざりしているように見えた。永遠の眠りから呼び戻されて、感謝なんてするわけがないと言わんばかりだ。片手を挙げて、墓の入口にじれったそうに立っているキリストは、邪悪そのものの顔つきで、がつがつしてもの欲しげだった。

ぼくは目をしばたたき、顔をそむけた。睡眠不足のせいで明らかに気持ちが荒《すさ》みかけていた。

「すんだわ」と、ヘレン・ロッシが背後から声をかけた。その声は小さく、蒼白で疲れた顔をしていた。「あなたの言うとおりだった」と、彼女は言った。「母との関係はおろか、ルーマニア旅行のことにもいっさい触れられていないわ。それについてあなたは真実を語っていたということね。わけがわからない。まさにおなじ時期に、おなじヨーロッパ旅行のあいだに起きたできごとだったはずなのに。だって、私はそれから九か月後に生まれたんだから」

「すまない」そのむっつりした顔は憐憫など求めていなかったが、ぼくは気の毒だと思った。「きみに手掛かりのひとつも教えられたらいいんだけど、わかるよね。ぼくにも説明がつかないんだ」

「少なくとも、お互いに信じ合えたことは確かじゃない？」彼女はぼくの目をまともに見た。

こんな悲嘆と不安の真っただ中にいても、喜びを覚えることができると知って、ぼくは驚いた。

「本当に？」

「ええ。ドラキュラなるものが存在するのかどうか、それがどういうものかもよくわからないけれど、あなたの話は信じるわ。ロッシが――私の父が――身の危険を感じていたという話はね。彼は何年もまえにはっきり危険を感じていた。それなら、あなたの竜の本を見たときに、過去を思い起こさせる偶然の一致を目の当たりにして、不安がよみがえってきてもおかしくないわ」

「それじゃ、失踪の件はどう思う？」

ヘレンは頭を振った。「もちろん、ノイローゼだった可能性もあるわよ。でも、いまはあなたの気持ちがわかる。あの手紙にはっきり現れていたもの」――彼女はちょっと口ごもった――「ほかの著作とおなじく、理路整然として大胆不敵な精神がね。そもそも、歴史学者の場合、著作を読めば相当のことがわかるものでしょ。あの人の本のことならよく知っているわ。あれは何ごとにも動じない明晰な思考の賜物よ」

ぼくはヘレンを連れて手紙とブリーフケースがある場所に戻った。ほんの数分でも置き去りにすると不安でたまらないからだ。彼女は何もかもきちんと封筒に戻しておいてくれた――まちがいなく、もとどおりの順番で。ふたりは親しげといってもいいようすで、会衆席に並んで腰を下ろした。

「仮に、ロッシの失踪事件にはなんらかの超自然的な力が絡んでいるとしてみよう」と、ぼくは思いきって切りだした。「われながらこんなことを言うのは信じられないけれど、議論のための前提だからね。きみなら次はどうすべきだと言う?」

「そうね」と、彼女はゆっくり言った。薄暗い灯りのなかですぐかたわらにあるその横顔は鋭敏で思慮深かった。「近代的な捜査ではあまり役に立つとは思えないけれど、ドラキュラ伝説の論法でいけば、ロッシは吸血鬼に襲われて連れ去られたと考えるしかないわ。相手はロッシを殺すか――ありがちな話だけれど――死なざる者の呪いで彼の身を穢すでしょうね。三回襲われてその血がドラキュラかその手下の血と混ざり合ってしまったら、その人は永遠に吸血鬼になってしまうの。ロッシがすでに一回噛まれているとしたら、できるだけ早く捜し出す必要があるわ」

「でも、どうしてドラキュラがよりにもよってここに姿を現すんだろう? それに、どうしてロッシをさらったんだ? あっさり毒牙にかけて魂を抜いたらよかったんじゃないのか? 誰にも変化を気取られずにすんだのに」

「わからない」と言って、彼女は首を横に振った。「民間伝承に照らしてみても、異常な行動だわ。ロッシはきっと――この事件が人知を超えた力のしわざだとすれば、ということだけど――ヴラド・ドラキュラにとってとりわけ興味深い存在なんでしょうね。ひょっとしたら、なんらかのかたちで脅威ですらあるのかも」

「それじゃ、ぼくがこの小さな竜の本を見つけて、ロッシのもとへ持っていったことが彼の失踪事件に何か関係があると思う?」

「論理的に考えれば、それはばかげた見方だわ。でも――」彼女は黒いスカートの上で手袋を丁寧に折りたたんだ。「私たちが見落としている情報源がもうひとつあるんじゃないかしら」その口元が力なくゆるんだ。ぼくは彼女が〝私たち〟と言ったことに心のなかで感謝した。

「それは何？」

彼女はため息をついて、また手袋を広げた。「私の母よ」

「きみのお母さん？　でも、お母さんがいったい何を知っていると――」矢継ぎ早に質問をしかけたところで、光の向きが変わり、隙間風が吹きこむかすかな気配がして、ぼくはそちらへ目を向けた。ふたりの席からは、人知れず教会の入口を見ることができた――そんな見晴らしのきく地点だからこそ、ぼくはそこでヘレンが入ってくるのを見張ることにしたのだ。扉と扉のあいだに手が差しこまれたかと思うと、骨ばったあごの尖った顔がのぞいた。あの妙な顔つきをした図書館員が教会の中をのぞきこんでいた。

入口の扉の隙間からあの図書館員の顔がのぞいたとき、その静かな教会の中でぼくはなんとも言えない気持ちになった。何やらこそこそ嗅ぎまわる鼻のきく動物、イタチかネズミのイメージがふと浮かんだ。かたわらでは、ヘレンが身をこわばらせ、その扉をじっと見つめていた。相手はいまにもふたりの居所を嗅ぎつけそうだった。だが、まだ一、二秒の猶予はあると踏んで、ぼくは静かにブリーフケースと書類をまとめて片腕に抱えると、もう片方の腕でヘレンをつかみ――本人に許可を求める暇はなかった――会衆席の端から側廊へと引き入れた。その側廊には開いている扉があり、中をのぞくと小部屋に通じていたので、ふたりで忍びこんだ。ぼくはそっと扉を閉めた。鉄で補強された大きな鍵穴があったものの、はっと気づいてみると、中から鍵を掛けるのは無理だった。

この小部屋の中は身廊より暗かった。中央に洗礼盤がひとつあり、壁沿いにクッションの付いたベンチがひとつかふたつ並んでいた。ヘレンとぼくは黙って顔を見合わせた。彼女の表情は読めなかったが、恐怖とおなじぐらい、警戒心と反抗心が現れているように見えた。言葉も身ぶりも交わさずに、ふたりはそろそろと洗礼盤の裏にまわり、ヘレンはそこに片手を置いてからだを支えた。さらに一分ほど経過すると、ぼくはもう矢も楯もたまらなくなって、彼女に書類を手渡すと、鍵穴のところに戻った。注意深くそこから外をのぞいてみると、あの図書館員が柱のわきを通過するのが見えた。彼はまさにイタチそっくりで、あごの尖った顔をぐいと前に突き出し、ずらりと並ぶ会衆席を見まわしていた。彼がこちらに向かってきたので、ぼくはすこし身を引いた。ふたりの潜伏場所の扉をしげしげ眺めているようで、一歩か二歩、近づきさえしたが、そこでまた遠ざかった。突然、ラヴェンダー色のセーターがぼくの視界に飛びこんできた。あの祭壇奉仕者のひとりだった。彼女のくぐもった声が聞えた。「何かお困りですか?」と、彼女は親切に男に話しかけた。

「いや、その、人を捜してるんです」図書館員の声は口笛でも吹くようにかん高く、こんな神聖な場所では大きすぎた。「じつは——こちらに黒いスーツを着た若い女性が入ってくるのを見かけませんでした? 黒髪の人なんですが?」

「あら、見かけましたよ」その親切な女性もあたりを見まわした。「すこしまえにそういう装いのお嬢さんがこちらにいらしたわ。若い男の方とごいっしょで、うしろの会衆席に座ってました。でも、もういらっしゃいませんね」

イタチ男はあちこちに目をやった。「そちらの部屋のひとつに隠れているということはありませんか?」それとなくほのめかせる芸が細かいタイプでないのは確かだった。

「隠れているですって?」ラヴェンダー色のセーターを着た女性もこちらを向いた。「うちの教会には誰も隠れてなどおりませんわ。司祭をお呼びしましょうか? お手伝いが必要ですか?」

図書館員はあとずさりした。「いや、とんでもない」と、彼は言った。「私の勘違いでしょう」

「うちの教会のパンフレットはいかがですか?」

「えっ、そ、それは」彼は通路を引き返した。「あの、けっこうです」彼がまたあたりに目を凝らすのが見えたが、そこで視界から消えた。ガチャッという音に、バタンという音——図書館員が出たあとに入口の扉が閉まる音だ。ぼくがヘレンにうなずいてみせると、彼女はそっと安堵のため息をついたが、ふたりはそのままさらに数分ばかり待った。洗礼盤越しにちらりと目が合った。ヘレンのほうが先に目を伏せた。額にはしわが寄っていた。どうしてこんなはめになったのか、こんなことをしていったいなんになるのかと考えこんでいるにちがいない。頭頂部の髪は黒檀のように漆黒でつやつや光っていた——彼女は今日も帽子をかぶっていなかった。

「あいつはきみを捜している」と、ぼくは声をひそめて言った。

「あなたを捜しているのかもしれないわ」彼女はぼくが持っている封筒を指し示した。

「妙なことを思いついたんだけど」と、ぼくはのろのろと言った。「ひょっとしたら、やつはロッシの居所を知っているかもしれない」

ヘレンはまた眉をひそめた。「どうせ、この件は辻褄《つじつま》なんてろくに合っていないんだから、知っていてもおかしくはないわ」と、彼女はつぶやいた。

「きみを図書館に戻らせるわけにはいかない。きみの寮にも。あいつはきっとどちらの場所でもきみを捜すはずだよ」

「戻らせるわけにいかない？」と、彼女は険悪な口調でくり返した。

「ミス・ロッシ、お願いだ。次の失踪者になりたいのか？」

彼女は黙りこんだ。「それじゃ、どうやって私を守るつもり？」その口調には小ばかにしたような響きがあった。彼女が一風変わった子ども時代を過ごしたことを、そもそも母親の胎内にいたときにハンガリーへ逃亡したことを、学問上の復讐を果たすべく地球の裏側へ旅立てるようにもっていった政治的手腕を、ぼくは思い出した。もちろん、ヘレンの話がすべて本当なら、の話だ。

「いい考えがある」と、ぼくはゆっくり切りだした。「こんなことを言ったらどう思われるか――沽券にかかわるのはわかってるんだけど、きみが同調してくれたほうが気は楽なんだ。どうだろう、ふたりでこの教会から何か、その――魔除けになるものを――もらうことにしたら――」彼女は眉を吊り上げた。「ここで何か見つけて――蠟燭でも十字架でもなんでもいい――帰る途中でにんにくを買って――つまり、ぼくのアパートに帰るってことだけど――」眉はさらに吊り上がった。「いや、きみが同意すればの話だし――きみは、その――ぼくは明日出かけなきゃいけないかもしれないから、きみは――」

「ソファで寝てもいいよって言いたいわけ？」ヘレンはまた手袋をはめており、いまは腕組みをしていた。ぼくは自分の顔が赤くなるのがわかった。

「つけられるかもしれないとわかっているのに、きみを寮に返すわけにはいかないんだよ――もちろん、図書館にもね。それに、ぼくたちにはもっと話し合うことがあるんじゃないかな。きみのお母さんが知っているらしいことも知りたいし――」

「話し合いなら、いまこの場ですればいいわ」と、彼女は言った――ひややかな口調だった。「あの図書館員のことだけど、私のあとをつけて寮の部屋までたどり着けるとは思えないわね、ただ――」

そのいかめしいあごの片側にはえくぼのようなものができているのだろうか、それとも、あのいつもの皮肉に過ぎないのだろうか？　「あいつがもう蝙蝠に変身できるようになっているなら、話はべつだけれど。いいこと、うちの寮母は吸血鬼を寮生の部屋に出入りさせたりなんてしないわ。それを言うなら、男の人もね。それに、私はむしろ、あいつが私のあとをつけてまた図書館に戻ってくれたらいいと思っているの」

「それを願っているわけ？」ぼくは仰天した。

「あの男がここでは、この教会の中では、話し合う気がないのは確かだったわ。たぶん、外で私たちが出てくるのを待っているはずよ。あいつに痛棒《つうぼう》を食らわしてやるわ」――また並はずれた英語の才能がかいま見えた――「私の図書館利用権を侵害しようとしたんだから。しかも、あいつは父の――ロッシ教授の――失踪事件について何か知っているとにらんでいるわけでしょ。わざとあとをつけさせてみたらどう？　母の話は歩きながらすればいいわ」ぼくの顔つきは半信半疑などという生易しいものではなかったにちがいない。ヘレンがいきなり笑いだしたからだ。きれいにそろった白い歯を見せて。「あいつだってこんな真昼間に襲いかかる気はないわよ、ポール」

21章

教会の外にあの図書館員がいる気配はどこにもなかった。ぼくたちはぶらぶら図書館のほうへ歩きだした――ヘレンは涼しい顔をしていたが、ぼくは心臓がどきどきしていた――ふたりのポケットには教会の入口で手に入れたおそろいの十字架が入っていた（〝ひとつ二十五セント、ご自由にどうぞ〟）。がっかりしたことに、ヘレンは母親の話をしなかった。一時的にぼくの愚行に付き合っているだけで、図書館に着いたら最後、姿をくらますつもりだという気がした。だが、彼女はまたぼくの意表を突いた。「あいつがうしろにいる」教会から二ブロックほど離れたところで、ヘレンは小声でそう言った。「さっき角を曲がったときに気がついたの。振り向かないで」ぼくは驚きの叫びを押し殺し、そのまま歩きつづけた。「私は図書館の書庫に行くわ」と、彼女が言った。「七階のフロアでどう？　あそこまで上がれば静かになるわ。私といっしょには上がらないで。ふた手に分かれれば、あいつは私のあとをついてくるはずよ――あなたのほうが力があるから」

「とんでもない、そんなことしちゃだめだ」と、ぼくはささやいた。「ロッシの情報を聞き出すのはぼくの問題なんだから」

「ロッシの情報を聞き出すのはまちがいなく私の問題よ」と、彼女はささやき返した。「私があなたの頼みを聞くなんて思わないでね、オランダ商人さん」

ぼくは横目でヘレンを見た。どうやら、こちらも彼女の辛辣なユーモアに慣れてきたようだったし、その高くてまっすぐな鼻の横に見える頰の曲線には、どことなく茶目っけがあり、おもしろがっているようにさえ見えた。「わかった。でも、ぼくはあいつの背後に控えていて、まずいことになったら、すぐにきみを助けにいくよ」

図書館の入口で、ぼくたちはこれみよがしに真心のこもった挨拶を交わして別れた。「論文がんばってね、オランダ人さん」と、ヘレンは言うと、手袋をはめたままぼくと握手した。

「きみもね、ミス――」

「シーッ！」と、彼女はぼくを制し、歩み去った。ぼくはカード式目録の一画に引っこみ、でために引き出しを開けて忙しそうに見せかけた。〝ベン・ハー――ベネディクト修道会〟という引き出しの上にかがみこんだが、貸出・返却受付はまだ見えていた。ヘレンは書庫の入室許可証をもらっているところだった。その黒いコートを着たすらりとした長身は、図書館の身廊、中央通路に躊躇《ちゅうちょ》なく背を向けていた。そのとき、あの図書館員が身廊をはさんで向こう側をうろつき、カード式目録の残り半分が並ぶあたりにいるのが見えた。ヘレンが書庫の入口へ向かうころには、彼は〝H〟のコーナーに差しかかっていた。ぼくはその書庫の入口をほとんど毎日出入りしていたが、いまほど意味ありげにぽっかり口を開いていたことはなかった。そのドアはくさびを噛ませて一日じゅう開けっぱなしになっていたが、守衛がいちいち入室許可証をチェックしていた。あっというまに、ヘレンの姿は鉄の階段を昇って消えた。例の図書館員はしばらく〝G〟のコーナーでぐずぐずしてから、ジャケットのポケットを手探りして何かを探して――いま気づいたが、この男には職員専用の身分証があるにちがいない――入口でちらりとカードをかざし、たちまち姿を消した。

ぼくはあわてて受付へ向かった。「書庫を使いたいのですが」と、そこの女性に言った。はじめて見る顔で仕事が遅く、ぽっちゃりした小さな手は黄色い入室許可証の束を永遠にいじくりまわさないことには、ぼくに一枚渡すこともできないように見えた。やっとのことで関門を通過すると、ぼくは頭上を見ながら、慎重に階段を昇りはじめた。金属製の踏み板の合間からひとつ上の階は見えたが、その先は見通せなかった。二階に人けはなく、物音ひとつしなかった。

ぼくはそろそろと、二階の経済学と社会学のフロアを通り過ぎた。三階も閑散としていて、個人用閲覧席に学生が二、三人いるだけだった。四階まで来ると、本気で心配になりはじめた。あまりにも静かすぎる。やはり、こんな使命を帯びてみずからおとりになるようなまねなど、ヘレンにさせてはいけなかった。不意に、ロッシの友人ヘッジズの話を思い出し、ぼくは足を速めた。五階は――考古学と人類学――学生でいっぱいだった。学部生たちが研究会のようなものに出席していて、小声で情報交換をしていた。連中の姿を見てぼくはいくぶんほっとした。このフロアのほんの二階上で大それた犯罪が起きているはずはあるまい。六階では頭上で足音が聞え、七階にたどり着くと――歴史のフロアだ――ぼくはちょっと立ち止まった。どうすれば気配を悟られずに書庫へ入っていけるか、わからなかった。

少なくとも、このフロアのことは熟知していた。そこはぼくの庭も同然で、個人用閲覧席の配置も、特大本の配列も、ぜんぶそらで言えるぐらいだった。最初はこの歴史のフロアもほかとおなじく静まりかえっているように思えたが、しばらくすると、書庫の片隅でくぐもった話し声がすることに気づいた。できるだけ足音を忍ばせ、バビロンとアッシリアの書架のわきを通り過ぎて、ゆっくりそちらへ向かった。やがて、ヘレンの声が耳に入った。ヘレンの声であることは確かで、続いて、あの図書館員の声にちがいない耳障りなきしり声がした。動悸が激しくなった。ふたりは中世関係の一画にいて、次の書架の端からのぞきこむような無茶なまねはできなかったが、話の内容が聞きとれるぐらいにはそばに寄った。ふたりはぼくの右手にある棚の向こう側にいるようだった。

「それはどういうこと？」と、ヘレンはとげとげしい口調で問いかけていた。

あのきしるような小さな声がまた聞えた。「あなたにはあれらの本をつつきまわす権利はないんですよ、お嬢さん」

「権利がない？　あれは大学の所有物よ？　大学図書館の蔵書を没収するだなんて何様のつもり？」

図書館員の声は腹立たしそうだったが、機嫌をとるようでもあった。「なにもあんな本をいじくりまわさなくてもいいじゃないですか。お若いレディが読むような上品なもんじゃありません。今日じゅうに返却していただければ、それ以上ごちゃごちゃ言いませんから」

「どうしてそんなにあの本にこだわるの？」毅然とした明瞭な声だった。「ひょっとしたら、ロッシ教授と何か関係があるんじゃない？」

〝イギリス封建制度〟の棚の陰にしゃがみこみながら、ぼくは身をすくめるべきか喝采を送るべきかよくわからなかった。ヘレンがこの件についてどう思っているのかは知らないが、少なくとも、興味はそそられていた。どうやらぼくの頭がおかしいとは思っていないようだ。自分なりの思惑でロッシの情報を集めたいだけだとしても、進んでぼくの役に立とうとしていた。

「教授——誰のことです？」と、図書館員ははねつけた。

「彼の居場所を知っているの？」ヘレンはきびしく追及した。

「お嬢さん、なんの話だかさっぱりわかりませんね。とにかくあの本は返してもらわないと困ります。図書館にはほかに予定があるんですから。返却していただけないと、あなたの学者としての経歴に傷がつきますよ」

「私の経歴ですって？」ヘレンは一蹴した。「いますぐ返却するなんてとても無理だわ。いま抱えている重要な研究に必要なの」

「それじゃ、腕ずくでも返してもらうしかないですね。本はどこです？」足音がした。ヘレンが一歩あとずさったようだ。ぼくがいまにも書架の端をまわりこんで、シトー会修道院の二つ折判をあの汚らわしいイタチ男の脳天に振り下ろそうとしたところで、ヘレンが新しいカードを切った。

「じゃあこうしましょう」と、彼女は言った。「ロッシ教授のことで何か耳寄りな情報を教えてくれるなら、あなたに話してあげられるかもしれないわ——」彼女はちょっと言いよどんだ。「最近目にしたちっぽけな地図のことをね」

一気に気持ちが落ちこんだ。あの地図のことか？　ヘレンは何を考えているのだ？　どうしてそんな重要きわまりない情報をもらすのか？　ロッシの分析が正しければ、あの地図はぼくたちの手持ちのなかでいちばん危険で、いちばん重要な資料だった。ぼくの手持ちのなかで、と心のなかで訂正した。ヘレンは寝返る気なのだろうか？　そうか、彼女はあの地図を利用してまずロッシに近づきたいのだ。ロッシの研究を完成させ、ぼくを踏み台にして彼が弟子に伝授した学識のすべてを吸収し、論文を発表して、彼をさらし者にしたいのだ――せいぜいそんなことがひらめくぐらいの時間しかなかった。次の瞬間、あの図書館員が怒声を発したからだ。「あの地図か！　ロッシの地図を持ってるんだな！　殺してやる！」ヘレンが息をのむ音がしたかと思うと、叫び声が上がり、どすんと鈍い音がした。「そいつを下に置け！」と、図書館員が金切り声を上げた。

ぼくは宙を飛ぶようにして躍りかかった。図書館員はぼくの脳みそまで揺さぶられるような音を立てて床に頭を打ちつけた。ヘレンがかたわらにしゃがみこんだ。すっかり青ざめていたが、落ち着いた顔をしていた。彼女は教会で手に入れた二十五セントの銀の十字架を高く掲げ、ぼくにのしかかられてうなり声を上げて抵抗する図書館員にぴたりと照準を合わせていた。相手はひ弱で、どうにか組み伏せておくことができた――この三年間はすぐ破れそうなオランダの文献のページをめくることに終始していて、バーベルを持ち上げていたわけではなかったから、運がよかったとしか言いようがない。彼は必死になって暴れたので、ぼくは片方のひざで両足を押さえつけた。「ロッシめ！」と、彼はわめいた。「こんな不公平な話があるか！　おれが行くべきだったんだ――おれの番だったんだから！　あの地図をよこせ！　こんなに長いあいだ待ったのに――あの調査に二十年もかけたのに！」彼は泣きじゃくりはじめた。みじめで、聞き苦しい泣き声だった。ぎくしゃくと首を左右に振るので、シャツの襟の端近くにあるうりふたつの傷が見えた。棘が刺さった跡のようなかさぶた状のふたつの傷。ぼくはそのあたりには手を近づけないようにしていた。

「ロッシはどこだ?」と、ぼくは怒鳴った。「いますぐ居所を教えろ——彼を傷つけたのか?」ヘレンが小さな十字架をさらに近づけると、図書館員は顔をそむけ、ぼくのひざの下で身をよじった。そんな騒ぎの最中でも、そのキリスト教のシンボルがそいつに与える影響を見て、ぼくは愕然とした。これはハリウッドのせいなのか、迷信のせいなのか、それとも、歴史のせいだろうか? どうして彼が教会に入ってこられたのか不思議だった——だが、いま思い出したが、祭壇や礼拝堂には近づかないようにしていたし、祭壇奉仕者の女性にすらひるんでいた。

「やつには指一本触れちゃいない! おれは何も知らないんだ!」

「あら、まさか、知ってるでしょ」ヘレンはぐっとかがみこんだ。形相すさまじく迫ってはいたが、その顔は蒼白で、ふと気がつくと、空いているほうの手をきつく自分の首に押しあてていた。

「ヘレン!」

ぼくがはっと息をのむ音は聞えたはずだが、彼女はそれを無視し、図書館員をにらみつけた。「ロッシはどこにいるの? 何年も待っていたというのはなんのこと?」相手は身を縮めた。「これをあなたの顔に押しあてるわよ」と、ヘレンは言うと、十字架を下に降ろした。

「やめろ!」と、彼は悲鳴を上げた。「ロッシは行きたくなかったんだ。行きたかったのはおれだ。不公平じゃないか。あの人はおれではなくロッシを連れていった! 力ずくで——おれなら喜んで行ったのに、あの方に仕え、労を惜しまず、目録を——」彼はいきなり貝のように口を閉ざした。

「なんだって?」ぼくはついでに彼の頭を軽く床に打ちつけた。「誰がロッシを連れていったんだ? おまえがどこかに閉じこめているのか?」

ヘレンは十字架を相手のすぐ鼻先に掲げた。図書館員はまたすすり泣きはじめた。「ご主人さま」彼はめそめそ泣いた。かたわらにいるヘレンは深々と息を吸い、うしろに身を引いた。いまの言葉を聞いて思わずたじろいだとでも言うようだった。

「おまえの主人は誰だ?」ぼくはひざを彼の脚にめりこませた。「どこへロッシを連れていった?」

彼の目がぱっと燃え上がった。それはぞっとするような光景だった——その顔のゆがみ方は、ふつうの人間の容貌が恐ろしい意味を現す象形文字と化したようだった。「おれが行かせてもらえるはずだった場所さ!　墓へ連れていったんだよ!」

もしかすると、そもそもぼくの握力がゆるんでいたのかもしれないし、そう白状したとたんに相手が急に強くなったのかもしれない——あとで気がついたが、おそらく、彼自身、恐怖のあまりばか力が出たのだろう。ともかく、突然、図書館員は片手が自由になり、それをサソリのように振りまわして、肩を押さえつけていたぼくの手首を無理な方向にねじ曲げた。それは耐えがたい激痛で、ぼくは怒りに燃えて腕をぱっと引っこめた。何がどうなったのかよくわからないうちに、相手は姿を消していた。ぼくは急いであとを追って階段を駆け降り、学部生たちが参加しているセミナーや階下に広がる静かな知の領域のわきをばたばた走り抜けた。だが、ブリーフケースがじゃまだった。ぼくはいまだにそれを片手でしっかりつかんでいたからだ。男を追って走りだしたときにも、ブリーフケースを投げ捨てる気にはならなかった。いや、ヘレンに渡す気がなかったと言うべきか。彼女はあの地図のことをもらしていた。裏切り者だった。それに、つかのまとはいえ、あいつに嚙まれていた。ヘレンのからだももう穢れているのではないのか?

それが最初で最後だったが、ぼくは静まりかえった図書館の身廊を走って通り抜けた。肝を潰してこちらを振り向く顔にはろくに目もやらず、飛ぶように走りつづけた。図書館員の姿は影も形もなかった。奥へ引っこんでしまってもおかしくないと、ぼくは気づいて肩を落とした。目録部という地下牢であれ、図書館員専用の掃除用具入れであれ、どこでも好きなところへ逃げこめる。ぼくはずっしり重い正面玄関の扉をぐいと押し開け、開いていたためしがない、そのみごとなゴシック様式の両開きの扉に隙間を開けた。外の石段に差しかかると、ぼくはぴたりと足を止めた。自分もまた地下の住人であるかのように、蝙蝠やネズミがはびこる洞窟に住んでいるかのように、午後の日差しに目が眩んだ。図書館前の通りには、車が数台止まっていた。それどころか、往来は途絶えていて、ウエイトレスの制服姿の少女が歩道で悲鳴を上げ、何かを指さしていた。誰かの叫び声がしていたし、止まっている車のうちの一台では、男たちが二、三人、前輪のそばでひざをついていた。その車の下からはあのイタチのような図書館員の脚が突き出し、あり得ない角度でねじ曲がっていた。片方の腕は振りかぶったように頭の上に投げ出されている。彼はすこし血だまりのできた歩道にうつぶせになり、永遠の眠りについていた。

◆　◆　◆　◆

22章

父は私をオックスフォードに連れていくのを渋った。今回の滞在は六日間で、私がまた学校を休む期間としては長いというのだ。父が私を置いて出かける気になるなんて意外だった。私があの竜の本を見つけて以来、一度もそんなことはしなかったからだ。何か特別な安全策でも講じて出かけるつもりなのだろうか？　ユーゴスラヴィア沿岸部の旅行には二週間近くもかかったが、学業にはなんの支障もなかった、と私は切り返した。教育は常に最優先すべきものだ、と父は言った。私はそれを逆手にとり、父が昔から旅行は最上の教育だと主張しているではないかと指摘した。そして、五月が旅行に最適の月であることを付け加えた。さらには、優秀な成績に輝くつい最近の成績表や、何ごとにもおおげさな担任が〝あなたには歴史研究のあり方を見抜く非凡な力があります。とりわけ、あなたの年齢にしては並はずれています〟と講評してくれた歴史のレポートをもちだした。この講評はすでにそらで覚えていて、寝るまえによくマントラのように唱えていた。

父ははた目にもわかるほど動揺し、ナイフとフォークを置いた。このオランダの古びたダイニングルームではディナーの中断を意味する置き方で、一品目の料理を食べ終えたことを告げるしぐさではなかった。今回は仕事が忙しくて、満足に町を案内してあげることもできないだろうし、どこかにずっと閉じこもるはめになって、私のオックスフォードの第一印象が台無しになるようなことはしたくない、と父は言った。どうせ閉じこもるなら、ミセス・クレイといっしょに家にいるより、オックスフォードのほうがいい、と私は応じた――ミセス・クレイはその晩休みをとって出かけていたが、ふたりともここで声をひそめた。そもそも、もう、ひとりで旅先の町を散策してもいい年齢だと、私が付け加えると、父は今度の会議はかなり、その――緊迫したものになりそうだから、私が同行するのはあまりかんばしくはないかもしれない――だが、父の話はあとが続かなかったし、私にもその理由はわかっていた。私がオックスフォードへ行きたい本当の理由をもちだせないのとおなじく、父も娘を行かせたくない本当の理由をもちだせないのだ。目のまわりにくまをつくり、ぐったり背を丸めている父からいまはどうしても目を離したくないのだと、私は口に出して訴えることができなかった。父は父で、オックスフォードに行くのは危険かもしれず、したがって、同行すれば私の身も危ういのだと、表だって反撃することができなかった。父は一、二分ほど黙っていたが、やがておだやかな口調で、デザートは何かときいた。私はミセス・クレイが用意したわびしいカラント添えのライス・プディングを運んできた。それは英国センターで上映される映画にひとりで出かける埋め合わせに、いつも彼女が作りおきしていくデザートだった。

私が思い描いていたオックスフォード大学は静寂に包まれた緑の都で、中世のいでたちをした教官たちが、各自一名ずつ学生を従えて構内を闊歩し、歴史や文学やこむずかしい神学の講義をする野外大聖堂のようなところだった。実際はあきれるほど活気に満ちたところで、けたたましくクラクションを鳴らすバイクや小型車があちこちを走りまわり、通りを渡る学生たちを危うく轢《ひ》きかけていたし、観光客の一団は、まだ道路もなかった四百年前に、ふたりの主教が火あぶりの刑に処された場所に立って、目の前の道路に刻まれた十字架を写真に撮っていた。教官も学生もそろってがっかりするほど今風の格好をしていて、ほとんどがウールのセーターに、教師は黒っぽいフランネルのズボン、学生はブルージーンズという組み合わせだった。ロッシの学生時代には、私たちがバスを降りてブロード通りに立つ四十年ほどまえには、オックスフォード大学ももうすこし威厳があったにちがいないと思って、私は恨めしかった。

そのとき、はじめて目にするカレッジが朝日を浴びて石塀で囲われた構内に高くそびえ立っているのが見えた。近くにはラドクリフ・カメラの完璧な姿がぼんやり浮かび上がっている。これは私が最初小さな天文台だと勘ちがいした図書館別館だ。その背後にはすばらしい茶色の教会の尖塔が屹立し、通り沿いには、その古さに表面を覆う苔まで骨董品になりそうな石塀が続いていた。その石塀が築かれたばかりのころにこの界隈を歩いていた人の目には、私たち親子の姿はいったいどう映ったことか——私は赤いミニのワンピースにかぎ針編みの白いくつ下という格好をして、学生かばんを持ち、父は濃紺のブレザーに灰色のスラックス、黒いタートルネックにツイードの帽子という格好で、それぞれひとつずつ、小型のスーツケースを引きずっていた。「さあ、着いたぞ」と父は宣言し、うれしいことに、その苔むした石塀に設けられた門に向かった。その門には鍵が掛かっていたが、そこで待っていると、やがて学生がその錬鉄製の門扉を開けて中へ通してくれた。

オックスフォードでは、父は雪解けムード満開のアメリカ・東欧間の政治的関係をめぐって会議で演説する予定だった。これはオックスフォード大学主催の会議なので、私たち親子は学寮長公邸の個室に泊まるようにと招待されていた。父の説明では、学寮長というのはカレッジに住む学生たちの面倒を見る慈悲深い独裁者なのだそうだ。暗くて天井の低い通路を通り抜け、まばゆい日差しが照りつけるカレッジの中庭に出ていきながら、私は自分ももうすぐ大学へ行く身であることにはじめて気づいた。学生かばんの持ち手の上で幸運のしるしに指を交差させ、そのときにはこのカレッジのような安息の地を見つけられますようにと、私はささやき声で祈った。

あたりにはすり減ってつるつるになった石畳が広がり、黒々と木陰を落とす木立ちがところどころでそれをさえぎっていた——地味で物憂げな古木で、その下にはちらほらベンチが置かれているところもあった。カレッジの本館前には小さな長方形の完璧な芝生とせまい池があった。このカレッジはオックスフォード大学の中でも最古の部類に入り、十三世紀にはエドワード三世の寄付を受けていたし、最新の増築部分はエリザベス朝様式で造られていた。丹念に刈りこまれた芝生ですら神々しく、足を踏み入れる罰当たり者などいなかった。

私たちは芝生と池を避けて通り、本館に入ってすぐのところにある守衛室へ行くと、そこから学寮長公邸に隣接する続き部屋に向かった。本来の使用目的まではちょっとわからなかったが、天井が異様に低く、黒っぽい羽目板張りで小さな鉛枠の窓があるところからしても、もともとはカレッジの一部として建てられたものだったにちがいない。父が使う寝室には優美な青いカーテンが掛かっていた。私の寝室にはチンツ地の高い天蓋付きベッドがあり、もう大満足だった。

私たちは荷をほどき、ふたりの部屋の共用バスルームにある淡い黄色の洗面台で顔を洗って旅の疲れを落とすと、ジェイムズ学寮長に会いにいった。彼はその建物の反対側の端にある学寮長室で待っていた。会ってみると、ジェイムズ学寮長はかくしゃくとした親切な口ぶりの男で、髪には白いものが混じり、片方の頰には盛り上がった傷跡があった。私はその温かい握手とはしばみ色のどんぐり眼が見せるまなざしが気に入った。会議に出席する父親に娘がのこのこくっついて来たことをべつに妙だとも思わなかったようで、今日の午後は彼の学部生助手とカレッジを見学したらどうかとまで言ってくれた。その助手は世話好きで非常に博識な若い紳士だということだった。父はぜひそうさせてもらいなさいと言った。自分は打ち合わせで忙しいだろうし、せっかくここに滞在しているのに、このカレッジの貴重な宝を見物しない手はない、と。

私は三時になると、片手に買ったばかりのベレー帽を、もう片方の手にはノートを持って、いそいそと出ていった。学校の作文用に、この見学ツアーのメモをとったほうがいいのではないかと父に言われたからだ。私のガイドは淡い色の髪をしたのっぽの学部生で、ジェイムズ学寮長は彼をスティーヴン・バーレイだと紹介した。私はスティーヴンの、静脈が透けて見える繊細な手と、厚手のフィッシャーマンズ・セーターが気に入った——私がほめたとき、本人はそれを〝ジャンパー〟と呼んでいたが。彼と肩を並べて中庭を歩いていくと、一時的にそのエリート社会の一員になれたような気分になった。それはまた、女であることをはじめてほのかに意識した瞬間でもあった。もし歩きながらそっと彼の手に自分の手を滑りこませたら、現実という長い壁のどこかでいきなり扉が開き、二度と閉まることはないかもしれないという気がした。まえにも説明したように、私はきわめて過保護な生活を送っていた――いまはわかるが、あのころは十八歳近くになってもどんなにきびしく束縛されているか気づかなかった。ハンサムな大学生と並んで歩きながら、異国の音楽の調べのように反抗心がむくむくと湧き起こり、からだが震えた。だが、私はノートと自分の子ども時代をぐっと握りしめると、どうしてこの中庭の大部分は芝生ではなく石畳なのかときいた。スティーヴンは私にほほえみかけた。「さあ、どうしてなのかな。そんなことをきいた人ははじめてだよ」

彼は私をカレッジの大食堂に連れていった。天井が高く、チューダー様式の梁《はり》のあるだだっぴろい建物で、中には木のテーブルがめいっぱい置かれていた。スティーヴンは若き日のロチェスター伯爵が食事中にベンチに下品な言葉を刻みつけたという場所を教えてくれた。その大食堂にはずらりと鉛枠の窓が並び、それぞれの窓の中央は古来の善行の場面で飾られていた。臨終の人のかたわらにひざまずくカンタベリー大司教トマス・ベケット、恐縮する貧しい人びとの列にスープを配る長衣姿の司祭、患者の脚に包帯を巻く中世の医師。ロチェスター伯爵のベンチの上にはよくわからない場面が描かれた窓があった。十字架を首から下げた男が片手に棒を持って黒いぼろ切れのかたまりのようなものの上にかがみこんでいる。「ああ、これは本当にめずらしいものだよ」と、スティーヴン・バーレイは言った。「このカレッジご自慢の逸品だ。いいかい、この男はカレッジができてまもないころの教授で、銀の杭を吸血鬼の心臓に突き刺そうとしているところなんだ」

私は一瞬言葉を失って彼を見つめた。「当時のオックスフォードには吸血鬼がいたの？」私はやっとのことでそうきいた。

「それはどうかな」と、彼はほほえみながら認めた。「でも、このカレッジの昔の教授たちがこのあたりの地方を吸血鬼から守る手助けをしたという伝説はある。現に、こんな風変わりな題材だけど、吸血鬼関係のコレクションはかなりのものだし、通りの向こう側にあるラドクリフ・カメラに行けば、いまでも閲覧できるんだよ。言い伝えによれば、昔の教授陣はオカルト関係の本をカレッジに収蔵することすら許さなかったので、各地にばらして預けられていたんだけど、最後はそこに集められることになったんだそうだ」

ふいにロッシのことを思い出し、彼もこの古い吸血鬼資料の一部に目を通していたのだろうかと思った。「卒業生の名前を探す方法があるかしら——つまり——たぶん——五十年前かな——このカレッジに在籍していた人なんだけど。大学院生として」

「もちろんあるよ」私の同伴者は木製のベンチ越しにこちらをいぶかしそうに見た。「なんなら学寮長に頼んであげるけど」

「いえ、いいの」顔が赤くなるのがわかった。思春期はこれだから始末が悪い。「大したことじゃないの。でも、できれば——その吸血鬼伝承のコレクションを見せていただける?」

「怖い話が好きなんだね?」彼はおもしろがっているような顔をした。「見て楽しいものじゃないよ——古い二つ折判が何冊かと革装丁の本がどっさりあるだけだ。そうだな、いまから大学図書館を見学しに行って——あれは見逃しちゃいけない——それからラドクリフ・カメラへまわろう」

たしかに、その図書館はオックスフォード大学の至宝のひとつだった。そんな他愛のない子どものころからこれまで、私はその手のカレッジの大半を見学してきたし、なかには精通しているカレッジもあり、図書館や礼拝堂や大食堂をうろつき、セミナー室で講義をし、応接室でお茶を飲んできた。内部装飾もおごそかなマグダレン・カレッジのチャペルはちょっと別格かもしれないが、それをのぞけば、そのはじめて見たカレッジの図書館に匹敵するものはないと言っても過言ではない。私たちはまず背の高いテラリウムを思わすステンドグラスに囲まれた閲覧室に入った。そこでは学生たちが、囚われの身となった珍種の植物よろしく、古さにかけてはカレッジそのものと比べても遜色ないテーブルを囲んで座っていた。天井には変わったランプがいくつも吊るされ、部屋の隅にはヘンリー八世時代の巨大な地球儀が台座の上に置かれて飾られていた。スティーヴン・バーレイは一方の壁際の本棚にずらりと並ぶ『オックスフォード英語大辞典』の初版本を指さした。ほかの本棚は何世紀にもわたって連綿と続く地図帳で、古来の貴族名鑑やイギリス史全集で、さらにはこのカレッジ創立以来の各時代のラテン語やギリシア語の教科書で埋め尽くされていた。閲覧室の真ん中にはバロック風の木彫りの台に載った巨大な百科辞典があり、次の部屋の入口近くには殺風景な古本に見えるものが入ったガラスのケースが置かれていたが、スティーヴンはそれをグーテンベルク聖書だと教えてくれた。頭上にはビザンティン様式の教会によくある円窓のような丸い天窓があり、日の光が先細の長い筋を描いて差しこんでいた。上空を旋回する鳩の群れ。埃っぽい日差しはテーブルでせっせと資料を読む学生たちの顔に当たり、厚手のセーターやまじめな顔をさっとかすめた。そこはまさに学問の楽園だった。ゆくゆくは入学できますようにと、私は祈った。

次の部屋は広々としたホールで、バルコニーや、らせん階段や、年代物のガラスがはまった明かりとりの高窓がついていた。利用できる壁という壁には、上から下まで、石の床から丸天井まで、びっしり本が並んでいた。みごとな型押し細工の革装丁本の海、帯となって続く二つ折判の列、えんじ色をした十九世紀の小型本の山。ここにある本の中身はいったいなんだろう、と私は思った。私にわかることがひとつでも書かれているだろうか？　棚から二、三冊引き抜きたくて指がうずいたが、畏れ多くて背表紙に触ることもできなかった。そこは図書館なのか博物館なのか、私にはよくわからなかった。感動もあらわにあたりを見まわしていたにちがいない。ふと気がつくと、私のガイドが愉快そうにほほえみかけていたからだ。「悪くないだろ？　きみも本の虫なんだね。さあ、それじゃ――いちばんの見どころはもう見たから、ラドクリフ・カメラへ行こう」

静かな図書館から出てくると、まばゆい日差しと猛スピードで飛ばす騒々しい車はなおさら神経にさわった。それでも、私はそのおかげで思いがけないプレゼントをもらうことになった。急いで通りを渡りはじめると、スティーヴンが私の手をとり、安全なほうへぐいぐい引っぱっていったからだ。彼の妹だったら、兄の態度は横柄に感じたかもしれないが、そのからりと乾いた温かい手のひらに触れると、ぞくぞくするような刺激が伝わってきて、彼が手を離してからも、私の手のひらはその名残で火照っていた。さっきと変わらないほがらかな横顔をちらりと盗み見て、そのメッセージが一方通行だったのは確かだと思った。それでも、私にすれば、それだけでもう充分だった。

イギリスびいきには周知の事実だが、ラドクリフ・カメラは美しくも風変わりな外観に莫大な蔵書を誇る、イギリス建築の華だ。建物の片端はほぼ通りに面しているが、あとはぐるりと広い芝生に囲まれている。私たちはそっと足音を忍ばせて中へ入ったが、その荘厳な円型の間ではおしゃべりな団体客が幅をきかせていた。ありとあらゆるイギリス建築講座で取り上げられ、ありとあらゆるガイドブックに書かれているこの建物のデザインについて、スティーヴンはさまざまな観点から説明してくれた。胸を打たれるほどすばらしいところで、私はあたりを見まわしながら、邪悪な伝説をしまっておくにはそぐわないところだと思った。やっと講釈も終わり、彼の案内で階段へ向かうと、私たちはバルコニーへ上がった。「こっちだよ」彼は壁の戸口のほうを、いわば、本棚という断崖絶壁の表面にくり抜かれた戸口のほうを身ぶりで示した。「この中に小さな閲覧室があるんだ。ぼくも一度しか上がったことがないけど、吸血鬼関係の資料はそこに保管されていると思う」

その薄暗い部屋は本当に小さく、静かで、階下の観光客の話し声も聞えないほど奥まったところにあった。本棚にはキャラメル色で古い骨のようにもろくなった背表紙を見せて、風格のある本がぎっしり詰めこまれていた。そのあいだに見栄えの良い小さなガラスケースに入った髑髏《されこうべ》が飾られているのを見れば、そのコレクションのぞっとするような主題は明らかだった。じつをいえば、その閲覧室はあまりにもせまかったので、真ん中に書見台をひとつ置くスペースしかなく、私たちは中へ入るなり、危うくその机にぶつかりそうになった。つまり、その書見台で二つ折判のページをめくり、レポート用紙に手早くメモをとっている学者といきなりはち合わせするはめになったということだ。顔色の悪いやせぎすの男だった。その目は暗い穴のように落ちくぼみ、手元からちらりと顔を上げたとたんにぎょっとして、せっぱ詰まったような色を浮かべたが、それでいて、何かにすっかり心を奪われてもいた。それは私の父だった。

◆
◆
◆
◆

23章

大学図書館前の路上から図書館員の遺体を運び出す救急車やパトカー、それに野次馬で現場が騒然とするなか、ぼくはその場に立ちすくんでいた。いくらいやな男でも、そんなところでいきなり命を落とすのはひどすぎるし、思いもよらないことだった。しかし次にぼくが考えたのはヘレンのことだった。現場にはどんどん人だかりができており、ぼくは人をかき分けて彼女を捜した。心底ほっとしたが、ヘレンのほうが先にぼくを見つけて、手袋をはめた手で背後からぽんと肩を叩いてくれた。彼女は青ざめてはいるが落ち着いた顔をしていた。のどにはきつくスカーフが巻かれていて、そのすべすべした首に巻かれたスカーフを見ただけで、背筋が寒くなった。「ちょっとしてから、あなたを追いかけて階段を降りたの」と、ヘレンは騒々しい人込みのなかで言った。「助けにきてくれて心から感謝しているわ。あいつはけだものよ。あなたは本当に勇敢だったわ」

彼女でもそんなやさしそうな顔をすることがあると知って、ぼくは驚いた。「いや、むしろ、勇敢だったのはきみのほうだよ。痛い思いまでしているし」と、ぼくは声をひそめて言った。おおっぴらに彼女の首を身ぶりで示さないように気をつけた。「あいつはあのとき――?」

「ええ」と、彼女は静かに言った。誰にも話を聞かれないように、ふたりはとっさに身を寄せ合っていた。「あの書庫で飛びかかってきたときに、私ののどに嚙みついたわ」一瞬、いまにも泣きださんばかりに、その唇が震えたように見えた。「大して血は吸わなかった――そんな暇はなかったの。それに、痛みもほとんどないわ」

「でも――」ぼくは半信半疑で口ごもっていた。

「感染症にかかる心配はないでしょうね」と、彼女は言った。「出血はごくわずかだったし、傷口はできるだけふさいだから」

「病院へ行こうか?」ヘレンに縮みあがるような目でにらまれたせいもあるが、ぼくはそう言ったとたんに後悔した。「それとも、なんとかして自分たちで手当てする?」蛇に嚙まれた場合のように、解毒できると半分決めつけていたのだと思う。彼女の顔に苦悩の色が浮かぶのを見て、ぼくははっと胸を衝かれた。そのとき、ヘレンが地図の秘密をもらしたことを思い出した。「でも、どうしてきみは――」

「あなたが怪しむのはわかるわ」と、彼女は急いで口をはさんだ。なまりが強くなっていた。「でも、ほかにあいつが食いつきそうなネタを思いつけなかったし、相手の出方も見たかったの。あの地図であれなんであれ、情報を提供するつもりなんてなかった。それは確かよ」

ぼくは疑いの目で見た。彼女の顔つきは真剣で、口元はへの字に結ばれていた。「本当に?」

「誓うわ」と、彼女はあっさり言った。「そもそも」――皮肉っぽい笑みでしかめ面が一変した――「私は自分のためになる情報を人に話すたちではないんだけど、あなたはどう?」

ぼくはそれを受け流すしかなかったが、彼女の顔つきにはどことなくこちらの懸念がやわらぐところがあった。「あいつが見せた反応はじつに興味深かった」

ヘレンはうなずいた。「墓へ行かせてもらえるはずだったとか、ロッシが誰かにそこへ連れていかれたと話していたわね。不思議なんだけれど、あいつは私の――あなたの指導教官の行方についてたしかに何か知っているみたいだった。はっきり言って、私はこのドラキュラ話を真に受けているわけじゃないのよ。でも、ひょっとしたら、怪しげなオカルト集団がロッシ教授を誘拐したとか、その手の話なのかもしれないわ」

今度はぼくがうなずく番だったが、どう見ても彼女よりは話を信じかけていた。

「これからどうするつもり?」と、彼女がきいた。高みの見物を決めこんでいた。

ろくに案も練らないうちに、その返事は口をついて出た。「イスタンブールへ行く。あそこにはロッシが調べる機会のなかった資料が少なくともひとつはあるはずで、その資料には墓に関する情報が、たぶん、ルーマニアのスナゴフ湖にあるドラキュラの墓に関する情報が含まれていると思うんだ」

ヘレンは笑った。「ちょっと休暇をとって、私の愛する祖国ルーマニアにも足を伸ばしてみたらどう? 銀の杭を手にしてドラキュラ城へ乗りこんでもいいし、スナゴフ湖へ墓参りに行ってもいいわ。ピクニック向きの風光明媚なところだという話よ」

「いいかい」と、ぼくはいらいらして言った。「たしかに変だということはわかるよ。だけど、ぼくはロッシの失踪の足取りをとことん追跡したいんだ。それに、きみもよく知ってのとおり、アメリカ市民はそう簡単に鉄のカーテンを突破して人捜しなんてできないんだよ」ぼくの忠誠心を目の当たりにしていささか恥じ入るところがあったにちがいない。彼女は反論しなかった。「ちょっとききたいことがあるんだけど、教会から出るときに言っていたよね、きみのお母さんはロッシのドラキュラ探しについて何か知っているかもしれないって。あれはどういう意味？」

「私が言いたかったのは、たんに母が彼と出会ったときに、ルーマニアに来たのはドラキュラ伝説を研究するためだと聞いたということと、母自身もその伝説を信じているということよ。ひょっとしたら、私が聞いていないだけで、現地での調査に関してはもっとくわしく知っているのかもしれない——わからないけど。この話になると母は口が重いし、私がこの家長どのの関心事を追求しているのは研究者としてであって、家族としてではないから。こんなことなら、母の体験談をもっとくわしく聞いておけばよかったわ」

「人類学者にしては考えられないミスだね」と、ぼくは憎まれ口を叩いた。ヘレンは味方だとまた信じられるようになってみると、ほっとした分だけ無性に腹が立った。彼女はそれをおもしろがってぱっと顔が明るくなった。

「一本取られたわね、シャーロック。今度会ったら、母からぜんぶ聞き出すわ」

「それはいつの話？」

「二年後ぐらいかしら。やっと取れた私の貴重なビザでは東西陣営のあいだを気軽に行き来するわけにはいかないのよ」

「お母さんに、電話か手紙で尋ねるわけにはいかない？」

ヘレンはじっとこちらを見すえた。「まったく、西側社会というのは本当におめでたいところね」と、彼女はようやく口を開いた。「母が電話をもっていると思うの？　私の手紙がいちいち開封されて読まれることなんてないと思うわけ？」

ぼくは神妙に口をつぐんだ。

「あなたがそんなに探したがっている資料はなんなの、シャーロック？」と、彼女はきいた。「あの蔵書目録、ドラゴン騎士団に関係がありそうな目録のこと？　ロッシの資料に入っていた最後のリストで見かけたわ。彼がきちんと説明していない項目はあれだけだった。あなたが見つけたいのはそれ？」

もちろん、それは図星だった。ぼくは彼女の知性の並はずれた鋭さに気づきはじめており、もっとましな状況だったらどんな話をしていたかと思って、いささか切なかった。その一方で、彼女にあれこれ勘ぐられるのはあまり気分のいいものではなかった。「どうしてそんなことが知りたいの？」と、ぼくは反撃した。「きみの調査のため？」

「もちろんよ」と、彼女はきびしい口調で言った。「帰ってきたらまた連絡してくれる？」

ぼくは急にどっと疲れを覚えた。「帰ってくる？　いつ戻るかはもちろん、どういう展開になるかもさっぱりわからないんだ。行き先がどこであれ、そこへたどり着いたら、ぼくだって吸血鬼に襲われるかもしれない」

ぼくはこれを皮肉で言うつもりだったが、しゃべっているうちに、この状況がいかに現実ばなれしているかまた見えてきた。ぼくはいま、それまで何百回となくしていたように図書館前の歩道に立っていたが、ただ今回は、ルーマニア人の人類学者と吸血鬼の話を――それがこの世に存在すると信じているかのような口調で――していて、ふたりで救急隊員や警官たちが死亡事故の現場に、少なくとも間接的にはぼくも関わりがある事故現場に群がるのを眺めていた。ぼくはその身の毛もよだつような作業を見まいとした。早々に、だが悠然と、この場を立ち去るべきだという気がした。いまはたとえ数時間でも警察の尋問に応じるだけのゆとりはなかった。やるべきことは目白押しで、しかも、即座にやらねばならなかった――ニューヨークで手に入るのかもしれないが、トルコの入国ビザがいるし、航空券も必要だ。いま手元にあるすべての情報の写しを念のため自宅に残しておく必要もあるだろう。ありがたいことに、今学期は授業を受け持っていなかったが、学科にはなんらかのアリバイを用意し、両親にも心配させないような説明をしておかなければならない。

ぼくはヘレンのほうを向いた。「ミス・ロッシ」と、ぼくは言った。「この件を秘密にしておいてくれるなら、戻りしだいきみに連絡すると誓うよ。ほかに付け加える話はない？　なんとかして行くまえにぼくがきみのお母さんと連絡をとる方法はないかな？」

「私も手紙以外では連絡のとりようがないの」と、彼女はにべもなく言った。「それに、母は英語なんてひとこともしゃべれないわ。二年後に帰国したら、私が自分で母にこの件を聞いてみる」

ぼくはため息をついた。二年後では手遅れだ、それでは箸にも棒にもかからない。数日来の付き合いの――実際には、数時間だが――この風変わりな友、ぼく以外でロッシの失踪事件の真相を知る唯一の人物と離れ離れになるかと思うと、ぼくは早くも不安めいたものを覚えていた。この先はいままでろくに考えたこともなかった国で自力で頑張ることになる。それでも、やり通すしかなかった。ぼくは片手を差し出した。「ミス・ロッシ、二日間、人畜無害の変人に我慢して付き合ってくれてありがとう。無事帰国したら、必ず知らせるよ——いや、つまり、たぶん——きみのお父さんを無事に連れ戻したら——」

彼女は手袋をはめた手であいまいなしぐさをした。ロッシの生還になど関心はないと言わんばかりだったが、そこで、彼女はぼくの手をとり、ふたりは心をこめて握手をした。そのしっかりした手の感触がなじみのある世界との最後の接点だという感じがした。「さようなら」と、彼女は言った。「調査がうまくいくことを祈っているわ」彼女は人込みのなかで身をひるがえした——救急隊員たちはドアを閉めているところだった。ぼくも身をひるがえして石段を降りはじめ、中庭を突っ切ろうとした。図書館から百フィート離れたところで立ち止まり、うしろを振り返った。救急車見物の人込みのなかにヘレンの黒っぽいスーツ姿がちらりとでも見えないかと期待しながら。驚いたことに、彼女は急ぎ足でこちらに向かってくるところで、ほとんどぼくのすぐうしろに迫っていた。ヘレンはあっというまに追いついた。頰骨のあたりがルビー色に染まり、その顔はまた生気をとり戻していたが、そこにはせっぱつまった表情が浮かんでいた。「ずっと考えていたんだけれど」と、彼女は言うと、そこでいったん言葉を切った。大きく深呼吸したように見えた「これはまさしく私の人生の一大事だわ」その視線はまっすぐで、挑みかかるようだった。「どういう方法がいいのかよくわからないけれど、私もあなたといっしょに行こうと思うの」

◆
◆
◆
◆

24章

父にはオックスフォード大学の吸血鬼資料室にいるうまい口実があった。父は心をこめてスティーヴン・バーレイと握手しながら、打ち合わせがキャンセルされたのだと言った。ぶらぶらこのなじみの場所へ――そこで唇を噛まんばかりにして言葉を切ると、父はまた仕切り直した。誰にもじゃまされない静かな場所を探していたのだ、と(その話ならすんなり信じられる)。父は、スティーヴンがいてくれてよかったと思っていた。彼がスティーヴンの長身にみなぎる健やかさに、ウールのセーター姿の健全さに感謝しているのは、肌で感じとれた。私がひとりで出し抜けにそこに姿を現していたら、いったい何が言えただろうか?　言い訳はおろか、手元にある二つ折判をさりげなく閉じることすら、できなかっただろう。いま父はそれを実行に移したが、もう遅い。私はすでにそのぶ厚い象牙色の紙にくっきり記された章題を目にしていた。〝プロヴァンスとピレネーの吸血鬼《ヴァンピーレ・ド・プロヴァンス・エ・デ・ピレネー》〟

その夜、学寮長公邸でチンツ地の天蓋付きベッドに入っても私の眠りは浅く、二、三時間おきに妙な夢を見ては目が覚めた。それでも、いったん父の部屋との境にあるバスルームのドアの下からもれる光を目にすると、安心した。だがときどき、父はよく眠れないのかもしれない、あるいは隣の部屋でひっそり起きているのかもしれないという思いがかすめて、急に眠気が覚めてしまうこともあった。明け方近くになって、青みがかった灰色の朝もやが細かいメッシュのカーテンを透かして見えはじめると、私はそれをしおにはっきり目を覚ました。

いま目が覚めたのは静寂のせいだ。あたりはしんと静まり返っていた。中庭の木立ちのかすかな輪郭も(カーテンの端から目を凝らして見た)、ベッドの隣にあるばかでかい戸棚も、そして何より、隣の父の寝室も。こんな時間に父が起きていると思っていたわけではない。むしろ、前日の心配はぬぐい去ろうと努め、前途に控える講演やセミナーや討論だらけのきびしいスケジュールは棚上げにして、まだ眠っているはずだ——あおむけに寝ていれば、たぶんかすかにいびきをかいて。旅行中はいつも私が起きてからしばらくすると、やさしくドアをノックし、急いで出てきていっしょに朝食前の散歩をしようと誘ってくれた。

今朝はわけもなく静けさが重くのしかかってきたので、私は大きなベッドから這い降りると、身支度をしてタオルをさっと肩にかけた。バスルームの洗面台で顔を洗い、作業の手は止めずに、父の寝息が聞えないかとしばらく耳を澄ました。トイレのドアをそっとノックして父が入っていないことを確かめた。鏡の前に立って顔を拭いていると、静寂はいちだんと深まった。父の部屋のドアに耳をつけてみた。父がぐっすり眠っているのは確かだった。やっと手に入れた眠りのじゃまをするのはむごいとわかっていたが、パニックがじわじわ忍び寄ってきていた。私はドアを軽く叩いた。部屋の中では身じろぎする気配もなかった。私たち親子はもう何年もお互いのプライバシーには手をつけずにいたが、そのときばかりは、バスルームの窓から差しこむ青白い朝日を浴びながら、私はドアのノブをまわした。

父の部屋の中にはまだ厚手のカーテンが閉まっていたので、家具や絵のぼやけたシルエットに気づくのに数秒ほどかかった。静けさのあまり、うなじのあたりがぞくぞくした。私は一歩ベッドのほうへ近づき、父に話しかけた。ところが、間近で見ると、ベッドは平らできちんと整えられ、暗い部屋の中に黒々と横たわっていた。部屋はもぬけの殻だった。私は溜めていた息を吐き出した。父はもう出かけていた。おそらくは、ひとりで考えごとをする時間が必要で、散歩に出かけたのだろう。だが、虫の知らせか、なんとなくベッドのそばの灯りをつけて、もっと念入りにあたりを見まわす気になった。まぶしい光の輪の中に私宛のメモがあり、そのメモの上に置かれたふたつの物を見て、私は肝を潰した。頑丈な鎖のついた小さな銀の十字架と生のにんにく。まだ父の置き手紙を読まないうちから、そのふたつが突きつける容赦ない現実に思わず吐き気がした。

愛する娘へ

こんなかたちで驚かせて本当に申し訳なく思っています。新たな所用ができて出かけなければなりませんが、夜中にきみを起こしたくなかったのでこのまま行きます。留守にするのはほんの二、三日の予定です。きみのことはジェイムズ学寮長にお願いして、あの若い友人スティーヴン・バーレイ君の付き添いで無事家まで送り届けてもらえるよう手配してあります。バーレイ君は二日間授業を免除されたので、今夜にはアムステルダムまで送っていってくれるでしょう。ミセス・クレイに迎えにきてもらいたかったのですが、妹さんの体調が悪いとのことで、またリヴァプールへ行っているのです。なるべく今夜はアムステルダムの家のほうできみと落ち合えるようにしてくれるそうです。いずれにしても、きみはきちんと面倒を見てもらえるはずだし、自分のことは自分でしっかりできるものと思っています。ぼくの出張については心配無用です。機密事項ですが、なるべく早く帰宅して、事情を説明します。それまではその十字架をいつも身に着け、そのにんにくをどのポケットにも入れて持ち歩くようにしてください。知ってのとおり、宗教であれ迷信であれ、きみに押しつけたことは一度もないし、いまだにどちらも信じてはいません。でも、邪悪なものにはできるだけそれなりのやり方で対処しなければならないし、その手の領域についてはすでにきみもくわしいはずです。父親として心から懇願します。この件では父の願いを無視しないでください。

愛情のこもった心温まる署名がしてあったが、父があわてて書いたのはわかった。心臓がどきどきした。私はすばやく鎖を首につけると、にんにくをばらしてワンピースのポケットというポケットに入れた。からっぽの部屋を見まわしながら、物音も立てず急いでカレッジを発とうとする最中でも、これだけきちんとベッドを整えるなんて父らしいと思った。だけど、どうしてこんなに急ぐのだろう？　どんな用事にしろ、たんなる外交任務だったはずはない。それなら、私にそう言ったはずだ。職業柄、父は緊急事態に対処しなければならないことが多かった。これまでにも、ヨーロッパの反対側で難局に当たるために、ほとんどなんの前触れもなく出かけることがあったが、それでも行き先は必ず教えてくれた。今回は仕事で出かけたわけではないという気がして、動悸が激しくなった。それに本来なら、今週はこのオックスフォードにいて、講演をしたり会議に出席したりすることになっていた。父は軽々しく不義理をするような人ではなかった。

そう、父の失踪は最近の憔悴ぶりと何か関係があるにちがいない――いま気がついたが、こんなことになるのではないかと、私はずっと恐れていた。それに、昨日はあのラドクリフ・カメラであんなひと幕があった。父はすっかり没頭して――何を読んでいたのだろう？ そして、どこへ、いったいどこへ行ってしまったのか？ 私も連れずにいったいどこへ？ 物心ついてからはじめて、母親も兄弟姉妹も郷里もないわびしさから父が私を守ってくれたこの年月で、父親兼母親役を務めてくれたこの長い年月ではじめて――私はみなしごになったような気持ちがした。

私が荷物を詰めたスーツケースを手にし、レインコートを腕にかけて姿を現すと、学寮長はとても温かく迎えてくれた。私は、ひとり旅をする準備はきっちり整っていると説明した。学生に家まで送らせようと――イギリス海峡を横断することになるのに――親切に言っていただいて感謝しているし、ご親切は一生忘れない。私はそう言いながら胸が痛んだ。わずかながらはっきりと失望のうずきを覚えた――向かい側の座席からほほえみかけるスティーヴン・バーレイといっしょに一日列車の旅をすることができたら、どんなに楽しいことか！ だが、言うしかなかった。数時間のうちには無事に帰宅しているはずだと。

私はその言葉をもう一度くり返しながら、突然頭に浮かんできた映像を、流れ落ちる水が心地よいメロディーを奏でる赤い大理石の水盤の映像を押さえつけた。このやさしい笑顔の学寮長がそれを見抜くのではないか、私の顔を見ただけでわかるのではないかと不安だった。何ごともなくすぐに帰宅するし、家に着いたら必ず電話する。それに、もちろん、父も数日すれば帰ってくるはずだと、私はさらに心とは裏腹なことを付け加えた。

私ならきっとひとり旅ができるだろうと、ジェイムズ学寮長は言った。たしかに、自立したお嬢さんのように見える。ただ、どうしても——彼はまたいちだんとおだやかな笑みをこちらに向けた——私の父との約束を、旧友との約束を破るわけにはいかないのだ。私は父にとってかけがえのない宝であり、しかるべき保護者もつけずに送り出すなどということはできない。ぜひ理解してもらいたいが、はっきり言って、それは私のためではなく、父のためだ——その点はすこし大目に見てもらわないと困る。

私がさらに反論しないうちに、二日前に出会ったばかりだと思っていたけれど、この学寮長は父の旧友だったのだという点をしっかり心に留めもしないうちに、スティーヴン・バーレイが姿を現した。この反則にかまっている暇はなかった。今度はスティーヴンが私の旧友のような顔をしてその場に立っていた。彼もジャケットとバッグを手にしており、私はその姿を見てがっかりしたわけではなかった。こうなってはまわり道をしなければならないのは悔やまれたが、それを心底嘆いているわけでもなかった。スティーヴンのちゃっかりした満面の笑みにも、「助かった、きみのおかげで休める！」という言葉にも、いやな顔をすることは、私にはとてもできなかった。

ジェイムズ学寮長はもっとまじめだった。「きみはまだ仕事中の身だ」と、彼は言い渡した。「アムステルダムに到着しだい、私に電話をかけること、家政婦の方ともお話ししたい。これがチケット代と食事代だ。領収書を持って帰るように」そこで、そのはしばみ色の瞳が輝いた。「駅でオランダのチョコレートをすこしばかり買うのもだめだと言っているわけじゃないぞ。私にもひとつ買ってきてくれ。ベルギー製ほどじゃないが、あれもなかなかいける。さあ、ぼやぼやしないで早く行きなさい」次に、学寮長は私としかつめらしく握手し、名刺を手渡した。「ごきげんよう、お嬢さん。大学に行こうと考えたら、また訪ねてきなさい」

学寮長室の外に出ると、スティーヴンは私の荷物を持ってくれた。「それじゃ、行こうか。十時三十分発のチケットを持ってるんだけど、出足は早いに越したことはない」

学寮長と父が細部まで周到に手配していたことに気づいた。家に帰っても、私が断ち切らなければならない余分な鎖がどれだけあることか。それでも、いまはほかにすべきことがあった。「スティーヴン?」と、私は切りだした。

「おっと、バーレイと呼んでくれ」彼は笑った。「みんなそう呼ぶもんだから、いまじゃすっかり慣れちゃって、自分の名前を聞くとぞっとするんだよ」

「わかったわ」彼のほほえみは今日も人に伝染しやすかった――こちらまでつられて笑顔になるのは確かだった。「バーレイ、私――帰るまえにお願いがあるんだけれど」彼はうなずいた。「もう一度だけラドクリフ・カメラへ行きたいの。とてもきれいなところだったし――あの吸血鬼関係の資料を見たいのよ。ちゃんと目を通せなかったから」

彼はうめいた。「きみは本当に陰惨な話が好きなんだな。血筋みたいだけど」

「そうね」顔が赤くなるのがわかった。

「よし。それじゃ、もう一度さっと見てまわろう。でも、そのあとは走るからね。列車に乗り遅れたりしたら、ジェイムズ学寮長はこのぼくの心臓に杭を突き刺すよ」

今朝はラドクリフ・カメラも静かで、ほとんど人けがなく、私たちは磨きこまれた階段を急ぎ足で昇って、前日に父の不意を突くことになった気味の悪い小部屋へ向かった。私はいまにも出そうな涙をこらえてそのせまい部屋へ入った。何時間かまえには、父はあの妙にぼんやりした目をしてここに座っていたというのに、いまはどこにいるのか行方もわからなかった。

もっとも、父がその本をどの棚に入れたか、私たちと話しながらじつにさりげなくどこに戻したかは覚えていた。あの髑髏が入ったガラスケースのすぐ下の、左手の棚にあるはずだ。私は棚のへりに沿って指を滑らせた。バーレイはかたわらに立って（こんなせまいスペースでは身を寄せ合うなと言うほうが無理というもので、いっそのことバルコニーのほうへぶらりと出ていってくれたらいいのにと思った）、あからさまに好奇の目で見つめていた。

本があるべき場所には歯が欠けたような隙間があいていた。私は凍りついた。父は絶対に本を盗むような人ではなかったが、それなら、いったい誰が取ったというのだろう？　だが、すぐに片手ひとつ分ほど離れたところに問題の本があることに気づいた。私が昨日ここに来てからそれを動かした人がいた。もう一度目を通そうとして父が戻ってきたのだろうか？　それとも、誰かほかの人が手に取ったのか？　ガラスケースに入った髑髏にちらりと疑いの目を向けたが、相手は味もそっけもない解剖学上の目で見つめ返した。そこで、私は細心の注意を払ってその本を棚から降ろした——骨のような色をした縦長の装丁で、黒いシルクのリボンが上から突き出ていた。書見台の上に置いてみると、題扉には〝『中世の吸血鬼《ヴァンピーレ・デュ・ムワイエナージュ》』バロン・ド・ヘジュク、ブカレスト、一八八六年〟と書かれていた。

「こんな薄気味悪い古書になんの用事があるの？」バーレイは肩越しにじっとのぞきこんでいた。

「学校の宿題なの」と、私はつぶやいた。記憶どおり、その本は章立てになっており、〝トスカーナの吸血鬼〟、〝ノルマンディーの吸血鬼〟といった具合に続いていた。ようやく目当ての章、〝プロヴァンスとピレネーの吸血鬼〟を見つけた。どうしよう、私のフランス語はここまでが限界では？　バーレイが腕時計に目をやりはじめた。そのすばらしい活字や象牙色の紙に触れないように気をつけながら、すばやくそのページを指でたどった。〝プロヴァンス地方の村々の吸血鬼――〟父は何を探していたのだろう？　あのとき、彼はその章の最初のページを熱心に読みふけっていた。「〝イリア・オッシ・ユンヌ・ルジェンド……〟」私は本のほうへかがみこんだ。

　それ以来、私はそこではじめて経験したことを何度も体験してきた。それまでは、フランス語の文書に手を出すのは純粋に必要に迫られてのことで、数学の練習問題を解くようなものだった。新しい語句の意味を理解しても、それは次の練習問題へ移るための架け橋に過ぎなかった。言葉が脳へ、そして心へ一瞬にして理解が伝わる身震いするような体験はそれまで一度もしたことがなかった。新しい言語が目の前で身をよじり生き生きと動きだすところも、乱暴といっていいほどの理解の飛躍も、嬉々として意味が解き放たれるさまも、個々の単語がふいに熱気と光を放って活字という肉体から脱皮するところも。それ以来、私はドイツ語やロシア語やラテン語やギリシア語、そして――ほんのつかのまとはいえ――サンスクリット語でも、この決定的瞬間を味わった。

だが、なんといっても、そのはじめての体験には思いがけない点があった。「〝イリア・オッシ・ユンヌ・ルジェンド〟」と、私が小声で言うと、バーレイがいきなり身をかがめて文面を目で追った。それでも、彼が声に出して翻訳してくれた内容は、心のなかで、はっと息をのみながら私はすでに理解していた。「〝もっとも高貴にして危険な吸血鬼、ドラキュラはワラキア地方内ではなく、サンマチュー・デ・ピレネー・ゾリアンタル修道院、西暦一〇〇〇年に創設されたベネディクト修道会の修道院における異端行動によってその力をつけたという伝説もあります〟それにしても、これはいったいなんなの?」と、バーレイが言った。

「学校の宿題よ」と、私はくり返したが、ふたりはその本越しに妙な感じで目を合わせた。バーレイははじめて私を見るような顔をしていた。「あなたはフランス語がすごく得意?」と、私は下手に出てきいた。

「もちろんさ」彼はにっこりして、またそのページの上にかがみこんだ。「〝ドラキュラはみずからの原点に敬意を表して十六年ごとにその修道院を訪れ、死してなお生きることを可能にした力をまた新たにすると言われています〟」

「お願い、続けて」私は書見台の端をぎゅっと握った。

「いいとも」と、彼は言った。「〝十七世紀はじめに修道士ピエール・ド・プロヴァンスが行なった計算から、ドラキュラがサンマチューを訪れるのは五月の半月《はんげつ》のころだということがわかります〟」

「いまの月の形は?」私はあえいだが、バーレイも知らなかった。それ以上サンマチューに関する記述はなかった。残りのページはペルピニャンの教会の資料をわかりやすく言い換えたもので、一四二八年にその地方の羊や山羊のあいだに広まった動揺について説明していた。著者である聖職者がその騒ぎは吸血鬼のせいだと言っているのか、羊泥棒のせいだと言っているのかははっきりしなかった。「妙な話だ」と、バーレイは評した。「きみの家ではこの手のものをおもしろがって読むわけ？　キプロスの吸血鬼の話を聞きたい？」

その本には私の目的にかなう記述はもうなさそうだったので、バーレイがまた腕時計に目をやると、私は心そそられる四方の本の壁から悲しげに顔をそむけた。

「楽しかったよ」バーレイは階段を降りながらそう言った。「きみは変わった女の子だね」どういう意味で言ったのかわからなかったが、私はほめ言葉であることを願った。

列車に乗ると、バーレイは学友たちの逸話を披露して、無鉄砲な者やスケープゴートになる者がくり広げる一大絵巻で楽しませてくれ、それから私の荷物を持って油っぽい灰色のイギリス海峡に停泊する船に乗りこんだ。よく晴れた肌寒い日で、私たちは風を避けて、船内のビニール張りの座席に腰を下ろした。「学期中はろくに眠れないんだ」と、バーレイは言うと、上着をボールのように丸めて片方の肩の下にあてがうと、たちまちうとうととまどろんだ。

彼が二時間ほど眠ったのはかえって好都合だった。考えごとが山ほどあったからだ。当面の問題は歴史上のできごとのあいだの関連性を見つけることではなく、ミセス・クレイのことだった。彼女は私たち父娘の身を案じ、くすぶる不安で胸をいっぱいにしながら、アムステルダムのわが家の玄関ホールで根が生えたようにずっと待っているはずだ。ミセス・クレイがいるせいで、少なくともひと晩は家から一歩も出られないだろうし、翌日学校が終わっても私が帰宅しなければ、きっとアムステルダムの警官隊の半数は引き連れて、狼の群れよろしく追跡にかかるだろう。しかも、バーレイという問題もあった。私は真向かいにいる彼の寝顔をちらりと眺めた。ジャケットにもたれかかって控えめにいびきをかいていた。明日の朝、私が学校へ行ったら、バーレイはまたフェリーへ向かうだろうが、途中でそれをじゃましたりしないように気をつけなければ。

私たちが家に着いたときには、ミセス・クレイはちゃんと帰っていた。私が家の鍵を探しているあいだ、バーレイはいっしょに入口の石段に立って、首をうんと伸ばして昔の商館やきらめく運河を感嘆の目で眺めていた——「すばらしい！　おまけに、通りにはレンブラントみたいな面々がうようよしているときてる！」ミセス・クレイが突然玄関のドアを開けて、私を中へ引き入れたとき、彼は危うくあとに続けないところだった。バーレイの礼儀作法がまたまともになるのを見て、私はほっとした。ジェイムズ学寮長に連絡するために、ふたりがキッチンに姿を消すと、私は顔を洗ってくると声をかけて、二階へ駆け上がった。実際には——考えただけでもうしろめたくて胸の鼓動が速くなったが——ただちに父の城を略奪するつもりだった。ミセス・クレイとバーレイを料理する方策はあとで練るつもりだった。いまはそこに隠されているはずのものを見つける必要があった。

一六二〇年に建ったこのタウンハウスの二階には寝室が三つあった。父がこの黒っぽい梁のあるせまい部屋に惚れこんでいるのは、この建物の最初の住人である働き者の庶民たちでいまだにいっぱいのような気がするからだそうだ。父の部屋は三つのなかでいちばん大きく、みごとな時代物のオランダ家具が置かれていた。父はそうした質実剛健な家具に、オスマン風の絨緞《じゅうたん》とベッドの天蓋、ゴッホのささやかな素描、フランスの農家にあった十二個の銅製の鍋を組み合わせていた――この鍋は一方の壁に美術品のように陳列され、窓下《そうか》を流れる運河の照り返しを受けてきらりと光った。いまになってつくづく思うが、この部屋が目を瞠るほどすばらしいのは、幅広いジャンルのものを趣味よくとりそろえた飾りつけの妙だけではなく、修道院を思わす質素さのためでもあった。本は一冊もなかった。蔵書はすべて階下の書斎に追いやられていたからだ。その十七世紀の椅子の背に服が掛けられたことは一度もなく、デスクが新聞で神聖を汚されたことは一度もなかった。この部屋には電話もなく、時計すらなかった――父は毎朝早くにひとりでに目が覚めていた。そこは純粋な生活空間であり、建ったばかりのころとおなじく、眠り、目覚め、そしておそらくは祈るための部屋だった――そこでいまだに祈りの言葉が浮かぶのかどうか、私には想像もつかなかったが。私はこの部屋が大好きだったが、めったに入ったことはなかった。

いま、私は泥棒のように忍び足で中に入ると、ドアを閉め、デスクを開けた。棺をこじ開けるようなひどい気分だったが、かまわず先に進んだ。分類箱の中身をすべて出して、引き出しの中をあさったが、どれも注意深くもとの場所へ戻した――友人たちからの手紙、先の細いペン、父のイニシャルが入った便箋。ついに、私の手が封印された包みを握った。臆面もなく包みを開けてみると、中には私宛の短いメモがあり、ここに同封された手紙は父が不慮の死を遂げるか長期間行方不明になった場合にしか読んではいけないと警告してあった。毎晩、父が何か書いている姿を見てきたのではなかったか？　私が近寄ると、彼はいつも見えないように片腕で隠したものだった。私はその包みをむんずとつかむと、デスクを閉め、階段にミセス・クレイの足音がしないか耳を澄ましながら、戦利品を自分の部屋へ持っていった。

その包みには手紙がぎっしり詰まっていた。どの手紙もきちんと折りたたまれて封筒に入れられ、上書きにはこの家の住所と私の名前が記されていた。どこかほかの場所から一度に一通ずつ郵送するはめになるかもしれないと、父は考えていたかのようだった。私はそれを順番に整理し――やれやれ、知らないうちにいろいろなことが身についている――慎重に最初の手紙を開いた。日付は六か月前のもので、書きだしはたんなる言葉ではなく、心の叫びのように思えた。〝愛する娘へ〟――目の前で父の筆跡がぶるぶる震えた――〝きみがこれを読んでいるなら、どうか許してほしい。ぼくはきみのお母さんを捜しにいく〟

第二部

いったいどんなところへ、どんな人びとのもとへ来てしまったのだろう？　どんな恐ろしい冒険に乗り出してしまったのか？……目が覚めているのかどうか確かめようと、私は目をこすったり、あちこちつねったりしはじめた。何もかもおぞましい悪夢のような気がしたし、働きすぎた日の翌朝にはよくこんな気持ちになることがあったが、はっと目が覚めてみたらわが家にいて、窓からは暁の光がかろうじて差しこんでいるのではないかと期待したからだ。だが、つねってみればちゃんと痛かったし、見まちがいでもなかった。私はたしかに目を覚ましており、カルパティア山中にいた。いまはただ、じっと辛抱して、夜明けを待つしかなかった。

ブラム・ストーカー『吸血鬼ドラキュラ』一八九七年

25章

アムステルダム駅は私にとって見慣れた場所だった——何十回となく通ったことがある。けれども、ひとりで来たことは一度もなかった。ひとり旅などしたことはなく、ベンチに座って朝発のパリ行き急行を待っていると、脈が速くなった。それは父のことで狼狽しているせいばかりではなかった——生まれてはじめて完全に自由の身となって気が高ぶっていた。家で朝食の食器を洗っているミセス・クレイは、私が学校へ向かっていると思っていた。無事荷物をまとめてフェリーの埠頭へ向かったバーレイも、私は学校へ向かっていると思っていた。退屈だが親切なミセス・クレイをだましたことを後悔したし、バーレイと別れたことはもっと後悔した。彼は玄関先でいきなり紳士ぶって私の手にキスすると、オランダのお菓子なら私はいつでも買えるからと断ったのに、お土産用のチョコレートをひとつくれた。今回のことがすべて終わったら、バーレイに手紙を書くかもしれない——だけど、そんなはるか先の話はわからなかった。

アムステルダムの朝は活気に満ちてきらめき、ざわめいていた。こんな朝でも、家から駅へ向かう運河沿いの歩道には心なぐさめられるものがあった。焼き立てのパンの匂いや運河の湿っぽい臭い、あらゆるものにつきまとう、いまひとつあか抜けないあくせくした清潔感。駅のベンチに座ると、私はもう一度持ち物を確認した。着替え、父の手紙、パン、チーズ、パック入りのジュース。キッチンに置いてあった現金もたっぷりくすねて——悪事を働くなら、ひとつやろうと二十やろうとおなじことだ——財布の中身を補充していた。そんなことをすればミセス・クレイにたちまちばれてしまうだろうが、この際仕方なかった——銀行が開くまでぐずぐず待って、子どもだましの額しか入っていない口座からお金を下ろしても意味がなかった。あとは暖かいセーターとレイン・ジャケット、パスポートに、長旅用の本、ポケット判のフランス語辞書が入っていた。

ほかにも盗んだものがあった。居間からは陳列棚に飾られていた銀のナイフを失敬していた。初期の幅広い外交活動、財団設立の思いを実現させようとしていたころの旅行で父が買ってきたお土産のひとつだ。父は幼い私をアメリカ国内のさまざまな親戚の家に預けていった。そのナイフは不気味なほど鋭利で、柄には凝った浮き彫り細工が施されていた。さやに納められており、こちらもまた華やかに飾り立てられていた。わが家では武器らしきものはそれしか見たことがなかった——父は銃を毛嫌いしていたし、剣や戦斧を収集する趣味もなかった。そんなちゃちな刃物でどうやって身を守ればいいのかわからなかったが、バッグに入っているとわかっているだけでずっと心強かった。

急行列車が到着するころには、駅は人でごった返していた。そのときも感じたが、どんなにやっかいな状況にあっても、列車の到着ほど楽しいものはない——それも、南へ連れていってくれるヨーロッパの列車であれば、なおさらに。私は人生のその時期、二十世紀の第Ⅳ四半期に、定期運行でアルプス越えをする最後の蒸気機関車の汽笛を耳にしている。学生かばんを握りしめて列車に乗りこみながら、私は思わずほほえみそうになった。これから何時間も乗ることになるけれども、それくらいの時間は必要になりそうだった。本を読むためではなく、貴重な父の手紙をじっくり読み返すために。正しい行き先を選んだと信じていたが、それが正しいとする理由についてよく考える必要があった。

静かなコンパートメントを見つけ、座席の横にある通路側のカーテンを閉めた。誰もここまで尾行していないことを願った。まもなく青いコートに帽子姿の中年の女性が入ってきたが、彼女はこちらにほほえみかけ、オランダの雑誌を山ほど抱えて腰を下ろした。居心地のよい隅に陣取って、旧市街に続いて緑の郊外が転がるように通り過ぎるのを眺めながら、私はまた父の手紙の一通目を広げた。出だしの数行はすでに暗記していた。そのショッキングな言いまわしも、ぎょっとするような場所や日付も、切迫していながらしっかりした筆跡も。

◆　◆　◆　◆

愛する娘へ

きみがこれを読んでいるなら、どうか許してほしい。ぼくはきみのお母さんを捜しにいく。彼女は死んだと何年も信じていたのに、いまは確信がもてない。きみもいつかわかるだろうが、こんなあいまいな状態は死に別れた悲しみよりひどく、夜となく昼となくぼくの心を苦しめる。きみには母親のことをろくに話したことがない。たしかにそれはぼくの心の弱さのせいだったが、ぼくたち夫婦の話はつらすぎて、気安く物語ることなどできなかった。きみがおとなになって、怯えずに話を理解できるようになれば、くわしく話すつもりでいた——ただ、じつのところ、ぼく自身がいつまで経っても怯えていたから、それは自分へのへたな言い訳だったのだが。

この数か月間、きみにぼくの過去をすこしずつ話すことで、自分の弱さを埋め合わせようとしてきた。きみのお母さんはずいぶん唐突にぼくの目の前に現れたが、彼女のことは徐々に話に登場させるつもりだった。いまはきみが知っておくべききみ自身の境遇についてきちんと話せないうちに、ぼくの口が封じられるか——文字どおり、ぼくがみずから伝えられなくなるか——また黙りこんでしまうのではないかと不安でならない。

きみが生まれるまえの、ぼくの大学院時代の話は多少しているし、ぼくの指導教官が秘密を打ち明けたあとに失踪した奇妙な事情についても話した。ロッシ教授の発見にぼくとおなじくらい、おそらくはそれ以上の関心を抱いているヘレンという若い女性と出会ったいきさつも話している。静かな時間を見つけては続きを話そうとしてきたが、あとはすべて書き留め、記録に残す作業にとりかかったほうがいいと思う。どこかの岩だらけの山頂や静かな広場で、荒波から守られた波止場や居心地の良いカフェのテーブルで、ぼくがひもとく話に耳を傾けるかわりに、きみがいまこの手紙を読まなければならないとすれば、その責任はもっと手際よく話をしなかったぼくにある。

この手紙を書きながら、古い港の灯をはるかに眺めている——きみは隣の部屋でぐっすり眠っている。ぼくは一日の仕事を終えてくたびれ、この長い話を書きはじめるのかと思ってうんざりしている——悲しい務め、因果な予防策だ。この先数週間か、ひょっとしたら数か月は確実にきみに面と向かって話ができるはずなので、そのあいだに旅先で散歩しながら話せるであろう部分をここでまた振り返るつもりはない。それから先は——数週間先か数か月先には——どうなっているか自信はない。この手紙はきみがひとりになったときの備えだ。最悪の場合、きみはぼくの家も、資産も、家具も受け継ぐことになるが、ぼくが書いたこうした資料を何よりも大切にしてくれるはずだ。そこにはきみ自身の話も、きみの過去の物語も含まれているからだ。

どうしてこの過去の物語を一気に最後まで話して、一撃で片をつけ、きみにすべてを教えようとしなかったのか。その答えはまたしてもぼくの弱さにあるが、簡略版というのはまさしく身にこたえる一撃になってしまうからでもある。きみにはそんなつらい思いをさせたくない。しかも、一挙に話したら、きみは全面的には信じないかもしれない。ロッシが回想に費やした時間だけかけないことには、ぼくも彼の話をうのみにできなかったように。それに、実際問題、事実の羅列になるまで切り詰められる物語がどこにある？　だから、ぼくは一歩ずつ話を進めよう。この手紙がきみの手に渡るとすれば、その時点でどこまで話しているかについても、当てずっぽうでいくしかない。

◆　◆　◆　◆

父の推測はぴったり的中したわけではなく、私がすでに知っているところより心持ち先から話をはじめていた。父の調査に同行するというヘレン・ロッシの驚くべき決断にどういう反応を見せたのかも、ニューイングランドからイスタンブールへ向かう旅の気になる顚末《てんまつ》も、もう聞かせてもらえないかもしれないと思うと残念だった。いったいふたりはどうやって必要な事務手続きをこなして、東西の政治上の対立や、ビザ発給や、通関という障害を乗り越えたのだろう？　父は急な旅立ちについて自分の両親に罪のない嘘をついたのだろうか？　すぐにヘレンとニューヨークへ発ったのだろうか？　そして、ふたりはおなじホテルの部屋に泊まったのか？　思春期の私はこの謎を考えずにいられなかったが、解くこともできなかった。結局は、ふたりを当時の映画の登場人物に見立てて、ヘレンはダブルベッドに慎み深く身を横たえ、父は靴を脱いで――だが、それ以外は身に着けたまま――安楽椅子でみじめに眠りこんでいて、窓の外ではタイムズ・スクエアの灯りがまたたき、下品な挑発をしているところを想像するだけで満足するしかなかった。

◆　◆　◆　◆

ロッシの失踪から六日後、ぼくたちは霧の深い平日の夜にアイドルワイルド空港〔ケネディ国際空港の旧称〕から旅立ち、フランクフルトで飛行機を乗り継いでイスタンブールへ向かった。乗り継ぎ便が着陸したのは翌朝で、ほかの乗客といっしょに外へ出された。ぼくはそれまで西ヨーロッパには二度行ったことがあったが、そんな旅行はまったくべつの惑星への遠足のように思えた――一九五四年のトルコはいまよりずっと遠い国だった。さっきまで座り心地の悪い飛行機の座席で身を縮め、熱いおしぼりで顔を拭いていたと思ったら、次の瞬間にはおなじぐらい熱い滑走路に立っており、なじみのない臭いに、土埃、すぐ前に並んでいるアラブ人のはためくスカーフを吹きつけられていた——そのスカーフはぼくの口の中に入ってばかりいた。ヘレンはかたわらでぼくの仰天ぶりを眺めて、あろうことか笑っていた。彼女は機内で髪を梳《と》かして口紅をつけていて、窮屈な一夜を過ごしたあとだというのに、驚くほどはつらつとして見えた。首には小ぶりのスカーフを巻いていた。ぼくはまだその下の状態を見たことはなかったし、はずしてくれと頼む勇気はとてもなかった。「大いなる世界へようこそ、ヤンキーさん」と、彼女は言うとにっこりした。今度ばかりは本物の笑みで、いつものしかめ面ではなかった。

タクシーに乗って市内に向かうと、驚きはさらに増した。イスタンブールにいったい何を期待していたのかわからないが——旅行を楽しみにする暇もろくになかったから、何も期待していなかったのかもしれない——この都市の美しさに思わず息をのんだ。そこにはクラクションを鳴らす車や西洋風のスーツを着たビジネスマンの大群でもかき消せない『アラビアン・ナイト』の気風があった。この地に最初に建設された都市コンスタンティノポリス、ビザンティン帝国の首都にしてキリスト教ローマ帝国の最初の首都は、信じられないほど壮麗だったにちがいない——ローマ帝国の富と原始キリスト教の神秘主義の融合体だ。旧市街のスルタンアフメット地区で今夜の宿を見つけたころには、何十ものモスクやミナレット、みごとな織物が掛かるバザールを目まぐるしくかいま見て、いくつもの丸屋根を戴き、四本の角を生やしたハギア・ソフィアが半島の上にこんもり盛り上がる姿までちらりと目にしていた。

ヘレンもイスタンブールに来たことは一度もなく、物静かにあらゆるものをじっと見つめていたが、タクシーの車中で一度だけこちらを振り向き、オスマン帝国の汲めども尽きぬ源を――これは彼女が使った言葉だと思うが――目にするのはとても不思議な感じがすると言った。彼女の母国にはオスマン帝国の痕跡が数多く残っていたからだ。これはイスタンブール滞在中のお決まりの話題となる――ヘレンはすでになじみのあるものに対して、ことあるごとにそっけない辛辣なコメントを発した。トルコの地名、野外レストランで出されるキュウリのサラダ、尖頭アーチ型の窓枠。これはぼくにも奇妙な作用を及ぼした。いわば二重の体験をするようなもので、イスタンブールとルーマニアを同時に見物しているような気がした。このあとしだいに、ふたりのあいだにルーマニアにも行ってみる必要があるのではないかという疑問が湧き起こってくると、ぼくはヘレンの目を通して見た過去の遺物によってその国に導かれるような感覚を覚えた。だが、話がそれた――これはもっとあとになって登場するできごとだ。

まぶしくて埃っぽい通りから入ると、ペンションの玄関ホールはひんやりしていた。ぼくはその入口の椅子にありがたく座りこみ、部屋をふたつ予約するのは流暢ながら妙ななまりのあるフランス語を駆使するヘレンに任せた。ペンションの女主人も――旅行者が好きで、いつのまにか外国語を習得してしまったようなアルメニア人女性だったが――ロッシが泊まったホテルの名前は知らなかった。とっくの昔に消滅してしまったのかもしれない。

ヘレンは仕切りたがり屋だと、ぼくはつくづく思った。それなら、満足してもらえばいいではないか？　ぼくがあとで宿代を払うことは、暗黙の了解事項だった。ぼくはアメリカでなけなしの銀行預金をすべて下ろしていた。たとえ失敗しても、ロッシは全力を尽くして捜すべき相手だった。

いざとなれば、とりあえず一文なしで実家に帰るしかないだろう。留学生のヘレンはおそらく無一文も同然だろうし、食べるものにも事欠いているかもしれない。すでに気づいていたが、彼女は二着しかスーツを持っておらず、簡素な仕立てのブラウスをあれこれ組み合せて変化をつけていた。

「そう、並びでふた部屋べつべつにとりたいんです」と、彼女はアルメニア人の女主人に、端正な顔だちの老婦人に言った。「うちの兄は——モン・フレール——ロンフル・テリブルマン」

「ロンフル？」と、ぼくはラウンジからきいた。

「いびきをかくということよ」と、ヘレンは手厳しく言った。「あなたは本当にいびきがすごいわね。ニューヨークでは一瞬もしなかったわ」

「一睡も、だよ」と、ぼくは訂正した。

「けっこう」と、彼女は言った。「とにかくドアは閉めておいて、お願いね《シル・トゥ・プレ》」

いびきをかこうがかくまいが、ひと眠りして旅の疲れをとらないことには何もできなかった。ヘレンはただちに文書館を突き止めたがったが、ぼくはひと休みして食事をとろうと言い張った。だから、ふたりは午後も遅くなってようやく、はじめて迷路のような通りに足を踏み入れ、色とりどりの庭園や中庭をかいま見ながら、街をうろつきはじめた。

ロッシは手紙のなかでその文書館の名前を挙げていなかったし、ぼくとの会話でも〝メフメト二世が設立した、あまり知られていない資料の宝庫〟としか呼んでいなかった。イスタンブールでの調査に関する手紙には、十七世紀のモスクに付属する建物だと付け加えられていた。それ以外では、窓からハギア・ソフィアが見えたことと、その文書館は二階建て以上であること、一階には直接通りに通じるドアがあるということしかわからなかった。出発直前に大学図書館でそんな文書館に関する情報を見つけようと調べてみたが、うまくいかなかった。ロッシがその文書館の名前を手紙に記さなかったのは不思議だった。そんな細かい詰めが抜けているなんて彼らしくなかったが、思い出したくなかったのかもしれない。ぼくはロッシの資料をすべてブリーフケースに入れて持ち歩いていたが、その中には問題の文書館で発見した資料のリストもあった。最後にあの妙に舌足らずな一節、〝ドラゴン騎士団蔵書目録〟という項目があるリストだ。そのロッシ直筆のあいまいな説明の源を求めて、ミナレットと丸屋根の迷路のような街をくまなく探しまわるのは、控えめに言っても、見通しの暗い作業だった。

ぼくたちにできることはただひとつ、最大の目じるしハギア・ソフィアへ、もともとはビザンティン様式の大聖堂、聖ソフィアへ足を向けることだった。そして、いったん近づいてみると、中へ入らずにはいられなかった。門は開いており、その偉大な聖所は、ぼくたちをほかの観光客といっしょにのみこんだ。まるで大波に乗って洞窟の中へ流れこむような気がした。ぼくはつくづく思った。千四百年ものあいだ、いまとまったく変わりなく、巡礼者たちがこの教会に引きこまれていったのだ、と。中に入ると、ぼくはゆっくり中央まで歩いて、うんとのけぞり、広大な聖域を眺めようとした。目がまわるような名高い丸屋根やアーチを、降り注ぐ神々しい光を、上方の隅を飾る装飾的なアラビア文字で覆われた丸い楯を、教会の上に重ねられたモスク、古代遺跡の上に重ねられた教会を。その聖なる空間ははるか頭上でアーチを描き、ビザンティン帝国の宇宙を再現していた。その場にいることが信じられなかった。ぼくはすっかり度肝を抜かれていた。

いま振り返ってみるとわかるが、ぼくは長いあいだ本に埋もれて、大学というせまい環境のなかで暮していたので、精神的に抑圧されていた。このビザンティウムの名残が漂う聖堂の中で――歴史の驚異のひとつで――ぼくの心はいきなりその枠から飛び出した。その瞬間に、何が起きたにしろ、もう二度ともとのさやには戻れないのがわかった。この巨大な内陣が上へも外へも張り出しているように、上向きに人生を進み、外へ世界を広げたかった。十七世紀のオランダ商人のなかをさまよっていたときには一度もそんなことはなかったが、ぼくはその思いで胸がいっぱいになった。

ちらりとヘレンの顔を見ると、彼女もおなじくらい感動しているらしかった。ぼくのように頭をうしろに傾けているので、黒い巻き毛がブラウスの襟に落ちかかり、ふだんはガードが固くて皮肉っぽい顔も恍惚としていた。ぼくはとっさに彼女の手をとった。ヘレンはその手をぎゅっと握りしめた。そのしっかりとした、骨ばっているといってもいい手の感触は握手したときに知っていた。ほかの女性だったら、これは従順なしぐさか、媚を売るしぐさ、恋愛感情を黙認するしるしだったかもしれない。ヘレンの場合は、その視線や高飛車な態度とおなじく、単純で荒々しいしぐさだった。しばらくすると、はっとわれに返ったらしく、彼女はぼくの手を放したが、どぎまぎしたようすはまるでなかった。ふたりですばらしい説教壇やきらめくビザンティン時代の大理石をめでながら、聖堂内を歩きまわった。ぼくは圧倒されて、イスタンブールにいるあいだにいつでもまたここへ来ることができるし、この街で果たすべき最初の用件はあの文書館を見つけることだと思い出すのに、かなり時間がかかった。ヘレンもおなじことを考えたようで、ぼくが出口に向かうのと彼女がそうするのはほとんど同時だった。ぼくたちは人込みをかき分け、また通りに出た。

「例の文書館はここから相当離れたところにあってもおかしくないわね」と、彼女は言った。「聖ソフィアがこれだけ大きいんだから、街の一角にある建物なら、ほとんどどこからでも見えるでしょうし、ボスポラス海峡をはさんだ向かい側からでも見えたかも」

「たしかに。ほかの手掛かりを見つけないと。手紙にはその文書館が十七世紀の小さなモスクに付属しているとあった」

「この市にはモスクだらけだわ」

「そうだね」ぼくは急遽購入したガイドブックをぱらぱらめくった。「ここからはじめよう——スルタンの大モスク。メフメト二世や廷臣たちが詣でることもあったかもしれない——十五世紀末期に建てられている。メフメトの図書館が隣接することになると考えても無理はないんじゃないかな?」

ヘレンも試してみる価値はあると考えたので、ふたりは歩きだした。その途中、ぼくはまたガイドブックを拾い読みした。「へえ、イスタンブールというのは〝都市〟を意味するビザンティンの言葉なんだそうだ。ほら、オスマン帝国ですらコンスタンティノポリスを破壊することはできなかったわけだろ。たんに名前を付け替えただけだ——それも、ビザンティン風の名前にね。ここには、ビザンティン帝国は三三三年から一四五三年まで続いたとある。考えられる?——またずいぶん長い長い晩年を過ごしたもんだね」

ヘレンはうなずいた。そして「この地域はビザンティウム抜きには考えられないわ」と、まじめに言った。「ルーマニアでもいたるところに——あらゆる教会、フレスコ画、修道院、住民たちの顔にすら、その痕跡がかいま見えるわ。ここではオスマン帝国の——堆積物が——ぜんぶ表面を覆っているわけだから、ある意味では、ルーマニアのほうがビザンティウムに近いと見えるでしょうね」彼女は顔を曇らせた。「一四五三年のメフメト二世によるコンスタンティノポリス征服は、史上最大の悲劇といってもよかった。彼は大砲で城壁を破壊してから、軍隊を送りこみ、三日間略奪と殺戮のかぎりを尽くした。兵士たちは教会の祭壇の上で、聖ソフィアの中ですら、若い娘や少年たちを強姦した。連中は聖像をはじめ、あらゆる聖物を盗んでは溶かして金にし、聖遺物をちまたに投げ捨てては野犬のおもちゃにした。陥落するまえは、史上もっとも美しい都市だったというのに」彼女は腰のあたりでこぶしを固めた。

ぼくは黙りこんだ。遠い昔にどんな残虐行為が行なわれていようとも、その繊細で豊かな色づかいや優美な丸屋根やミナレットで、この都市はやはり美しかった。ヘレンにはどうしてその五百年前の惨劇がそんなに生々しく感じられるのか、その気持ちはだんだんわかってきたが、こんなことが現代生活にどんな関係があるというのだろう？　そこでふと思った。ひょっとしたら、こんなやっかいな女性とこんな魔法にかかったような場所へ、バスでニューヨークへ出かけているだけかもしれないイギリス人を捜しにはるばるやって来て、そのあげくに無駄足を踏むということだってある。ぼくは、そんな考えをのみこんで、かわりに彼女をすこしからかってやろうと思った。「どうしてそんなに歴史にくわしいの？　きみは人類学者だと思ったけど」

「人類学者よ」と、彼女は重々しく言った。「でも、その地域の歴史を知らなければ文化を研究することなんてできないわ」

「それなら、どうしてあっさり歴史学者にならなかったの？　それでも文化は研究できたはずじゃないかな」

「たぶんね」彼女は顔をこわばらせて、ぼくと目を合わせようとしなかった。「父がまだ手がけていない分野がよかったの」

黄金色の夕日を浴びながら、大モスクは観光客にも信者にもまだ門戸を開いていた。ぼくは入口の守衛にどうにか通じる程度のドイツ語で話しかけてみたが、そのオリーヴ色の肌をした巻き毛の少年は——ビザンティン時代の人間はどんな顔をしていたのだろう？——この中には図書館も、文書館も、とにかくその手のものはひとつもないし、近くにそんな施設があるという話も聞いたことがないと言った。なにか妙案はないかと、ぼくたちはきいた。

大学に当たってみたらどうかと、彼は考えこみながら言った。小さなモスクとなると、ここには何百となくあるから。

「今日はもう大学に行くには遅すぎるわ」と、ヘレンはぼくに言った。彼女はガイドブックを調べていた。「明日大学を訪ねて、メフメト二世時代からある文書館について問い合わせてみましょう。それがいちばん手っとり早い方法でしょうね。それより、コンスタンティノポリス時代の古い城壁を見にいかない？ ここからその城壁の一画まで歩いて行かれるらしいわ」

ヘレンは手袋をはめた手にガイドブックを持ち、小さな黒いハンドバッグを腕にかけて道を突き止め、ぼくはそのあとについていった。自転車が猛スピードでかたわらを走り抜け、オスマン風の衣と西洋風の服が混ざり合い、外国製の車と馬車がお互いによけ合ってジグザグに走っていた。どこを見ても、黒っぽいヴェストを着て小さなかぎ針編みの帽子をかぶった男たちに、色あざやかなプリント柄のブラウスにハーレムパンツ、頭にはスカーフを巻いた女たちが目に入った。彼女たちは買い物袋やかごを手にして、布地の束や、木箱に入ったニワトリ、パンや、花束を抱えていた。通りは活気に満ちあふれていた――それも、たぶん千六百年前からずっと変わりなく。ビザンティン帝国の皇帝たちはこうした通りを側近たちに運ばれ、左右を司祭にはさまれて宮殿から教会へと聖餐式を受けに行った。こうした皇帝たちは強大な支配者であり、芸術家や技術者や神学者の強力な後援者だった。それでも、なかにはたちの悪いやつもいた――本家本元のローマ帝国の伝統にのっとって、廷臣たちを切り刻んだり、家族の目を潰したりする傾向があった。そこはビザンティン帝国のお家芸、権謀術数がくり広げられた場所だった。要するに、吸血鬼がひとりやふたりいてもそれほどおかしくない場所だと言えるかもしれない。

ヘレンは一部崩れたところもある高い石の城壁の前で立ち止まっていた。その壁の下には店がごちゃごちゃ集まり、壁の横腹にはイチジクの木がしっかり根をおろしていた。銃眼胸壁の上に目をやれば、雲ひとつない空はしだいに色あせて、赤銅色になろうとしていた。「見て、コンスタンティノポリスの城壁がこんなに残っているわ」と、彼女はおだやかに言った。「無傷だったころはどんなに巨大だったかわかるでしょ。ガイドブックによれば、その当時は城壁の真下まで海だったらしいから、皇帝は宮殿から船で出かけられたわね。それから、ほらあそこ、あの城壁は競技場の一部だったところ」

ふたりでじっと眺めているうちに、ぼくはまたロッシのことを十分はたっぷり忘れていたことに気づいた。「何か食べにいこう」と、ぼくはだしぬけに言った。「もう七時過ぎだし、今夜は早めに休んだほうがいい。明日はなんとしても文書館を見つけるよ」ヘレンはうなずき、ぼくたちふたりは気の合った仲間のように連れ立って、来た道を引き返し、旧市街の中心部を通り抜けた。

　泊まっているペンションの近くでレストランを見つけた。内部は真鍮の壺や優美なタイルで飾られていて、アーチ型の窓際に置かれたテーブルに着けば、ガラスの入っていない素通しの窓越しに、外の通りを歩く人びとを眺めることができた。料理を待つあいだに、ぼくはそれまで見逃してきたこの東側世界の現象に、はじめて気がついた。急いで通り過ぎる人びとはみんな、実際に早足になっているわけではなく、どちらかというと、ふつうの速度で歩いているだけだった。ここでは、急いでいるように見える歩き方でも、ニューヨークやワシントンなら、歩道をのんびり散歩している程度の速度だった。この感想をヘレンに言ってみると、彼女は皮肉っぽく笑った。「大して金もうけはできないとなったら、ばたばた走りまわったりする人なんていないわ」と、彼女は言った。

　ウエイターがパンのかたまりと、なめらかなヨーグルトにキュウリの薄切りをちりばめた料理、花瓶のようなグラスに入った香り高い紅茶を運んできた。一日動きまわって疲れていたので、ぼくたちの食欲は旺盛だった。ちょうど鶏肉の串焼きにとりかかったところで、白い口ひげをたくわえ白いふさふさの髪をなびかせ、こざっぱりしたグレイのスーツを着た男がレストランに入ってきて、ちらりと店内を見まわした。彼はぼくたちの近くのテーブルに陣取り、手元に本を一冊置いた。静かなトルコ語で料理を注文すると、ぼくたちが食事を楽しんでいるのを見てとったらしく、人なつこい笑みを浮かべてこちらに身を乗り出した。「わが国の料理がお気に召したようですな」と、彼はなまりはあるがすばらしい英語で話しかけた。

「もちろんです」と、ぼくは驚きながら答えた。「絶品ですよ」

「おそらく」と、彼は話を続けながら、ハンサムでおだやかな顔をぼくのほうに向けた。「イギリスの方じゃありませんね。アメリカ人ですか？」

「ええ」と、ぼくは言った。ヘレンは黙って串焼きを切り分け、相手を警戒してじろじろ見ていた。

「ほう、そうですか。これはこれは。この美しい街を観光しにみえた？」

「ええ、そのとおりです」と、ぼくは同意した。ヘレンがせめて好意的な目つきをしてくれたらいいのにと思いながら。敵意を見せると相手に不審がられることがある。

「イスタンブールへようこそ」と、彼はとても感じのよい笑みを浮かべて言うと、ビーカーのようなグラスを掲げて乾杯した。ぼくが返礼すると、彼は顔を輝かせた。「ぶしつけにこんなことをきいて申し訳ないですが、この街のどんなところがいちばん気に入りました？」

「そうですね、簡単には選べませんが」ぼくは彼の顔が気に入った。本音で答えないわけにはいかなかった。「ひとつの都市の中で東西がうまく混ざり合っているところにいちばん感動しました」

「ご明察ですな」と、彼はまじめに言うと、大きな白いナプキンで口ひげのあたりを押さえた。

「その融合がわれわれの財産であり、災いの種でもあります。イスタンブールの研究に生涯を捧げている同僚がいますが、ずっとここに住んでいても、すべてを調べ尽くす時間は絶対にないだろうと言っていますからね。驚くべきところです」

「あなたのご職業は？」と、ぼくは好奇心に駆られてきいたが、ヘレンの沈黙の深さから、彼女はいまにもテーブルの下でぼくの足を踏もうとしていると感じた。

「イスタンブール大学の教授です」と、彼はさっきとおなじ威厳のある口調で言った。

「えっ、なんてラッキーなんだ！」と、ぼくは叫んだ。「ぼくたちは――」その瞬間ヘレンがぼくの足を踏んだ。その時代の女性たちの例にもれず、彼女もパンプスを履いていたし、そのヒールの先はかなり尖っていた。「お目にかかれてとても光栄です」と、ぼくは言葉を継いだ。「ご専門は？」

「シェイクスピアです」と、この新しい友人は言うと、自分のサラダを慎重に取り分けて食べた。

「博士課程コースの大学院生に英文学を教えています。じつに優秀な学生たちですよ、いや本当に」

「すばらしいですね」と、ぼくはどうにか言った。「ぼくも大学院生ですが、アメリカの大学で歴史を専攻しています」

「りっぱな研究分野だ」と、彼はまじめくさって言った。「イスタンブールにはあなたの興味を引くものがたくさんあるでしょう。なんという大学ですか？」

ぼくは大学名を教えたが、ヘレンは険しい顔つきで料理を切り刻んでいた。

「優秀な大学ですな。話に聞いたことがありますよ」と、教授は述べた。自分のグラスに口をつけてちびちび紅茶を飲むと、手元の本を軽く叩いた。「どうでしょう」と、彼はようやく口を開いた。

「イスタンブール滞在中に、うちの大学へ遊びにきませんか？　由緒ある施設でもありますし、あなたもすてきな奥様も、喜んでご案内しますよ」

ヘレンがかすかに鼻を鳴らすのに気づいて、ぼくはあわてて訂正した。「ぼくの妹――妹です」

「おや、これは失礼」と、シェイクスピア研究者はテーブル越しにヘレンに頭を下げた。「トルグット・ボラ博士と申します、どうかよろしく」ぼくたちも自己紹介をした――いや、ぼくがふたりまとめて紹介した。ヘレンはかたくなに黙りこくっていたからだ。ぼくが本名を名乗るのをいやがっているのがわかったので、すかさず彼女のことをスミスだと紹介した。その気の利かない偽名を聞いて、彼女のしかめ面はさらにひどくなった。ひとわたり握手がすむと、こちらでいっしょに食事をしないかと、教授をテーブルに招かざるを得なくなった。

彼は礼儀正しく断ったが、それもほんの一瞬のことで、すぐにサラダと紅茶のグラスを持ってこちらに合流し、即座にそのグラスを高々と掲げた。「おふたりの前途を祝して、われらが麗しの街へようこそ」と、彼は歌うような調子で言った。「乾杯！」いまだに無言だったが、ヘレンですらかすかに笑みを浮かべた。

「慎みのないまねをして、どうかご勘弁を」トルグットは彼女の警戒心を察知したかのように、すまなそうにヘレンに話しかけた。「ネイティヴ・スピーカー相手に英語の練習をする機会なんてめったにないもんですから」

彼はまだヘレンが英語を母国語としていないことには気づいてなかった——もっとも、この分では絶対に気づかないかもしれない。ヘレンはひとことも口を利かないかもしれないからだ。

「どうしてシェイクスピアを専攻することにしたんですか？」一同がまた食事をとりはじめると、ぼくはそうきいた。

「ああ、それはですね」と、トルグットは静かに言った。「不思議な話なんです。私の母はとても変わった女性で——才気あふれた人で——すれた技師であるのはもちろん、大の語学好きでもあって」——〝すぐれた〟と言いたいのだろうか？——「ローマ大学で学んだのですが、そこで私の父と出会ったんです。父は愉快な男で、イタリア・ルネッサンスを研究してましてね、とりわけ目がなかったのが――」

まさに佳境に入ったところで、いきなり若い女が外の通りからアーチ型の窓の中をのぞきこみ、話の腰を折った。写真でしか見たことはなかったが、ジプシーだと思った。浅黒い肌をして顔だちはきつく、ぼろぼろになった色あざやかな服を着ており、黒髪はでたらめに刈りこまれ突き刺すような黒い瞳がのぞいていた。十五歳であっても四十歳であってもおかしくはない。その肉の薄い顔から年齢を読みとるのは無理だった。彼女は腕に赤や黄色の花束を抱えており、どうやらそれを買ってもらいたいようだった。ぼくに向かってテーブル越しに花束を突き出すと、かん高い声で意味不明な文言を唱えはじめた。ヘレンはげんなりした顔をしたし、トルグットはむっとしたが、女はしつこかった。

トルコの花束をからかい半分でヘレンにプレゼントしようかと、ぼくが財布を取り出しかけたところで、女は突然くるりと向きを変え、ヘレンを指さしてなじった。トルグットはぎょっとし、いつもなら物怖じしないヘレンもたじろいだ。

これでトルグットははっとわれに返ったらしかった。彼は半分腰を浮かすと、憤然として顔をしかめ、その女をこっぴどく叱りはじめた。その口調やしぐさの意味は手に取るようにわかった。彼は女にこの場を立ち去れとはっきり要求していた。女は一同を燃えるような目でにらみつけると、登場したときとおなじく唐突に退場し、ほかの通行人のなかに姿を消した。

トルグットはまた腰を下ろし、目を見開いてヘレンを見たが、すぐに上着のポケットの中をあさって、小さな物体を引っぱり出し、彼女の皿のかたわらに置いた。それは長さ一インチぐらいの平べったい青い石で、白ともっと薄い青の石が中にはめこまれて、粗雑な目のように見えた。ヘレンはそれを見るなり顔色を変え、思わずという感じで手を伸ばし、人さし指で触れた。

「いったいどうなっているんです?」文化的に蚊帳の外に置かれたことで、ぼくはいらだちを覚えずにはいられなかった。

「あの人はなんて言ってたんですか?」ヘレンがはじめてトルグットに話しかけた。「トルコ語をしゃべっていたんですか、それとも、ジプシーの言葉ですか? 何を言っているのか私にはわからなかったけれど」

ぼくたちの新しい友人はためらった。あの女の言葉をくり返したくないかのようだった。「トルコ語です」と、彼はつぶやいた。「あなたにお伝えすべきではないかもしれません。あの人はとても無礼なことを言いました。それに、奇妙なことも」彼はヘレンをしげしげと眺めていたが、その温厚なまなざしにはかすかな恐怖のようなものもにじんでいる気がした。「彼女はとても通訳する気になれないような言葉を使っていました」と、彼はのろのろ説明した。「それから、こう言ったのです。〝ここから出て行け、ルーマニアの狼たちの娘よ。おまえとその友はわが街に吸血鬼という災いをもたらすであろう〟と」

ヘレンは唇まで真っ青になり、ぼくはその手をとりたいという衝動と闘った。「偶然の一致だよ」と、ぼくは彼女になだめるように言ったが、そのとたんににらまれた。この教授の前でいささか口が過ぎていた。

トルグットはぼくとヘレンを、交互に見た。「親切な友人方、これは本当に妙な話ですな」と、彼は言った。「われわれはもっと率直に、突っこんだ話をすべきじゃありませんか」

◆　◆　◆　◆

父の物語に没頭していたというのに、私は列車の座席に座ったままうとうとしかけていた。昨夜はじめてこの手紙をすべて読むのに遅くまで起きていたので、すっかり疲れきっていた。日当たりのよいコンパートメントにいると、現実感のなさが身にしみてきて、私は窓の外に目をやり、滑るように通り過ぎる整然としたオランダの農地を眺めた。町に発着するたびに、曇り空の下でまた緑に染まるひと並びの小さな菜園や、忙しさにかまけてほとんど手入れをしていない多くの人びとの裏庭や、線路に面した家の裏側を、列車はまたたくまに通り過ぎた。畑はみごとなまでに青々としていた。オランダでは、緑は早春にはじまり、大気や大地の湿りけや、いたるところできらめく水を糧として、また雪が降りだすころまでずっと続く。列車はすでに運河や橋が並ぶ広大な地域をあとにし、きちんと線引きされた牧草地で草を食む牛たちに囲まれていた。風格のある老夫婦が自転車に乗ってすぐ隣の道路を走っていたかと思うと、次の瞬間にはさらに増えた牧草地にのみこまれて見えなくなった。まもなくベルギーに入るはずだが、経験上、ちょっぴりうたた寝でもしようものなら、まるごと見落としかねない地域であることは確かだった。

私はひざの上の手紙をしっかりつかんだが、またまぶたが重くなっていた。向かいの席の感じのよい女性は雑誌を手にしたまま、すでに居眠りしていた。ほんの一瞬目を閉じると、コンパートメントのドアが突然開いた。腹立たしそうな声が飛びこんできて、ひょろ長い人影が私の白昼夢に割りこんだ。「まったく、いい度胸してるよ！　そんなことだと思った。こっちは一号車ずつずっときみを捜してたっていうのに」額の汗をぬぐいながら、私を叱りつけているのはバーレイだった。

26章

バーレイは怒っていた。それも無理はなかったが、私にとってはじつにまずい展開で、こちらもちょっと頭にきていた。最初のうずくようないらだちのあとにひそかに安心感がこみ上げてきたせいで、私の怒りはなおさら募った。バーレイの顔を見てはじめて気づいたのだ。こんなにも痛切に孤独を覚えていたことに。この列車に乗って、未知の世界へ、おそらくは、父を見つけることができないというさらに大きな孤独か、父を永遠に失う途方もない孤独へと向かいながら、ひしひしと感じていたさびしさに。バーレイはほんの数日前には縁もゆかりもない他人だったというのに、いまやそれはまるで昔なじみの顔だった。

それでも、彼はまだ苦りきった顔をしていた。「いったいぜんたいどこへ行くつもりなんだよ？　たっぷり走らせてくれたね――だいたい、何をたくらんでるんだい？」

私はとりあえず最後の質問をはぐらかした。「心配をかけるつもりはなかったのよ、バーレイ。もうとっくにフェリーに乗っていて、何も知らないですむと思っていたの」

「なるほど、で、急いで戻ってジェイムズ学寮長に、きみを無事アムステルダムに送り届けたと報告したら、きみが姿をくらましたことを知らされるわけだ。そうなったら、ぼくは学寮長にさぞかし気に入られただろうね」彼は私の隣にどさりと腰を下ろし、腕組みをして長い足を組んだ。小型のスーツケースを持っていて、麦わら色の前髪は逆立っていた。「いったいどうしちゃったんだい？」

「あなたこそ、どうして私を見張っていたの？」と、私は反撃した。

「今朝、フェリーは修理のため出発が遅れたんだよ」バーレイは思わず頬をゆるめてしまったようだった。「ぼくは腹ぺこだったから、通りをふたつ三つ戻ってパンと紅茶を買いにいったんだ。そしたら、その通りの先で、きみがこっそり反対方向へ歩いていくのを見かけたような気がしたんだけど、確信はもてなかった。まあ、気のせいかもしれないなと思って、そのまま朝食を買ったんだよ。でも、そこで気が咎めた。あれが本当にきみだったら、ぼくはじつに困ったことになるからね。だから、あわててこっちへ来て駅が目に入ったと思ったら、きみはこの列車に乗りこんだ。心臓麻痺を起こすかと思ったよ」彼はまたぎろりと私をにらんだ。「今朝はずいぶん手を焼かせてくれたよね。ぼくは駆けずりまわって切符を買って――しかも、あやうくギルダーが足りないところだったし――列車じゅうを隅から隅まで捜しまわるはめになった。おまけに、もうすぐには降りられないところまで来てしまったじゃないか」そのきらきら光る細い目は窓のほうへそれると、私のひざの上の封筒の束に向けられた。「どうして学校へ行かないでパリ行きの急行に乗っているのか、説明していただけませんかね？」

私に何ができるだろう。「ごめんなさい、バーレイ」と、私は下手に出た。「一瞬でもこんなことに巻きこむつもりはなかったの。あなたはとっくの昔に帰りのフェリーに乗っていて、ジェイムズ学寮長のもとへは心安らかに戻っていけると本気で思っていたわ。あなたに迷惑をかける気なんてなかったんだから」

「へえ?」どう見ても、彼はもっとくわしい説明を待っていた。「だから、きみは歴史の授業をサボってちょっとパリへ行きたくなったっていうわけ?」

「というかね」私は時間稼ぎにこう切りだした。「父から電報が来て、元気にしているし、二、三日そこでいっしょに過ごすようにと言ってきたの」

バーレイはしばらく黙った。「悪いけど、そんな説明じゃ納得するわけにはいかないね。きみが電報を受け取ったとしたら、それはたぶん昨夜配達されたはずで、ぼくもその件を知っていなければおかしい。それに、きみのお父さんが〝元気〟じゃない可能性があるわけ? たんに出張でいないだけだと思ってたけど。いま読んでいるのはいったい何?」

「話せば長い話だし」と、私はのろのろ言った。「あなたはもう私のことを変わっていると思っている——」

「きみはものすごく変わっているよ」と、バーレイは不機嫌そうに口をはさんだ「でも、何をたくらんでるのかさっさと白状したほうがいいな。ブリュッセルで下車して次の列車でアムステルダムへ帰るとなると、ぎりぎりの時間しかないからね」

「やめて!」そんなふうに大声を上げるつもりじゃなかったのに。向かいの席の女性が安らかな眠りを妨げられてもぞもぞからだを動かしたので、私は声を落とした。「どうしてもパリへ行く必要があるの。ひとりでだいじょうぶよ。なんだったら、あなたはそこで降りて、今日じゅうにロンドンへ帰ることもできるわ」

「〝あなたはそこで降りて〟だって？　きみはそこで降りる気はないということ？　この列車がほかにどこへ行くっていうんだ？」

「いいえ、これはパリ行きよ――」

彼はさっきから腕組みをして、また説明を待っていた。バーレイは父より始末が悪かった。ひょっとしたら、ロッシ教授よりたちが悪かったかもしれない。バーレイが教壇に立って、腕組みしながらあわれな学生たちを見まわし、鋭い口調でこう言うところがちらりと目に浮かんだ。〝では、ミルトンはどうして最終的にサタンの失墜についてこの恐るべき結論にいたったのか？　それとも、誰もテキストを読んでいないのかな？〟と。

私はごくりと唾を飲んだ。「話せば長い話なの」と、私はさらに謙虚になってまたくり返した。

「時間はあるよ」と、バーレイは言った。

◆　◆　◆　◆

ヘレンとトルグットとぼくは互いにその小さなレストランの席の周囲を見まわした。三人のあいだに親近感が生まれるのを感じた。たぶんすこしでも時間を稼ぐためだろう、ヘレンはトルグットがさっき彼女の手元に置いた青い丸石を手に取った。「これは昔からある意味をもつものなの」と、彼女は言った。「〝邪悪な目〟から身を守るお守りなのよ」ぼくはその石を手に取り、ずっしりした重みとすべすべした手触り、ヘレンの手の温もりを感じとると、また下に置いた。

だが、トルグットは気をそらされなかった。「マダム、あなたはルーマニアの方なんですね?」彼女は黙っていた。「もしそうなら、ここでは気をつけたほうがいい」彼はすこし声を落とした。「警察に目をつけられるかもしれません。わが国はルーマニアと良好な関係にあるとは言えませんから」

「そうですね」と、彼女はひややかに言った。

「それにしても、どうしてあの女にわかったんでしょうな」トルグットは顔をしかめた。「あなたが話しかけたわけでもなかったのに」

「さあ、どうしてかしら」ヘレンはお手上げだと言わんばかりに肩をすくめた。

トルグットは頭を振った。「ジプシーには特別な眼力があると言う人もいます。私はそんな話を信じたことなどありませんが――」彼はいきなり話をやめると、ナプキンで口ひげのあたりを押さえた。「あそこで吸血鬼の話をしたのがどうも腑に落ちませんね」

「そうかしら?」と、ヘレンが言い返した。「気のふれた人だったにちがいないわ」

「ええ、まあ、そうでしょうけど」トルグットは黙りこんだ。「それでも、私にはえらく妙に聞えるんです。彼女の口ぶりがね。なにしろ、あれは私のもうひとつの専門分野ですから」

「ジプシーがですか?」と、ぼくはきいた。

「いいえ、あなた――吸血鬼ですよ」ヘレンとぼくはあ然としてトルグットを見つめた。互いに目を見交わさないように気をつけていた。「シェイクスピアは私のライフワークですが、吸血鬼伝説のほうは趣味です。ここには昔から吸血鬼の言い伝えがありますからな」

「それは――その――トルコの伝説なんですか？」と、ぼくは仰天してきいた。

「いやいや、吸血鬼伝説は、少なくともエジプト時代から続いています。でも、イスタンブールでは――そもそも、ビザンティン皇帝のなかの残忍きわまりない連中は吸血鬼だったという話がありますし、なかにはキリスト教の聖体拝領を人間の生き血をすることへの誘惑だと解釈した者もいたそうです。でも、私は信じてはいませんよ。それはあとづけの話だと思っています」

「それじゃ――」あまり強い関心は見せたくなかった。トルグットが悪魔と手を組んでいる確信があったからではなく、またテーブルの下でヘレンに足を踏まれるのではないかと不安だったからだ。だが、ヘレンもただじっとトルグットを見つめていた。「ドラキュラの伝説はどうです？ 聞いたことがありますか？」

「聞いたことがあるかですって？」トルグットは鼻を鳴らした。黒い瞳を輝かせ、彼はナプキンをぎゅっとねじった。「ドラキュラが実在の人物、歴史上の人物だということはご存じですよね？ もっといえば、マダム、あなたの同胞です――」彼はヘレンに一礼した。「彼は十五世紀のカルパティア山脈西部の領主――ボイボード――でした。賞賛に値する人物ではありませんでしたが」

ヘレンとぼくはうなずいていた――ぼくは、うなずかずにはいられなかった。ヘレンはもはや自制できないほどトルグットの話に引きこまれているようだった。話に聞き入りながら、すこし身を乗り出していて、彼とおなじ漆黒の瞳をきらきら輝かせていた。ふだんは青白い肌に赤みがさしていた。ぼくはそんな興奮のなかにいても、彼女のきつめの顔だちが美しさに満ちて、内側から輝いていることに気づいた。ぼくは、それから何度もそういう瞬間に遭遇した。

「さて——」トルグットは話に熱が入ってきたようだった。「退屈な話でおふたりをうんざりさせるつもりはないのですが、ドラキュラはイスタンブール史上きわめて重要な人物であるというのが私の持論なんですよ。よく知られた話ですが、少年のころ、彼はガリポリで、続いてさらに東のアナトリアで、オスマン帝国の捕虜となっていました——ドラキュラの父親が、メフメト二世の父親ムラト二世に、一四四二年から四八年まで六年ものあいだ、条約を保証する人質として差し出していたんです。ドラキュラの父親も紳士じゃなかったってことですな」トルグットはくすくす笑った。「ドラキュラ少年を見張っていたトルコ兵たちは拷問の達人で、彼はそばで観察しているうちに余計なことまでたっぷり身につけたにちがいありません。ですが、諸君《マイ・グッド・サーズ》」——彼はぼくたちを大学の同僚扱いして、ヘレンの性別を一瞬失念したらしかった——「私の個人的な見解ですが、ドラキュラもトルコ兵たちにその痕跡を残していったのだと思っています」

「どういう意味です?」ぼくは息が止まりそうだった。

「そのころから、イスタンブールには吸血鬼がいた痕跡があるんです。私の意見では——これは未発表の説ですし、残念ながら、証明もできないんですが——彼の最初の犠牲者はトルコ人、おそらくは親しくなった見張りたちだったと思います。ドラキュラはわが帝国に穢れたものを残していき、やがてそれが征服者とともにコンスタンティノポリスへ持ちこまれたにちがいありません」

ぼくとヘレンは言葉を失って彼を見つめた。ふと思った。伝説によれば、吸血鬼になるのは死者だけだという話だった。それなら、ヴラド・ドラキュラは実際には小アジアで殺されていて、少年のころに死なざる者となったということなのか、それとも、たんに若くして不浄なる神への献酒、人間の血の味を覚え、その嗜好をほかの者にも植えつけたということか？　そんなことを尋ねられるほどトルグットと親しくなったときのために、その疑問は心のなかにしまっておいた。「これが私の一風変わった趣味なんです」トルグットはいつのまにかまたにこやかにほほえんでいた。「いやはや、調子に乗って一席ぶってしまって失礼しました。私の妻はよく耐えられないってこぼしてますよ」彼は控えめだが礼儀正しいしぐさでグラスを掲げてから、また紅茶をすすった。「でも、ひとつだけ神かけて立証できることがあります！　スルタンたちが彼を吸血鬼として恐れていたという証拠があるんです！」彼は天井を指さした。

「証拠ですって？」と、ぼくはおうむ返しに言った。

「そうです！　何年かまえに発見したんですよ。そのスルタンはヴラド・ドラキュラにあまりにも大きな関心をもっていたので、ドラキュラがワラキアで死んだあと、彼の資料や所有物を集めました。ドラキュラは自国ワラキアでトルコ兵をおおぜい殺していましたから、わが国のスルタンはもちろん彼を憎んでいましたが、この文書館を設立したのはそのせいではありません。ちがいますとも！　スルタンは一四七八年にワラキアの総督《パシャ》に手紙まで書いて、ヴラド・ドラキュラに関する文書はないかと問い合わせています。なぜか？　それは——スルタンに言わせれば——ドラキュラが死後にこの都市に広めた邪悪と戦うための図書館を造ろうとしているからでした。おわかりでしょう——ドラキュラがよみがえることを信じていなかったとしたら、スルタンがドラキュラの死後も彼を恐れる必要がどこにあります？　私はパシャがスルタンへ返信した手紙の写しを発見したんです」彼はテーブルをこぶしでドンと叩くと、こちらにほほえみかけた。「スルタンが邪悪と戦うためにこしらえたその図書館だって見つけましたよ」

ヘレンとぼくは身じろぎひとつしなかった。この偶然の一致はあまりにも妙だった。やっとのことで、ぼくは思いきってきいてみた。「教授、ひょっとしてその資料を集めたスルタンはメフメト二世じゃありませんか？」

今度はトルグットがぼくたちを見つめる番だった。「あなたは本当に優秀な歴史学者《ヒストリアン》ですな。この時期のトルコ史に興味がおありなんですね？」

「ええっと——まさにそのとおりです」と、ぼくは言った。「それで、ぼくたちは——ぼくはあなたが発見した文書館をぜひ見学してみたいんですが」

「もちろん」と、彼は言った。「喜んで。おふたりをご案内しますよ。見学したがる人がいると知ったら、うちの妻は目をまわすでしょうね」彼はくすくす笑った。「でも、残念ながら、その文書館がかつて入っていた美しい建物は、道路省のオフィスを建てるためにとり壊されてしまいましてね——やれやれ、八年前のことです。ブルー・モスクに隣接した、小さいけれどすばらしい建物でした。もったいない話です」

顔から血の気が引いていくのがわかった。だからこそ、ロッシが通った文書館の場所を突き止めるのにあんなに苦労するはめになったのだ。「でも、文献は——」

「心配はいりませんよ。この私が国立図書館の一部に組みこまれるようにちゃんと手配しましたから。私ほど惚れこむ人はいないにしても、きちんと保存されるべき資料です」その顔に暗い影がよぎった。「世界じゅうどこでも事情はおなじでしょうが、この街にはいまだに退治すべき邪悪が巣くっているのです」彼はぼくたちの顔を見比べた。「骨董品がお好きなら、明日喜んでそこにお連れしますよ。当然のことながら、今夜はもう閉館していますからね。旧知の図書館員がいますから、資料もじっくり調べられるでしょう」

「ありがとうございます」ヘレンを見る勇気はなかった。「それにしても、どうして――どうしてこんな変わったテーマに興味をもったんですか?」

「ああ、話せば長い話でしてね」と、トルグットはまじめに応じた。「おふたりをそんなに退屈させるわけにはいきませんから」

「退屈なんてしていませんよ」と、ぼくは食い下がった。

「親切な方がただ」彼はしばらく黙ったまま、親指と人さし指でフォークを磨いていた。この小さな建物の外では、クラクションを鳴らす車が自転車をかわして混雑した通りを走り抜け、歩行者たちは舞台を横切る登場人物のように行き交っていた――花柄のスカートにスカーフをして、金のイヤリングをぶら下げているか、黒いワンピース姿で赤みがかった髪をした女たち、西洋風のスーツを着て白いワイシャツにネクタイを締めた男たち。おだやかな潮の香がぼくたちのテーブルまでかすかに漂ってきて、ぼくはユーラシアじゅうの船が、帝国の中心地へ――最初はキリスト教、次はイスラム教の帝都となったところへ――各地の豊かな恵みを運んできて、まさに海そのものへと落ちこむ城壁に囲まれた都市に入港する光景を思い浮かべた。その暴力まみれの野蛮な風習を考えれば、ヴラド・ドラキュラの森深き要塞は、このいにしえの国際都市とはたしかにかけ離れていたような気がした。彼がトルコ人を忌み嫌ったのも、トルコ人が彼を忌み嫌ったのも不思議ではない。しかも、その金や真鍮や絹を使った工芸品、バザールや本屋やおびただしい数の礼拝所からして、イスタンブールのトルコ人は、辺境の地から戦いを挑んだヴラドより、征服したキリスト教徒のビザンティン人とのほうがよっぽど共通点があったにちがいない。この文化の中心から見れば、ヴラドは未開の森のならず者、粗野な人食い鬼、中世の無学な田舎者《レッド・ネック》のように見えた。アメリカにいたときに百科辞典で見た彼の肖像画のことを思い出した――宮廷風の衣装をまとった、口ひげを生やした上品な顔の木版画。矛盾をはらんだ絵だった。

ぼくがこの肖像に思いをめぐらしていると、トルグットがまた口を開いた。「どうでしょう、どうしてこのドラキュラというテーマに興味をもっているのか教えていただけませんか？」彼は紳士的な――けげんそうな？――笑みを浮かべて、形勢を一気に逆転させた。

ぼくはちらりとヘレンを見た。「そうですね、ぼくは博士論文の時代考証で十五世紀のヨーロッパを研究してるんです」と、ぼくは言ったが、とたんに率直さを欠いた罰が当たり、この嘘はすでに真実になっているかもしれないと感じた。いつまた論文にとりかかれるかは神のみぞ知るだし、話題が広がるのだけは願い下げだと思った。「あなたはどうなんです？」と、ぼくはまたせっついた。「どうしてまたシェイクスピアから吸血鬼へいきなり飛躍したんですか？」

トルグットはほほえんだ――悲しげな笑みのように思えて、素直に胸襟を開く彼の態度に、なおさら打ちのめされた。「いやじつは、とても不思議なことがありましてね、大昔の話ですが。その、私はシェイクスピアに関する二冊目の本を書いていたんですよ――シェイクスピア悲劇について。

毎日大学の英語資料室にある小さな――英語ではなんと言うんでしたっけ?――ニッチで、壁のくぼみで仕事に励んでいました。するとある日、それまで見たこともない本を見つけたんです」彼はまたあの悲しげな笑みをぼくに向けた。ぼくの血は全身くまなく冷たくなっていた。「この本はほかに類を見ないものでしてね、中身は空白で、非常に古く、真ん中に竜の絵と単語がひとつ――〝ドラクリア(DRAKULYA)〟と。それまでドラキュラの話なんて聞いたこともなかったんです。でも、その絵はとても不思議で強い力がありました。そこで、この正体を突き止める必要があると思ったんです。だから、私はこの件に関するあらゆることを完璧に知ろうとしました」

ヘレンも向かい側の席で凍りついていたが、いまはかすかに身じろぎした。「あらゆることですって?」と、彼女はそっとくり返した。

◆　◆　◆　◆

列車はもうすぐブリュッセルに到着しようとしていた。バーレイに、できるかぎり簡単明瞭に、父が語った大学院時代の体験を話すのに、長い時間が――ほんの数分のような気がしたが――かかっていた。バーレイは車窓に目をやり、小さなベルギーの住宅や庭をじっと見つめた。その風景は雲の幕に覆われて悲しげに見えた。ブリュッセルに近づくにつれて、ときおりもれる一条の光が教会の尖塔か古い工場の煙突を照らし出すのが見えた。オランダ人の女性は軽くいびきをかいており、雑誌は足元の床に落ちていた。

父の最近の落ち着きのなさ、不健康な青白さや奇妙なふるまいについて、くわしく説明しようとしたところで、バーレイはいきなり私の顔を見た。「ものすごく変わった話だ」と、彼は言った。「こんな夢物語をどうして信じなきゃいけないのかわからないけど、ぼくは信じるよ。意地でも信じたい」こんな真剣な顔つきは見たことがないと思った——知っているのはおどけた顔か、つかのまとはいえ、むっとした顔だけだった。空のかけらのように青い目がさらに細くなった。「おかしなことに、この話には思い当たるふしがあるんだ」

「どんなこと?」バーレイがどうやら私の話を信じてくれたのを見て、私は安堵のあまり気が遠くなりそうだった。

「うーん、それが変なんだよ。はっきり思い出せない。なんだかジェイムズ学寮長絡みのことだった。でも、なんだったかな?」

27章

バーレイは列車のコンパートメントの中で、長い指をした手でほおづえをつきながら、ジェイムズ学寮長絡みのことをむなしく思い出そうとしていた。とうとうあきらめて私の顔を見たが、そのほっそりした薔薇色の顔が真剣になったときの美しさに、私は心打たれた。あのびっくりするような悪はしゃぎがなかったら、それは天使か、ノーサンブリアの修道士の顔だと言ってもよかった。私はこの類似にぼんやり気づいた。その霞が晴れるのはもっとあとになってからの話だ。

「さてと」と、彼はついに口を開いた。「思うに、可能性はふたつある。きみが間抜けなら、ぼくはそばにぴったりくっついて家まで無事送り届けなきゃならないし、間抜けでなかったら、きみは大変なことに首を突っこみそうだから、どっちにしろぼくはそばにくっついていなきゃならない。明日は講義に出ないといけないんだけど、そっちのほうはなんとか手を打つよ」彼はため息をついて、ちらりと私を見ると、また座席の背にもたれかかった。「パリはきみの最終目的地じゃないんだろうな。そのあとどこへ行くつもりなのか、教えてもらえない?」

そのイスタンブールの居心地のよいレストランのテーブルで、ボラ教授がふたりの横っ面をひっぱたいていたとしても、彼が語った〝一風変わった趣味〟の話ほど衝撃的ではなかったはずだ。それでも、それはためになる一撃にはちがいなく、ふたりともいまははっきり目が冴えていた。ぼくは時差ボケがなくなり、ついでに、ドラキュラの墓に関するくわしい情報など見つかるはずがないという絶望感も吹き飛んでいた。ぼくたちが選んだ場所はまちがってはいなかった。ひょっとしたら――ここで、ぼくの心臓は飛び出しそうになったが、たんなる期待でそうなったわけではなかった――ひょっとしたら、ドラキュラの墓はこのトルコにあるかもしれない。

◆ ◆ ◆ ◆

いまのいままで気がつかなかったが、筋は通っているかもしれないと思った。なにしろ、ロッシはここでドラキュラの手下のひとりにきびしく警告されていた。死なざる者たちは、文書館だけではなく墓も守っていたのでは？　トルグットがさっき口にした吸血鬼の存在感の強さは、ドラキュラがまだこの街に居座っている名残なのでは？　ぼくは串刺し公ヴラドの経歴や伝説に関する知識をおさらいしてみた。若いころに彼がオスマン帝国で囚われの身となっていたとすれば、拷問の早期教育を受けた場所に死後に舞い戻ってきたのではないか？　よく人が老後は郷里に帰るように、トルコに郷愁めいたものを感じていたかもしれない。それに、ブラム・ストーカーの小説が吸血鬼の生態記録という点で信頼がおけるとすれば、この悪魔はたしかに好きなところを墓にして、あちこちへ出かけることが可能で、小説のなかでは、棺に入ってイギリスへ旅行していた。どうにかしてイスタンブールへやって来てもおかしくないのでは？　人間として死んだあと、夜陰に乗じて自分に死をもたらした帝国の奥深く入りこんだのでは？　ともかく、オスマン帝国に対する復讐にはふさわしかったはずだった。

だが、トルグットにはまだそんな質問をするわけにはいかなかった。この男とは出会ったばかりだったし、信用していいかどうかまだ決めかねていた。誠実そうだったが、ぼくたちの席にふらりと現れてそんな〝趣味〟の話をするなんて、黙って受け入れるにはできすぎているといってもよかった。いま、トルグットはヘレンに話しかけており、彼女もようやく口を利いていた。「いいえ、マダム、ドラキュラの経歴の〝あらゆることを〟把握しているわけじゃないんですよ。じつのところ、私の知識はお粗末もいいところです。でも、彼はこの街に多大な悪影響を及ぼしたのではないかとにらんでいますし、だからこそ調査を続けているのです。そもそも、おふたりはどうなんです？」彼はヘレンからぼくへと鋭いまなざしを向けた。「おふたりも私の研究テーマにすこしばかり興味がおありなようだ。あなたの論文のテーマは何ですか？」

「十七世紀のオランダ重商主義です」ぼくの答えは説得力に欠けていた。いずれにせよ、ぼく自身にはなんとも説得力がなく響いたし、実際、昔から刺激に乏しい研究生活だったのではないかと思いはじめてもいた。なんといっても、オランダ商人は人に襲いかかったり不滅の魂を盗んだりしながら何世紀もうろついたわけではなかった。

「ほう」トルグットは戸惑った顔をしたように見えた。「まあ、その」と、彼はやっと言った。「イスタンブールの歴史にも興味がおありなら、明日の朝、いっしょにメフメト二世のコレクションを見にいきませんか？　彼は昔の名君でしてね――私のお気に入りの資料に加えて、興味深いしろものをいろいろ収集していますよ。さて、妻が待っていますから、もう帰らないといけません。こんなに遅いと、いらいらしているはずですから」彼はにっこりした。彼女の機嫌を予想するのは何より楽しいとでも言うようだった。「きっと明日はおふたりに食事をごいっしょしてもらいたいと言うでしょうね。私もそうしていただけるとうれしいですが」ぼくは一瞬考えこんだ。トルコ人の妻はあの名高いハーレムの伝統にならって、いまだに従順なのにちがいない。それとも、トルグットは妻も自分のように手厚く客をもてなすと言いたかっただけなのだろうか？　ヘレンが鼻を鳴らすのを待ったが、彼女はおとなしくこちらを見つめていた。「それではこれで――」トルグットは立ち上がって出ていこうとした。どこからともなく――ぼくにはそう思えた――小銭を取り出すと、自分の皿の下にそっと滑りこませた。それから、最後にもう一度だけぼくたちにグラスを掲げ、紅茶の残りを飲み干した。「明日またお目にかかりましょう」

「待ち合わせ場所はどこにします？」と、ぼくはきいた。

「ああ、私がここにお迎えにきますよ。そうですね、この店に朝十時でどうでしょう？　けっこう。楽しい一夜をお過ごしください」トルグットは一礼して立ち去った。しばらくしてようやく気づいたが、彼はろくに食事をしていなかっただけではなく、ぼくたちの分まで払っていたうえに、〝邪悪な目〟用のお守りを置き忘れていた。その魔除けは白いテーブルクロスの真ん中で輝いていた。

旅行と観光で疲れ果てていたので、ぼくはその夜、俗にいう死んだように眠った。街のざわめきで目が覚めると、もう六時半だった。そのせまい部屋の中は薄暗かった。起き抜けの頭で白塗りの壁や、簡素で異国風の家具、きらりと光る洗面台の鏡を見まわしてみて、ぼくは妙な戸惑いを覚えた。ロッシのイスタンブール滞在のことを、彼が長逗留していたあのペンションで——いったいあれはどこにあったのだろう？——家捜しされて貴重な地図のスケッチを奪われたことを思い出した。ぼくはその件を自分もその場にいたかのように、いや、いまその渦中にいるかのように覚えているらしかった。すぐに気づいたが、この部屋の中は何ごともなく整然としていた。スーツケースは整理だんすのいちばん上に無事載っていたし——さらに重要なことには——あの大切な資料がすべて入ったブリーフケースもベッドの横に、手を伸ばせば触れるところにそのまま置かれていた。寝ているときですら、あの古びた物言わぬ本がその中にあることをなぜかひしひしと感じていた。

そのとき、ヘレンが廊下にあるバスルームに入って、水を流したり、動きまわったりする音が聞えてきた。すぐに、これでは盗み聞きしているようなものだと気づいて恥ずかしくなった。照れ隠しに、ぼくはすばやく立ち上がり、部屋備え付けの洗面台に水をためると、顔や腕にばしゃばしゃかけはじめた。鏡に映った自分の顔は——愛する娘よ、われながら当時のぼくはどんなに若々しく見えたことか、とても言葉では伝えきれない——相変わらずだった。こんな長旅のあととあって、目はかなりしょぼしょぼしていたが、用心深い光を放っていた。その時代にはどこにでもあったオイルをちょっぴり髪につけて艶を出し、それをくしでぴたっと撫でつけると、くしゃくしゃになったズボンとジャケットに、しわだらけではあっても洗い立てのワイシャツとネクタイを合わせた。バスルームの物音がしなくなったので、ちょっと間を置いてから、ひげ剃り道具を取り出して、勇気をふるい起こしてドアを小気味よくノックした。応答がないので、ぼくは中へ入った。ヘレンの残り香がそのせまい個室の中に漂っていた。いささかきつめの安っぽいコロンの香り、たぶん母国から持ってきたものだろう。ぼくはもうその香りが好きになりかけていた。

そのレストランの朝食は、長い柄のついた銅の小鍋入りの濃いコーヒーに——とても濃い——パンと塩気の強いチーズとオリーヴが付いていて、ぼくたちには読めない新聞も添えられていた。ヘレンは黙々と飲み食いし、ぼくはウエイターたちのたまり場から漂ってくる煙草の臭いを嗅ぎながら、物思いにふけっていた。アーチ型の窓越しに忍びこんでくる日差しをべつにすれば、今朝その店には人けがなかったが、すぐ外の通りの朝の喧騒のせいで、心地よいざわめきに満たされ、仕事着で通り過ぎる人や野菜や果物の入ったかごを手にした人がちらほら見えてにぎやかだった。ぼくたちは無意識のうちに窓からできるだけ離れたテーブルを選んでいた。

「あの教授はあと二時間はここにやって来ないわ」と、ヘレンは言うと、二杯目のコーヒーを砂糖といっしょにカップに注いで、いきおいよくかきまわした。「どうする？」

「またハギア・ソフィアへ行ってみたらどうかと思ってたんだけど」と、ぼくは言った。「もう一度見てみたいんだ」

「いいわね」と、彼女はつぶやいた。「ここにいるあいだは観光客になってもかまわないわ」ヘレンはよく眠れたようだった。黒いスーツに洗い立ての空色のブラウスを着ていた。そんな色の服を着ているのを見たのははじめてで、いつものモノトーンの装いからすれば異例のことだ。例によって、あの図書館員に噛まれた首には小さなスカーフを巻いていた。その顔は皮肉っぽく用心深かったが、なんとなく——これといった確証はないものの——その猛々しさがいくぶんやわらぐほどには、ぼくとテーブルをはさんで向かい合うことに慣れてきたような気がした。

ぼくたちが外へ出たころには、通りは人や車であふれていた。ふたりはそのなかに混じってぶらぶら旧市街の中心部を抜け、バザールのひとつへ入った。どの通路も買い物客でごった返していた――黒い服を着た年配の女たちが色とりどりの高級織物を指でいじくっているかと思えば、派手な色合いの服を着て頭をスカーフで覆った若い女たちが、見たこともない果物の値切り交渉をしたり、トレイに並べられた金のアクセサリーを吟味したりしていた。白髪頭か禿げ頭にかぎ針編みの帽子をかぶった年老いた男たちは、新聞を読むか、身をかがめて木彫りのパイプの品定めをしていた。なかには手に数珠をつけている者もいた。そこらじゅうで、ハンサムで、抜け目なくて、あくが強くて、オリーヴ色の肌をした顔が目につき、手ぶりを交え、指をさし、にっこりほほえんで金歯をのぞかせるのが見えた。いたるところで、断固として、自信たっぷりに、押し問答する声が飛び交い、ときには笑い声が上がることもあって騒々しかった。

ヘレンはいつもの当惑したような口角の下がった笑みを浮かべて、街頭の見知らぬ人びとのことが気に入ったかのように、それでも、この連中のことはいやになるほどわかっていると思っているかのように、あたりを見まわしていた。ぼくにとっては楽しい光景だったが、やはり警戒心は抱いていた。芽生えて一週間も経っていない感覚だったが、そのころには公共の場ならどこでも感じるようになっていた。人込みのなかをくまなく捜す感覚であり、肩越しにちらりとうしろを見る感覚であり、善意か悪意が浮かんでいないかと周囲の顔をうかがう感覚であって――そして、おそらくは、誰かに見張られているという感覚でもある。それは不愉快で、周囲の陽気な会話が奏でるハーモニーにまぎれこんだ不協和音のようなものだ。ヘレンの人類に対するひねくれた態度にいくぶん感化されたのではないか。それがはじめてではなかったが、ぼくはそう思った。彼女がそんな態度をとるのは生まれもったものだからか、それとも、たんに警察国家で生きてきた結果なのだろうか。なんに根ざしていたにしろ、ぼく自身の偏執的な用心は、以前の自分を侮辱する行為だと思った。一週間前にはぼくはふつうのアメリカの大学院生で、自分の研究に満足していないことに満足し、それにかぎらずあらゆることに疑問を呈すふりはしていても、内心では自分の属する文化は隆盛をきわめ道徳的に優位に立っていると自負していた。いまは醒めきった態度をとるヘレンを通して、冷戦というものに実感が湧いたし、もっと昔の冷戦のことはまさに骨身にしみていた。ロッシのことを、あの文書館で信じがたい体験をしてイスタンブールからほうほうの態で逃げ出すまえの一九三〇年の夏に、この街の通りをぶらぶら歩いていた彼のことを考えた。その姿にも実感がもてた——ぼくが知っているロッシだけではなく、彼の手紙のなかに登場する若き日のロッシにも。

ヘレンが歩きながら軽くぼくの腕を叩き、売店のそばにひっそり置かれた小さな木製のテーブルのほうへあごをしゃくって、それを囲むふたりの老人を指した。

「見て——あなたの暇人観《ひまじん》の実例があるわよ」と、彼女は言った。「朝の九時に、もうチェスをしているわ。タブラをしていないのが不思議ね——この地域ではお決まりのゲームなんだけど。でも、やっぱりあれはチェスみたい」たしかに、そのふたりは年季の入っていそうな木製の盤上に駒を並べているところだった。黒い駒が象牙色の駒と対峙するように配置され、ナイトやルークは自軍の君主を守り、ポーンは戦闘隊形をとって向かい合っている——世界じゅうどこでもおなじ戦闘配置だ。ぼくは足を止めて見物しながら考えこんだ。「チェスにくわしい?」と、ヘレンがきいた。

「もちろん」と、ぼくはいささか気色ばんで言った。「昔はよく父親とやったものさ」

「あらそう」その口調は苦く、ぼくは遅まきながら、彼女が子ども時代にそんな手ほどきを受けた経験がないことを思い出した。そして、父親相手に――ともかく、彼女が思い描く父親を相手に――自分なりのチェスをしていることも。だが、ヘレンは歴史的な考察に夢中になっているらしかった。

「あれは西洋のものではないでしょ――インド伝来の由緒あるゲーム――ペルシア語では〝シャーマート〟と呼ばれるものよ。英語では〝王手《チェックメイト》〟と言うんじゃなかったかしら。〝シャー〟は王という意味。王同士の戦いということね」

ぼくはその老人ふたりが節くれだった指で最初に動かす兵士を選び、ゲームをはじめるのを見守った。ふたりは軽口を叩き合った――たぶん、昔からの友人なのだろう。一日じゅう立ち見していてもいいぐらいだったが、ヘレンはそそくさと立ち去ったので、ぼくもあとを追った。そばを通り過ぎると、老人たちははじめてぼくらに気づいたようで、一瞬いぶかしげにちらりと顔を上げた。ヘレンの顔は周囲の顔だちになじんでいたが、ぼくたちは外国人に見えるにちがいないと思った。あのふたりの勝負はあとどれぐらいかかるのだろう――午前中いっぱいか――そして、今回はどちらが勝つのだろう。

その老人たちのそばの売店は開店準備をしているところだった。店といってもじつのところは掘っ立て小屋で、バザールのはずれの神さびたイチジクの木の下に押しこまれるように建っていた。白いシャツに黒っぽいズボン姿の若い男がきびきびと店の引き戸やカーテンを開けて、外にテーブルを並べ、自分の商品を——本を陳列していた。本は木製のカウンターの上に積み上げられ、木箱から床にこぼれ落ち、店内の棚に並んでいた。

ぼくが意気ごんで前に出ると、若い店主は挨拶がわりにうなずき、ほほえんだ。外見はどうであれ、愛書家はすぐわかると言わんばかりだった。ヘレンはもっとゆっくりあとに続き、ふたりで数十か国語もの書籍がありそうな店内の本をざっと見まわした。その多くはアラビア語か現代トルコ語の本だった。ギリシア語かキリル文字を使った本もあれば、英語、フランス語、ドイツ語、イタリア語の本もあった。ヘブライ語の大著を一冊見つけたし、ひとつの棚はぜんぶラテン語の古典で埋まっていた。たいていは安っぽい印刷に粗雑な装丁で、布表紙のものは使い古されてすでにぼろぼろになっていた。表紙にどぎつい場面が描かれた新しいペーパーバックもあったが、少数とはいえ、古色蒼然としたものもあり、とりわけ、アラビア語の本の一部は古そうだった。「ビザンティン人も本好きだったわ」と、ヘレンはつぶやくと、ドイツ語の詩集とおぼしきものをぱらぱらとめくった。「ひょっとしたら、まさにこの場所で本を買っていたかも」

店主の若い男はすでに開店準備を終えていて、こちらに挨拶にやって来た。「ドイツ語話します？　英語？」

「英語です」ヘレンが答えなかったので、ぼくはすばやくそう言った。

「英語の本あります」と、彼はさわやかにほほえんで言った。「だいじょうぶ」肉の薄い表情豊かな顔で、緑色がかった大きな瞳に高い鼻をしていた。「ロンドンやニューヨークの新聞も」ぼくは彼に礼を言うと、古本を扱っているかときいた。「ええ、とっても古いやつ」彼は十九世紀版の『空騒ぎ』を手渡した——安っぽい感じで、擦り切れた布装丁のものだ。どこの図書館から流出した本なのか、どんな道のりをたどって——たとえば、資本主義社会のマンチェスターから——この古代世界の十字路まで旅してきたのだろうかと、ぼくは考えた。失礼にならないように、ぱらぱらページをめくってから、その本を店主に返した。「古さ足りない？」と、彼はほほえみながらきいた。

ヘレンはさっきから肩越しにのぞきこんでいたが、ここであからさまに腕時計に目をやった。結局、ぼくたちはまだハギア・ソフィアにたどり着いてもいなかった。「いや、もう行かなきゃ」と、ぼくは言った。

その若い本屋は本を手にしたまま、礼儀正しく一礼した。ぼくは一瞬、彼の顔を見つめた。何やら見覚えがあるような気がして、それが心に引っかかったが、彼はもうこちらに背を向け、新たな客の相手をしていた。チェスをしていたふたりと三つ子の兄弟であってもおかしくないような老人だった。ヘレンがぼくのひじを小突いたので、ぼくたちは店を出て、まえよりきっぱりした足取りでバザールの端をぐるりとまわると、ペンションのほうへ引き返した。

ぼくたちが入ったときには、あの小さなレストランには誰もいなかったが、数分ばかりすると、トルグットが入口に姿を現し、軽く会釈してほほえんで、よく眠れたかときいた。暑さは増すばかりだというのに、今朝はオリーヴ色のウールのスーツを着ていて、自制してはいるが、興奮しきっているようだった。髪はきれいにうしろに撫でつけられ、靴はぴかぴかに磨かれていた。彼はすばやくぼくたちをレストランから連れ出した。またあらためて気がついたが、トルグットはエネルギーのかたまりのような男で、そんなガイドが付いたことですっかり気が楽になった。ぼくも胸がわくわくしてきた。ロッシの資料はブリーフケースの中にしっかり入っていたし、あと数時間もすれば、彼の居場所に一歩近づけるかもしれない。少なくとも、まもなく、何年もまえにロッシが調べた原本といま手元にある写しを比較できるかもしれない。

トルグットが通りを歩きながら説明してくれたが、メフメト二世の文書館はいまも国の保護下にあるものの、国立図書館の本館にあるわけではなかった。いまは図書館の別館に、かつてはメドレセという伝統的なイスラム学院だった建物の中にあった。ケマル・アタチュルクが政教分離策をとってこうした学校を閉鎖しており、この元学校には現在、国立図書館所蔵のオスマン帝国史関係の稀覯古書が収められていた。なかでも、メフメト二世のコレクションは何世紀にもわたってオスマン帝国が版図を広げた時代のものだということだった。

行ってみると、その図書館の別館は優美で小さな建物だった。ぼくたちは通り側にある真鍮の飾り鋲がちりばめられた木製の扉から中へ入った。窓は大理石の飾り格子で覆われていて、その網目模様を通してもれる光が星形や八角形の幾何学図形を描き、薄暗い通路を飾っていた。トルグットが入館の手続きの場所を教えてくれた。入館者名簿は入口のカウンターの上に置かれていて（ヘレンは判読できない殴り書きで署名していた）、トルグット自身も流麗な筆跡で記名した。

それから、メフメト二世の資料室のひとつに進んだ。緑と白のモザイクで飾られた丸天井の下に広がる大きくて静かな空間だった。磨きこまれたテーブルが部屋の端から端までずらりと並び、すでに三、四人の研究者がそこで仕事に励んでいた。四方の壁には本だけではなく、木の引き出しや箱も並んでいて、真鍮製の精巧なランプシェードが電球を取り付けられて天井からぶら下がっていた。図書館員は手首に一連の数珠をつけた五十歳くらいの細身の男で、自分の仕事をあとまわしにしてこちらへやって来ると、トルグットの両手をつかんで握手した。ふたりでしばらく話をしてから――トルグット側の会話にぼくの大学の名前が登場するのが聞きとれた――図書館員はぼくたちにトルコ語で話しかけ、にっこりして頭を下げた。「こちらはミスター・エロザンです。資料室にようこそと言っています」と、トルグットは満足げな顔で説明した。「ぜひおふたりの刺客《アサシネイション》になりたいそうです」〝力《アシスタンス》〟と言いたいのだとわかっていても、ぼくは思わずたじろぎ、ヘレンはにやにやした。「ただちにメフメト二世が収集したドラゴン騎士団の資料について説明してくれます。まずはここに腰掛けて、彼を待つことにしましょう」

ぼくたちはほかの数名の研究者たちから距離をおいて、テーブルのひとつに陣取った。この先客たちはものめずらしそうにこちらをじろじろ見ると、また作業に戻った。すぐにミスター・エロザンが大きな木箱を持って戻ってきた。その箱の前面には錠前が付いていて、ふたにはアラビア語の文字が彫りこまれていた。「なんと書かれているんですか?」と、ぼくは教授にきいた。

「ああ、これですか」彼は箱のふたを指先で触った。「〝ここには邪悪が〟――うーんと――〝ここには邪悪が入っている――宿っている。聖なるコーランの鍵で閉じこめよ〟」心臓が飛び出しそうになった。それはロッシがあの謎めいた地図のへりに書かれていたと記し、この箱がかつて収められていた旧文書館で声に出して読み上げた文句に驚くほど似ていた。ロッシは手紙のなかでこの箱のことには触れていなかったが、図書館員が資料だけを運んできたのだとすれば、見ていないのかもしれない。あるいは、ロッシのイスタンブール滞在後に箱に入れられるようになった可能性もある。

「この箱そのものはどのぐらい古いものなんですか?」と、ぼくはトルグットにきいた。

彼は頭を振った。「さあ、どうでしょう、ここにいる私の友人も知らないそうです。木製ですから、メフメト二世の時代ほど古いということはちょっと考えられません。いつだったか、彼に聞いたんですが」――彼はミスター・エロザンのほうにほほえみかけ、相手も話の内容はわからないながらほほえみ返した――「この資料は安全に保管するために、一九三〇年にこの箱に入れられたそうです。彼は前任の図書館員とその件を話し合ったので知っているんです。まったく、この人は細かいところまで注意の行き届いた男なんですよ」

一九三〇年に! ヘレンとぼくは顔を見合わせた。おそらくは、ロッシが未来の受け取り人宛に手紙をしたためていたころには――一九三〇年十二月には――彼が調べた資料は安全に保管するためにすでにこの箱に入れられていたのだろう。ごくふつうの木製の容器でもネズミや湿気は寄せつけなかったかもしれないが、いったいどうして当時の図書館員は、ドラゴン騎士団の資料を聖句で飾られた箱の中に封じこめる気になったのだろうか?

トルグットの友人はすでにキーホルダーを取り出していて、鍵のひとつを錠前に差しこもうとしていた。ぼくは危うく笑いだしそうになった。アメリカで使われている最新のカード式目録のことを、大学図書館所蔵の何千冊もの稀覯図書が簡単に利用できることを思い出していた。古びた鍵が必要な調査をするはめになるとは夢にも思わなかった。錠前に差しこまれた鍵がカチッと音を立てた。「さあ、開いたぞ」と、トルグットがつぶやき、図書館員はうしろへ下がった。トルグットはぼくたちひとりひとりにほほえみかけ——なんだか悲しげな笑みだと思った——箱のふたを開けた。

◆　◆　◆　◆

車内では、バーレイが父の手紙の最初の二通を読み終えたところだった。その手紙が開いたまま彼の手のなかにあるのを見ると胸が痛んだが、バーレイが父の威厳のある口調を信頼するのはわかっていた。迫力にかける私の話は半信半疑であるにしても。「パリに行ったことある？」気持ちを隠すためもあって、私はそうきいた。

「ああ、あるよ」と、バーレイは憤然として言った。「大学へ行くまえに一年間あそこで勉強したから。うちの母親はぼくにもっとフランス語に精通してもらいたかったんだ」私は彼の母親のことをききたくてうずうずした。どうしてこの楽しい目標の達成を息子に求めたのか、母親がいるということはどんな感じなのかも尋ねたかったが、バーレイはまた手紙に没頭した。「きみのお父さんはきっと講義の名手だね」彼は考えこみながら言った。「これはオックスフォード大学の授業よりはるかにおもしろいよ」

これを聞いてまたべつの地平が開けた。オックスフォードの講義が退屈だなんてことがあるのだろうか？　私にとって、バーレイは知りたいことの宝庫だった。あまりにも大きすぎて想像もつかない世界からの使者だった。そこで急ぎ足でこのコンパートメントの前を通り過ぎた車掌に水を差された。「ブリュッセル！」と、彼は大声で告げた。列車はすでに速度を落としていた。二、三分後には窓からブリュッセル駅構内を見ていた。税関職員が乗車してきた。外に目をやると、人びとは自分が乗る列車めがけて押し寄せ、鳩たちはプラットホームで食べこぼしをあさっていた。

私がひそかに鳩好きだったせいかもしれない。じっと人込みのなかを見つめていると、ふいに、ひとつだけまったく動かない人影があることに気づいた。黒いロングコートを着た背の高い女がひとり、静かにプラットホームにたたずんでいた。黒いスカーフを頭に巻いていて、白い顔がくっきり浮かび上がっていた。遠過ぎて顔だちははっきりわからなかったが、黒い瞳と異常なほど赤い口がちらりと見えた――たぶん、真っ赤な口紅を塗っていたのだろう。その服のシルエットにはどこか妙なところがあった。当時はミニスカートとおぞましいブロックヒールのブーツの全盛期だったというのに、彼女は幅のせまい黒いパンプスを履いていた。

だが、最初に私の目を引き、列車がまた動きだすまえにしばらくその目を釘づけにしたのは、彼女の用心深い態度だった。女はこの列車をくまなく見まわしていた。私はとっさに窓から身を引き、バーレイはもの問いたげな目つきで私を見た。ためらいがちに一歩こちらに足を踏み出したものの、どうやら私たちの姿はまだ目に入っていないようだった。そこで気が変わったらしく、彼女はホームの反対側に入ってきたべつの列車のほうを向き、念入りに調べようとした。そのぴんと伸びたいかめしい背中には見つめずにはいられないところがあったが、そこで私たちの列車はまた駅から出ていき、やがて、この世に存在したことなどなかったかのように、その女の姿はホームの人込みにまぎれて見えなくなった。

28章

今回はバーレイではなく、私がうとうとまどろんでいた。目が覚めると、私は彼にからだを押しつけ、濃紺のセーターの肩にだらしなく頭をもたせかけていた。彼はじっと窓の外を見つめていた。父の手紙はまたきちんと封筒に入れられてひざの上に置かれ、脚を組んで、顔は――私の頭上からそう離れていなかったが――通り過ぎる風景のほうに向けられていた。いまごろそこにはフランスの田園風景が広がっているはずだ。目を開けてみると、バーレイの骨ばったあごが見えた。目を伏せると、彼が手紙の上でゆるやかに両手を組んでいるのが見えた。そこではじめて、私とおなじく、爪を嚙む癖があることに気づいた。私はまた目を閉じ、目覚めていないふりをした。彼の肩のぬくもりが心地よかったからだ。

そのうち、私に寄りかかられて迷惑なのではないか、正体もなく眠りこんでセーターによだれを垂らしていたのではないかと心配になって、私はぱっと身を起こした。バーレイは振り返ってこちらを見た。物思いに沈んだ遠い目をしていた。いや、ひょっとしたら、そこには窓の外の風景しか映っていなかったのかもしれない。もう平地ではなくなだらかに起伏する土地、慎ましやかなフランスの農業地帯しか。しばらくして、彼はほほえんだ。

◆　◆　◆　◆

メフメト二世の秘密の箱のふたが開くと、おなじみの匂いが漂ってきた。非常に古い文献特有の匂い、羊皮紙や上質皮紙《ヴェラム》の匂い、何世紀にもわたる埃の匂い、時が神聖を穢しはじめて久しいページの匂いだ。それは真ん中に竜の絵が入った小さな白紙の本、ぼくの本の匂いでもあった。その本をじかに嗅いでみる勇気はなかった。これまで取り扱った古書のなかにはひそかにそうしてみたものもあったというのに――その匂いに胸が悪くなるような臭みがあるのではないか、いや、悪くすれば、その匂いには力が、吸いこみたくない邪悪な麻薬のような力があるのではないかと怖かったのだろう。

トルグットは箱の中からそっと資料を取り出した。ひとつひとつ黄ばんだ薄葉紙でくるまれていて、形も大きさもまちまちだった。彼はそれを目の前のテーブルに慎重に広げた。「まず資料をお見せして、私が知っていることを説明しましょう」と、彼は言った。「それから、ご自分でじっくり検討してみてはいかがですか?」ええ、そうさせていただきます――ぼくがうなずくと、トルグットは巻物の包装を剝がし、細心の注意を払ってそれを目の前に広げた。羊皮紙にみごとな木製の軸が付いたもので、レンブラントの時代を研究する際になじんでいる、大判ののっぺりしたページや製本した帳簿とは大ちがいだった。羊皮紙のへりは色あざやかな幾何学模様でふちどられ、金箔や藍色や深紅で飾り立てられていた。がっかりしたことに、手書きの本文はアラビア文字で記されていた。何を期待していたのかわからないが、この資料はオスマン語を話し、アラビア語で読み書きし、ビザンティン人をいたぶるときだけギリシア語を用い、ウィーンの城門に突撃するのにラテン語を用いる帝国の中心で作られたものだった。

トルグットはぼくの顔色を読み、あわてて説明した。「これはドラゴン騎士団との戦いでかかった費用の帳簿です。スルタンの軍資金の出納役人がドナウ川南岸地域の町で作成したものです——言わば、業務報告書ですな。ほら、ドラキュラの父親ヴラド・ドラクルのせいで、オスマン帝国は十五世紀半ばに莫大な額を使っていますよ。この役人は地元民が反乱を起こさないようにカルパティア山脈西部の国境を警備するべく三百名分の甲冑と——なんて言うんでしたっけ？——三日月刀を発注していますし、その守備隊のために馬も購入しています。ここには」——彼は長い指で巻物の下のほうを示した——「ヴラド・ドラクルが出費の要因で、その——ひどい悩みの種であり、総督《パシャ》が考えていた以上の費用がかかっていると書かれています。パシャはとても遺憾で情けなく思っており、アッラーの名にかけて比類なき方の長寿を祈っている、とあります」

ヘレンとぼくはちらりと目を見交わした。彼女の目にもぼくが感じた畏怖の念のようなものが浮かんでいる気がした。この歴史の一隅には足元のタイル張りの床や手元のテーブルの天板とおなじぐらい現実味があった。その当事者たちは実際に生きて、感じて、考えて、そして死んでいた。ぼくたちがするように——いずれそうなるように。ぼくは目をそらした。ヘレンの勝気な顔にそんな感情がほのめくのは見ていられなかった。

トルグットはすでにその巻物をまた巻き上げ、ふたつ目の包みを開けているところだった。その中には巻物がさらにふたつ入っていた。「こちらはワラキアのパシャからの手紙で、メフメト二世にドラゴン騎士団に関する資料を見つかるかぎり送ると約束しています。そして、これは一四六一年のドナウ川沿いの交易報告書です。ドラゴン騎士団の支配地域からそう遠くないところですね。おわかりでしょうが、このあたりの国境線は強固なものじゃありません——しょっちゅう変わっていました。ここには、パシャが領内産の羊毛と交換したがっている絹織物や、スパイスや、馬のリストが載っています」次のふたつの巻物も似たような交易報告書だった。続いて、トルグットはもっと小さめの包みを広げた。その中には羊皮紙に描かれた平板な略図が入っていた。「地図です」と、彼は言った。ぼくは思わずブリーフケースのほうへ身を近づけた。そこにはロッシのスケッチとノートが入っていたが、ヘレンは気づかれないぐらいに首を横に振った。彼女の言わんとすることはわかった——その面前でぼくたちの秘密をすべて明かせるほど、トルグットのことをよく知っているわけではない。いまはまだ、とぼくは心のなかで付け加えた。どう見ても彼のほうは手のうちをすべてさらけ出していたからだ。

「この地図の正体がどうしてもわからないんです」と、トルグットは言った。その声には悔しさがにじんでおり、彼は考えこみながら口ひげをしごいた。その羊皮紙を間近で見て背筋がぞくぞくした。長い三日月形の山脈といい、その山脈の北側でカーヴする川といい、色あせてはいるが、ロッシが描き写したあの最初の地図だ。没収された地図はまた資料のなかに戻されていた。「私が調べたどの地域にも似ていないし、この地図の——なんでしたっけ?——縮尺は確かめようがないでしょう?」彼はその地図をわきに置いた。「これはまたべつの地図ですが、どうやら最初の地図で描かれた地域をクローズアップしたもののようです」それは確かだった——そんなことはもう百も承知で、ぼくの興奮は高まった。「このへんが最初の地図の西側に見られる山脈だと思うんですが、ちがいますかね?」トルグットはため息をついた。「でも、それ以上くわしいことはわからないし、ごらんのとおり、ろくに注記もされていません。ただ、コーランからの引用が数行ばかりとこの奇妙な警句があるだけで、その内容は——以前に苦心して翻訳したんですが——こんな感じです。〝ここに、彼は悪に包まれて宿る。これを読む者よ、言葉によって、彼を墓から出すがよい〟」

ぼくはそのまえにはっと気づいて手で制しようとしていたが、トルグットは早口すぎて、つい不覚をとった。「いけない!」と、叫んだがあとのまつりで、トルグットは呆気にとられてぼくを見つめた。ヘレンはふたりの顔を見比べ、ミスター・エロザンもこの広間の向こう側で仕事の手を止め、ぼくを見つめた。「すみません」と、ぼくは小声で言った。「この資料を見てちょっと興奮してしまって。これはとても——興味深いものですね」

「いや、興味をもっていただけて何よりです」トルグットはいかめしい顔をほころばせて笑みを浮かべそうになった。「それにしても、この警句はたしかに妙に聞えますよね。これを読むと——ほら、あれですよ——ぎょっとします」

そのとき、広間に一歩足を踏み入れる音がした。ぼくはびくびくしながらあたりを見まわした。見かけはどうであれ、ドラキュラ本人を目にするのではないかとなかば覚悟していたが、そこにいたのは白い帽子をかぶり、もじゃもじゃの灰色のあごひげを生やした小男だった。ミスター・エロザンが戸口まで出迎えにいくと、ぼくたちはまた資料のほうに戻った。トルグットは箱からまたべつの羊皮紙を引っぱり出した。「ここに入っている資料はこれで最後です」と、彼は言った。「これがまたさっぱり意味がわからないんです。図書館のカタログには『ドラゴン騎士団蔵書目録』として載っているんですがね」

ぼくはぎくりとし、ヘレンの顔に赤みが差すのが見えた。「蔵書目録ですって？」

「ええ、そうなんです」トルグットはそれをテーブルの上にそっと広げた。非常に古くてもろそうなしろもので、みごとな筆跡のギリシア語で書かれていた。かつてはもっと長い巻物の一部だったのか、上端はぎざぎざになっていたし、下の端は明らかに引きちぎられていた。手書きの部分にはまったくなんの飾りけもなく、ただ優美な筆跡でずらずらと文字が並んでいるだけだった。ぼくはため息をついた。ギリシア語は一度も勉強したことがなかった。もっとも、完璧にマスターしてでもいないかぎり、どのみち、こんな文書を解読できたとは思えなかった。

ぼくの悩みを見抜いたかのように、トルグットは自分のブリーフケースからノートを取り出した。「うちの大学のビザンティウム研究者にこれを訳してもらったんです。ビザンティン帝国の言語や文献にかけてはきわめて造詣が深いですからね。これは文献のリストだそうです。ただ、ほかでとり上げられた例が見当たらないものが多いんですが」彼はノートを開いて、ページのしわを伸ばした。それはきちんとしたトルコ語の筆記体で埋め尽されていた。今度はヘレンがため息をついた。トルグットは額をぴしゃりと叩いた。「おっと、これは失礼」と、彼は言った。「それじゃ、翻訳しましょう、いいですね？——ヘロドトス『戦争捕虜の処遇』、ペセウス『理性と拷問について』、オリゲネス『第一原理論』、大エウテュミウス『地獄の亡者たちの運命』、ヘントのグーベン『自然論』、聖トマス・アクィナス『シシュフォス』――ほら、ずいぶん奇妙な選び方ですし、なかにはきわめて稀少な本もあります。そのビザンティン学者の友人が教えてくれたんですが、たとえば、原始キリスト教神学者オリゲネスの場合、この論文の未知のヴァージョンがどこかに残っていたらまさに奇跡なんだそうです――オリゲネスは異端の罪に問われたので、著作のほとんどが処分されてしまいましたからね」

「どんな異端の罪ですか？」ヘレンは興味を引かれたようだった。「どこかで彼の話を読んだのは確かなんですけれど」

「この論文で、キリスト教の論法でいけば、サタンですら罪を救われて復活すると主張したとして非難されたんです」と、トルグットが説明した。「リストの続きを訳しましょうか？」

「もしお手数でなかったら」と、ぼくは言った。「その書名を読み上げながら、英語で書き留めていただけませんか？」

「いいですとも」トルグットはノートを手にして腰を下ろすと、ペンを取り出した。

「どう思う？」と、ぼくはヘレンにきいた。その顔つきはどんな言葉より雄弁にこう物語っていた。こんな支離滅裂な本のリストのためにはるばるここまでやって来たわけ？「いまはさっぱり要領を得ないのは確かだけど」と、ぼくは低い声で彼女に言った。「ちょっとなりゆきを見てみよう」

「さて、それじゃいいですか、次の書名を読み上げますよ」トルグットは楽しそうにペンを走らせていた。「あとはほとんどぜんぶ、拷問だとか殺人だとかその手の不愉快なテーマに関する本です

――エラスムス『ある暗殺者の運命』、ヘンリクス・クルティウス『食人』、パドアのジョルジオ『地獄に堕ちた人びと』――」

「そこに載っている作品に年代は付いてないんですか？」と、ぼくは資料のほうへ身をかがめながらきいた。

トルグットはため息をついた。「ええ。このなかにはほかで言及された例が見つからない本もあるんですが、私が実在を確認した分に関して言えば、一六〇〇年以降に書かれた作品はひとつもありません」

「それでいて、ヴラド・ドラキュラの死後のものだわ」と、ヘレンがコメントした。ぼくは驚いて彼女を見た。そんなことは考えてもいなかった。単純な指摘だが、ぴたりと的を射ているし、じつに不可解な点だった。

「おっしゃるとおりです、マダム」と、トルグットは言うと、顔を上げて彼女を見た。「いちばん最近のものは、ドラキュラの死後、それにメフメト二世の死後から、百年以上経って書かれたものでもあります。まったくいやになりますよ、この目録がメフメト二世のコレクションに加えられた経緯やその時期については、いまだになんの手掛かりもつかめないんです。誰かがあとから付け加えたんでしょう。たぶん、このコレクションがイスタンブールへ来てずいぶん経ってからね」

「でも、一九三〇年よりまえだ」と、ぼくは考えこみながら言った。

トルグットは鋭いまなざしでこちらを見た。「それはこの資料が厳重に鍵を掛けてしまいこまれた時期ですな」と、彼は言った。「どうしてそんなことを言うんですか、教授？」

顔が赤くなるのがわかった。調子に乗ってしゃべりすぎたからで、おかげでヘレンはぼくの愚かさに呆れ果てて目をそむけようとしていたが、それだけではなく、ぼくがまだ教授ではないからでもあった。ぼくは一分ほど黙りこんだ。愛する娘よ、きみの父親は昔から嘘をつくのが大嫌いだし、なんとか避けられるものなら、できるだけつかないように心がけている。

トルグットはじろじろぼくを見ていた。これまで、目じりに笑いじわのあるその黒い瞳がそこまで鋭い光を放っていた記憶はほとんどないと思って――落ち着かない気分になった。ぼくは大きく息を吸った。ヘレンとはあとで話し合って片をつけよう。ぼくは最初からトルグットのことを信用していたし、くわしい事情を知ったら、もっと力になってくれるはずだ。それでも、もうすこし時間を稼ぎたくて、ぼくは彼が訳してくれているリストに視線を落とし、さらに、彼が参照しているトルコ語訳のほうへちらりと目をやった。トルグットとは目を合わせられなかった。どこまで打ち明ければいいのか？　ロッシがイスタンブールで体験したことを、知っているかぎりすべて話したら、彼は真に受けずぼくたちの正気を疑うのでは？　ほかでもない、そうやってぐずぐずと目を伏せていたおかげで、ふいに何やら妙な点に気づいた。ぼくはいきなり原本のギリシア語版に、『ドラゴン騎士団蔵書目録』につかみかかった。結局、それはぜんぶがぜんぶギリシア語で書かれているわけではなかった。リストの最後に記された名前はぼくでもはっきり読むことができた。バルトロメオ・ロッシ。そのあとにはラテン語の語句が続いていた。

「なんてことだ！」ぼくの叫び声は部屋じゅうの寡黙な研究者たちをいらだたせたが、気づいたときにはもう手遅れだった。まだあの帽子をかぶった長いあごひげの男と話していたミスター・エロザンも、いぶかしげな目でこちらを見た。

トルグットはたちまち色めき立ち、ヘレンはすばやく近寄ってきた。「どうしました?」トルグットはその文献のほうに片手を差し出した。ぼくはまだじっと見つめていた。その視線の先をたどることぐらい、彼には楽なものだった。とたんに、トルグットはぱっと立ち上がり、ぼくの動揺がこだましたかのように驚きをあらわにした。あまりにもそっくりだったので、これだけおかしなことばかり起きていても、ぼくは妙な安らぎを覚えた。「なんてことだ! ロッシ教授!」

三人とも顔を見合わせたが、しばらく誰も口を開かなかった。とうとうぼくはきいてみた。「あなたは」と、トルグットに声を落として言った。「その名前に心当たりがあるんですか?」

トルグットはぼくとヘレンの顔を見比べた。「おふたりは?」と、彼はついに言った。

◆◆◆◆

バーレイのほほえみはやさしかった。「よっぽどくたびれていたか、よく眠れなかったんだね。ぼくも疲れた、きみがどんな泥沼にはまりこんでいるか考えただけでもね。きみがこの件をすべて打ち明けたら、相手はなんて言うと思う?――ぼく以外の人はっていう意味だけど。たとえば、彼女はどう」彼はうとうとしている旅の道連れのほうへあごをしゃくった。彼女はブリュッセルで下車せず、どうやらパリまでずっと昼寝していくつもりのようだった。「あるいは、警官でもいい。みんな、きみは頭がおかしいと思うだろう」彼はため息をついた。「それに、本当にひとりで南フランスへ行くつもりだったわけ？　ぼくに答えを当てさせたりしないで、正確な場所を教えてくれたらよかったのに。そうすれば、ミセス・クレイに電報を打って、もうとんでもなくやっかいな目に遭わせてやれたのに」

今度は私がほほえむ番だった。この件をめぐってはもう二、三度やり合っていた。

「本当に頑固なんだから」バーレイはうめいた。「女の子ひとりにこんなに苦労させられるなんて夢にも思わなかったよ——はっきり言って、フランスの陸の孤島みたいなところにきみを置き去りにしたら、ジェイムズ学寮長にどんな目に遭わされるかわかったもんじゃない」それを聞いてまぶたの奥に涙がこみ上げてきそうになったが、次の言葉ではっきりかたちになる暇もなく乾いてしまった。「ぼくたちがまた列車に乗らなきゃいけないにしても、昼メシを食う暇ぐらいはあるだろ。北駅にはとびきりうまいサンドイッチがあるし、ぼくのフランは使いきってかまわない」私の心を温めてくれたのは、彼が選んだ〝ぼくたち〟という代名詞だった。

29章

古い鉄骨とガラスの骨組みがそびえ立ち、フープスカートのような広がりを見せる構内に、光が満ちあふれる美しい北駅は、旅の大舞台だ。現代でさえも、列車からそこに降り立つのは、じかにパリへ足を踏み入れることにほかならない。バーレイと私は荷物を手にして列車から降りると、二、三分その場に立ち尽くし、あたりの光景にうっとり見とれていた。少なくとも、私はそうしていた。それまでにも父と旅行する途中で何度も立ち寄ったことがあるというのに。列車のブレーキの音や、人びとの話し声、足音や、警笛、鳩たちの羽ばたきや、チャリンという小銭の音が構内にこだましていた。黒いベレー帽をかぶった老人が若い女性と腕を組んでかたわらを通り過ぎた。その女性は赤い髪をきれいにセットしてピンク色の口紅をつけていて、私は一瞬、彼女と立場が入れ替わったところを思い描いた。ああ、あんな風に見えたら、パリっ子になれたら、ヒールの高いブーツを履き、本物の女性にふさわしい胸をして、上品な初老の芸術家と肩を並べて歩くことができたら。だが、そこであの老人は彼女の父親かもしれないと思って、ひどくさびしい気持ちになった。

バーレイのほうを向くと、彼はどうやら光景というより匂いにうっとりしていたようだった。

「もう腹ぺこだよ」彼はうめいた。「ここまで来たなら、せめて何かうまいものを食べよう」道なら頭に入っていると言わんばかりに、彼は構内の片隅めがけて突進した。彼は道だけではなく、マスタードや薄切りハムの選び方にもくわしく、まもなく私たちは白い紙でくるんだ大きなサンドイッチをふたつ手に入れ、バーレイは私が見つけたベンチに座る手間も惜しんでかぶりついた。

私もお腹は空いていたが、もっぱら、次の一手で悩んでいた。列車から降りた以上、バーレイには目についた公衆電話からミセス・クレイかジェイムズ学寮長か、へたをすれば憲兵隊にでも電話して、私をアムステルダムへ強制送還することができた。私は用心深く目を上げて彼を見たが、その顔はサンドイッチに隠れてほとんど見えなかった。オレンジ・ソーダをすこし飲もうとして、彼がその陰から顔を出すと、私は言った。「お願いがあるんだけど」

「今度はなんだい?」

「どこにも電話しないで。というか、お願いバーレイ、私のことを裏切らないで。何があろうと、私はここから南へ行くわ。父がどこにいるのか、いまどうなっているのかもわからないのに、家に帰るわけにいかないってことわかるでしょ?」

彼はいかめしい顔でソーダを飲んだ。「それはわかる」

「お願いよ、バーレイ」

「ぼくをなんだと思ってるわけ?」

「そう言われても」私はまごついた。「私が家出したのを怒っていて、まだ通報する気があるんじゃないかと思ったんだけど」

「いいかい」と、バーレイが言った。「そりゃまあ、ぼくが本当に一本気だったら、明日の講義に出るために引き返しているかもしれない――ついでに、ジェイムズから大目玉を食らうためにね。ところが、ぼくはここにいて、騎士道精神が災いして――やじうま根性も手伝って――いまにもレディのお供でフランス南部へ行こうとしてる。ぼくがそんなチャンスを逃すと思う？」

「そう言われても」と、私はくり返したが、まえより感謝の気持ちをこめて言った。

「次のペルピニャン行きはいつ出るのか聞いたほうがいいな」と、バーレイは言うと、サンドイッチの包み紙をてきぱきと折りたたんだ。

「どうしてわかったの？」と、私は目を丸くしてきいた。

「やれやれ、ぼくがきみの行動を読めないと思っていたわけ？」バーレイはまたむっとしたような顔になった。「あの吸血鬼資料室でぜんぶ訳してあげたのはぼくじゃなかった？　あのピレネー・ゾリアンタルの修道院以外、きみはどこへ行くっていうんだ。ぼくがフランス地図を知らないとでも？　おっと、しかめっ面はよしてくれ。愛嬌がなくなるよ」それでも、結局、私たちは腕を組んで両替所へ行った。

◆　◆　◆　◆

トルグットが明らかに知っているという口調でロッシの名前を出したとき、ぼくはいきなり世界が切り替わったような気がした。なぐられたような衝撃でさまざまな色や形の破片が飛び散り、複雑で不条理な光景が目の前に広がった。おなじみの映画を観ていたら、突然、それまで一度も登場したことのない人物が画面にぶらりと入ってきて、すんなりと、だがなんの説明もなくストーリーに加わるようなものだった。

「ロッシ教授をご存じなんですか?」と、トルグットはおなじ口調できき返した。「ロッシ教授はうちの大学の歴史学科で、ポールの指導教官をしているんです」

ぼくはまだ口が利けなかったが、ヘレンは心を決めていたようだった。

「信じられないことですね」と、トルグットはゆっくり言った。

「彼のことを知っていたんですね?」と、ぼくはきいた。

「一度もお会いしたことはありません」と、トルグットは言った。「でも、非常に変わった経緯でお名前を耳にしたんです。これはぜひお話しすべきことでしょう。どうぞお座りください」そんな状況のなかでも、彼は礼儀正しく椅子を勧めた。ヘレンとぼくは驚いて立ち上がっていたが、そこで彼のそばに腰を下ろした。「この件には何やら尋常でないところがありまして――」彼はいきなり言葉を切ったが、無理して説明を続けたようだった。「何年もまえに、この文書館のとりこになったときに、ここの図書館員にできるだけくわしい事情を教えてほしいと頼んだんです。彼が覚えているかぎりでは、これまでほかにこの資料を調べた者はいないということでしたが、先代なら――つまり、前任の図書館員ということですが――何か知っているのではないかと教えてくれました」

「いまもご存命ですか?」ぼくは息をのんだ。

「いや、まさか。残念ですが。当時でも相当な高齢で、たしか私が話を聞いて一年後に亡くなったと思います。でも、記憶力は抜群でした。彼の話では、悪い予感がしたので、あのコレクションを厳重に保管することにしたんだそうです。いつだったか、外国人の教授が資料を見にきたのですが、そのあととても——なんて言うんでしたっけ？——動揺して、気でもふれたようになって、いきなり建物から飛び出していったんだそうです。その元図書館員が言うには、それから数日して、彼が文書館でひとり仕事をしていたところ、ふと目を上げると、大柄な男がいて、まさにおなじ資料を調べていました。それまでそこに入ってきた者はいなかったし、もう夜で、図書館の閉館時刻は過ぎていたので、通りに面したドアには鍵が掛かっていました。その男がどうやって入ってきたのかさっぱりわからなかったそうです。やっぱり鍵を掛け忘れて、その男が階段を昇る足音が聞えなかったのかもしれないとは思ったものの、それはちょっとあり得ない話でした。そこで、彼が」——トルグットは前に身を乗り出し、さらに声をひそめた——「男に近づいて何をしているのか尋ねようとすると、相手が顔を上げたんですが——それが、その——口の端からほんのすこし血がしたたり落ちていたんだそうです」

嫌悪感がこみ上げてきた。ヘレンは身震いを抑えるかのように肩をそびやかした。「その元図書館員は最初、その話をしたがりませんでした。もうろくしていると思われるんじゃないかと心配だったんでしょう。とにかく、彼はその光景を見て卒倒しそうになったそうです。もう一度よく見直してみると、男の姿はどこにもありませんでした。それでも、問題の資料はやはりテーブルの上に散らばっていたので、彼は翌日、骨董市でこの聖櫃《せいひつ》を買ってきて資料を中に入れたんです。それからはしっかり鍵を掛けて保管していて、彼の在任中にはもう勝手にいじる者はいなかったそうです。

その妙な男の姿も二度と見かけなかったと言っていました」

「で、ロッシの件はどうなんです?」と、ぼくは迫った。

「まあ、その、私はこの話の手掛かりをひとつ残らず追うつもりでいましたから、その外国人研究者の名前を尋ねたんですが、イタリア人だったような気がするということ以外、何も思い出せませんでした。知りたかったら、一九三〇年の入館者名簿を調べるようにと言われたので、ここにいる私の友人のはからいで見せてもらったんです。すこしばかり調べてみると、ロッシ教授の名前が見つかり、彼がイギリス人で、オックスフォード大学の教授であることがわかりました。そこで、私はオックスフォードに手紙を出したんです」

「返事は来ました?」ヘレンはトルグットをにらみつけていると言ってもよかった。

「ええ、でも、教授はもうオックスフォードにはいませんでした。アメリカの大学へ移っていて――おふたりの大学ですよね。はじめてお話ししたときにはその大学名にぴんと来なかったんですが――私の手紙はだいぶ経ってから届いたんですが、教授は返事をくれました。それには、申し訳ないけれど私が言及した文書館については何も知らないし、お役にも立てないと書かれていました。わが家に食事をしにいらしたら現物をお見せしますよ。その返信は戦後まもなく届きました」

「じつに妙な話ですね」と、ぼくはつぶやいた。「さっぱりわけがわからない」

「ところが、こんなことはまだ序の口でしてね」と、トルグットは切迫した調子で言った。彼はテーブルの上に広げられた羊皮紙のほうを、蔵書目録のほうを向き、いちばん下に書かれたロッシの名前を指でたどった。それを見て、ぼくはまたその名前のあとに文字が続いていることに気づいた。

それがラテン語なのは確かだったが、ぼくのラテン語は、大学の最初の二年間にさかのぼってみても、優秀だったためしがなく、いまはすっかり錆《さ》びついていた。

「なんと書いてあるのですか？　ラテン語が読めます？」

ほっとしたことに、トルグットはうなずいた。「ここには〝バルトロメオ・ロッシ、『アンフォラの精』〟――いや、アンフォラの亡霊、かな――と書かれています」

さまざまな思いがかけめぐった。「でも、そのタイトルなら知っています。たしか――いや、まちがいない、この春、彼がずっととり組んでいる論文の」ぼくは言葉を切った。「とり組んでいた論文のタイトルです。一か月前ぐらいに見せてもらったんです。ギリシア悲劇とギリシアの劇場でときおり芝居の小道具として使われる物に関する論文です」ヘレンは一心にぼくを見ていた。「それは――彼が現在執筆中の論文のはずです」

「じつに、じつに妙な話なんですが」と、トルグットが言ったが、いまやその声にはまぎれもない恐怖がにじんでいた。「私は何度もこのリストに目を通したことがあるのに、こんな項目は見たことがないんです。誰かがロッシ教授の名前を書き加えたんですよ」

ぼくは愕然として彼を見つめた。「誰だか突き止めないと」ぼくはあえいだ。「誰が資料を改竄《かいざん》しているのか突き止めなければ。最後にこちらへ来たのはいつですか？」

「三週間ほどまえです」トルグットはいかめしい顔で言った「待ってください。まずミスター・エロザンにきいてみましょう。そこを動かないで」だが、彼が立ち上がると、よく気のつく図書館員はそれを見てこちらへやって来た。ふたりは二言三言、すばやく言葉を交わした。

「なんと言っているのですか?」と、ぼくはきいた。

「どうしてもっと早くこの話をしてくれなかったんだか」トルグットはうめいた。「昨日ここへ入ってきて、この箱を調べた男がいたんです」彼がさらに問いただすと、ミスター・エロザンはドアのほうを身ぶりで示した。「それがあの男だったんですよ」と、トルグットも指さしながら言った。「すこしまえに入ってきた男、彼と話をしていた男だと言うんです」

全員あ然としてそちらを向き、図書館員はまた身ぶりで示したが、もう手遅れだった。白い帽子をかぶり、灰色のあごひげを生やした小男の姿はどこにもなかった。

◆ ◆ ◆ ◆

バーレイは財布の中を引っかきまわしていた。「うむ、ぼくの手持ちはぜんぶ両替しないといけないな」と、彼はむっつりして言った。「ジェイムズ学寮長からもらったお金に、ぼくの小遣いがあと二、三ポンドはある」

「多少は持ってきているの」と、私は言った。「アムステルダムから、ということよ。南部行きの列車の切符は私が買うし、ふたり分の食費と宿代は払えると思うわ。少なくとも、何日かは」本当にバーレイの食欲を満たせるだろうかと、私は内心危ぶんでいた。こんなやせっぽちがそんな大食らいなのが不思議だった。私もやせていたが、バーレイがたったいまやって見せたペースでサンドイッチを二個平らげるなんてことは考えられなかった。実際に両替所に着いて、紺色のブレザーを着た若い女性がこちらをじろじろ見るまで、お金の問題が最大の悩みの種だと思っていた。バーレイが彼女に為替レートをきいた。彼女はすぐに受話器をとり、こちらに背を向けて話しはじめた。

「どうしてあんなことをしているの?」私はおどおどしてバーレイに小声できいた。

彼は驚いてちらりと私を見た。「なんだか知らないけど、為替レートをチェックしてるんだよ」と、彼は言った。「確かじゃないけどね。なんだと思ったの?」

説明できなかった。父の手紙に感化されただけかもしれないが、いまはどれもこれもうさん臭く見えた。私にはわからない目に尾行されているかのような感じだった。

◆◆◆◆

トルグットはぼくよりずっと冷静な男らしく、急いでドアまで行って小さな玄関ロビーに姿を消した。彼はすぐに頭を振りながら戻ってきた。「影も形もありません」と、彼は沈んだ声で言った。「通りにも、彼の気配はどこにもありませんでした。雑踏にまぎれて見えなくなったのでしょう」

ミスター・エロザンは謝っているようで、トルグットはしばらく彼と話をした。それから、またぼくたちのほうを向いた。「おふたりがここで追われているということは考えられませんか? ご自分の研究のことで」

「追われている?」そう考えても無理はなかったが、いったい誰に追われるというのか、見当もつかなかった。

トルグットはきびしい目でぼくを見た。まえの晩にぼくたちのテーブルに現れたジプシーのことを思い出した。「私の友人が言うには、この男はわれわれが調べていた資料を見たがり、すでに貸し出されているのがわかると怒りだしたそうです。トルコ語をしゃべっていましたが、なまりがあり、外国人のような気がすると言っています。だから、あなた方が追われているのではないかと思ったのです。さあ、ここを出ましょう。でも、油断しないでいてください。私の友人にこの資料を厳重に守り、この男であれ誰であれ、閲覧しにくる者に注意するよう言っておきます。男が舞い戻ってきたら、正体を突き止めようとしてくれるはずです。ひょっとすると、私たちが出ていったら、もっと早く戻ってくるかもしれません」

「でも、あの地図は！」あの貴重な品をこの箱の中に残していくのは心配だった。それに、いったい何がわかったというのか？　その図書館のテーブルでそれが奇跡的に存在するという事実を目の当たりにしていても、あの三枚の地図の謎を解きはじめてもいなかった。

トルグットはまたミスター・エロザンのほうを向き、ふたりは相互理解のしるし、笑みを交し合ったようだった。「心配はいりませんよ、教授」と、トルグットがぼくに向かって言った。「資料はすべて私が手書きで写しをこしらえていますし、それらは私のアパートに安全に保管してあります。第一、私の友人は原本には誰にも指一本触れさせやしません。信じてください」

信じたかった。ヘレンはこの新たな知り合いふたりを探るようなまなざしで見ていた。彼女はこの一件をどう思っているのだろうか。「わかりました」と、ぼくは言った。

「さてと」トルグットは資料を片づけはじめた。ぼくには及びもつかなそうなやさしい手つきで取り扱っていた。「私たちには内々で話し合うべきことがどっさりあるような気がします。うちへお連れしますから、そこで話しましょう。そうすれば、私が集めたほかの資料もお見せできますしね。街なかではこの話題は口にしないことにしましょう。できるだけ目立つように引き揚げて」――彼は図書館員にうなずいて見せた――「うちのやり手の戦略家に矢面に立ってもらいましょう」ミスター・エロザンはぼくたち全員と握手すると、入念にその箱に鍵を掛けて運び去り、広間の奥に並ぶ書架のあいだに姿を消した。完全に見えなくなるまで、ぼくはそのうしろ姿をじっと見つめていたが、そこで思わず大きなため息をもらした。ロッシの命運はやはりその箱が握っているのではないか――そんなことはあってはならないが、ロッシ自身がそこに葬られているのではないか――ぼくたちは彼をそこから救出できなかったのではないかという思いがぬぐいきれなかった。

それから、ぼくたちは図書館を出た。わざと人目につくようにしばらく玄関先でたたずみ、立ち話をするふりをした。ぼくは神経がずたずたになったような気がしたし、ヘレンは青ざめていたが、トルグットは落ち着いていた。「あの男がこのへんをうろうろしていれば」と、彼は声を落として言った。「こそこそした卑劣なやつです、私たちが引き揚げるのはわかるでしょう」彼が腕を差し出すと、ヘレンは思いのほかいやな顔はしないでその腕をとり、ぼくたちは三人で混雑する通りを歩きはじめた。ちょうどお昼どきで、肉を炙《あぶ》ったりパンを焼いたりする匂いがそこらじゅうに立ちこめ、炭火の煙かディーゼル燃料のようなげっそりする臭いと混ざり合っていた。ぼくがいまだにふっと思い出すことがある臭い、東側世界のはずれを意味する臭いだ。次はどうなるにしても、それもまた謎めいたできごとだろうと思った。この場所そのものが――ぼくは周囲を見まわして、押し寄せるトルコ人たちの顔を、通りという通りの地平線上にすらりとそびえ立つミナレットを、イチジクの木立ちの合間に見える古めかしい丸屋根を、得体の知れない品物でいっぱいの店を眺めた――ひとつの謎であるように。なかでも、またぼくの琴線に触れ、心をうずかせた最大の謎はこれだった。ロッシはどこにいるのか？　ここに、この街にいるのか、それとも、遠く離れたところか？　生きているのか、死んでいるのか、どちらともつかない状態なのか？

◆　◆　◆　◆

30章

午後四時二分、バーレイと私はペルピニャン行きの南部急行に乗りこんだ。バーレイは段差のあるステップの上に荷物をひょいと揚げると、うしろに手を伸ばして私を引っぱり上げた。今度の列車は空いていて、ふたりが選んだコンパートメントには発車後も誰も入ってこなかった。私は疲れていた。家にいたら、ミセス・クレイは私をキッチンのテーブルに着かせてグラス一杯のミルクと黄色いケーキをひと切れ出しているだろう。一瞬、あのうっとうしい面倒見のよさが恋しくなりそうになった。バーレイはほかに選べる席が四つもあったのに、私の隣に腰を下ろし、私はそのセーターの袖の下に片手を押しこんだ。「勉強しなきゃ」と、彼は言ったが、すぐには本を開かなかった。列車がスピードを上げて市内を通り抜けるあいだ、見るべきものが多すぎたからだ。パリにはいつも父と来ていたことを思い出した――モンマルトルの丘に上ったり、植物園で元気のないラクダをじっと見つめたりして。いまは一度も見たことがない都市のように思えた。

バーレイが唇を動かしてミルトンを読むのを眺めているうちに、眠気がさしてきたので、彼が食堂車にお茶を飲みにいきたいと言いだすと、私はうとうとしながら首を横に振った。「くたくたなんだね」と、彼はほほえみながら言った。「きみはここでひと眠りするといい。ぼくは本を持っていくから。きみのお腹が空いたら、いっしょに食事しよう」

バーレイがその車両を出るなり、私の目はくっつきそうになった。また目を開けたときには、木綿の長いスカートで足首が隠れるくらいまで身を丸めて、誰もいないシートに子どものように寝ていた。向かい側の席に座って新聞を読んでいる人がいたが、バーレイではなかった。私はぱっと身を起こした。その男は《ル・モンド》紙を読んでおり、広げた紙面に隠れて上半身や顔はまったくわからなかった。黒い革製のブリーフケースがすぐ隣の席に置かれていた。

ほんの一瞬、父なのではないかという気がして、喜びと狼狽がどっと押し寄せてきた。そこで、その男の靴が目に入った。こちらも黒い革製で、ぴかぴかに磨かれており、つま先部分には上品な模様の飾り穴が施され、革紐の先端には黒いタッセルが付いていた。その男は脚を組んでいて、染みひとつない黒いスーツのズボンに、上等な黒いシルクのくつ下を履いていた。それは父の靴ではなかった。それどころか、その靴には、いや、それを履いている足には、なんとなくおかしなところがあったが、どうしてそんな感じがするのかはわからなかった。寝ているあいだに妙な男に入りこまれてはいけなかったのにと思った――それもなんだか不愉快で、寝顔をじっと見られたりしていないことを願った。相手に気取られずに立ち上がり、コンパートメントのドアを開けることができるだろうかと、私は不快感を覚えながら考えた。ふと、その男が通路側のカーテンを閉めていたことに気づいた。これでは、通路を歩く人には中のようすはわからなかった。それとも、私を寝かせるために、バーレイが出ていくまえに閉めたのだろうか？

私はこっそり腕時計に目をやった。もう五時になろうとしていた。車窓を流れる風景は目を瞠るほどすばらしく、列車はそろそろ南部に入りかけていた。新聞を広げている男は微動だにしないので、私は思わず震えはじめた。しばらくして、どうしてぞっとするのか気がついた。私が目覚めてからもう何分も経っていたし、そのあいだじゅうずっと注意して耳をそばだてていたというのに、男は新聞のページを一度もめくっていなかった。

◆　◆　◆　◆

トルグットのアパートはイスタンブールのべつの地区、マルマラ海のほとりにあり、ぼくたちはエミノニュというにぎやかな港からフェリーに乗った。ヘレンはデッキに立って、船のあとをついてくるカモメたちを眺め、振り返って旧市街のすばらしいシルエットに目をやった。トルグットはエンジンの轟音をものともしないよく響く声で、ミナレットや丸屋根を指さしながら解説してくれた。船から降りてみると、彼が住む界隈はそれまで目にした地区よりずっと近代的だったが、この場合の〝近代〟とは十九世紀を意味した。フェリーの船着場から遠ざかって、しだいに静けさが増す通りを歩いていくと、もうひとつのイスタンブールが、はじめて体験するイスタンブールが見えてきた。枝を垂れる風格のある木立ち、上等な石と木でできた家々、パリの街並みから持ってきたとしてもおかしくないアパートの建物、こぎれいな歩道、鉢植えの花、建物の壁面を飾る軒蛇腹《コーニス》。崩れたアーチやぽつんととり残されたモスク、二階部分が張り出したトルコ風住宅というかたちで、あちらこちらでかつてのイスラム帝国が顔をのぞかせていた。だが、トルグットが住む通りは、西側世界が上品ながら徹底的にその風情を一掃していた。のちにぼくはほかの都市で——プラハやソフィア、ブダペストやモスクワ、ベオグラードやベイルートで——それに相当するものを目にした。この借り物の優雅さは東側世界のいたるところでとり入れられていた。

「さあお入りください」トルグットは古い家並みの前で立ち止まると、両側に石段がついた玄関ポーチに上がり、〝プロフェッサー・ボラ〟という名札の付いた小さな郵便受けの中をチェックした——どうやらからっぽだったようだ。彼は玄関のドアを開け、わきに寄った。「よくいらっしゃいました、どうぞお楽にしてください。残念ながらいま、妻はいません——保母をしておりましてね」

ぼくたちはまず磨きこまれた板張りの床と壁に囲まれた玄関に入り、そこでトルグットに倣って靴を脱ぎ、差し出された刺繍付きのスリッパを履いた。それから、居間に通されたが、ヘレンは低い声で賛辞をもらし、ぼくもそれをくり返さずにはいられなかった。その部屋は落ち着いたピンク色と黄色が混じった心地よい緑色の光に満ちていた。しばらくして気がついたが、それは古びた白いレースのカーテンが霞のようにかかった大きなふたつの窓から差しこんでくる木もれ日だった。部屋の中にはすばらしい家具が並んでいた。かなり低い黒っぽい木彫りの家具で、豪華な布張りのクッションが付いていた。三辺の壁際にはぐるりとベンチがめぐらされ、レースのカヴァーの付いたクッションがいくつも重なっていた。その上の白塗りの壁にはいくつものイスタンブールの写真や絵、トルコ帽をかぶった老人の肖像画と黒いスーツ姿のもっと若い男の肖像画が並び、美しいアラビア語の飾り文字で埋め尽くされた羊皮紙が額に入れて飾られていた。セピア色がかったこの街の写真もあり、飾り棚には真鍮製のコーヒーセットがいくつも並んでいた。部屋の四隅は色あざやかな釉薬のかかった花瓶でいっぱいで、そこには薔薇の花があふれんばかりに生けられていた。足元には深紅や薔薇色やくすんだ緑色をあしらったふかふかの絨緞《じゅうたん》が敷かれていた。部屋のど真ん中にある脚付きの大きな丸いトレイの上には何もなく、ぴかぴかに磨かれていて、次の食事を待っているかのようだった。

「とてもきれいだわ」と、ヘレンは言うと、もてなし役のほうを向いた。素直に本心を出して口元や目元の険しさがやわらぐと、彼女がどんなに魅力的に見えるか、ぼくは思い出した。「『アラビアン・ナイト』みたい」

トルグットは笑い声を上げ、大きな手を振って賛辞を退けたが、明らかに喜んでいた。「妻の趣味なんですよ」と、彼は言った。「トルコの古い美術工芸品が大好きだし、彼女の実家に代々伝わる逸品もいろいろありますからね。ひょっとしたら、ささやかながらメフメト二世の時代のものもあるかもしれません」彼はぼくにほほえみかけた。「妻ほど上手にコーヒーを淹れられないんですが——彼女の弁ですがね——せいぜい頑張ってみましょう」彼はぼくたちをぴったりくっつけて低い長椅子に座らせた。ぼくは満ち足りた気分で、くつろぎを重んじるこうした由緒ある品々、クッションや寝椅子や——発祥地の名で呼ばれる——足載せ台《オットマン》に思いを馳せた。

トルグットの最善の努力というのは昼食のことで、お手伝いしようというぼくたちの熱心な申し出を断り、廊下をへだてた向こう側の小さなキッチンから運んできた。そんな短時間でどうやって食事の支度をしたのか、想像もつかなかった——あとは運ぶだけになってキッチンに置いてあったにちがいない。彼はトレイに盛られたソースやサラダ、ボウルいっぱいのメロン、肉と野菜のシチュー、鶏肉の串焼き、どこにでも出没するキュウリとヨーグルトの和え物、コーヒー、それに、アーモンドと蜂蜜を練りこんだお菓子を山ほど運びこんだ。ぼくたちは思う存分食べ、トルグットはこちらがうめき声を上げるまで食べ物を勧めた。「まあ」と、彼は言った。「妻には、おふたりにひもじい思いをさせたと言わせるわけにはいきませんから」料理がすむとグラス一杯の水が出されたが、その隣の皿にはなにやら白くて甘いものがのっていた。「ローズオイルね」と、ヘレンは言うと、味見をした。「おいしいわ。これはルーマニアでも飲まれているんですよ」彼女はその白いペーストをちょっぴりグラスに落として飲んだので、ぼくもまねをした。その水がいずれぼくの消化機能にどう影響するのか見当もつかなかったが、そんな心配をするような場合ではなかった。

お腹がはちきれそうになると、ぼくたちは低い寝椅子にもたれかかり――そのとき使い道がわかったが、どっさり食べたあとに回復するための家具だ――トルグットは満足げにこちらを見た。「本当にお腹はいっぱいですか？」ヘレンは笑いだし、ぼくはすこしうめいたが、トルグットはとりあえず水とコーヒーのおかわりを注いだ。「よかった。さて、それでは例の懸案事項を話し合いましょう。そもそも、おふたりもロッシ教授をご存じだと思うと驚きますが、私にはまだつながりがよくわからないんです。彼はあなたの指導教官なんですよね？」トルグットはオットマンに腰を下ろすと、期待に満ちたようすで身を乗り出した。

ちらりとヘレンを見ると、彼女はかすかにうなずいた。ローズオイルが疑念をやわらげたのだろうか。「そうですね、ボラ教授、ぼくたちはこれまですべてをさらけ出して話していたとは言えないかもしれません」と、ぼくは白状した。「でも、ぼくたちには少々変わった使命があって、誰を信用していいのかわからなかったんです」

「なるほど」彼はほほえんだ。「そのほうがずっと賢明かもしれませんよ」

それを聞いてぼくは口をつぐんだが、ヘレンがまたうなずいたので、話を続けた。「ぼくたちがロッシ教授に特別な関心を抱いているのは、ぼくの指導教官であるからだけではなく、彼がぼくたちに——ぼくに——伝えた情報のためでもあるし、教授が——その、失踪したからでもあります」

トルグットの視線は刺すように鋭かった。「失踪したですって?」

「そうです」ロッシとの絆について、彼といっしょにとり組んでいる博士論文について、図書館の個人用閲覧席で見つけた不思議な本について、ぼくはつっかえながら話した。その本について説明しはじめると、トルグットははっと身を起こし、手を叩いたが、何も言わず、ただささらに熱心に話に聞き入った。ぼくは次に、その本をロッシのところへ持っていったこと、彼が自分の本を見つけたときのいきさつを話した。ひと息つきながら、これで本は三冊だと思った。いまや、この不思議な本は三冊あることがわかっていた——魔法の数字だ。この三冊には関連があるにちがいないが、いったいどういうつながりがあるのだろう? ぼくはロッシから聞いた話として、彼がイスタンブールで行なった調査について——ここで、トルグットは狐につままれたように頭を振った——竜の挿絵があの古い地図の輪郭と合致するという発見について説明した。

続いて、ロッシが突然姿を消したこと、彼が失踪した晩に研究室の窓をよぎった不気味な影のこと、ぼくが最初は半信半疑ながら、ひとりで彼を捜しはじめたことを話した。ここで、ぼくはまた口ごもったが、今度はヘレンの出方を見るためだった。本人の承諾もなく彼女の身の上を明かしたくなかった。ヘレンはもぞもぞして、寝椅子の奥から静かにぼくを見たが、驚いたことに、そこでみずから話を引き継ぎ、いつもの低い、ときにはかすれるほどの声で、ぼくがすでに聞いていた話をトルグットにすべて語った——出生の事情、ロッシに対する私怨、ドラキュラの身上調査にかける熱意、ひいてはこの街でドラキュラ伝説を探すつもりでいること。トルグットの眉毛はポマードをつけた髪の生え際まで吊り上がった。彼女の言葉に、強くて明瞭な話し方、見ればわかる頭脳明晰さに、ひょっとしたら、その空色のブラウスの襟に映える頬の赤らみも手伝って、トルグットの顔にはそれにふさわしい賞賛の色が浮かんだ——というか、ぼくはそう思った。そして、トルグットと出会ってからはじめて、彼にうずくような敵意を覚えた。

ヘレンが話を締めくくると、ぼくたち三人はしばらく黙りこんだ。その美しい部屋に差しこむ緑色の木もれ日はいちだんと濃くなったようで、さらなる非現実感が忍び寄ってきた。ついにトルグットが口を開いた。「あなたの体験はじつに驚くべきものです。よく打ち明けてくださいました。そして、あなたのご家族の悲話をうかがって胸が痛みます、ミス・ロッシ。いまでも、どうしてロッシ教授がこの街の文書館のことは知らないという返事を書くはめになったのか、わかるといいのにと思います。それはどうやら嘘のようなのに、そうでしょう？　それでも、あんなりっぱな学者が失踪するなんて、ひどい話です。ロッシ教授は何かの罰を受けた——いや、こうしているあいだにも、ずっと罰を受けているのです」

冷たいそよ風に吹き払われたかのように、たちまちけだるい気分が消えて頭がはっきりした。

「でも、どうしてそんなに確信がもてるんですか？　それに、本当だったとしても、いったいどうやったらロッシを見つけられるというんです？」

「私もあなたとおなじく合理主義者ですが」と、トルグットは静かに言った。「ロッシ教授がその晩あなたに話したことは直感的に本当だと思います。それに、あの文書館の元図書館員の証言や――外国人の研究者が怯えて出ていったというくだりですな――入館者名簿にロッシ教授の名前があったことで、彼の話は裏づけられます。血に飢えた悪魔の出現は言うまでもなく――」彼は言葉を切った。「そして、今度はこんな異常事態が起きています。どういうわけか、彼の名前が――論文の題名が――文書館にあるあの『蔵書目録』に付け加えられていたのです。当惑しています、あんな書きこみがあるだなんて！　おふたりがイスタンブールへ来たのは正しい選択でした。ロッシ教授がここにいるとすれば、きっと見つかるはずです。私自身、昔から考えていたんですよ。ドラキュラの墓はイスタンブールにあるかもしれないとね。あの『蔵書目録』にごく最近ロッシの名前を書き加えた者がいたとすれば、ロッシ本人がここにいる可能性は充分あるような気がします。それに、あなたはロッシ教授がドラキュラの埋葬場所で見つかると信じているわけですよね。この件に関しては誠心誠意おふたりに協力いたします。私は何か――責任を感じるので」

「今度は私がおききしたいんですけれど」ヘレンは目をすがめてトルグットとぼくを見た。「ボラ教授、昨夜はどうしてあのレストランにいらしたんですか？　それが偶然の一致にしてもできすぎているように思えるんですけど。私たちは文書館を探してイスタンブールへ着いたばかりだというのに、その文書館に長年こんなに関心をもっているあなたが目の前に姿を現すというのは」

トルグットはすでに立ち上がっていたが、サイド・テーブルから小さな真鍮の箱を取ってふたを開け、煙草を勧めた。ぼくは断ったが、ヘレンは一本取り、トルグットに火をつけてもらった。彼は自分の煙草にも火をつけると、また腰を下ろした。ふたりは互いに見つめ合ったので、ぼくは一瞬、かすかな疎外感を覚えた。その煙草はほのかな芳香がして、あきらかに極上品だった。これがアメリカで有名なトルコ風のぜいたくというやつなのだろうか。トルグットはゆるやかに煙を吐き出し、ヘレンはスリッパを脱ぎ捨てて、東洋のクッションに座るのはお手のものだとばかりに、両足を引き上げて横座りになった。はじめて目にする彼女の一面だった。そのくつろいだ態度は温かいもてなしのなせる技だろう。

ついにトルグットが重い口を開いた。「どうして私はあのレストランでおふたりと出会ったのか？　それは私も何度も自問してみました。私にも答えられないからです。でも、本当に正直なところ、おふたりの近くの席に座ったときには、おふたりが誰なのかも、イスタンブールで何をしているのかも、まったく知らなかったんです。じつを言えば、あそこは旧市街でひいきにしている店で、よく行くところですし、講義の合間に散歩がてら出かけることもあります。あの日はほとんど考えもせずに店に入って、見かけない顔がふたりいる以外、客はひとりもいないとわかると、なんだか人恋しくて、ひとりぽつんと片隅のテーブルに着きたくなかったんですよ。私の妻に言わせれば、私は救いようのない友達作りたがり屋なんだそうです」

彼はほほえんで、銅製の皿にぽんと煙草の灰を落とすと、その皿をヘレンのほうへ押しやった。「でも、そんなに悪い癖じゃありませんよね？　とにかく、おふたりがあの文書館に興味を示したのを見て、私は驚くと同時に感動しましたし、いまこうして驚きを通り越したお話を聞いて、このイスタンブールではなんとかおふたりの力になりたいと思います。言ってみれば、どうしてあなたがたは私の行きつけのレストランに来たのでしょう。どうして私は本を持ってあの店へ食事に行ったのか。けげんに思うのはわかりますが、マダム、私にもわからないんです。ただ、偶然というのは希望を与えてくれます。シェイクスピアじゃないですが、〝この天と地のあいだには、人間の知恵の及ばぬ不思議なことがある――〟のです」トルグットは考えこむようにぼくたちふたりを見た。その顔は正直そのもので、少なからず悲しそうだった。

ヘレンはトルコ煙草の煙を霞がかった日差しにもうもうと吹きかけた。「わかりました」と、彼女は言った。「希望をもちましょう。さてこれから、私たちの希望についてはどうすればいいのかしら。もう地図の現物は見たし、ポールがあんなに調べたがっていた『ドラゴン騎士団蔵書目録』も見たわ。でも、これからどうすればいいのか」

「いっしょに来てください」と、トルグットは唐突に言った。彼が立ち上がると、午後のけだるさの最後の名残も消え失せた。ヘレンも吸いさしをもみ消して立ち上がり、袖がぼくの手をかすめた。ぼくもあとに続いた。「ちょっと私の書斎へお入りください」トルグットは時代物のウールやシルクのひだの中に埋もれたドアを開けると、礼儀正しくわきに寄った。

◆　◆　◆　◆

31章

私は列車のシートに座ったまま身じろぎひとつせず、向かい側の席で新聞を広げている男を見つめていた。すこし身動きして、自然にふるまうか、いっそのこと男の注意を引いたほうがいいかもしれないと思ったが、相手がとにかく微動だにしないので、男の息づかいさえも聞いていないような気がしてきて、自分まで息苦しくなりはじめた。しばらくして、私の最悪の恐怖が現実のものとなった。相手が新聞を下ろさずに話しかけたのだ。その声は彼の靴や完璧な仕立てのズボンにぴったり合っていて、なんだったか思い出せないなまりのある英語だったが、どことなくフランス語の趣があった——あるいは、《ル・モンド》紙の一面に踊る見出しを、苦悶のまなざしで見つめていたせいで、いっしょくたになってしまったのだろうか？　コロンビアで、アルジェリアで、聞いたこともない場所で、おそろしい事件が起きていたし、私のフランス語は今年飛躍的に上達していた。だが、その男は紙面を微動もさせず、新聞の陰から話しかけてきた。肌がぞくりと粟立った。耳を疑うようなことを言われたからだ。その声はおだやかで、教養があったが、たったひとつのことを尋ねていた。「お父さんはどこにいるんだね、お嬢さん？」

私はシートから身を引き剝がすようにして、ドアに飛びついた。背後で新聞が落ちる音がしたが、私はドアの掛け金しか眼中になかった。鍵は掛かっていなかった。恐怖が頂点に達した瞬間にドアが開いた。私は振り向きもせずにさっと通路に出ると、バーレイが向かった食堂車のほうへ走った。ありがたいことに、ほかの乗客たちの姿があちこちのコンパートメントに見えた。カーテンは開けたままで、本や新聞やピクニック用のバスケットが落ちないようにバランスをとってかたわらに置かれていた。私が急いで通り過ぎると、みんな好奇のまなざしを向けた。私はちょっと足を止めて背後の足音に耳を澄ますこともできなかった。コンパートメントにスーツケースを置いてきたことをふと思い出した。頭上の棚に乗せたままになっている。あの男が取るだろうか？ 中を調べるだろうか？ ハンドバッグは腕に掛けていた。いつもそうするように、手首に引っ掛けて眠りこんでいた。

バーレイは食堂車のいちばん奥に陣取り、広いテーブルの上で本を開いていた。紅茶だけではなくほかのものも注文していて、そのささやかな王国から目を上げて私がいることに気づくまでにしばらくかかった。私はとり乱した顔をしていたにちがいない。彼がすぐに自分のブース席に引き入れたからだ。「どうしたの？」

私は泣くまいとして、彼の首に顔を押しつけた。「目が覚めたら、コンパートメントの中に男がいて、新聞を読んでいたんだけれど、相手の顔は見えなかったの」

バーレイは私の髪に手を当てた。「新聞を読む男？ なんでそんなにうろたえているわけ？」

「こちらにまったく顔を見せなかったの」と、私は小声で言うと、食堂車の入口のほうを見た。そこには誰もいなかった。中へ入って捜索しようとするダークスーツ姿の人影はなかった。「でも、新聞の陰から話しかけてきて」

「それで？」バーレイは私の巻き毛が気に入ったことに気づいたらしかった。

「父はどこにいるって尋ねたわ」

「なんだって？」バーレイはぱっと身を起こした。「確かかい？」

「ええ、英語でだから」私もしゃんと身を起こした。「すぐに逃げたし、あとを追いかけてきたとは思わないけど、この列車には乗っているわ。荷物は置き去りにするしかなかったの」

バーレイは唇を噛んだ。彼の白い肌に血がにじむのではないかと思った。彼はウエイターに合図して、立ち上がり、しばらく何か話をすると、ポケットに手を突っこんで大目のチップを引っぱり出し、ティーカップの横に置いた。「次の停車駅はブロワだ」と、彼は言った。「あと十六分で着く」

「荷物はどうする？」

「きみはハンドバッグを持っているし、ぼくは財布を持っている」バーレイはいきなり言葉を切って、私を見つめた。「あの手紙は――」

「ハンドバッグに入っているわ」と、私は急いで言った。

「よかった。残りの荷物は置いていくはめになるかもしれないけど、まあ、どうってことないさ」

バーレイは私の手をとり、食堂車の後尾から外に出ると――驚いたことに、そこは厨房だった。さっきのウエイターにうしろからせき立てられ、私たちは冷蔵庫のそばのわずかな隙間にもぐりこんだ。バーレイが指をさした先にはドアがあった。そこで十六分間じっと待ち、私はしっかりバッグをつかんでいた。そんなせまいところでは、ふたりが亡命者よろしく、立ったままひしと抱き合うのはきわめて当然のことのように思えた。私は急に父からもらった贈り物を思い出して、それに手を当てた。その十字架ははっきり見える状態でのどに張りつくようにぶら下がっていた。あの男が新聞を下げようとしなかったのも無理はない。

ようやく、列車はスピードを落としはじめ、ブレーキが金切り声を上げて車体を震わせると、駅に停車した。あのウエイターがレバーを押してすぐ横のドアを開けてくれた。彼はバーレイにいわくありげににやりとして見せた。たぶん、私の父親が激怒してふたりを列車じゅう追いかけまわしているとか、その手の恋愛絡みのドタバタ喜劇だと思っていたのだろう。「列車からは降りるけれど、そばにぴったりくっついていて」と、バーレイが声をひそめて指示し、ふたりでそろそろとホームに降りた。そこには銀色の木立ちの下に広々としたスタッコ仕上げの駅舎があり、空気は暖かくてかぐわしい匂いがした。「そいつの姿が見える?」

車両に沿って目を凝らしていると、かなり先で下車する客たちのなかに気になる人影を見つけた——背が高くて肩幅の広い黒いスーツ姿の男で、全体的にどことなくおかしなところがあり、胃が引きつるような薄気味悪さがあった。山の低い黒い帽子をかぶっていたので、顔は見えなかった。黒っぽいブリーフケースと白いものを丸めて手にしていたが、たぶんあの新聞だろう。「あれだわ」私は指をささないように気をつけた。バーレイはすばやく私をステップの上に引き戻した。

「見えないところにいてくれ、ぼくが行く先を見届けるよ。あたりをきょろきょろ見まわしているな」バーレイが目を凝らしているあいだ、私はどきどきしながら身を縮めていた。彼は私の腕をぎゅっと握ったままだった。「いいぞ――反対側へ歩きだした。いや、だめだ、こっちへ戻ってくる。窓から車内をのぞきこんでいる。また列車に乗るんじゃないかな。冷静なやつだ――腕時計に目をやってる。よし、ステップを上がりだした。いや、また降りて、こっちへやって来る。覚悟して――いざとなったら、車内に戻って列車のいちばん端まで走るからね。用意はいいかい?」

そのとき、ファンがまわって、列車がため息をもらし、バーレイは毒づいた。「くそっ、また乗ったよ。ぼくたちが本当は降りていないと気づいたんだろうな」ふいに、バーレイは私をステップからプラットホームへぐいと引き下ろした。かたわらで、列車がまたため息をつき、動きだした。乗客たちが数人ばかり、窓を開けてそこから身を突き出し、煙草を吸ったり、あたりを眺めたりしていた。数車両離れたところで、そうした乗客たちに混じってこちらに顔を向ける黒っぽい人影が見えた。怒り肩の男だ――かろうじて抑えている憤怒でいっぱいのような気がした。そこで、列車がスピードを上げ、カーヴを曲がった。私はバーレイのほうを向き、ふたりはお互いを食い入るように見た。小さな田舎の駅に村人たちが数人いるのをべつにすれば、私たちは何もないフランスの辺地でふたりきりだった。

◆　◆　◆　◆

32章

トルグットの書斎をもうひとつの東洋の憧れ、オスマン帝国の学者の桃源郷だと思っていたなら、ぼくの予想ははずれた。通された部屋はいま出てきたばかりの大きな部屋よりはるかにせまかったが、こちらも天井は高く、ふたつの窓から差しこむ日差しが家具をきわだたせていた。二辺の壁には上から下まで本が並び、窓のわきにはそれぞれ床まで届く黒いヴェルヴェット地のカーテンが吊るされていて、馬や猟犬を使った狩りの場面を描いたタペストリーがその部屋に中世の華やかな雰囲気をかもし出していた。書斎の真ん中にあるテーブルの上には英語の参考図書が山積みになり、膨大なシェイクスピア全集がデスクのそばにある専用の飾り棚を占領していた。

だが、トルグットの書斎の第一印象は英文学が突出していることではなかった。ぼくはすぐにもっと暗いものの存在を、彼の研究対象である英文学のおだやかな影響をじわじわ押しのけてきた執着心を感じた。それはいきなり顔となって目に飛びこんできた。その顔はいたるところにあって、デスクの向こう側にあるプリント画から、テーブルの上の書見台から、壁に掛かった風変わりな刺繍の飾り物から、紙ばさみの表紙から、窓のそばのスケッチから、尊大にこちらを見返した。どれもおなじ顔で、さまざまなポーズでさまざまなものに描かれていながら、いつも口ひげを生やし、頬のこけた中世風の顔だちをしていた。

トルグットはぼくのようすを見守っていた。「ああ、これが誰だかご存じですね」と、彼は険しい顔で言った。「ごらんのとおり、私は多種多様な彼の肖像を集めています」ぼくは彼と並んで立ち、デスクの向こう側の壁に額に入れて飾られているプリント画を眺めた。それはアメリカで見た肖像画によく似た木版画の複製品だったが、その顔は真正面を向いていたので、インクのように黒い目が、穴の開くほどこちらを見つめているように思えた。

「こんなにいろいろな肖像画をどこで見つけたんですか？」と、ぼくはきいた。

「どこでも見つかるところで」トルグットはテーブルの上にある二つ折判のほうを身ぶりで示した。「古い本から自分でスケッチしたこともありますし、骨董屋や競売で見つけたこともあります。注意して見ていればわかりますが、いまだにこの街では驚くべき数の彼の肖像画が野放しになっています。それをぜんぶ集めたら、彼の目のなかに私の不思議な本の秘密を読みとれるのではないかと思ったのです」トルグットはため息をついた。「でも、この手の木版画はとても粗雑で、とても――単純です。それではあき足らず、ついには友人の画家に頼んで、すべてをうまくブレンドして一枚の絵にまとめてもらいました」

彼はぼくたちを窓のそばのニッチへ案内した。そこには黒いヴェルヴェット地の短いカーテンが引かれて何かを覆い隠していた。トルグットが紐に手をかけないうちから、ぼくは恐怖めいたものを覚えたが、よくできた仕組みのカーテンが彼の操作でぱっと開くと、心臓がひっくり返りそうになった。生々しいほど真に迫った実物大の油絵があらわになったのだ。猪首の精悍な若者の、肩から上のショットだ。髪は長く、ふさふさした黒い巻き毛が肩のあたりでのたうっていた。輝くばかりに白い肌に、異常なほどあざやかな緑色の瞳、小鼻の広がった高くてまっすぐな鼻をした、ハンサムだがこのうえなく残忍な顔だった。赤い唇は垂れ下がる黒い口ひげの下でみだらな曲線を描いていたが、それでいて、あごがぴくぴく引きつるのを抑えようとするかのように、固く結ばれてもいた。尖った頬骨に、もじゃもじゃの黒い眉毛をして、正面に茶と白のぶちになった羽根が縫いつけられた深緑色のヴェルヴェット地の先の尖った帽子をかぶっている。生気にあふれてはいるが、まったく情というものを欠いた顔であり、力強さと用心深さに満ちているが、感情にむらのある顔だった。その絵のなかでいちばんぎょっとするのは目だった。突き刺すようにこちらを見据える目は生きていると言ってもいいほど鋭く、しばらくすると、ぼくはほっとしたくて目をそらした。隣に立っていたヘレンはすこしだけぼくのほうへ身を寄せた。安心するためというより連帯感を示すためのようだった。

「私の友人はとても腕の立つ画家なんです」と、トルグットはおだやかに言った。「この油絵をカーテンで隠しておく理由はおわかりですよね。仕事中は見たくないのです」その絵に見られたくないと言ってもよかったのではないかと思った。「これは一四五六年ごろのヴラド・ドラキュラを描いたものです。最長となったワラキア統治をはじめたころですね。当時二十五歳で、その時代の文化レベルからいえば教養がありましたし、大変な乗馬の名手でもありました。その後二十年間で、おそらく一万五千人の領民を殺しています——政治的な理由で殺害した場合もありますが、たいていは人が死ぬのを見て楽しむためでした」

トルグットはカーテンを閉めた。ぼくはその恐ろしく色あざやかな瞳が見えなくなってほっとした。「ほかにもお見せしたい珍品があります」と、彼は言うと、壁際の木製の戸棚を示した。「これはドラゴン騎士団の紋章で、旧市街の港近くの骨董市で見つけたものです。そして、この短剣は銀製で、オスマン帝国時代初期のイスタンブールのものです。吸血鬼狩りに使われたものだと思います。さやの部分にそれらしきことを示す文言があるからです。こちらの鎖と犬釘は」――彼はまたべつの戸棚を見せた――「拷問道具ではないかと思います。たぶん、ワラキアのものでしょう。それから、ほら、これは貴重な品です」トルグットはデスクの端からきれいな象眼細工が施された木箱を取ると、留金を開けた。中には、色あせた黒いサテン地のひだに埋もれるようにして、小さな銀のピストルと銀のナイフをはじめ、外科手術用の器具のような鋭利な道具が数点入っていた。

「それはなんですか？」ヘレンは箱のほうにためらいがちに手を伸ばしたが、すぐに引っこめた。

「正真正銘の吸血鬼狩り用具のセット。百年前のものです」と、トルグットは誇らしげに告げた。「ルーマニアの首都ブカレストのものだと思います。骨董好きな私の友人が数年前に見つけてくれたものでしてね。昔はたくさんあったんですよ――十八世紀や十九世紀には東欧で旅行者相手に売られていたものなんです。もともとはここに、この隙間ににんにくが入っていたんですが、私は自前で吊るしています」彼が指をさすほうへ目をやり、数珠つなぎになったにんにくがデスクと向かい合うような格好で戸口の両脇に吊るされているのを見て、ぼくはまたあらためてぞっとした。ほんの一週間前にはロッシの理性を疑ったが、ひょっとしたら、ボラ教授は几帳面なだけではなく、頭もおかしいのかもしれないと思った。

何年かして、自分の最初の反応が理解できた。ドラキュラ城にあってもおかしくないような、拷問道具が完備された中世の小部屋のようなトルグットの書斎を見て覚えた警戒心の本質が見えたのだ。われわれ歴史学者《ヒストリアン》が自分自身を反映するものに、おそらくは学問を通してしか考察したくない自分の一面に、興味を抱くというのは事実だ。自分が興味をもっていることに夢中になると、それがどんどん自分の一部と化すのもまた確かだ。このできごとから数年後にアメリカの大学——ぼくが通っていた大学ではない——を訪れたときのことだ。ぼくはナチス・ドイツを専門とするアメリカ歴史学界の重鎮に紹介された。彼は大学構内のはずれにある快適な家に住んでいて、自分の専門に関する本はもちろんのこと、第三帝国の公式食器まで集めていた。ばかでかいジャーマン・シェパードが二頭、番犬として昼夜を問わず前庭をパトロールしていた。ほかの教授仲間といっしょに居間で酒を飲みながら、彼はなんの衒《てら》いもなく、ヒトラーの犯罪行為は唾棄すべきものであり、自分はこうしてその詳細を文明世界の人びとの目にあますところなくさらしたいのだと言いきった。ぼくはそのパーティーを早めに抜け出し、二頭の大型犬のかたわらを慎重に通り過ぎながら、嫌悪感を振り捨てられなかった。

「やりすぎだと思っているかもしれませんな」ぼくの表情が目に入ったかのように、トルグットはいささか申し訳なさそうに言った。彼はまだにんにくを指さしていた。「なんというか、無防備に過去の邪悪な思想に囲まれてここにいたくないだけなんですよ、ね？　さあ、それでは、いよいよ本題のものをお見せしましょう」

彼はぼくたちにダマスク織りのぐらぐらする椅子に座るよう勧めた。ぼくが座った椅子の背には、一片の――骨だろうか？――そのたぐいのものがはめこまれているらしく、ぼくはうしろにもたれかからなかった。トルグットは書棚のひとつからずっしりしたファイルを引き抜いた。その中から、あの文書館で調べていた資料の手書きの写しを取り出すと――さらに注意深く作成されているという点をのぞけば、ロッシのスケッチによく似たものだ――続いて手紙を一通、引っぱり出して、ぼくに手渡した。大学のレターヘッドが付いた便箋にタイプで打たれたもので、ロッシのサインが入っていた――その署名に関しては疑問の余地はないと思った。その渦を巻くBとRは、ぼくにはまちがいなくなじみのものだった。それに、その手紙が書かれたころには、ロッシはたしかにアメリカで教鞭をとっていた。その数行ばかりの文面にはトルグットがさっき説明したとおりのことが書かれていた。ロッシはメフメト二世の文書館のことなどまったく知らない、と。ご期待に添えなくて申し訳なく思っているし、ボラ教授の研究のご成功をお祈りする、と続けていた。まさしく不可解な手紙だった。

次にトルグットが取り出したのは、古めかしい革装丁の小さな本だった。すぐに手を伸ばさないようにするのはむずかしかったが、必死になって我慢していると、そのあいだにトルグットはそっとその本を開き、まず冒頭や巻末のほうにある空白のページを、それから真ん中に載っている木版画を見せた――そのもうおなじみのシルエットを、邪悪に翼を広げて、たったひとこと、その恐ろしい言葉が書かれた旗を鉤爪で持っている竜の姿を。ぼくはずっと持ち歩いていたブリーフケースを開けて、自分の竜の本を取り出した。トルグットはデスクの上にその二冊を並べて置いた。三人はそれぞれ、彼の宝物をもう一方の邪悪な贈り物と見比べ、全員そろってそのふたつの竜はおなじものだと判断した。トルグットのほうはページの端までいっぱいに描かれていて、竜の姿はもっと黒っぽく、ぼくのほうはもっと色あせていたが、それはまったくおなじものだった。竜の尻尾の先端近くに似たような汚れまであり、その木版には荒削りなところがあって、版画を刷るごとにインクの汚れがすこしつくかのようだった。ヘレンは黙って考えこんでいた。

「驚きましたな」と、トルグットはついに小声で言った。「夢にも思いませんでしたよ、こんな本をもう一冊、目にする日が来るなんてね」

「三冊目があると聞く日も、ですよ」と、ぼくは指摘した。「ぼくがこの竜の本をこの目で見たのはこれが三冊目なんです、そうでしょう？　ロッシの本に載っていた木版画もおなじものでした」

彼はうなずいた。「それにしても、これはいったい何を意味しているのでしょう？」だが、彼はすでに地図の写しを竜の本の隣に広げて、太い指で竜や川や山脈の輪郭をたどって比べていた。

「信じられん」と、彼はつぶやいた。「まったく気づかなかったなんて。いや、たしかに似ていますね。地図を表している竜か。でも、なんの地図なんでしょう？」彼の目がきらりと光った。

「ロッシはまさにそれをあの文書館で突き止めようとしていたんです」と、ぼくは言ってため息をついた。「あとで、せめてもうすこし踏みこんで、地図の意味を探り出してくれていたら」

「ひょっとしたら、探り出していたのかも」ヘレンは考えこむような口調で言った。ぼくはそちらを向いてどういう意味かきこうとした。そのとき、奇妙なにんにくの飾りにはさまれたドアがさらに開き、ぼくたちはふたりとも飛び上がった。だが、戸口に立っていたのは恐ろしげな亡霊などではなく、緑色のワンピースを着た小柄でにこやかな女性だった。それはトルグットの妻で、全員が彼女を出迎えようと立ち上がった。

「やあ、お帰り」トルグットはすばやく彼女を引き入れた。「昨夜話したとおり、この方たちが私の友人、おふたりともアメリカの大学教授だ」

彼が礼儀正しく一同を紹介すると、ミセス・ボラは人なつこい笑みを浮かべてぼくたちと握手した。まさしくトルグットの半分の大きさで、まつげの長い緑色の瞳に、上品なかぎ鼻、くるくる渦を巻く赤みがかった巻き毛の持ち主だった。「お目にかかるのが遅くなって本当にごめんなさい」彼女の英語の発音はゆっくりで丁寧だった。「たぶん、うちの人はおふたりにお食事ひとつ出してませんね？」

ぼくたちはたらふく食べさせてもらったと反論したが、彼女は首を横に振った。「ミスター・ボラは、お客さまにまともな食事を出したためしがないんです。だから――叱ってやります！」彼女は夫に向かって小さなげんこつを振りまわしたが、相手はうれしそうだった。

「私は大変な恐妻家なんですよ」と、彼は悦に入って言った。「この女性はアマゾン族みたいに気が荒いんですから」ヘレンはミセス・ボラよりはるかに背が高かったが、ふたりににっこりほほえみかけた。この夫婦は本当にたまらなく魅力的だった。

「で、今度は」と、ミセス・ボラが言った。「あのとんでもないコレクションでおふたりを退屈させてるんですね。ごめんなさい」数分としないうちに、ぼくたちはまた豪華な寝椅子に腰を落ち着けていて、ミセス・ボラはコーヒーを注いでいた。小鳥のように華奢ながら、なかなかの美人で、四十歳ぐらいの物静かな女性だった。使える英語は限られていたが、それを上品なユーモアでうまく活用していた。夫がたびたび英語を話す客を家に連れこんでいるかのようだ。服装は簡素で優雅、言動は洗練されていた。子どもたちが彼女のまわりに群がっているところを思い浮かべた——保育園児たちでも彼女のあごまで背があるはずだ。ふたりに子どもはいるのだろうか。居間には子どもの写真はひとつもなく、ほかにもそんな形跡はなかったし、面と向かってきくのははばかられた。

「うちの人はちゃんと街を案内してまわりました?」と、ミセス・ボラがヘレンにきいていた。

「ええ、街の一角を」と、ヘレンは答えた。「今日はずいぶんお時間をとらせてしまったんじゃないかしら」

「とんでもない——お時間をとらせてしまったのは私のほうですよ」トルグットは見るからにうれしそうにコーヒーをちびちび飲んだ。「でも、まだ問題は山積みです。ねえきみ」——これは妻に向かって——「これから行方不明の教授を捜すことになるから、二、三日忙しくなるよ」

「行方不明の教授ですって?」ミセス・ボラはおだやかに夫にほほえみかけた。「わかりました。でも、まずお食事をしないといけないわ。ごいっしょしていただけるといいんですけれど?」彼女はこちらを向いた。

さらにものを食べるなんてことはとても考えられず、ぼくはヘレンと目を合わさないように気をつけた。だが、ヘレンはこういう展開は当然だと思っているらしかった。「ありがとうございます、ミセス・ボラ。ご親切に言っていただいたのですけれど、私たちはもうホテルに戻ったほうがいいと思います。五時に人と会う約束をしているものですから」

本当に？　わけがわからなかったが、ぼくは話を合わせた。「そうなんです。アメリカ人が数名ばかり、一杯やりにくることになっていまして。でも、おふたりにはまたすぐにお目にかかりたいものです」

トルグットはうなずいた。「早速この書斎にある資料に目を通すことにしましょう。おふたりの役に立ちそうなものは何もかもね。ドラキュラの墓がイスタンブールにある可能性を――ひょっとして、あの地図がこの街の区域を表していないかどうか、じっくり考えてみる必要があります。私はこの街に関する古書を二、三冊持っていますし、イスタンブール関係のりっぱなコレクションを誇る友人もいます。今夜じゅうにすべて探しておきますよ」

「ドラキュラね」ミセス・ボラは頭を振った。「シェイクスピアのほうがドラキュラより好きだわ。ずっと健全な関心だもの。それに」――彼女はいたずらっぽくぼくたちをちらりと見た――「シェイクスピアはうちの請求書を支払ってくれますし」

ボラ夫妻はかしこまって玄関まで見送りに出てくれた。トルグットはぼくたちに翌朝九時に宿泊先のペンションで落ち合うことを約束させた。できれば、そのときに新たな情報を伝えられるようにするし、もう一度あの文書館を訪れて、何か進展はないか確かめることにしよう。そのあいだも、最大限の用心をして、尾行をはじめ、何か危険な兆候はないか、四方八方に注意を払うべきだ、と彼は警告した。トルグットは宿泊先までずっと送っていきたいと言ったが、ぼくたちはふたりだけでもフェリーに乗って帰るぐらいのことはできると請け合った――フェリーはあと二十分で出港するという話だった。ボラ夫妻はぼくたちを玄関から送り出すと、石段のところに並んで手をとり合い、さよならと大声で叫んでいた。イチジクと菩提樹がトンネルを作る通りを歩きながら、ぼくは一回か二回、ちらりとうしろを振り返った。「幸せな結婚みたいだな」と、ぼくはヘレンに言ったが、そのとたんに後悔した。彼女が例によってふんと鼻を鳴らしたからだ。

「なに言ってるのよ、ヤンキーさん」と、彼女は言った。「新たな難題を抱えている身でしょ」

ふつうなら、ヘレンに面罵されても笑って受け流しただろうが、今度ばかりはなぜかぞっと身震いして彼女のほうを向いた。この不思議な午後の訪問にまつわるまたべつの思いもあった。最後の最後まで押し殺していた思いだ。ヘレンがいつもの動じないまなざしでこちらを向くのを見て、そのあくは強いが整った容貌と、トルグットがカーテンで覆い隠したあの輝くばかりの肖像が、あのぎょっとするような肖像が似ていることに、どうしようもない衝撃を受けていた。

◆　◆　◆　◆

33章

ペルピニャン行きの急行が銀色がかった木立ちと村の家並みの向こうに完全に姿を消してしまうと、バーレイはぶるぶるっと身震いした。「ま、あいつはあの列車に乗っているけれど、ぼくたちは乗っていない」

「そうね」と、私は言った。「でも、あいつは私たちの居場所を正確に知っているわ」

「そう長いあいだじゃないさ」バーレイは足早に切符売り場へ向かったが――窓口にいる老人は立ったまま眠りこんでいるように見えた――すごすごと戻ってきた。「次のペルピニャン行きは明日の朝までない」と、彼は報告した。「めぼしい町まで行くバスの便も明日の午後までない。宿泊施設といっても、村から五百メートルほど外にある農家がひと部屋貸してくれるだけだ。そこで一泊して、朝の列車にまにあうように戻ってきたらどうかな」

怒りださなければ、泣きだしそうだった。「バーレイ、ペルピニャン行きの列車に乗るのに明日の朝までなんて待てないわ！　それじゃ、時間を無駄にしすぎるわよ」

「だけど、ほかに手がないんだよ」と、バーレイはいらだたしげに言った。「タクシーとか、車と

か、農家のトラックとか、ロバが引く荷車とか、ヒッチハイクとか、いろいろきいてみたんだから
――ほかにどうしろっていうわけ？」
私たちは黙って村を通り抜けた。午後も遅い時間だった。眠気を誘う暖かい日で、戸口や庭で見かけた村人たちはみんな、魔法にでもかかっているのか、半分ぼうっとしているように見えた。たどり着いてみると、目当ての農家の外には、手書きの看板と卵やチーズやワインを売るテーブルが出ていた。家の中から――お決まりのエプロンで手を拭きながら――出てきた女性は私たちを見ても驚いた顔はしなかった。バーレイが私を妹だと紹介すると、彼女は愛想よくほほえみ、こちらは手ぶらだというのに、うるさく質問はしなかった。バーレイがふたり用の部屋があるかと尋ねると、彼女は息を吸いながら「はい《ウィ》、はい《ウィ》」と、ひとりごとでもつぶやくように答えた。その農家の庭の土はかちかちに押し固められていて、花はほとんど植わっていなかった。めんどりたちが餌を探して地面を引っかき、軒下にはポリバケツがずらりと並んでいて、石造りの納屋群と母屋がそのまわりになごやかだがまとまりなく身を寄せ合っていた。食事は母屋の裏手の庭でとればいいし、部屋はその庭の隣にある建物のいちばん古い一角にあると、その農家の主婦は説明した。
私たちは女主人のあとについて無言で梁の低い農家の台所を通り抜け、かつては下働きが寝泊りする場所だったかもしれない小さな翼棟に入った。それを見てほっとしたが、あてがわれた寝室には壁際に向かい合わせに小さなベッドがふたつ置かれていて、大きな木製のたんすがひとつあった。隣の洗面所には色あざやかに塗られた便器と洗面台が取りつけられていた。どこもかしこも塵ひとつなくきれいで、カーテンはぱりっと糊が効いており、壁のひとつには日に焼けて色あせた古い刺

繡作品が飾られていた。私が洗面所へ入って冷たい水で顔を洗っているあいだに、バーレイが宿代を払った。

洗面所から出てくると、バーレイが散歩をしようと言った。あと一時間はしないと、夕食の支度はできないからだ。最初、私はこの守ってくれそうな農家の庭から出たくなかったが、外の小道は枝を張る木立ちの陰になって涼しかった。やがて、その昔はりっぱな邸宅だったにちがいない廃墟のそばを通りかかった。バーレイが塀を乗り越えると、私もあとに続いた。石造りの建物本体はすっかり崩れ落ちていて、もとの壁の内側の地図のようになっており、ひとつだけ残る荒れ果てた塔がその廃墟の過去の栄光を偲ばせていた。扉が半開きになった納屋の中には、まだ倉庫として使われているかのように、干し草があった。巨大な梁が一本、一階部分に落ちこんでいた。

バーレイはその廃墟に腰を下ろし、私のほうを見た。「さてと、きみが怒り狂っているのはわかるよ」と、彼は小憎らしい口調で言った。「ぼくがきみを差し迫った危険から救うのはかまわないけれど、あとで迷惑するならそのかぎりじゃないってことだ」

その底意地の悪さに私は一瞬息をのんだ。「よくそんなことが言えるわね」やっとのことでそう言うと、私は瓦礫の中を立ち去った。バーレイが立ち上がってあとをついてくる気配がした。「あの列車に乗っていたかったとでも言うの?」と、彼はまえより若干丁寧な口調できいた。「そんなわけないでしょ」私は顔をそむけたままだった。「でも、父がもうサンマチューにいる可能性があることはあなただってよくわかっているはずよ」

「だが、ドラキュラだかなんだか知らないけど、そいつはまだそこにいない」

「あいつは私たちより一日先を行っているわ」と、私は言い返すと、畑の向こうに目をやった。遠く離れたポプラ並木の上に村の教会が見えていた。山羊か牛の群れが見当たらないだけで、絵のようにのどかそのものの光景だった。

「そもそも」と、バーレイが言った(私はその講義口調がいやだった)。「あの列車に乗っていたやつの正体はわかっていない。ひょっとしたら、あの悪党本人ではなかったかもしれない。きみのお父さんの手紙によれば、あいつには手先がいる。そうだろ?」

「もっと悪いわ」と、私は言った。「あれが手先だったら、本人はすでにサンマチューにいるかもしれないもの」

「あるいは」と、バーレイは言ったが、そこで口をつぐんだ。彼が何を言いかけたのかわかった。〝あるいは、彼はここに、ぼくたちといっしょにいるかもしれない〟と。

「私たちがどこで降りたか、はっきり教えたのは確かね」と私は言って、彼の手間を省いてあげた。

「今度は誰が意地悪しているんだよ?」バーレイが背後から近づいてきて、かなりぎこちなく私の肩に腕をまわした。少なくとも、彼が父の話を信じているような口ぶりで話していることに気づいた。必死になってまぶたの裏に留まろうとしていた涙があふれ出て、頰を伝った。「おいおい」と、バーレイは言った。彼の肩に頭をのせると、日を浴びて汗をかいたせいでシャツは温かかった。しばらくして、私は身を引き離し、ふたりは農家に戻ってその庭で無言のまま夕食をとった。

◆
◆
◆
◆

ペンションへの帰り道、ヘレンはそれ以上突っこんだ話をしようとしなかったので、ぼくは敵意の兆しはないかと通行人に目を光らせ、ときどき周囲やうしろに目をやって尾行されていないかどうか確かめることで満足した。ペンションの部屋にたどり着いたころには、ロッシの捜索方法についてじれったいほど情報が不足していることにまた頭を悩ませていた。たんなる本のリストが、それも、どうやら現存していないものまで含まれているようなリストがいったいどんな手掛かりになるというのか？

「私の部屋に来て」と、ヘレンはペンションに着くなりだしぬけに言った。「ふたりだけで話したいわ」べつのときなら、乙女の恥じらいに欠ける彼女の言動をおもしろがっただろうが、いまその顔は断固たる決意に満ちていたので、いったい何を考えているのか知りたいとしか思わなかった。いずれにしろ、そのときの彼女の表情ほど男の気をそそらないものはなかったかもしれない。ヘレンの部屋に入ってみると、ベッドはきちんと整えられていて、わずかばかりの所持品は見えないところにしまいこまれているようだった。彼女は窓の下の腰掛けに座り、ぼくに身ぶりで椅子を勧めた。「ねえ、いい」と、手袋や帽子を脱ぎながら、彼女は言った。「ずっと考えていたことがあるの。ロッシの捜索に関して、私たちは壁に突き当たっていると思うわ」

ぼくはむっつりうなずいた。「この三十分間、ぼくもそのことで悩んでいた。でも、トルグットが友人たちから何か情報を集めてきてくれるんじゃないかな」

彼女は頭を振った。「そんなのはカモをつかむような話よ」

「それを言うなら〝雲〟だよ」と、ぼくは言ったが、熱はこもっていなかった。

「雲をつかむような話」と、彼女は言い直した。「ずっと考えていたんだけれど、私たちはすごく重要な情報源をほったらかしにしているわ」

ぼくはじっと彼女を見つめた。「それは何?」

「私の母よ」と、彼女はきっぱり言った。「まだアメリカにいたときに、あなたは母のことを尋ねたけれど、あれは正しかったわ。一日じゅう母のことを考えていたの。母はあなたよりずっとまえにロッシ教授と付き合いがあったわけだし、はじめて父親のことを打ち明けられたあとは、私もちゃんと尋ねてみたことがないの。どうしてきかなかったのかわからないけれど、ただ、どう見てもそれは母にとってつらい話題だったわ。それに」——ヘレンはため息をついた——「母は本当に素朴で何も知らない人だから。話を聞いてもロッシの研究内容について彼女から得られるものはないと思ったの。去年、母がロッシはドラキュラの存在を信じていたと話したときですら、私は大して踏みこまなかった——母の迷信深さはよく知っているから。でも、こうなると、ロッシを捜す手掛かりになりそうなことを知っているんじゃないかという気がしてきたの」

彼女の最初の言葉を聞くなり、希望で胸が躍った。「でも、どうやってお母さんと話をするんだい?　電話がないと言ってなかったっけ」

「電話はないわ」

「それじゃ——どうする?」

ヘレンは手袋をひとつに合わせて、ぴしゃりと自分のひざを叩いた。「直接母に会いにいくしかないわ。いまはブダペスト郊外の小さな村に住んでいるの」

「なんだって?」今度はぼくがいらいらする番だった。「へえ、それなら話はじつに簡単だ。きみはハンガリーのパスポート、ぼくは——なんと——アメリカのパスポートを手にしてひょいと列車に飛び乗り、きみの身内の家に立ち寄ってドラキュラ話に花を咲かせればいい」

意外にも、ヘレンはほほえんだ。「そんなに機嫌をそこねることないでしょ、ポール」と、彼女は言った。「ハンガリーにはこんなことわざがあるわ。〝不可能であれば、事は可能だ〟」

もう笑うしかなかった。「わかったよ」と、ぼくは言った。「どうするつもり? きみにはいつも奥の手があるみたいだけど」

「ええ、あるわ」彼女は手袋のしわを伸ばした。「じつを言うとね、うちの伯母にはきっと打つ手があると思っているの」

「きみの伯母さん?」

ヘレンはちらりと窓の外に目をやり、通りをへだてて向かい側に建ち並ぶしっとり落ち着いた色合いになったスタッコ仕上げの古い民家を眺めた。夕方近い時間で、ぼくがもうすっかり惚れこんでいた地中海の日差しは街のいたるところで黄金色に色づきはじめていた。「伯母は一九四八年からハンガリーの内務省に勤めていて、わりと重要な役職に就いているの。私が奨学金をもらえたのも伯母のおかげよ。私の国ではそういう伯父か伯母がいないと埒があかないわけ。伯母は私の母の姉で、この伯母夫婦が助けてくれたからこそ、私の母はルーマニアからハンガリーへ、彼女が——伯母が——すでに住んでいたところへ逃げられたの。私が生まれる直前にね。伯母は私をとてもかわいがってくれていて、私が頼めばなんでもしてくれるはずよ。母とちがって、伯母には電話があるから、彼女に電話してみようと思うの」

「つまり、伯母さんがどうにかしてきみのお母さんを電話口まで連れてきて、ぼくたちと話ができるようにしてくれるってこと?」

ヘレンはうめいた。「まったく、あの国で内緒の話だとか、物議をかもしそうな話を電話でできると思うの?」

「すまない」と、ぼくは言った。

「私たちが直接会いにいくのよ。伯母が手配してくれるわ。そうすれば母とひざを突き合わせて話ができるもの。第一ね」──その声にもっとやさしいものが忍びこんできた──「ふたりとも、私と会えたら大喜びしてくれるはずよ。ここからそう遠くないし、もう二年も会っていないから」

「うーん」と、ぼくは言った。「ロッシのためならまずなんでもやってみる覚悟ではあるけれど、共産主義国家のハンガリーにやすやすと潜入できるとはちょっと思えないな」

「あらそう」と、ヘレンが言った。「それじゃ、共産主義国家のルーマニアに──あなたの言い方を借りれば──やすやすと潜入するなんてことはもっと考えられないでしょうね?」

今度ばかりはぼくもしばらく黙りこんだ。「たしかに」と、ぼくはようやく口を開いた。「その点はぼくもずっと考えていた。ドラキュラの墓がイスタンブールにはないことがはっきりしたら、そこ以外考えられないから」

ぼくたちはしばらくじっと座って、それぞれの物思いにふけった。ふたりがとほうもなく遠く離れたところにいるように感じた。やがてヘレンが身じろぎした。「宿の女主人に一階の電話を使わせてもらえるかどうかきいてみるわ」と、彼女は言った。「伯母はもうじき仕事から帰ってくるはずだし、いますぐ彼女と話がしたいの」

「いっしょに行ってもいいかな?」と、ぼくは尋ねた。「ぼくにも関係がある問題だからね」

「もちろんいいわよ」ヘレンは手袋をはめ、ふたりで下へ降りて女主人が居間にいるところをつかまえた。ぼくたちの意図を説明するのに十分かかったが、数トルコ・リラべつに払ったうえに、電話料金は全額こちら持ちだと約束すると、話はすんなり通った。ヘレンは居間の椅子に腰掛け、複雑に入り組んだ番号をダイヤルして電話をかけた。そこでようやく、彼女の顔が明るくなった。「ベルが鳴っているわ」彼女はぼくにほほえみかけた。美しくて気さくな笑みだった。「伯母はこんなこと喜ばないわね、きっと」と、彼女は言った。そのとき、その表情がまた変わり、用心深くなった。「エヴァ?」と、彼女は言った。「エレナよ!」

よく耳を澄ましてみて、彼女はハンガリー語をしゃべっているにちがいないと気づいた。少なくとも、ルーマニア語がロマンス諸語であることは知っていたので、単語のひとつやふたつはわかるかもしれないと思っていた。だが、ヘレンがしゃべっている言葉はギャロップで疾駆する馬のように聞えた。ぼくの耳では一秒たりとも捕まえることができない、どっと逃げ出したフィン・ウゴル語の群れのようだ。ヘレンは家族とルーマニア語でしゃべるのだろうか、それとも、ひょっとしたら、ハンガリーで同化を迫られて、人生のその部分はとっくの昔についえてしまったのだろうか。ときにはほほえみで、ときにはかすかなしかめ面でさえぎられながら、彼女の口調は上がったり下がったりした。一方、伯母のエヴァにも言いたいことが山ほどあるらしく、ときどきヘレンは一心に話に聞き入ってから、またその不思議な音節を表す蹄の音で話に割って入った。

ヘレンはぼくがいることを忘れていたようだったが、急にちらりと目を上げてこちらを見ると、かすかに苦笑いして、したり顔でうなずいた。交渉の結果は良好だと言わんばかりだった。彼女は受話器にほほえみかけると、電話を切った。とたんに、宿の女主人が迫ってきた。どうやら電話代を心配していたようで、ぼくはすばやく数えながら事前に合意していた金額を出して、それにちょっぴり色をつけると、差し出された手に握らせた。ヘレンは早くも部屋に帰ろうとしており、あとについてくるようぼくに手招きした。そこまで秘密にしなくてもいいのではないかと思ったが、結局彼女についていった。

「早く教えてくれよ、ヘレン」ぼくはうめくと、またひじ掛け椅子に腰を下ろした。「じらさないでくれ」

「いい知らせよ」と、彼女は落ち着いて言った。「きっと、伯母なら最後には手を貸そうとしてくれると思ったのよ」

「いったいなんて説明したわけ?」

彼女はにやりと笑った。「そうね、電話で話せることはかぎられているし、かなりかしこまった話にする必要もあったわ。でも、伯母には、学術研究のために同僚とイスタンブールにいるんだけれど、研究を完成させるためにはブダペストに五日間滞在する必要があると話したの。あなたはアメリカ人の教授で、共同で論文を執筆していると説明しておいたわ」

「何についての論文？」と、ぼくは一抹の不安を覚えながらきいた。

「オスマン帝国占領下のヨーロッパにおける労使関係について」

「悪くないね。でも、ぼくはその手のことは門外漢もいいところだけど」

「だいじょうぶよ」ヘレンはきちんとした黒いスカートのひざから糸くずを払い落とした。「私がちょっと教えてあげるわ」

「きみは本当にお父さん似だね」ふとした拍子に見せる彼女の博学ぶりに、急にロッシのことを思い出して、よく考えないうちにそのコメントを口に出していた。ぼくはちらりと彼女の顔を見た。気にさわったのではないかと心配だった。ヘレンのことをロッシの娘だと素直に考えたのは、これがはじめてだという気がした。自分でもわからない時点で、そのことを受け入れていたかのようだった。

驚いたことに、ヘレンは悲しそうな顔をした。「育ちより生まれに軍配を上げる論拠としては充分ね」彼女が言ったのはそれだけだった。「それはともかく、エヴァはいらだっているみたいだったわ。とくに、あなたがアメリカ人だと話したときには。それはわかっていたの。伯母はいつも私が衝動的で、危ない橋を渡りすぎると思っているから。たしかに、私にはその気があるわ。それに、もちろん、伯母は最初いらだった声を出して、電話では体裁をとりつくろう必要があったけれど」

「体裁をとりつくろう？」

「自分の職と地位を考えないといけないもの。でも、なんとか手はずを整えようと言ってくれたし、明日の夜もう一度電話することになっているの。これで話は決まりよ。とても賢い人だから。私の伯母はきっと打開策を見つけてくれるわ。もっとくわしいことがわかったら、イスタンブールからブダペストまでの往復切符を、たぶん飛行機になると思うけど、チケットを買いましょう」

ぼくは内心ため息をついた。それにかかる費用のことを考え、この追跡中にいつまで資金がもつだろうかと思案したが、口に出したのはこれだけだった。「伯母さんが魔法使いでもなければ、ぼくをハンガリーに入国させて、ずっと面倒に巻きこまれないようにするなんて芸当はできない気がするけど」

ヘレンは笑った。「伯母は本当に魔法使いよ。だからこそ、私は母の村の文化センターに勤めていないいんだから」

ぼくたちは申し合わせたかのように、また階下に降りて、ふらりと外の通りに出た。「いますぐしなければならないことはないいな」と、ぼくはつぶやいた。「トルグットときみの伯母さんの返事は明日まで待たないとわからないけれど、正直言って、待ってばかりいるのはつらい。そのあいだどうしようか?」

ヘレンは深まる黄金色の光に包まれた通りにたたずみ、しばらく考えた。彼女はまた手袋と帽子をしっかり着けていたが、西日がその黒髪をちょっぴり赤く染めていた。「もっとこの街を見たいわ」と、彼女はようやく口を開いた。「だって、もう二度と来ないかもしれないでしょ。もう一度ハギア・ソフィアへ行ってみない？　夕食前に、あのあたりを散策するのはどうかしら」

「うん、それがいいな」その名建築まで歩いていくあいだ、ぼくたちはもう口を利かなかったが、だんだん近づいてきて、また丸屋根やミナレットが街並みいっぱいに広がるのが見えてくると、ふたりの沈黙が深まったように感じた。あたかももっとぴったり寄り添って歩いているかのように。ヘレンもそれを感じただろうか、それはちっぽけなぼくたちに手を差し伸べる巨大な教会の魔法だったのだろうか。ぼくはいまだにその日トルグットが話したことについて――ドラキュラがなんらかのかたちでこの一大都市に吸血鬼信仰という呪いを残していったという彼の意見について、あれこれ考えていた。「ヘレン」ふたりのあいだにおりた沈黙を破るのはどうも気が進まなかったが、ぼくは口火を切った。「彼はここに――このイスタンブールに埋葬されているんじゃないだろうか？　それなら、メフメト二世が彼の死後も心配していた理由の説明はつくんじゃないかな？」

「彼？　ああ、そうか」彼女はうなずいた。ぼくが街なかでその名前を口にしなかったことに満足しているかのようだった。「おもしろい見方だけれど、だとしたらメフメト二世がそのことを知らなかったと思う？　トルグットが多少なりとも証拠を見つけていなかったと思う？　そんなことがここで何世紀も秘密にしておけるとはとても信じられないわ」

「メフメト二世がそのことを知っていたら、敵のひとりがイスタンブールに埋葬されるのを許可したともちょっと考えられないね」

彼女はその点をじっくり考えているようだった。ハギア・ソフィアの巨大な入口はもう目と鼻の先だった。

「ヘレン」と、ぼくはゆっくり言った。

「なあに？」ふたりは雑踏のなかで、ぞろぞろと広い門を通り抜けていく観光客や巡礼たちのなかで立ち止まった。ぼくは声を落として、ほとんど耳元で話ができるように、彼女のほうへ身を寄せた。

「墓がここにあるとしたら、ロッシもここにいると言えるかもしれない」

彼女はこちらを向いてぼくの顔をのぞきこんだ。その目はきらめき、眉間には年齢と気苦労のせいでかすかにしわが刻まれていた。「もちろんそうでしょうけどね、ポール」

「ガイドブックで読んだんだ、イスタンブールにも地下遺跡があるって――地下墓地とか、貯水池とか、そんなたぐいのものだ――ローマのようにね。少なくとも、あと一日はここにいるわけだから――この地下遺跡のことをトルグットに相談してみたらどうかな」

「そう悪くない考えだわ」と、ヘレンはおだやかに言った。「ビザンティン帝国の皇帝たちの宮殿には地下があったはずよ」彼女はほほえみそうになったが、そこで首に巻いたスカーフに手を当てた。そのあたりに具合の悪いところがあるかのようだった。「いずれにしても、なんであれ宮殿の名残には魑魅魍魎《ちみもうりょう》がうようよしているはずだわ――自分のいとこの目を潰した皇帝とか、そんな感じの悪霊がね。まさしくうってつけのお仲間よ」

お互いに相手の顔の表情を一心に読んで、その先に待っていそうな奇妙で茫漠とした追跡のことを考えていたので、ぼくは最初、急にこちらをじっと見つめているような人影をよく見ることができなかった。それに、相手は背の高いむくつけき怪物でもなんでもなく、むしろ人込みのなかにいてもぱっとしない、か細い小男で、教会の壁を背にして二十フィートほど離れたところをうろうろしていた。

そこでぼくははっとして、むさくるしい白髪まじりのあごひげに、かぎ針編みの白い帽子、くすんだ茶色のシャツとズボンという格好で今朝文書館へ入ってきた、あの小柄な学者だと気づいた。だが、次の瞬間にはさらに大きなショックに見舞われた。その男はうっかりわれを忘れてぼくを凝視してしまったので、突然、人込みを透かしてその顔が真正面から見えた。とたんに、男はいなくなり、陽気な観光客たちにまぎれて亡霊のように姿を消した。ぼくはヘレンを突き倒さんばかりにして突進したが、無駄だった。男は煙のように消え失せていた。ぼくに見られたことに気づいたのだ。板につかないあごひげや新しい帽子で姿を変えていても、それはまぎれもなくぼくが通っている大学で見かけた顔だった。このまえはシートで覆われる直前に目にしていた顔、それはあの死んだ図書館員の顔だった。

◆　◆　◆　◆

34章

ロッシを捜しにアメリカを発つ直前ごろの父の写真を何枚か持っている。もっとも、子どものころ最初にその写真を見たときには、そのあと何が彼を待ち受けていたのか知るよしもなかったのだが。私は数年前にそのうちの一枚を額に入れて、いまは書きもの机の上の壁に飾っているが、それはカラー写真にじりじり押されかけていた時代に撮られた白黒写真だ。そこには私の知らない父が写っている。撮影者が言ったことにいまにも答えようとしているかのように、彼はわずかにあごを上げて、まっすぐカメラを見つめている。誰が撮った写真なのかはずっとわからないだろう。父に覚えているかどうかきくのを忘れてしまった。ヘレンだったはずはないが、たぶん、誰かべつの友人、大学院生仲間だろう。一九五二年には——唯一日付だけが父の筆跡で写真の裏側に記されている——父は大学院生になってもう一年になり、すでにオランダ商人の研究をはじめていた。

写真の背景にゴシック様式の石造物が写っているところからして、父は大学の校舎の隣でポーズをとっているようだ。片足をさっそうとベンチにかけ、腕をその上にひょいとのせて、ひざのあたりに手を優雅に垂らしている。白か淡い色のワイシャツに斜めのストライプ模様のネクタイを締め、しわになった黒っぽいズボンにぴかぴかの靴を履いている。背格好は私が覚えている父の後半生の体型とまったくおなじだ——中肉中背で、好ましいがずば抜けてすばらしいわけではなく、中年になってもけっして失わなかった引き締まったからだつき。写真ではその落ちくぼんだ瞳は灰色をしているが、実物は濃い青だった。そのくぼんだ目にもじゃもじゃの眉毛、突き出た頬骨、ずんぐりした鼻、わずかに開いて笑みを浮かべている大きくてぶ厚い唇からして、いささか類人猿めいた風貌——知的な動物の顔をしている。それがカラー写真だったら、ポマードで撫でつけた髪は日の光を浴びてブロンズに染まっていたはずだ。父が一度くわしく説明してくれたことがあるから、私はその色のことを知っているにすぎない。とにかく物心ついたときには、父の髪は真っ白だったからだ。

◆ ◆ ◆ ◆

その夜イスタンブールで、ぼくは一睡もできなかった。ひとつには、生まれてはじめて死んだ男が生きているのを目にし、それを理解しようとした瞬間に感じた恐怖のせいだった——そのことだけでも眠れなかったはずだ。もうひとつには、死んだ図書館員がぼくを見て姿を消したのを知って、ブリーフケースの中に入っている書類がいかに無防備か痛感したからだった。彼はヘレンとぼくがあの地図の写しを持っていることを知っていた。ぼくたちのあとをつけてイスタンブールに姿を現したのか、それとも、この地図の原本がここにあることをなんらかの方法で突き止めたのだろうか？　あるいは、自力でそこまで解読したわけではないとすれば、彼はぼくが知らない情報源にひそかに通じているのだろうか？　あの男は少なくとも一度はメフメト二世のコレクションの資料に目を通していた。地図の写しはとっただろうか？　それらの答えは出なかったし、あの図書館の書庫でヘレンに飛びかかって襲ったことからもわかるように、やつがこの地図の写しをのどから手が出るほど欲しがっていることを考えると、うっかり居眠りもできなかった。あのときヘレンに嚙みついて、おそらくは彼女の血の味を覚えたはずで、そのせいでぼくの不安はなおさら募った。

その夜、刻々と深まる静けさのなか、ぼくの顔からそう遠くないところには――だが、そう近くもないところには――寝顔があった。ぼくが彼女にぼくのベッドで眠るようにと言い張ったからだ。ぼくは粗末なひじ掛け椅子で夜を明かすからと。一度か二度、まぶたが重くなっても、そのあくの強いいかめしい顔をちらりと見れば、不安がどっと押し寄せ、冷水を浴びたように身が引き締まった。ヘレンは自分の部屋で休みたいと言ったが――第一、勝手にこんな部屋割りをしたことに気づいたら、宿の女主人はどう思うだろう？――ぼくはしつこく言い張り、ついには彼女も根負けして、いらだたしげではあったが、ぼくの監視下で寝ることに同意した。映画の観すぎか、小説の読みすぎで、夜にレディを数時間でもひとりにしておいたら、悪魔の次の餌食になりかねないと信じて疑わなかった。目の下のくまが濃くなっているのを見ればわかるように、ヘレンはそれでも眠ってしまうぐらい疲れていたし、彼女も怯えているという気がかすかにした。そんなふうにヘレンが不安を漂わせると、ほかの女性に恐怖のあまり泣きじゃくられるよりよっぽど怖くて、カフェインめいたものがからだじゅうにまわった。いつもは傲慢なほど背筋をぴんと伸ばし、昼間は自信にあふれて胸を張っている彼女のけだるげで弱々しいようすには、ぼくに見張りの手を抜かせないところがあった。ヘレンは片手を枕の下に入れて横向きになって寝ていて、その枕の白さに映えて巻き毛はこのうえなく黒かった。

読み書きをする気にはなれなかった。もちろん、ブリーフケースを開ける気は毛頭なく、それはヘレンが眠るベッドの下に押しこんであった。だが、だらだらと時は過ぎても、廊下を引っ掻く謎めいた音も、ふんふん鍵穴を嗅ぎまわる音も、ドアの下から音もなく忍びこんでくる煙も、窓をばたばた叩く翼の音も、何ひとつなかった。ついにかすかな薄明かりが暗い部屋に広がり、新たな一日のはじまりを察知したかのように、ヘレンがため息をついた。やがて、片手いっぱいの幅の朝日がよろい戸を通り抜けてきて、彼女はもぞもぞからだを動かした。ぼくはジャケットを取り、できるだけ静かにベッドの下からブリーフケースを引っぱり出すと、気を利かして部屋を出て階下の玄関ロビーで彼女を待つことにした。

まだ六時にもなっていなかったが、宿のどこかから濃いコーヒーの香りが漂ってきた。驚いたことに、一階に降りてみると、トルグットが黒い書類ばさみをひざに抱えて、刺繍を施された椅子のひとつに座っていた。彼は驚くほどはつらつとしていて、冴え冴えとしているように見えた。ぼくが入っていくと、彼はぱっと立ち上がり握手をした。「おはようございます。よかった、すぐにあなたがつかまって」

「あなたがいてくれて、こちらこそありがたいです」と、ぼくは応じると、近くの椅子に深々と腰を下ろした。「でも、どうしてまたこんなに朝早く?」

「ああ、あなたにお知らせしたいことがあって、居ても立ってもいられなかったのです」

「ぼくもです」と、ぼくは険しい顔で言った。「お先にどうぞ、ボラ教授」

「トルグットでかまいません」と、彼はうわの空で正した。「ちょっと失礼」彼は書類ばさみの紐をほどきはじめた。「お約束したとおり、昨夜うちにある資料を調べてみました。すでにごらんになったように、私は文書館の資料の写しをこしらえていますし、ヴラドの存命中と死亡直後に、イスタンブールで起きたできごとのさまざまな記録も集めています」

彼はため息をついた。「こうした文書のなかには、この街で起きた不可解な事件、死亡例、吸血鬼信仰の噂に言及しているものもあります。ワラキアのドラゴン騎士団の説明がありそうな本からもできるだけ情報を収集しています。でも、昨夜は新たな発見はありませんでした。そこで、友人のセリム・アクソイに電話したのです。大学関係者ではありませんが——自分で商売をしています——非常に学のある男です。イスタンブールでは彼ほど本にくわしい者はいません。それもとりわけ、この街の歴史や伝説に関する本にかけては。とても親切で、ほとんどひと晩かけて自分の書斎を私といっしょに調べてくれました。彼に頼んだのですよ。十五世紀末にこのイスタンブールにワラキア出身の人物が埋葬された形跡がないか、あるいは、この街になんらかのかたちでワラキアかトランシルヴァニアかドラゴン騎士団ゆかりの墓があるという情報はないか探してほしいとね。彼には——はじめてではありませんけれど——あの地図の写しや竜の本も見せて、この絵がとある場所を、串刺し公の墓の場所を表しているというあなたの説を紹介しました。

ふたりでイスタンブール史に関する本をもう何ページとなく調べて、古い写真を眺め、彼が各地の図書館や博物館で見つけたものを書き写したノートにも目を通しました。セリム・アクソイというのはじつに勤勉な男でしてね。奥さんもいなければ、家族もなく、ほかにはなんの趣味もないのです。とにかく、イスタンブールの歴史に夢中なんです。おかげですっかり夜更かしするはめになりました。彼の書斎ときたら、本人もいちばん底まで探ってみたこともないし、何が見つかるかわからないというほど広いからです。それでもとうとう奇妙なものを――手紙を――見つけました。十五世紀と十六世紀に、スルタンの宮廷の閣僚たちとオスマン帝国のさまざまな属領とのあいだで交わされたやりとりを集めた書簡集があるのですが、そこに転載されたものです。セリム・アクソイの話では、これはアンカラの本屋から買った本だそうです。十九世紀に出版されたもので、その時期のありとあらゆる記録に興味があったイスタンブールの歴史学者が編纂しています。セリムはそれとおなじ本は見たことがないと言っています」

ぼくはこうした背景説明の重要性を感じ、トルグットの几帳面さに注目しながら、辛抱強く彼が本題に入るのを待っていた。文学者にしては、彼はとても優秀な歴史学者《ヒストリアン》だった。

「そう、セリムは版のちがいまでわかるわけじゃないのですが、この本に再録されているのは――なんて言うんでしたっけ？――偽造文書ではないと信じています。こうした手紙の一通の原物を見たことがあるからです。私たちが昨日訪れたまさにあのコレクションでね。セリムもあの文書館に惚れこんでいて、私はよくあそこで彼と落ち合うんですよ」トルグットはほほえんだ。「さて、くたびれてまぶたはくっつきそうだし、いまにも夜が明けそうだというころになって、私たちはあなたの捜索の鍵を握りそうな手紙を見つけました。この本を出版した編纂者の意見では、これは十五世紀末の手紙です。その内容を翻訳しておきました」

トルグットは書類ばさみからノート用紙を一枚取り出した。「残念ながら、この手紙のなかで言及されているこれに先立つ手紙は本には載っていません。たぶん、どこにも現存していないのでしょう。さもなければ、私の友人のセリムがとっくの昔に発見していたはずです」

彼は咳払いすると声に出して読み上げた。「〝ルメリ・カザスケル閣下へ――〟」彼はちょっと言葉を切った。「ルメリ・カザスケルとは、ご存知のように、バルカン方面の首席軍人法官のことです」ぼくは知らなかったが、彼はうなずいて話を続けた。「〝閣下、仰せのとおり、ただいまさらにくわしい調査を行ないました。修道士たちのなかには、大筋で合意したためにきわめて協力的になっている者もおりまして、問題の墓は私自身がこの手で調べております。最初に彼らから聞いた報告どおりでございました。連中はそれ以上説明できず、ただ恐怖を訴えるばかりです。この件に関しましては、イスタンブールで新たに調査することをお勧めいたします。スナゴフには見張りを二名残し、不審な動きがないか監視にあたらせております。不思議なことに、当地では疫病の報告はいっさいございません。アッラーの名にかけて御許に〟」

「署名があるのですか?」と、ぼくはきいた。胸が高鳴りはじめた。徹夜明けだというのに、目ははっきり覚めていた。

「署名はありません。その部分は原本の手紙から破り取られたかもしれないとセリムは考えています。うっかり破れてしまったか、さもなければ、手紙の差出人のプライバシーを守るためでしょう」

「あるいは、最初から署名はなかったのかもしれません。秘密を守るために」と、ぼくは指摘した。

「その本のなかには、この件に言及している手紙はほかにないのですね?」

「一通もね。それ以前の手紙もなければ、それ以後の手紙もありません。話は断片的ですが、ルメリ・カザスケルは要職でしたから、深刻な事態だったにちがいありません。このあと友人の書斎にあるほかの本や書類をさんざん探したのですが、この件に関する資料は何も見つかりませんでした。セリムが覚えているかぎり、これ以外のイスタンブール史関係の記録で〝スナゴフ〟という言葉を見かけたことは一度もないそうです。彼がこの書簡集を読んだのは数年前、たった一度だけですが――書斎の書類をいっしょに調べているときに、私が、ドラキュラが部下たちに埋葬されたとされる場所のことを話すと、セリムがそれを思い出したのです。だから、ひょっとすると、彼はどこかべつのところでたしかに見たことがあるのに、思い出せないのかもしれません」

「なんてことだ」と、ぼくは言った。ミスター・アクソイがその単語をべつのところで見かけたかすかな可能性ではなく、むしろ、このイスタンブールと遠く離れたルーマニアの、つながりそうでつながらないいじれったい結びつきのことを考えていた。

「そうなんです」と、トルグットは朝食のメニューでも相談しているような朗らかさでにっこりした。「バルカン方面の行政官たちは、このイスタンブールにとても気掛かりなことがあったのです。スナゴフのドラキュラの墓へわざわざ人を派遣するほど気掛かりなことがね」

「でも、くそっ、いったい何を見つけたんだ?」ぼくはこぶしで椅子のひじ掛けをどんと叩いた。「修道士たちは何を報告していたんでしょう? それに、どうして怯えていたのか?」

「本当にわけがわかりません」と、トルグットは言った。「ヴラド・ドラキュラがそこで安らかに眠っていたなら、どうして何百キロも離れたイスタンブールで、やつのことを気に病んでいたのでしょう？　それに、ヴラドの墓がいまも昔もずっとスナゴフにあるなら、どうしてあの地図はその地域のものではないのでしょう？」

彼の質問の的確さには舌を巻くしかなかった。「もうひとつ疑問があります」と、ぼくは言った。「ドラキュラがこのイスタンブールに埋葬された可能性があるとは考えられませんか？　そう考えれば、メフメト二世が彼の死後も心配していた理由も、その時代からこの地に吸血鬼信仰が存在する理由も説明がつくのでは？」

トルグットは両手を前で組み合わせ、太い指を一本、あごにあてがった。「それは重要な疑問です。それを解くには手助けが必要ですし、たぶん、私の友人のセリムが手を貸してくれるでしょう」

一瞬、ぼくたちはそのペンションの薄暗い玄関ホールで黙って顔を見合わせた。コーヒーの香りがふたりのところまで、古い大義で団結した新しい友人同士のところまで漂ってきた。そこで、トルグットは自分を鼓舞した。「どう見ても、さらにくわしく調べる必要があります。セリムがおふたりの用意ができしだい、あの文書館へお連れすると言っています。彼はそこにある十五世紀のイスタンブールの資料に精通しているんですよ。私の関心事であるドラキュラからはかけ離れているので、私自身もあまり見たことがないのですが。いっしょに調べましょう。電話しておけば、ミスター・エロザンは開館前でも喜んで文献を見せてくれるはずです。彼はあの文書館の近くに住んでいますから、セリムが仕事に行くまえに、文書館を開けることができますからね。ところで、ミス・ロッシはどちらに？　まだ起きてきていないのですか？」

この発言をきっかけに、さまざまな思いがごちゃごちゃに湧き上がってきて、どこから手をつければいいのかわからないほどだった。トルグットが友人の図書館員に言及したことで、宿敵の図書館員のことを急に思い出したのだ。ぼくはつい手紙に夢中になってそのことを忘れかけていた。ここでぼくはやっかいな問題に直面した。過去に吸血鬼が実在したことを信じるなら、現代にいてもおかしくないと思ってくれるかもしれないが、死んだ男の霊が現れたと報告すれば、トルグットの信頼をそこないかねなかった。だが、彼にヘレンのことをきかれると、今度は許しがたいほど長く彼女をほったらかしにしていることを思い出した。目が覚めるときにはひとりにしてあげたかったし、すぐぼくのあとを追って一階に降りてくると頭から思いこんでいた。どうしてまだ姿を現さないのだろう？　トルグットはまだしゃべっていた。「だから、セリムは——彼は寝ないんですよ——朝のコーヒーを飲みにいったのです。いきなり現れておふたりを驚かしたくなかったもので——あっ、彼が来ました！」

ペンションの玄関のベルが鳴って、ほっそりした男が入ってくると、うしろ手にドアを閉めた。てっきり貫禄のある男、スーツを着た年配の男だとばかり思っていたが、セリム・アクソイはやせた若者で、だぶだぶでかなり着古した黒いズボンに白いシャツという格好をしていた。笑顔とまではいかない意気ごんだ鋭い顔つきをして、彼はこちらに駆け寄ってきた。その骨ばった手をとって握手してはじめて、ぼくはその緑色の瞳と高くて細い鼻に気づいた。見たことがある顔だった。それも間近で。誰だか思い出すのにもうしばらくかかり、ようやくシェイクスピアの本を手渡してくれたほっそりした手の記憶がよみがえってきた。彼はバザールに小さな店を構えるあの本屋だった。「でも、もう顔見知りですよ！」と、ぼくは叫び声を上げ、トルコ語と英語がごちゃ混ぜになっていたが、彼も同時に似たようなことを叫んでいた。トルグットはぽかんとして、ふたりの顔を見比べたが、ぼくが事情を説明すると、声を上げて笑ってから、驚いたとばかりに頭を振った。「不思議なめぐり合わせですな」彼はそれしか言わなかった。

「もう出られますか?」ミスター・アクソイはトルグットに勧められたロビーの椅子を手を振って断った。

「いや、まだなんです」と、ぼくは言った。「なんなら、ミス・ロッシに、いつこちらに合流できるかきいてきますけれど」

トルグットはいささか露骨にうなずいた。

ぼくは階段でヘレンとはち合わせした——文字どおりに。気がつくと、ぼくは階段を三段ずつ駆け上がっていたからだ。彼女は倒れないように手すりをつかんだ。「痛いじゃない!」と、彼女は不機嫌に言った。「何してるのよ」ヘレンはひじをさすっていたし、ぼくは彼女の黒いスーツと引き締まった肩が腕にぶつかった感触の余韻に浸るまいとしていた。

「きみを捜していたんだ」と、ぼくは言った。「悪かった——痛む? あんまり長くひとりきりにしていたものだから、ちょっと心配になって」

「だいじょうぶよ」と、彼女はまえよりおだやかに言った。「あれこれ考えていたの。ボラ教授はあとどのぐらいで来るかしら?」

「もう到着しているよ」と、ぼくは報告した。「友人を連れてね」

ヘレンもあの若い本屋に見覚えがあり、ふたりがたどたどしく話をしているあいだに、トルグットはミスター・エロザンに電話して、受話器に向かって叫んだ。「最近、暴風雨がありましてね」電話を終えて戻ってくると、彼はそう説明した。「雨が降ると、このあたりの地域は電話の声がちょっとこもるんですよ。私の友人はただちにあの文書館で待っていてくれるそうです。じつを言うと、風邪でも引いたのか、具合が悪そうだったんですが、いますぐ行くと言っていました。コーヒーはいかがですか、マダム？　途中でおふたりにゴマのパンをおごりますよ」彼はヘレンの手にキスしてぼくの不興を買い、一同は急いで出かけた。

アメリカで出会った邪悪な図書館員の出現について、歩きながら内々で耳に入れられるように、ぼくはトルグットを引き止めておきたいと思っていた。知らない人の前でこんなことを説明できるとは思わなかった。ところが、トルグットは一ブロックも歩かないうちにヘレンと話しこんでいて、ぼくは彼女がめったに見せない笑みという恩恵を与えるのを指をくわえて見ているうえに、すぐさまトルグットに伝えるべき情報を出し惜しみしているという罪悪感もあって、二重のみじめさを覚えた。ミスター・アクソイはぼくのかたわらを歩きながら、ときおりちらりとこちらを見たが、ほとんどの時間は自分の物思いにどっぷりふけっているようだったので、朝の街の美しさについてあれこれ感想を言ってじゃまをしてはいけないと思った。

文書館へ行ってみると、表のドアの鍵は開いていたので——トルグットはほほえみながら、やっぱり自分の友人は仕事が早いと言った——静かに中に入った。トルグットは礼儀正しくヘレンを先に行かせた。小さな玄関ホールはみごとなモザイクで飾られ、入館者名簿が広げたまま置かれていて、いつでもその日の入館者を迎えられるようになっていたが、人けはなくがらんとしていた。トルグットはヘレンのために閲覧室に通じるドアを開けて押さえた。はっと息をのむ音がして、ヘレンが唐突に立ち止まるのが見え、ぼくたちの友人が危うく追突しそうになったときには、彼女はもうそのしんと静まりかえった薄暗い図書館の広間にかなり入りこんでいた。何が起きたのかわかりもしないうちから、なぜかうなじがぞっと総毛立ち、それとはまったくべつの虫の知らせがして、ぼくは乱暴に教授を押しのけ、ヘレンのそばへ行こうとした。

ぼくたちを待っていたはずの図書館員は部屋の真ん中に立ち尽くしていたが、くるりとこちらに顔を向けた。だが、彼は思っていたような親切な男ではなく、もう一度調べたいと希望していた箱も、イスタンブール史に関する埃っぽい文献の山も、まだ運んでこようともしていなかった。その顔は血の気が引いたかのように——文字どおり血の気が引いてしまったかのように、青ざめていた。それはトルグットの友人の図書館員ではなく、ぼくとヘレンを悩ますあの図書館員で、油断なく光る目に、不自然なほど赤い唇をして、飢えたまなざしでこちらをじっと見つめていた。その目がぼくに気づいたとたんに、あの図書館の書庫で逆向きにひねられた手首がずきんと痛んだ。彼は何かを渇望していた。いったい何に飢えているのか——知識欲なのか、何かべつのものなのか——推察できるほど冷静だったとしても、考えをまとめる時間はなかったはずだ。ヘレンとそのおぞましいやつのあいだにぼくがからだを割りこませる暇もなく、彼女は上着のポケットからピストルを出して男を撃った。

35章

このあと、ぼくはいわゆるふつうの生活も含めて、じつにさまざまな状況でヘレンという人間を知ることになったが、彼女には驚かされっぱなしだった。よく舌を巻いたのは、すばやい連想力で、それによって、ぼくひとりではなかなかたどり着けなかったはずの真相を見抜いたことも多かった。ぼくは彼女の学識の広さにも驚嘆した。驚かされてばかりいたが、ぼくはそれを日々の糧だと思うようになった。ぼくの不意を突く彼女の能力のとりこになっていたのだ。だが、そのときほど、イスタンブールで彼女があの図書館員を撃ったときほど、仰天させられたことはなかった。

それでも、驚いている暇はなかった。図書館員は横へよろめくと、本をこちらに投げつけたからだ。それはぼくの頭をかろうじてそれて、左手のテーブルにぶつかり、床にどさっと落ちた。ヘレンは一歩足を踏み出すと、息をのむほどしっかり狙いをつけてまた発砲した。そこでぼくは、相手の反応が奇妙なことに気づいた。映画でしか銃撃シーンなど見たことはなかったが、この現実の場面では、図書館員の服には胸骨の下あたりに黒っぽい染みが広がっているというのに、彼はその部分を苦しそうに手でつかんだりはしなかった。二発目は肩をかすめたが、彼はすでに走りだしていて、広間の奥にある書架の列に逃げこんだ。

「ドアだ！」と、トルグットが背後で叫んだ。「あそこにはドアがある！」全員いっせいに彼を追いかけ、椅子につまずき、テーブルのあいだを縫って突進した。セリム・アクソイはレイヨウのように細くてすばしこく、真っ先に書架にたどり着いてそのあいだに姿を消した。もみ合って倒れるような音がしたかと思うと、まさしくドアがばたんと閉まる音がした。ぼくたちが駆けつけたときには、ミスター・アクソイは頬骨のあたりに紫色の痣《あざ》をこしらえて、貴重なオスマン帝国時代の写本に埋もれた床からよろよろ立ち上がろうとしていた。トルグットはドアめがけて走り、ぼくもそのあとを追ったが、ドアは固く閉ざされていた。開けてみると、そこには路地があるだけで、積み上げられた木箱をべつにすれば、まったく人けはなかった。迷路のようなその界隈を小走りで捜してみたが、やつが潜んでいる気配も、逃げていく気配も皆無だった。トルグットは何人かの通行人をつかまえてきいてみたが、問題の男を見かけた者はいなかった。

仕方なく裏口から文書館へ戻ってみると、ヘレンがミスター・アクソイの頬に自分のハンカチをあてがっていた。銃はどこにも見当たらず、写本はまたきちんと書架に積み上げられていた。ぼくとトルグットが入っていくと、彼女は目を上げた。「ちょっと気を失っていたけど」と、彼女はおだやかに言った。「もうだいじょうぶよ」

トルグットは友人のそばにひざまずいた。「いや、セリム、ひどいたんこぶだな」

セリム・アクソイは弱々しくほほえんだ。「ちゃんと手当てしてもらってますよ」と、彼は言った。

「それはわかる」と、トルグットは同意した。「マダム、努力には感服いたしますが、死んだ男を殺そうとするのは無駄というものですな」

「どうしてわかったんですか?」ぼくは息をのんだ。

「そりゃ、わかりますよ」と、彼は険しい顔で言った。「あの顔つきにはなじみがあります。あれは死なざる者の顔です。あんな顔はほかにありません。まえに見たことがありますから」

「もちろん、銀の銃弾を使いました」ヘレンはミスター・アクソイの頬にさらにしっかりハンカチを押しあて、彼の頭を自分の肩にそっともたせかけた。「でも、あのとおり、あいつが身をそらしたので、心臓は撃ちそこなったわ。たしかに危険な賭けだったけれど」――ヘレンは一瞬ぼくの顔をとっくり眺めたが、彼女の心のうちは読めなかった――「私がにらんだとおりだったわ。この世の者なら重傷を負っていたはずです」彼女はため息をついて、ハンカチの具合を直した。

ぼくはあっけにとられてふたりの顔を見比べた。「銃はいつも持ち歩いているのかい?」と、ぼくはヘレンにきいた。

「ええ、そうよ」彼女はアクソイの腕を自分の肩にまわした。「さあ、手伝って」ぼくたちはいっしょに彼を持ち上げ――子どものように軽かった――足元がふらつかないように支えた。彼はほほえんでうなずき、支援を断った。「そう、銃はいつも携帯しているわ、なんらかの――不安を感じるときには。それに、一発や二発、銀の銃弾を手に入れるのはそうむずかしいことではないの」

「おっしゃるとおりです」トルグットはうなずいた。

「でも、あんな射撃の腕前をどこで身につけたわけ?」ぼくはいまだにヘレンが目にも留まらぬ早業で銃を引き抜き、狙いをつけた瞬間の衝撃から立ち直っていなかった。

ヘレンは笑った。「私の国では、教育というのはせまく深くするものなのよ」と、彼女は言った。「私は十六歳のときに青年団で射撃の優秀賞をもらったの。腕が錆びついていなくてよかった」

突然、トルグットが叫び声を上げ、ぴしゃりと自分の額を叩いた。「しまった！」全員がじっと彼を見た。「私の友人――エロザン！　彼のことを忘れていた」

トルグットが何を言いたいのか全員すぐ理解した。セリム・アクソイはもうすっかり回復したらしく、真っ先に自分が襲われた書架が並ぶ一画に飛びこみ、ぼくたちもその長い部屋の中にすばやく散って、テーブルの下や椅子のうしろを捜しはじめた。数分間は甲斐なく過ぎた。そのとき、セリムの呼ぶ声がして、三人とも急いで彼のそばに駆けつけた。セリムはあらゆるたぐいの箱や袋や巻物でいっぱいの背の高い棚の下にひざまずいていた。ドラゴン騎士団の書類を納めた箱がかたわらの床に転がっており、凝った装飾が施されたふたが開いて、中身の一部が近くに散らばっていた。

過去の遺物に囲まれて、ミスター・エロザンはぐったりあおむけに倒れていた。蒼白でぴくりとも動かず、頭は片側にだらりと垂れている。トルグットはひざをつくと、友人の胸に耳を押しあてた。「よかった」と、彼はしばらくして言った。「息はしています」それから、さらに念入りに調べて、友人の首を指さした。シャツの襟のすぐ上にある生白くたるんだ肉の奥に、ぎざぎざの傷口があった。ヘレンもトルグットのそばにひざまずいた。全員しばらく黙りこんだ。ロッシから彼が何年もまえに対決した役人についてくわしく聞いていても、あの大学図書館でヘレンが負傷していても、ぼくは自分の目がとても信じられなかった。その男の顔はひどく青ざめ、血の気がないといってもよく、呼吸は浅くて、苦しそうに息を切らし、よく耳を澄まさないとろくに聞えなかった。

「穢されてしまったのね」と、ヘレンは静かに言った。「かなりの血を失っているようだわ」

「なんという日だ！」トルグットは苦悩に顔をゆがめて、友人の手を自分の大きな両手で包んだ。

最初に気をとり直したのはヘレンだった。「冷静に考えましょう。彼が襲われたのはまだこの一回だけだわ」彼女はトルグットのほうを向いた。「昨日ここへ来たとき、お友達にこんな徴候はなかったでしょう？」

彼は首を横に振った。「ごくふつうのようすでした」

「それなら」彼女が上着のポケットに手を入れたので、ぼくは一瞬たじろぎ、また銃を出そうとしているのかと思った。だが、ヘレンはかわりににんにくの鱗茎を引っぱり出して、図書館員の胸の上に置いた。こんな気の滅入る場面にもかかわらず、トルグットはにこりとして、自分もポケットからにんにくを取り出し、彼女の分といっしょに置いた。ヘレンがどこでそんなものを手に入れたのか想像もつかなかった——たぶん、ふたりでバザールをぶらついていたとき、ぼくがほかの光景にうっとり見とれていた隙に？　「なるほど、〝賢人はみなおなじように考えるもの〟ですね」と、ヘレンはトルグットに言った。それから、紙包みを取り出して開き、小さな銀の十字架を引っぱり出した。ぼくたちの大学の近くのあのカトリック教会で買った十字架だとわかった。大学図書館の歴史の書庫フロアで襲われたときに、あの邪悪な図書館員を威嚇するのに使った十字架だ。

今度はトルグットがおだやかに手で彼女を制した。「いや、いや」と、彼は言った。「ここにはこなりの迷信があります」彼は懐から木製の数珠を取り出した。イスタンブールの街なかで男たちが手首につけていたたぐいのものだ。この数珠の先端は表面にアラビア文字が彫りこまれた大きなメダルになっていた。彼がそのメダルをそっとミスター・エロザンの唇に当てると、図書館員は無意識のうちに嫌悪を覚えたかのように、顔をしかめ、ぴくぴく引きつらせたり、ゆがめたりした。恐ろしい光景だったが、ほんの一瞬のことで、すぐに彼は目を開いて、眉をひそめた。トルグットはかがみこんで、トルコ語でおだやかに話しかけ、友人の額に手をやると、上着から魔法のように取り出した携帯用の小さなフラスクで怪我人に何か飲ませた。

すこしすると、ミスター・エロザンは半身を起こしてあたりを見まわし、そこが痛むかのように首を手でまさぐった。乾きかけた血がすこし付着した小さな傷を指がさぐり当てるなり、彼は両手に顔を埋めてすすり泣いた。胸が張り裂けるような泣き声だった。

トルグットは彼の肩に腕をまわし、ヘレンは図書館員の腕に手をかけた。トルグットはトルコ語で友人に事情を尋ねはじめ、しばらくすると、はっと身をそらして、残りの連中のほうを見た。「ミスター・エロザンの話では、今朝とても早く、まだ暗いうちからあの男がアパートにやって来て、図書館を開けなければ殺すと脅したのだそうです。私が今朝電話したときにも、この吸血鬼はいっしょにいたのですが、私の友人にはそれを告げる勇気はとてもありませんでした。この奇妙な男は誰からかかってきた電話か知ると、ただちに文書館へ行けと迫りました。ミスター・エロザンは怖くて命令にそむくことができず、ここに到着すると、今度はあの箱を開けさせられたんだそうです。箱が開いたとたんに、あの悪魔は彼に飛びかかり、床に押さえつけて――友人が言うには信じられないほど力が強かったそうです――首に歯を立てたのです。ミスター・エロザンはそこまでしか覚えていません」トルグットは悲しげに頭を振った。ミスター・エロザンは急にトルグットの腕をつかみ、トルコ語でまくしたてて、何ごとかを切々と懇願しているようだった。

トルグットはしばし無言だったが、やがて友人の両手をとって、数珠をしっかり握らせると、静かに答えた。「この悪魔にあと二回嚙まれただけで、自分も連中の一員になってしまうことはよくわかっている、と彼は言いました。万が一そんなことになったら、その手で殺してほしいと私に頼んでいるのです」トルグットは顔をそむけたが、その目には涙が光っていたような気がした。

「そんなことさせやしないわ」ヘレンの顔つきはきびしかった。「私たちがこの病根を必ず見つけ出します」彼女が言っているのが邪悪な図書館員のことなのか、ドラキュラ本人のことなのかはわからなかったが、そのあごのこわばり方を見れば、いずれは両方倒せそうな気もした。まえにも一度、ヘレンがそんな表情をするのを見たことがあり、ぼくはあの食堂のテーブルを、はじめて彼女の出自について聞いた場所を思い出した。あのとき、ヘレンは不実な父親を見つけ出して、学界にその正体を暴露してやると誓っていた。ぼくの気のせいだろうか、それとも、彼女の使命は本人も気づかないうちに変わってしまったのだろうか？

セリム・アクソイはぼくたちの背後でうろうろしていたが、いままたトルグットに話しかけた。トルグットはうなずいた。「ミスター・アクソイがここへ来た用事を思い出させてくれましたが、彼の言うとおりです。そろそろほかの研究者たちが姿を現すころですから、文書館に鍵を掛けるか、開館するかしなければなりません。セリムが今日は店を開けずに、ここで図書館員を務めると言ってくれています。ですが、そのまえにまず、この資料を片づけて、損傷の有無を確かめる必要がありますし、何より、私の友人がゆっくり休める安全な場所を確保しなければなりません。そのうえで、ミスター・アクソイには誰も来ないうちに見せておきたい資料があるのだそうです」

ぼくはすぐに散乱している文書を集めはじめたが、たちまち最悪の不安が的中していることが裏づけられた。「地図の原本がなくなっています」と、ぼくは暗い顔で報告した。書架を調べたが、尻尾の長い竜のような形をした不思議な地域の地図は消え失せていた。ぼくたちが到着するまえにあの吸血鬼が身に着けて隠したのだとしか考えられなかった。暗澹たる思いがした。もちろん、地図の写しはロッシの分もトルグットの分も持っていたが、原本はぼくにとってロッシの居場所へ通じる手掛かりであり、これまで手にしたどんなものより彼に密接なつながりのあるものだった。

この貴重品を失って気落ちしたうえに、あの邪悪な図書館員が先に地図の謎を解くかもしれないという焦りもあった。ロッシがドラキュラの墓にいるとすれば、あいつはぼくたちより先にたどり着ける可能性が充分あった。一刻も早く恩師を見つけなければという切迫感と、見つけることなどとても不可能だという無力感が表裏一体となってますます募った。ただ、少なくとも——不思議なことに、またそう思ったのだが——ヘレンはいまや明確にぼくの味方だった。

トルグットとセリムはさっきから怪我人のかたわらで相談していたが、そこでどうやら本人に質問したらしかった。エロザンが立ち上がろうとして、弱々しく書架があるほうを指さしたからだ。セリムはそこに姿を消すと、数分ばかりして小さな本を一冊持って戻ってきた。かなりくたびれた赤い革の装丁で、表紙にはアラビア語で金色の題字が記されていた。セリムはその本を手近なテーブルに置き、しばらくじっくりなかを調べてから、トルグットを手招きした。こちらは自分の上着を折りたたんで友人の頭の下にあてがおうとしていた。エロザンはすこし楽になったようだった。救急車を呼んではどうかと口の先まで出かかったが、トルグットは万事心得ているにちがいないと感じた。彼はすでに立ち上がってセリムと話しており、ふたりが数分ほど熱心に協議するあいだ、ヘレンとぼくはお互いの目を見ないようにしながら、どちらも何か発見があることを願い、これ以上がっかりするようなことが起こるのを恐れていた。ようやく、トルグットがぼくたちを呼び寄せた。

「これが、セリム・アクソイが今朝おふたりにお見せしようとしていたものです」と、彼は重々しく言った。「じつを言えば、われわれの捜索に関係があるかどうかはわかりません。それでも、内容を読み上げましょう。十九世紀初頭に数名の編集者たち、イスタンブールの歴史学者たちによって、編まれた本です。私は彼らの名前を聞いたことはこれまでありません。イスタンブールが誕生した当初の暮しぶりに関する記述を見つかるかぎり集めています——つまり、一四五三年、メフメト二世がこの街をわがものとして帝国の首都だと宣言した年を皮切りに、ということです」

トルグットは美しいアラビア文字のページを指さした。それで百回目ぐらいだったが、ぼくは思った。こうして腹立たしいほどさまざまな言語が入り乱れているせいで、人間の言葉や文字までもが互いに分断されているのはひどい話だ、と。その結果、ぼくはオスマン帝国時代の印刷物のページをちらりと見ると、魔法のイバラの生垣のように通り抜けられない棘だらけの記号の茂みにたちまち絡め取られて、わけがわからなくなった。「これはミスター・アクソイがここで調べものをしたときに見た覚えがある一節です。作者は不詳で、一四七七年のできごとに関する報告書です——そう、ヴラド・ドラキュラがワラキアで戦死した翌年ですね。ここには、その年にイスタンブールで疫病の症例があったと記されています。その疫病が原因で、イスラム教の導師《イマーム》たちは何体かの遺体の心臓に杭を打ちこんで埋葬することになったとあります。続いて、カルパティア山脈の修道士たちの一行が――この記述のおかげで、ミスター・アクソイはこの本のことを思い出したのですが――ラバに引かせた荷車でイスタンブール入りするようすが描写されています。修道士たちはイスタンブールの修道院に庇護を求め、九日九晩そこで寝起きしました。報告書の内容はそれがすべてで、前後のつながりはじつにあいまいです――修道士たちに関しても、その後の足取りについても、それ以上言及されていません。セリムがここでお知らせしたかったのは、この〝カルパティア山脈〟という言葉なのです」

セリム・アクソイは強調するようにうなずいたが、ぼくはため息をもらさずにはいられなかった。その一節には不気味な響きがあった。ぼくたちが抱える問題に光明を投じるわけでもなく、落ち着かない気分にさせた。一四七七年――その点はまさしく不思議だったが、たんなる偶然の一致だったかもしれない。それでも、ぼくは好奇心に駆られてトルグットに質問した。「イスタンブールがすでにオスマン帝国の支配下にあったのに、どうして修道士たちが泊まるような修道院があったのですか?」

「いい質問ですな」と、トルグットはまじめに述べた。「でも、いいですか、イスタンブールにはオスマン帝国に支配された当初から多数の教会や修道院があったのです。スルタンはそうした施設にとても寛大でしたから」

ヘレンは頭を振った。「自分の軍隊に市内の教会の大半を破壊することを許したり、占領してモスクにしたりしたあとでの話ね」

「メフメト二世がこの市を征服したときに、部隊に三日間の略奪を許したのは事実です」と、トルグットは認めた。「ですが、相手が無駄な抵抗をせずに降伏していたら、そんなことはしなかったはずです――実際、彼はきわめて平和的な解決策を提案していましたからね。コンスタンティノポリス入城の際に自分の兵士たちが与えた損傷を目の当たりにして――外観が台無しになった建物や、冒瀆された教会や、虐殺された市民を見て――美しい都市の無残なようすに涙したとも書かれています。このときから、スルタンは数多くの教会の活動を許可しましたし、ビザンティン帝国の住民たちにはさまざまな優遇措置を講じたのです」

「メフメト二世は五万人を超える市民を奴隷にもしたわ」と、ヘレンはそっけなく言った。「それをお忘れなく」

トルグットは彼女に感心したようにほほえみかけた。「マダム、あなたにはかないませんね。でも、私はただ歴代のスルタンたちが怪物でもなんでもなかったことを説明しようとしただけです。いったん征服してしまうと、スルタンはその当時としてはかなり寛大な態度をとることが多かったのです。征服する過程はそんなに愉快なものじゃありませんでしたが」彼は文書館のいちばん奥の壁を指さした。「よろしければ、あそこにメフメト二世陛下の肖像画があります」ヘレンは意固地にその場を動かなかったが、ぼくは見にいった。その額に入った複製画には――どうやら水彩画の安っぽい模写らしかった――白と赤のターバンを巻いた男性の座像が描かれていた。色白で、優美な口ひげをたくわえ、飾り文字のような眉にはしばみ色の瞳をしていた。みごとなわし鼻に薔薇を一輪かざして、遠くを見つめながらその香りを嗅いでいる。無慈悲な征服者というよりむしろイスラム神秘主義者のように見えた。

「意外な肖像画ですね」と、ぼくは言った。

「ええ。このスルタンは芸術や建築の熱心な後援者でしてね、このイスタンブールに美しい建物をたくさん建てています」トルグットは太い指で自分のあごをぽんと叩いた。「ところで、セリム・アクソイが見つけた報告書をどう思いますか?」

「興味深いものですが」と、ぼくは失礼にならないように言った。「墓を見つける役に立つのかどうか」

「私にもそれはわかりません」と、トルグットは認めた。「それでも、この一節と今朝読み上げた手紙の断片には明らかな類似点があります。何があったのかはともかく、この一節が書かれたのとおなじ年に――一四七七年にスナゴフの墓で騒ぎが起きています。それはヴラド・ドラキュラが死んだ翌年にあたります。スナゴフに何ごとかを懸念している修道士の一団がいたことも、すでにわかっています。これがおなじ修道士たち、あるいは、スナゴフと関係のある一団だった可能性はないでしょうか?」

「ひょっとしたら」と、ぼくは認めた。「でも、それは推測です。この報告書にはカルパティア山脈の修道士としか書かれていません。この時代のカルパティア山脈は修道院だらけだったはずです。どうしてスナゴフの修道院の修道士だったと言いきれます? ヘレン、きみはどう思う?」

ぼくは彼女の不意を突いたにちがいない。それまで見たこともない切なげと言ってもいい顔をしてまっすぐこちらを見つめていたからだ。もっとも、そんな印象はすっとかき消え、何を考えていたにしても、彼女はすぐに気をとり直した。「たしかに、カルパティア山脈には数多くの修道院があります。ポールの言うとおりよ——もっとくわしいことがわからなければ、このふたつの集団を結びつけることはできないわ」

トルグットはがっかりしたような顔をして、何か言いかけたが、そこでぜいぜいという苦しそうなあえぎ声に話をさえぎられた。その声の主はいまだにトルグットの上着を枕にして床で休んでいるミスター・エロザンだった。「気を失っている！」と、トルグットは叫んだ。「こんなところでカササギみたいにおしゃべりしている場合じゃない——」彼が友人の鼻先にまたにんにくを持っていくと、相手は咳こんですこし意識をとり戻した。「急いで彼を連れて帰らないといけません。教授、マダム、手を貸してください。タクシーを呼んで私のアパートへ運びましょう。そこなら妻とふたりで看護ができますから。セリムはこの文書館にいてくれます——もうまもなく開館時間です」彼はトルコ語でアクソイに手早く二、三の指示を出した。

それから、トルグットとぼくは青ざめて弱っている男を床から抱え上げ、両脇から支えると、慎重に裏口から運び出した。ヘレンはトルグットの上着を持ってそのあとに続き、路地を通り抜けた。まもなく、一同は外に出て朝の日差しを浴びていた。朝日がミスター・エロザンの顔に当たったとたんに、彼はたじろぎ、ぼくの肩に身を縮めて、一撃をかわすかのように片手を目の上にかざした。

◆　◆　◆　◆

36章

部屋の反対側の端にいるバーレイといっしょに、そのブロアの農家に泊まった夜ほど眠れない夜はなかった。私たちは九時ごろには床に入った。ニワトリの鳴き声に耳を傾けるか、たわんだ納屋の上空でしだいに消えていく日差しを眺めるぐらいしか、大してすることもなかったからだ。驚いたことに、この農家には電気がなく――「電線がないのに気づかなかった?」と、バーレイは言った――女主人はおやすみの挨拶をするまえにランタンをひとつと蠟燭を二本置いていった。そんな灯りに照らされて、磨きこまれた古い家具の影はさらに長くなって不気味にのしかかり、壁に飾られた刺繍はちらちら揺らめいた。

ふたつか三つあくびをすると、バーレイは服を着たまま片方のベッドに横になり、たちまち寝入った。それに倣う気はなかったが、ひと晩じゅう蠟燭をともしっぱなしにするのも怖かった。とうとう、私はランタンの灯だけ残して、蠟燭を吹き消した。とたんに周囲の影はひどく濃くなり、ひとつしかない窓の外に広がる暗闇が庭から迫ってきた。ベッドで身を丸めていると、つる草が窓ガラスに当たってかさこそ音を立て、木立ちはこちらにかがみこんできたように見えたし、フクロウか鳩のくぐもった鳴き声も気味悪く聞えた。バーレイは遠くかけ離れているように思えた。さっきは寝床の手配に困らないようにベッドが完全にべつべつになっているのを喜んでいたが、いまはやむを得ず背中合わせで寝るはめになっていたらよかったのにと思っていた。

そのままの姿勢で固まってしまったように感じるほど身じろぎもせず横になっていると、おだやかで心地よい光が窓から床板へとじわじわ忍びこんでくるのが見えた。月が昇りかけていた。その月明かりのおかげで、恐怖がいささかやわらぐのを感じた。昔なじみが私の話し相手になりにきてくれたかのようだった。父のことは考えまいとした。ほかの旅行なら、あのもうひとつのベッドに寝ているのは父だったかもしれない。いつもの上品なパジャマ姿で、読みかけの本をかたわらに放り出したまま。父ならこの農家の古さに真っ先に気づいていたはずだ。中心部分はアクィタニアの時代にまでさかのぼるものだと知っていたはずだ。愛想のよい女主人からワインを三本買って、葡萄談義で盛り上がっていたはずだ。

ベッドに横になったまま、私は考えこんでいた。父がこのサンマチューへの旅で無事生還できなかったら、どうすればいいのだろう。まさかアムステルダムへ帰って、あの家でミセス・クレイとふたりきりで暮すわけにはいかない。それでは悲しみが募るばかりだ。ヨーロッパの教育制度では、大学に進学するにはまだ二年あった。だが、そのまえに、誰が私を引きとってくれるというのか?バーレイは以前の生活に戻るだろう。これ以上の心配はしてくれというほうが無理だ。ジェイムズ学寮長の面影が脳裏に浮かんだ。あの心を見透かすような深くて悲しげな笑みと目のまわりの温和なしわを思い出した。それから、ウンブリアの山荘に住むジュリアとマッシモのことを考えた。マッシモは私にワインを注いでくれて――〝ところで、何を勉強しているのかな、お嬢さん?〟――ジュリアはぜひいちばん良い部屋に泊まってと言ってくれた。この夫婦には子どもがいなかったし、父のことが大好きだった。いざとなったら、あのふたりのもとへ行くかもしれない。

まえより勇気が湧いてきて、私はランタンの灯を吹き消し、忍び足で外をのぞきにいった。ちぎれ雲でいっぱいの空に半月がかろうじて見えた。いやというほど知っているものの姿がその空に浮かんだ――いや、ほんの一瞬のできごとだったし、ただの雲だったのでは? あの広げた翼、あの丸まった尻尾は? その姿はすぐに雲間に消えたが、私は自分の寝床ではなくバーレイのベッドにもぐりこみ、何も気づかないその背中にひっついて何時間も震えていた。

◆　◆　◆　◆

ミスター・エロザンを運んでトルグットの東洋風の居間に寝かせるのに――彼は青ざめてはいるが落ち着いたようすで長い寝椅子のひとつに横たわっていた――ほぼ午前中いっぱいかかった。ミセス・ボラがお昼に勤め先から戻ってきたときにも、ぼくたちはまだそこにいた。彼女はきびきびした足取りで入ってきた。手袋をはめた小さな手にひとつずつ生鮮食料品の入った袋を抱えていた。今日は黄色いワンピースに花を挿した帽子という格好をしていたので、ミニチュアのラッパ水仙のように見えた。ぼくたちが全員、彼女の居間で衰弱した男を囲むようにして立っているのを見ても、ミセス・ボラはさわやかな笑みを浮かべた。夫が何をしても驚かないらしかった。ひょっとすると、それが家庭円満の秘訣かもしれない。

トルグットがトルコ語で状況を説明すると、彼女の快活な顔つきは見るからにけげんそうになったが、夫が彼女にとって新顔の客ののどの傷をそっと見せると、今度はさっと恐怖の色に染まった。ミセス・ボラは声もなく狼狽のまなざしでヘレンとぼくを見た。これではじめて邪悪を認識したとでも言うように。それから、彼女は図書館員の手をとった。ちょっとまえに触れたのでぼくは知っていたが、その手は青白いだけではなく冷たくもあった。つかのまその手を握りしめると、彼女は涙をぬぐい、すばやく居間を横切ってキッチンへ向かった。かすかに鍋や釜ががちゃがちゃ鳴る音が聞えてきた。何があろうと、この被害者はおいしい食事にはありつけるはずだった。トルグットに説得されて、ぼくたちもゆっくりして食事に付き合うことになると、驚いたことに、ヘレンはミセス・ボラのあとを追って手伝いにいった。

ミスター・エロザンが心地よく休んでいるのを確かめてから、トルグットはぼくを数分ばかりあの薄気味悪い書斎に連れていった。ほっとしたことに、肖像画のカーテンはしっかり閉まっていた。ぼくたちはしばらくそこで状況を協議した。「あの人をここに泊めてあなた方ご夫婦に危害が及ぶということはないんでしょうか?」と、ぼくはきかずにはいられなかった。

「あらゆる用心をしますよ。一日か二日してもっと具合が良くなったら、彼の落ち着き先を見つけて、見張りもつけます」トルグットはぼくが腰を下ろせるように椅子を引き寄せていて、自分はデスクの椅子に座った。大学の研究室でまたロッシといっしょにいるような雰囲気だと思った。ただし、ロッシの研究室はすくすく育つ植物や湯気を立てるコーヒーで、あくまでも明るかったが、こちらは妙に陰気だった。「ここにいればこれ以上襲ってくることはないと思いますが、もしそんなまねをすれば、そのアメリカ人は手ごわい抵抗に遭うことでしょう」デスクの向こう側にあるそのがっしりした巨体を見れば、それもすんなり信じられた。

「すみません、教授」と、ぼくは言った。「大変なご迷惑をおかけしてしまったようです。ご自宅にまでやっかいごとをもちこんでしまって」ぼくは昨夜ハギア・ソフィアの前で目撃したことも含めて、あの汚らわしい図書館員と遭遇したときのあらましを手短に説明した。

「なんてことだ」と、トルグットは言った。興味津々で目をきらきらさせながら、彼はデスクの天板を指先でとんとんと叩いた。

「ぼくのほうにもおききしたいことがあるんですが」と、ぼくは打ち明けた。「今朝、文書館であの手の顔はまえにも見たことがあるとおっしゃってましたよね。あれはどういう意味ですか?」

「ああ、あれですか」この博識な友人はデスクの上で両手を組んだ。「いいですよ、お話ししましょう。もう何年もまえの話ですが、ありありと覚えています。じつを言うと、それはロッシ教授の手紙、この街の文書館のことなど何も知らないという彼の返事を受け取って数日後のできごとなのです。私は授業のあと、午後も遅い時間にあのメフメト二世の資料室にいました――まだそれが旧文書館の中に収められていたころ、現在地に移されるまえの話です。たしか、シェイクスピアの散逸した作品、『タシュカニの王』に関する論文のために調べものをしていた記憶があります。これはイスタンブールとおぼしき虚構の街を舞台にした作品だと一部で言われているものですが、ひょっとして、お聞きになったことはありますかな?」

ぼくは首を横に振った。

「イギリスの歴史学者数名による研究書にこの作品の一部が引用されています。その引用から、原作の芝居では、ドラコルという悪霊が美しい古都の王のもとに現れるが、その都は彼が——その王が——力ずくで奪ったところだということがわかっています。悪霊はかつては王に敵対していたが、いまはその残忍さをほめたたえにきたと言います。それから、王の尻を叩いて、都の住民たちの血を、いまは王の配下となった者たちの血をぐっと飲ませるのです。ぞっとするような一節ですよね。シェイクスピアの作品ですらないとも言われていますが、私は」——彼はデスクの端を自信たっぷりにぴしゃりと叩いた——「引用が正確だとすれば、この言いまわしはシェイクスピアの筆だとしか思えませんし、舞台となった都市はイスタンブールで、似非《えせ》トルコ語の題名〝タシュカニ〟と改名されているのだと思っています」彼は前に身を乗り出した。「ちなみに、悪霊にとり憑かれた暴君というのは、コンスタンティノポリスの征服者、ほかならぬメフメト二世だとも思っています」

うなじにぞっと鳥肌が立った。「この話にはどういう意義があると思いますか?——ドラキュラの生涯について言えば、ということですが」

「そうですね、ヴラド・ドラキュラの伝説が——仮に——一五九〇年にはプロテスタントのイギリスにまで浸透していたということはじつに興味深いことです。それほど影響力が強かったということはね。さらに、タシュカニが本当にイスタンブールだとすれば、メフメト二世の時代にドラキュラがここでいかに存在感があったかということがわかります。メフメト二世がこの街に入城したのは一四五三年です。少年ドラキュラが囚われの身となっていた小アジアからワラキアに戻ってわずか五年後のことです。スルタンに直々に貢物を納めていたと考える学者もいますが、彼が生前にこの地方を再訪したという確かな証拠はどこにもありません。とても証明はできないでしょうね。生前でなければ死後に、ドラキュラはこの地に吸血鬼信仰という禍根を残したというのが私の持論なのです。でも」――彼はため息をついた――「文学と歴史との境界線というのは往々にしてあいまいなものですし、私は歴史学者《ヒストリアン》ではありませんから」

「あなたはりっぱな歴史学者《ヒストリアン》ですよ」と、ぼくは心から言った。「こんなに多くの歴史上の手掛かりをこつこつ追いかけたことに、そして、それがこれだけの成果を上げていることに、ただもう驚嘆しています」

「恐れ入ります。とにかく、ある晩、私はこの持論に関する論文を書いていたのです――悲しいかな、ついに日の目は見ませんでした。その論文を持ちこんだ雑誌の編集者たちに、内容が迷信深すぎると非難されたからです――夕方も遅くなるまでずっと仕事をして、文書館に三時間ぐらい閉じこもってから、通りをへだてた向かい側にあるレストランに、ちょっとボレキを食べに行きました。もうボレキは食べました?」

「まだです」と、ぼくは認めた。

「一刻も早く試してみてください――この国の名物料理のひとつです。とにかく、私はそのレストランに行きました。冬だったので、外はすでに暗くなっていました。私はテーブル席に着くと、料理を待つあいだに書類入れからロッシ教授の手紙を取り出して読み返しました。さっきも申し上げたとおり、その手紙を受けとってまだ数日しか経っていなかったし、その内容にすっかり面食らっていたのです。ウエイターが料理を運んできたとき、たまたま料理を並べている彼の顔が見えました。目を伏せていましたが、そのウエイターは私が読んでいる手紙に、ロッシの名前がいちばん上に書かれている手紙に、はっとしたようでした。一度か二度、その手紙に鋭い視線を向けると、顔からいっさい表情を消してしまったようでしたが、もう一枚テーブルに皿を置こうとして私の背後にまわり、肩越しにまた手紙を見ているらしいことに気づきました。

どうしてこんな態度をとるのか説明がつかなかったし、非常に落ち着かない気分になったので、私は黙って手紙をきちんと折りたたみ、夕食をとる態勢に入りました。ウエイターは無言で立ち去ったのですが、レストランの中を動きまわる彼の姿を目で追わずにはいられませんでした。大柄で肩幅の広いがっしりした男で、黒い髪をうしろにかき上げ、大きな黒い目をしていました。ハンサムな顔だったはずですよ、その――なんていうんでしたっけ？――いささか不気味な雰囲気がなかったらね。それから一時間はずっとこちらを無視していたようでした。私が食事をすっかり終えてもね。ところが私が本を取り出して数分ばかり読もうとすると、彼が急にまたテーブルにやって来て、湯気の立つ熱いお茶を一杯、目の前に置いたのです。お茶など注文していなかったので、私は驚きました。これはサービスのようなものか、あるいは何かのまちがいだろうと思いました。〝さあ、お茶をどうぞ〟と、ウエイターはカップを置きながら言いました。〝熱いですよ〟

そこで、ウエイターはまともに私の目を見すえたのですが、その顔を見てどんなにぞっとしたか、とても口では説明できません。血の気のない、黄色といってもいいような顔色をしていて、まるで――なんていうのか――なかで腐っているような感じでした。太い眉毛の下からのぞく瞳は黒くてきらきら光り、動物の目のようでした。口は赤いワックスのようだったし、歯はとても白くて長く――病人のような顔のなかにあると妙に健康的でした。身をかがめてお茶を置きながら、彼はほほえんだのですが、妙な体臭がすることに気づきました。それを嗅いだとたんに胸が悪くなって気が遠くなりましてね。笑われるかもしれませんが、ほかの状況だったら、前々から心地よいと思っている匂いに――古い本の匂いにちょっぴり似ていました。あの匂い、わかりますよね? 羊皮紙と革と――何かべつのものの匂いです」

その匂いならよく知っていたし、笑う気にはならなかった。

「ウエイターはすぐに立ち去り、急ぐようすもなく厨房へ戻っていきました。あとに残された私は、あの男はわざと何かを――たぶん自分の顔を見せようとしたという気がしました。じっくり顔を見せたがっていましたが、私の恐怖を説明できるものはありませんでした。「気を静めるために、私はテーブルにある砂糖壺からお茶に砂糖を入れ、いまやトルグット自身も青ざめた顔をしていた。「気を静めるために、私はテーブルにある砂糖壺からお茶に砂糖を入れ、スプーンを手に取ってかきまわしました。温かい飲み物で気を落ち着けるつもりになっていたのですが、そこでとても――とても奇妙なことが起きたのです」

この話をはじめたことを後悔しかけているかのように、彼の声はだんだん小さくなった。その気持ちはいやになるほどわかったので、ぼくは彼を励まそうとしてうなずいた。「お願いです、話を続けてください」

「いまとなってはおかしな話に聞えますが、ありのままをお話ししましょう。カップから湯気が立ち上ったのですが――ほら、熱いものをかきまわすとふわっと湯気が立ちますよね? ――私がお茶をかきまわすと、湯気が立ち上って小さな竜の形になり、カップの上でぐるぐるまわったのです。それは数秒ほどそこに浮かんでいたかと思うと、またたくまにかき消えました。この目ではっきり見たのです。私がどんな気持ちになったと思います？　一瞬、わが目を疑いましたが、すぐに書類をかき集めて、勘定を払い、店を出ました」

ぼくは口の中がからからだった。「その後、またそのウエイターを見かけましたか？」

「いいえ、一度も。何週間もそのレストランには寄りつかなかったのですが、ある日好奇心に負けて、また日が落ちてから行ってみたところ、もう彼の姿はありませんでした。ほかのウエイターに尋ねてみても、その男は短期間しか勤めなかったそうで、名字も知らないということでした。下の名前はアクマルだったそうです。ほかにはなんの痕跡も見当たりませんでした」

「で、その顔にははっきり現れていると思ったんですか？　彼がその――」ぼくは言葉を濁した。

「その顔にぞっとしたんです。当時はそうとしか言いようがなかったかもしれません。おふたりが――あなたの言い方を借りれば――この国にもちこまれた、あの図書館員の顔を見たとき、なじみがある気がしたのです。あれはたんなる死相などではありません。あの表情には何かべつのものがあります――」彼は不安そうに振り向き、カーテンが掛かっている肖像画のあるニッチのほうへちらりと目をやった。「さっきのあなたの話にはひとつ大変ショッキングな点があります。このアメリカ人図書館員はあなたが最初に会ってから魂の破滅に向かってさらに前進していますね」

「どういう意味です？」

「アメリカの大学図書館でミス・ロッシを襲ったときには、あなたは彼を床に組み伏せることができました。でも、あの文書館にいる私の友人、今朝襲撃されたミスター・エロザンは相手がとても強かったと言っています。私の友人はあなたよりそれほど華奢というわけでもないのに。それに、残念ながら、あの悪魔は私の友人からかなりの血を吸えるようにもなっています」

「なるほど」と、ぼくは言った。「あのアメリカ人の図書館員に関しては、行方を突き止められないかぎり手も足も出ませんから、あなたのお友達をここで厳重に守る必要がありますね」

「必ず守ります」と、トルグットは険しい顔で強調した。彼はしばし黙りこんだが、また本棚のほうを向いた。ものも言わずに、自分のコレクションから表紙一面にラテン語の文字が書かれた大きなアルバムを引っぱり出した。「ルーマニアのものです」と、彼はぼくに説明した。「トランシルヴァニアやワラキアにある教会の絵で、つい最近亡くなった美術史家が集めたものです。遺憾ながら、のちに戦争で破壊されてしまったような教会の絵も彼が数多く復元しています。ですから、この本はとても貴重なものなのです」彼はその本をぼくの手にのせた。「ちょっと二十五ページを開いてみてくれますか？」

言われたとおりにした。その見開き二ページに載っていたのは――壁画を描いた多色刷りの版画だった。かつてその壁画が飾られていた教会のほうは、小さな白黒写真でページの中に差しこまれていた。らせん状の鐘楼をもつ優美な建物だ。だが、ぼくの目を引きつけたのは大きなほうの絵だった。左手に無気味な姿を見せているのは、飛翔する獰猛な竜で、尻尾を一回ではなく二回くるりと輪にしていて、黄金色の瞳を気でもふれたようにぎょろぎょろさせ、口からは火を噴いていた。いまにも急降下して右手に立つ人影に、鎖帷子《くさりかたびら》に縞模様のターバンという格好で縮こまっている男に、襲いかかろうとしているように見えた。その男は片手には三日月刀、もう片方には円型の楯を持って、恐怖のあまりうずくまっていた。最初、彼は風変わりな植物が生える草原に立っているのだと思っていたが、よく見ると、そのひざのまわりに林立するのは人間で、それぞれが杭で串刺しにされてもだえ苦しんでいた。真ん中にそびえ立つ巨人とおなじく、ターバンを巻いている者もいたが、農民らしき服装をしている者もいた。さらには、ゆったりした錦織の服に毛皮の山高帽子という格好の者もいた。ブロンドの髪や黒い髪、長い茶色の口ひげをたくわえた貴族に、少数ながら、黒い衣に丈の高い帽子という格好をした司祭か修道士の姿もあった。お下げ髪の少女や裸の少年や幼児もいた。一匹か二匹、動物まで串刺しの憂き目に遭っていた。誰もかれもが苦しみにのたうちまわっている。

トルグットはぼくのようすを見守っていた。「この教会はドラキュラの二度目の統治中に寄付を受けています」と、彼は静かに言った。

ぼくはしばらくその絵を見つめていた。そこで、それ以上耐えられなくなって本を閉じた。トルグットはそれをぼくの手から取り上げ、またしまいこんだ。こちらを振り返ったときには、険しい顔つきをしていた。「ところで、どうやってロッシ教授を捜すつもりですか?」

その単刀直入の質問は刃のようにぼくの心に突き刺さった。「まだこれまでにわかった情報をつなぎ合わせようとしている段階なんです」と、ぼくはのろのろ認めた。「あなたが寛大にも昨夜調べてくださったこと——それに、ミスター・アクソイが調べてくれた分——何もかもぜんぶ合わせたとしても、大したことはわかっていないという気がします。ひょっとしたら、ヴラド・ドラキュラは死後になんらかのかたちでイスタンブールに姿を現したのかもしれませんが、彼がここに埋葬されたのか、いまもここにいるのか、どうやって突き止められます？　それはいまだに謎のままです。次の一手と言っても、しばらくブダペストに行くつもりだということぐらいしかないですね」

「ブダペストですって？」トルグットの幅広の顔に、臆測が駆けめぐるのが見えるようだった。

「そうです。ヘレンが打ち明けた母親とロッシ――父親の話を覚えていますよね。ヘレンは自分が引き出したことのない情報で、ぼくたちの役に立つ情報を母親がもっているかもしれないと確信しているんです。だから、彼女のお母さんと直接話をしにいくつもりなんです。ヘレンの伯母さんは政府の要職にあるので、うまく段取りをつけてくれるんじゃないかと思っています」

「ほう」彼はほほえみそうになった。「もつべきものは有力なコネですな。いつご出発ですか？」

「たぶん、明日かあさって。五、六泊したら、またここに戻ってくるつもりです」

「けっこう。それなら、ぜひこれをお持ちください」トルグットはいきなり立ち上がって飾り棚から前日に見せてくれたあの小さな吸血鬼狩り用具のセットを取ってきた。彼はそれをぼくの真正面に置いた。

「でも、これはあなたの宝物じゃないですか」と、ぼくは異議を唱えた。「第一、税関を通してもらえないかもしれませんよ」

「ああ、税関なんかで見せてはいけません。細心の注意を払って隠さなければ。あなたのスーツケースをチェックして、内張りのどこかに押しこめないか確認するか、もっといいのは、ミス・ロッシに運んでもらうことです。連中も女性の荷物はそれほど徹底的に調べませんからね」彼は励ますようにうなずいた。「でも、あなたがこれを受け取ってくれないと、私は心から安心できないんです。おふたりがブダペストにいるあいだ、私はいろいろな古書を調べてなんとかお役に立てるように頑張りますが、あなたは怪物を追いかけるのですから。さあ、ブリーフケースの中にしまってください――非常に薄くて軽いものです」ぼくはもう何も言わずにその木製の箱を手に取り、竜の本の隣に割りこませた。「それに、あなたがヘレンのお母さんにインタビューしているあいだ、私はこの書斎じゅうを引っかきまわして、墓の存在をほのめかすようなものはないか探してみましょう。この説をまだあきらめていませんからね」彼は目をすがめた。「ドラキュラの墓がイスタンブールにあれば、あの問題の時期を境に、この街が疫病に祟られるようになった理由もほぼ説明がつきます。説明がつくだけでなく、根絶もできれば――」

そのとき、書斎のドアが開いて、ミセス・ボラが首を突き出し、昼食の用意ができたとぼくたちを呼びにきた。前日にここでごちそうになった食事に負けないほどおいしかったが、まえよりずいぶん陰気なランチになってしまった。ヘレンは寡黙で疲れているようだったし、ミセス・ボラは黙ってしとやかに料理を配り、ミスター・エロザンはしばらく半身を起こしていっしょに食卓を囲んでいたが、ろくに食べられなかった。それでも、ミセス・ボラは彼に赤ワインをたっぷり飲ませ、肉をすこし食べさせた。おかげで多少は元気になったようだった。トルグットまでふだんよりおとなしく、気がふさいでいるように見えた。ヘレンとぼくは失礼にならない程度に早々にいとまごいをした。

トルグットは建物の外まで見送りに出て、いつもの心温まるしぐさで別れの握手を交わすと、旅行の計画がはっきりしたら電話するようにと念を押し、帰ってきたら変わらない心で手厚くもてなすと約束した。それから、彼はぼくにうなずいて、ブリーフケースをぽんと叩いた。暗黙のうちに中にしまったあの吸血鬼狩り用具のことを言っているのだと気づいた。ぼくもうなずき返すと、ヘレンにはあとで説明すると身ぶりで伝えた。トルグットは菩提樹とポプラの陰に隠れて見えなくなるまで、ずっと手を振っていた。彼の姿が視界から消えると、ヘレンはだるそうにぼくと腕を組んだ。あたりにはライラックの香りが漂い、埃っぽい日差しがまだら模様を描くなか、その威厳に満ちた灰色の通りを歩いていると、ほんの一瞬ながら、休暇でパリへ遊びに来ていると信じこみそうになった。

37章

ヘレンは本当に疲れており、ぼくはしぶしぶながら昼寝をする彼女をペンションに残してきた。ひとりにしたくなかったのだけれど、日の光が自分を守ってくれるはずだとヘレンは言うのだった。あの邪悪な図書館員がぼくたちの居どころを知っていたとしても、昼日なかに鍵の掛かった部屋にはそう簡単に入れないし、小さな十字架も身に着けているから、と。あと数時間はしないと、ヘレンは伯母に電話をかけられなかったし、伯母から指示を受けるまでは旅の手配もしようがなかった。ぼくはブリーフケースをヘレンに預け、強いてペンションを出た。本を読むふりをしたり、考えごとをしようとしてそこにじっとしていたら、気が変になりそうだった。

イスタンブールのほかの名所を見物するには良い機会のような気がしたので、迷宮のような丸屋根のトプカプ宮殿へ向かった。メフメト二世が占領した都市の新たな中心と定めた複合施設だ。はじめて市内を歩いた午後以来、その宮殿は遠くからも、ガイドブックのなかでも、ぼくの心をずっと引きつけていた。トプカプ宮殿は、半島状になっているイスタンブールの突端のかなりの面積を占めていて、三方をボスポラス海峡、金角湾、マルマラ海という水域に守られている。これを見逃したら、イスタンブールにおけるオスマン帝国史の本質を見逃すことになるのではないかと思った。またしてもロッシから遠く離れてさまよっているのかもしれないが、やむを得ず数時間ばかり暇ができたら、ロッシ本人もおなじことをしたはずだと考えた。

何百年もオスマン帝国の精神が脈打っていた庭園や中庭やあずまやを歩きまわりながら、メフメト二世時代のものはほとんどどこにも展示されていない——彼の宝物殿の装飾品が何点かと、酷使されて刃こぼれしたり傷がついたりしている剣がいくつかあるのをべつにすれば、ほとんどないと知って、ぼくはがっかりした。自分が、何よりも、ヴラド・ドラキュラ軍と戦った軍隊の長であり、スナゴフにあるドラキュラの墓とされる場所の警備を懸念していた法官たちの長でもあるスルタンのべつの一面をかいま見たかったのだと感じた。それは——バザールであの老人たちが興じていたゲームのことを思い出したが——シャーマートで自分の王《シャー》の位置しか知らずに、相手の王の位置を割り出そうとするようなものだと思った。

それでも、その宮殿の中には気をそそられるものがたくさんあった。前日にヘレンから聞いた話によれば、ここはその昔、たとえば〝ターバン奴〟などの肩書きがついた使用人たちが五千人を上まわる数でスルタンの御意をかなえていた世界だった。宦官《かんがん》たちが、きらびやかだが牢獄に等しいスルタンの巨大なハーレムの貞節を見守るところであり、十六世紀半ばに君臨した壮麗者ことスレイマン大帝が帝国を強化し、法律を制定し、イスタンブールをビザンティン帝国時代のような華やかな大都市にしたところだ。ビザンティン帝国の皇帝たちとおなじく、スルタンは週に一度は市内へ出てハギア・ソフィアに参拝した——ただし、日曜日ではなく、イスラム教の安息日、金曜日に。

それは堅苦しい儀礼とぜいたくな食事の世界、緑色の服の宰相と赤い服の侍従の世界、すばらしい色合いのブーツにそびえ立つターバンの世界だった。

ヘレンがくわしく説明してくれたイェニチェリには、とりわけ感銘を受けていた。これはオスマン帝国じゅうの奴隷少年たちのなかから選抜された精鋭近衛軍団のことだ。イェニチェリについてはまえに何かで読んだことがあった。こうした少年たちは、セルビアやワラキアのような地域でキリスト教徒として生まれ、イスラム教徒として育てられ、自分の出身地の人びとを憎む訓練を受けて、おとなになると、獲物に襲いかかる鷹のように、みずからの出身地に猛攻をしかける。実際、どこかで、たぶん画集か何かだったと思うが、イェニチェリを描いたものを見たことがあった。密集してスルタンを守る、その無表情な若者たちの顔を思い浮かべると、宮殿内の冷気がいちだんと増したような気がした。

部屋から部屋へと歩きながら、ぼくはふと思った。若き日のヴラド・ドラキュラは優秀なイェニチェリになったはずだ、と。オスマン帝国はせっかくの機会をふいにしていた。その強大な武力にもうすこし残虐さを付け足す好機を逃していた。それにはドラキュラを子どものうちに虜囚にする必要があっただろうし、父親のもとへ返さずに小アジアにずっと置いておく必要もあっただろう。その後、ドラキュラは独立心が強くなりすぎ、おのれの心にだけ忠実な背信者となって、敵のトルコ兵を殺すように躊躇《ちゅうちょ》なく自分の部下を処刑した。スターリンのように——きらめくボスポラス海峡をじっと見つめながら、ぼくはこの発想の飛躍にわれながら驚いた。スターリンはその一年前に世を去っており、彼の残虐ぶりを示す逸話が、新たに西側のマスコミにもれてきていた。ぼくは政権転覆を望んだとして、スターリンが戦争直前に糾弾した忠実そうな将軍の記事を思い出した。その将軍は真夜中に自分のアパートから連行され、死ぬまでの数日間、モスクワのはずれにある混雑する駅の梁から逆さに吊るされていた。列車の乗降客たちは全員、その姿を目にしていたが、誰ひとり立ち止まってよく見直す勇気はなかった。もっとあとになると、その近所の人びとは、そんなことがあったかどうかすらはっきり言えなくなっていた。

その手の陰気な思いは、すばらしい部屋から部屋へと宮殿じゅうを付いてまわった。いたるところで何やら不吉なものか危険なものを感じた。それはたんに、スルタンの巨大な権力に圧倒されたせいなのかもしれない。その権力はせまい廊下や、曲がりくねった通路や、鉄格子のはまった窓や、回廊で囲まれた庭で、隠されているというよりむしろあらわになっていた。とうとう、官能と拘束、典雅と抑圧が入り混じった世界からすこし息抜きがしたくなって、ぼくはぶらぶら引き返し、日の当たる外廷の木立ちへ向かった。

ところが、そこでいちばんぎょっとする過去の亡霊に出くわした。ガイドブックにはそこに首切り台があったことが書かれていた。役人であれ誰であれ、意に沿わないと首をはねるスルタンの習慣について、懇切丁寧に説明されていたのだ。そうした生首は民衆に対する過酷な見せしめとして、皇帝の門の忍び返しに突き刺して誇示された。このスルタンとワラキアの背信者はお似合いのふたりだと、ぼくはうんざりして顔をそむけた。宮殿をとり巻く公園を散策すると気が静まり、水面に落ちる赤い西日が通り過ぎる船を黒いシルエットに変えるのを見て、午後が終わりかけていることを、ヘレンのもとに戻ったほうがいいことを、そこにはおそらく彼女の伯母からの知らせが待っているはずだということを思い出した。

ペンションに着いてみると、ヘレンは英字新聞を手にしてロビーで待っていた。「散歩はどうだった?」と、彼女は顔を上げてきいた。

「ひどいもんだ」と、ぼくは言った。「トプカプ宮殿へ行ってきた」

「まあ」彼女は新聞を閉じた。「見たかったのに、残念だわ」

「そんなことないよ。世のなかはどうなってる?」

彼女は新聞の見出しを指でたどった。「ひどいもんよ。でも、あなたにはいいニュースがあるわ」

「伯母さんと話したんだね?」ぼくは彼女の近くにあるたわんだ椅子のひとつに腰を下ろした。

「ええ、やっぱり伯母はただ者じゃないわ。到着したら、きっと私を叱りつけるつもりだと思うけれど、そんなことはどうでもいいの。大事なことはね、私たちが出席する会議を見つけてくれたということよ」

「会議だって?」

「そう。実際、願ってもない話なの。今週ブダペストで歴史学者の国際会議が開かれるのよ。私たちは客員研究員として参加するわけ。この町でビザを受け取れるように、伯母が手配してくれたわ」彼女はほほえんだ。「どうやら、伯母にはブダペスト大学に歴史学者の友人がいるらしいわ」

「会議のテーマはなに?」と、ぼくはおずおずときいた。

「一六〇〇年までのヨーロッパの労働問題」

「ずいぶん裾野の広いテーマだな。で、ぼくたちはオスマン帝国の専門家として出席するってこと?」

「そのとおりよ、ワトソン君」

ぼくはため息をついた。「トプカプ宮殿をちらりとでものぞいておいてよかったよ」

ヘレンはぼくにほほえみかけたが、ちょっぴり意地の悪い笑みだったのか、たんにぼくの感情の隠し方に満足したからなのかはわからなかった。「会議は金曜日にはじまるから、あと二日しかないわ。週末にかけてはいろいろな人の講演に出て、あなたもひとコマもつことになったわ。日曜日にはブダペストの史跡を調査する学者たちのために自由時間があるから、私たちはこっそり抜け出してうちの母を調査するのよ」

「ぼくが何をするだって?」思わずヘレンをにらみつけたが、彼女は耳のうしろに巻き毛を撫でつけ、いちだんと無邪気な笑みを浮かべてこちらを見返した。

「あら、講演よ。あなたは講演することになっているの。それが参加の口実なんだから」

「ちょっと、いったいなんについての講演なんだい?」

「トランシルヴァニアとワラキアにおけるオスマン帝国の影響について、だったと思うわ。いまごろは伯母がプログラムにその題目を付け加えてもらっているでしょうね。長々と講演する必要はないのよ。だって、オスマン帝国はトランシルヴァニアを完全に征服したことなんてなかったんだから。ふたりとも、ヴラドについてはもうこんなにくわしいんだし、彼は当時オスマン帝国を寄せつけないように尽力していたわけだから、あなたにとっても良いテーマなんじゃないかと思ったの」

「それはご親切に」ぼくは鼻を鳴らした。「ヴラドについてくわしいのはきみだろ? 国際的な学術会議の場でぼくにドラキュラの話をしろと言うわけ？　ちょっと思い出してもらえないかな、ぼくの論文テーマはオランダ商人ギルドで、それもまだ書き終えていないってことをね。きみが講演すればいいじゃないか？」

「それじゃお話にならないでしょうね」と、ヘレンは言うと、新聞の上で両手を組み合わせた。「私は――英語ではなんて言えばいいのかしら――古株なのよ。大学関係者は全員すでに私のことを知っているし、もう何度か私の発表を聴いてあきあきしているの。アメリカ人が出席すればいささか場が華やぐでしょうし、間際になってからとはいえ、あなたを連れてきたことでみんな私に感謝するはずよ。アメリカ人がいると、大学の寄宿舎のみすぼらしさや最後の夜のごちそうで全員に出される缶詰のグリンピースに対する恥ずかしさが薄らぐの。草稿を書くお手伝いはするから――というか、そんなにいやなら、私がかわりに草稿を書くから――土曜日には講演できるわ。たしか、伯母は一時ごろだと言っていたわね」

ぼくはうめいた。ヘレンほど手に負えない人間には会ったこともなかった。ふと、彼女といっしょにぼくがその会議に出席することは、本人が認めているより彼女にとって政治的に負担になるのかもしれないという気もした。「ところで、ワラキアやトランシルヴァニアにおけるオスマン帝国の影響がヨーロッパの労働問題とどういう関係があるの？」

「あら、どうにかして労働問題を差しはさむ方法を見つけるのよ。それこそ、あなたが受ける機会に恵まれなかった一貫したマルクス主義教育の取柄なの。本当よ、よく探せばどんなテーマにだって労働問題は見つかるわ。それに、オスマン帝国は経済大国だったたし、ヴラドはドナウ川沿岸地方で連中の交易ルートや天然資源の入手経路をずたずたにしたわけでしょ。だいじょうぶ——とても興味深い講演になるわよ」

「やれやれ《ジーザス》」と、ぼくはついに言った。

「だめ」彼女は首を横に振った。「キリストはやめて。労使関係だけにしてね」

そこで、ぼくは笑わずにはいられなくなり、ひそかにその黒い瞳の輝きに見とれずにもいられなくなった。「母国の人間が風の噂にでも聞きつけないことを願うよ。ぼくの論文審査委員会がなんて言うか目に浮かぶようだ。ただ、ロッシならこの一部始終を楽しんだんじゃないかとは思うな」ロッシの明るい青い目がそれ相応にいたずらっぽく輝くのを思い浮かべて、ぼくはまた笑いだしたが、すぐにやめた。ロッシのことは耐えられない心の傷になりかけていた。彼と最後に会った研究室からいえば、ぼくは世界の反対側にいて、彼の元気な姿を見ることはもう二度とないと、たぶん彼の安否は絶対にわからないと思っても無理はない状況にいた。一瞬、〝絶対に〟という言葉が前途に長々とわびしく広がったが、ぼくはその思いをわきへ押しのけた。これからハンガリーへ行って、ぼくがロッシと出会うはるか昔に、彼が必死になってドラキュラを探していたころに、彼と知り合いだった——親密な間柄だった——と称する女性と話をすることになっていた。それはとても無視するわけにはいかない手掛かりだった。そこへたどり着くにははったりで講演をしなければならないなら、それも辞さないつもりだった。

ヘレンは黙ってじっとぼくのようすを見つめていた。それがはじめてではなかったが、彼女が人間ばなれした能力でぼくの心を読むのを感じた。その感触を裏づけるように、彼女はちょっと間を置いてこう言った。「その価値はあるわよね?」

「ああ」ぼくは目をそらした。

「よかった」と、彼女はおだやかに言った。「それに、あなたが伯母に——彼女はすてきな人よ——そして母に——ちがう意味だけれどこちらもすてきな人——会うことになり、あのふたりもあなたに会うことになって、うれしいわ」

ぼくはすばやく彼女を見たが——その口調のやさしさに胸がきゅっと苦しくなった——もういつもの用心深い皮肉な顔に戻っていた。「で、いつここを発つ?」と、ぼくはきいた。

「明日の朝ビザを受け取って、チケットの手配に問題がなければ、翌日ブダペストに飛ぶわ。伯母から言われているんだけれど、私たちは明日ハンガリー領事館が開くまえに行って、呼び鈴を鳴らさなければならないの——朝七時半ぐらいに。その足で旅行代理店へ行って、飛行機のチケットを手配してもらってもいいわ。空席がなかったら、列車で行くはめになるけれど、そうなると、とても長旅になるわね」彼女は頭を振ったが、バルカン急行にごとごと揺られて、古都から古都へとゆっくり旅をする光景がふっと脳裏に浮かび、時間を無駄にすることになるとはいえ、ぼくは一瞬、飛行機がオーバーブッキングでどうにもならない状況ならいいのにと思った。

「きみのそういうところは母親より、この伯母さんゆずりなんじゃないかと思うけど当たっている?」ひょっとしたら、ぼくがヘレンにほほえみかけたのは、たんに心のなかでわくわくする列車の旅を思い描いたせいだったのかもしれない。

彼女はほんの一瞬だけためらった。「また当たりね、ワトソン君。ありがたいことに、私は伯母によく似ているの。でも、あなたは母のことがいちばん気に入るでしょうね——たいていの人はそうだから。さてと、私たちのお気に入りの店でいっしょに食事しながらあなたの講演の準備にとりかかろうと誘ってもいいかしら?」

「もちろん!」と、ぼくは同意して、わざと大げさな身ぶりで腕を差し出し、彼女は新聞と引き換えにその腕をとった。夕暮れどきの黄金色の光に染まるビザンティン帝国時代の通りに出ていきながら、奇妙きわまりない状況にあっても、人生最大の困難にぶつかっていても、心安らぐなじみ深いものから遠くへだたっていても、こんなまぎれもない喜びの瞬間があるなんて不思議だと、ぼくはつくづく思った。

◆　◆　◆　◆

◆　◆　◆　◆

日が燦々と差すブロアの朝、バーレイと私はペルピニャン行きのいちばん列車に乗った。

38章

イスタンブール発ブダペスト行きの金曜日の飛行機はがらがらだった。黒いスーツに身を包んだトルコ人のビジネスマンや、ひとかたまりになってしゃべっている灰色のジャケットを着たマジャール人の官僚たち、それに青いコートを着て頭にショールをかぶった年配の女たちに混じって——彼女たちはブダペストへ清掃員として働きに行くのだろうか、それとも、ハンガリーの外交官と結婚した娘がいるのだろうか？——座席に身を落ち着けると、空の旅は短く、ひょっとしたら列車で行けたかもしれないのにと悔やむ暇もろくになかった。

壁となってそびえ立つ山間を通る列車の旅、一面に広がる森や断崖、川や封建都市——きみも知ってのとおり、そんな風景を楽しむ旅はずっとあとまでお預けとなるのだが、ぼくはそれから二度そのあたりを列車で旅行している。思うに、その沿線で目にするイスラム世界からキリスト世界へ、オスマン帝国からオーストリア・ハンガリー帝国へ、イスラム教からカトリックやプロテスタントへと切り替わる流れにはとても神秘的なところがある。町や、建築様式や、じりじりと後退するミナレットに混じってじわじわと進出する教会の丸屋根や、森や川岸そのものが、グラデーションを描いて微妙に変化していくので、しだいに自然そのものを見ればそこにしみこんだ歴史を読みとれるような気がしてくる。トルコの丘の中腹がマジャールの草地の斜面と本当にそんなにちがって見えるのかって？　もちろん、そんなことはないが、それでも、両者のちがいは、それを教えてくれる歴史が頭から離れないのとおなじように、目で見たものを消し去ることはできない。のちにこのルートを旅行した際には、そこはのどかに見えたり血まみれに見えたりする場所でもあった——これは名所旧跡がもたらすまたべつの錯覚で、容赦なく善と悪、平和と戦争の板ばさみになる。そのとき念頭にあるのがドナウ川を渡って侵攻するオスマン帝国であろうと、もっと昔に東洋から来襲したフン族であろうと、ぼくはいつも相容れないイメージに悩まされた。勝ち鬨《どき》や罵声といっしょに野営地に持ちこまれる生首が見えたかと思えば、孫息子に暖かい服を着せてやり、その子のすべすべしたトルコ人らしい頬をつねったりしながら、慣れた手つきで猟獣の肉のシチューが焦げつかないようにかきまわす老婆の姿が——ことによると、その飛行機の中で見かけたしわだらけの女たちの先祖かもしれないが——浮かんでくるといった具合に。

それでも、こんな映像が頭に浮かぶのはもっと先の話で、その空の旅のあいだ、ぼくはそれがどういうものなのかも、それを見てどんな思いがかき立てられるのかも知らないまま、眼下に広がるパノラマを恨めしく眺めた。ぼくより旅慣れていて冷静なヘレンは、ここぞとばかり座席で身を丸めて寝ていた。ぼくたちはふた晩続けてイスタンブールのレストランで夜更けまでねばり、ブダペストの会議で行なう講演の準備にとり組んでいた。正直言って、それまでもっていた——いや、もっていなかったというべきか——知識に比べて、ヴラドがオスマン帝国と交えた戦闘についてくわしくなったのは確かだったが、それでも大したものではなかった。こんな生半可な講演のあとで、誰も質問しないでくれるといいがと思った。もっとも、ヘレンが記憶しているデータときたら驚くべきもので、彼女がかろうじて父親だと主張できる相手に赤恥をかかせたい一心で、そんなあてにならない希望を支えに独学でドラキュラを研究したことに、ぼくはあらためて感嘆した。ヘレンが眠りこんで頭をだらりと肩にもたせかけてきても、その巻き毛の匂いを——ハンガリー製のシャンプーの香り？——吸いこまないようにしながら、ぼくはそのままにしておいた。彼女は疲れていた。ぼくは細心の注意を払って彼女が寝ているあいだじっとしていた。

空港から乗ったタクシーの窓越しに受けたブダペストの第一印象は、目を瞠るような壮大さだった。ヘレンの説明では、ぼくたちはドナウ川の東側、ペシュト地区にある大学近くのホテルに泊まることになっていたが、彼女はどうやらタクシーの運転手にホテルで降ろすまえにドナウ川沿いを走るようにと頼んだらしかった。いまのいままで、思わず目を引かれるアールヌーヴォーの奇抜なデザインやとんでもない古木がところどころで華を添える、十八世紀や十九世紀の重厚な街並みを通り抜けていたかと思うと、次の瞬間にはドナウ川が目に入った。ばかでかい川で——そんな大河だとは思ってもいなかったのだが——大きな橋が三つ架かっていた。川のこちら側にすばらしいネオゴシック様式の国会議事堂の尖塔や丸屋根がそびえ立っていたし、向こう岸には側面を広大な木立ちに守られた王宮や、いくつもの中世の教会の尖塔が屹立していた。その灰緑色の広々とした川はすべての中心にあって、水面には細かいうろこ状のさざ波が立ち、日差しを浴びてきらめいていた。果てしなく広がる青空が丸屋根や記念碑や教会の頭上でアーチを描いて、川の水にちらちら変わる色を落としていた。

ぼくはブダペストに心惹かれるとは思っていたし、感嘆するだろうとも思っていたが、畏敬の念を覚えるとは夢にも思っていなかった。ローマ帝国にはじまってオーストリアに終わる——いや、ヘレンの辛辣なコメントを思い出せば、ソ連と言うべきか——多種多彩な侵略軍や同盟軍を受け入れてきたが、それでも、この街はほかとはまるで異質だった。完全に西洋というわけでもなければ、イスタンブールのような東洋でもなく、ゴシック建築はあっても、北ヨーロッパでもなかった。ぼくはせまいタクシーの窓からまったく独自の壮観さを見つめた。ヘレンもじっと外を見ていたが、しばらくしてこちらを向いた。ぼくの顔には内心の興奮が少なからず表れていたにちがいない。彼女がぶっと噴き出したからだ。「このささやかな街が気に入ったわけね」と、彼女は言ったが、皮肉な口調の裏に強烈な自負心が感じられた。それから、彼女は声を低くしてこう付け加えた。「ドラキュラはこの国の人間でもあるのよ——知っていた？　一四六二年に、ブダから二十マイルほど離れたところでマーチャーシュ・コルヴィヌス王に監禁されていたの。トランシルヴァニアがハンガリーの利益を脅かしたせいでね。コルヴィヌスは彼を虜囚というより客人扱いしていたらしく、ハンガリー王室から妻をめとらせたりもしているわ。もっとも、この女性の素性はよくわからないのだけれど——ドラキュラの二度目の妻ね。ドラキュラは感謝の意を表してカトリックに改宗し、ふたりはペシュトに住むことを許されたの。それでも、ハンガリーから釈放されたとたん——」

「想像はつくな」と、ぼくは言った。「彼はただちにワラキアに戻って、早急に君主の座を奪還し、改宗を撤回した」

「まあそんなところよ」と、彼女は認めた。「だいぶ感触をつかんできたわね。彼は何よりもワラキア公となってずっと君臨していたかったの」

タクシーはあっというまに川から離れ、めぐりめぐってペシュト側の旧地区へ戻ろうとしていたが、ここにはぽかんと見とれるような物めずらしいものがさらにたくさんあり、ぼくは恥ずかしげもなくそうした。エジプトかアッシリアの栄華をそっくり再現したバルコニー付きのコーヒーハウスに、活気あふれる買い物客でごった返し、鉄製の街灯が林立する歩行者天国の通り、モザイクや彫刻に、大理石やブロンズ製の天使や聖人、王や皇帝の像、白いチュニック姿で演奏する街角のヴァイオリン弾き。「さあ着いたわ」と、ヘレンがだしぬけに言った。「このあたりは大学地区で、ほら、そこにあるのが大学図書館よ」ぼくは首を伸ばしてその黄色い石造りの典雅な古典様式の建物をよく見ようとした。「チャンスがあったら行ってみましょう――じつを言うと、あそこにはちょっと調べたいものがあるの。私たちが泊まるこのホテルは、マジャール・ウトツァ――〝マジャール通り〟っていう意味だけど――を入ってすぐのところにあるわ。迷子にならないように、なんとかしてあなたに地図を調達しないといけないわね」

タクシーの運転手は灰色火山岩造りの優雅で高貴な建物の前でぼくたちの荷物を引きずり出した。ぼくは車から降りるヘレンに手を貸した。「やっぱりね」と、彼女は言って鼻を鳴らした。「会議となるといつもこのホテルを使うんだから」

「見た目は良さそうじゃないかな」と、ぼくは思いきって言ってみた。

「あら、悪くはないわよ。なんといっても、蛇口ひとつで冷水か冷水を選ぶことができるし、工場生産の出来合いの料理を堪能できるわ」ヘレンは大きな銀貨と銅貨で運転手に料金を支払っていた。「ハンガリー料理はすばらしいんだと思ってたけれど」と、ぼくはなだめるように言った。「たしか、どこかで読んだことがある。グーラッシュとパプリカとか、そんな感じで」

ヘレンはあきれたように目をぐるりとまわした。「ハンガリーというと、みんないつもグーラッシュの話になるんだから。トランシルヴァニアというとドラキュラの話になるみたいに」彼女は笑った。「でも、ホテルの食事は無視してちょうだい。伯母の家か母の家で食事してから、ハンガリー料理の話をしましょう」

「きみのお母さんと伯母さんはルーマニア人じゃなかったっけ」と、ぼくは異を唱えたが、言ったとたんに後悔した。ヘレンの顔がこわばったからだ。

「好きなように考えてもらってけっこうよ、ヤンキーさん」と、にべもなく言うと、彼女はぼくが手を出す暇もなく、自分のスーツケースを手に取った。

ホテルのロビーは静かで涼しく、もっと羽振りが良かった時代の名残で、内部は大理石や金箔で覆われていた。ぼくはいいところだと思ったし、ヘレンが恥だと思うような点は何ひとつ見当たらなかった。気づくまですこし間があったが、ぼくははじめて共産主義国に足を踏み入れていた――フロントの奥の壁には政府高官の写真が飾られていて、ホテルの全職員が着用している紺の制服には意識的にプロレタリア風にしているようなところがあった。ヘレンはチェックインをすませると、ぼくに部屋の鍵を手渡した。「伯母が万事手配してくれているわ」と、彼女は満足げに言った。「それに、彼女から電話が入っていて、今夜七時にここへ迎えにきて、食事に連れていってくれるそうよ。私たちはまず会議の受付をしにいって、五時にそこで開かれるレセプションに出ることになっているの」

ヘレンの伯母には自宅へ連れていってハンガリー料理をふるまい、エリート官僚の生活ぶりをかいま見せてくれる気がないと知ってがっかりしたが、所詮、ぼくはアメリカ人であって、ここではすべての扉が簡単に開くと思ってはいけないと、あわてて自分に言い聞かせた。ぼくは危険な存在か、マイナスな存在かもしれないし、少なくともやっかい者であるのは確かだろう。実際、極力目立たないようにして、なるべく骨を折ってくれた彼女に迷惑をかけないようにしたほうがいいと思った。とりあえず、運よくここまでたどり着けたのだし、ヘレンやその家族のお荷物になるのだけは願い下げだった。

二階にあるぼくの部屋は簡素で清潔で、それとはそぐわない、上方の四隅を飾る金ぴかな天使像のぽっちゃりした体形や大きな貝殻の形をした大理石の洗面台には、かつての栄光の片鱗が感じられた。洗面台で手を洗い、その上にある鏡を見て髪を梳かすと、ぼくはにやにや笑うキューピッドからきっちり整えられた幅のせまいベッドへと、軍用の簡易ベッドであってもおかしくないしろものへと視線を移して、にやりとした。今回、ぼくの部屋はヘレンの部屋とちがう階にあったが――伯母の深謀遠慮?――少なくとも、時代後れの天使たちとオーストリア・ハンガリー帝国の花輪が相手をしてくれそうだ。

ヘレンはロビーで待っており、黙ってぼくを連れてホテルの正面玄関から大通りへ出た。彼女はまたあの淡い青のブラウスを着ていて――旅をするあいだに、ぼくはしだいによれよれの格好になっていたというのに、これは東欧の人間に備わった一種の才能だと思ったが、ヘレンはいまだになんとか洗い立てでアイロンのきいた服を着ているように見えた——髪はうしろでゆるく巻き上げてピンで留めていた。大学へ向かって歩きながら、彼女は物思いに沈んでいた。何を考えているのか尋ねる勇気はなかったが、しばらくすると、ヘレンのほうから話しかけてきた。「こんなふうに突然ここへ戻ってくるのはとても変な感じだわ」と言うと、彼女はちらりとこちらを見た。

「それも、妙なアメリカ人といっしょにだなんて?」

「それも、妙なアメリカ人といっしょにだなんて」と、彼女はつぶやいたが、ほめ言葉のようには聞えなかった。

その大学は印象的な建物で構成されており、なかにはさっき見かけた優美な図書館を思わすものもあった。ヘレンが目的地を身ぶりで示すと、ぼくはおののきを覚えはじめた。それは大きな古典様式のホールで、二階はぐるりと彫像でふちどられていた。立ち止まってうんとのけぞって見ると、マジャール語で綴られた彫像の名前のなかには読みとれるものもあった。プラトンも、デカルトも、ダンテも、みんな月桂樹の冠をかぶり、古代ギリシア・ローマ時代風の衣をまとっていた。ぼくにはなじみの薄い像もあった。聖イシュトヴァーン、マーチャーシュ・コルヴィヌス、ヤーノシュ・フニャディ。彼らは笏《しゃく》を振りかざすか、誇らしげに巨大な王冠をかぶっていた。

「あの人たちは誰?」と、ぼくはヘレンにきいた。

「明日教えてあげる」と、彼女は言った。「さあ急いで——もう五時をまわっているわ」

ぼくたちは学生とおぼしき元気な若者たち数名といっしょにホールに入り、二階のだだっぴろい部屋へ向かった。胃がちょっと引きつった。そこは黒か灰色かツイードのスーツに曲がったネクタイという格好をした教授たちでいっぱいで――そんな格好をしているのは教授に決まっている――小皿にとり分けた赤いパプリカや白いチーズをつまんだり、強い薬のような匂いのするしろものを飲んだりしていた。全員が歴史学者だと思って、ぼくは内心うめき、自分もその一員ということにはなっていたが、どんどん気が重くなってきた。ヘレンはたちまち仲間たちに囲まれ、白髪をオールバックにしているせいで、ある種の犬に似ている男と同志らしく握手をしているのがちらりと見えた。窓から向かい側のすばらしい教会を眺めるふりをしにいこうとしたところで、ヘレンが一瞬ぼくのひじをつかみ――そんなことをしてだいじょうぶなのだろうか？――人込みに連れていった。

「シャーンドル教授、ブダペスト大学史学科の学科主任にしてわが国一の中世研究家よ」と、ヘレンはその白い犬みたいな男のことを指し示しながら紹介し、ぼくはあわてて自己紹介した。ぼくが差し出した手を鉄のような手でぎゅっと握りしめ、シャーンドル教授はこの会議に参加してもらって光栄だと述べた。彼があの謎めいたヘレンの伯母の友人なのだろうかと、ぼくはちらりと思った。驚いたことに、シャーンドルはゆっくりながら明瞭な英語を話した。「一同とても喜んでおりますと、彼は心から言った。「明日の講演を楽しみにしておりますよ」

ぼくはこちらこそ、この会議に出席できて光栄に思っていると言いながら、ヘレンと目を合わせないように気をつけた。

「よかった」と、シャーンドル教授はよく響く声で言った。「われわれはあなたのお国の大学を大変尊敬しておりましてね。願わくは、両国の友好関係が末永く続きますように」彼はさっきからぷんぷん匂っている薬臭い透明な飲み物のグラスを掲げて会釈し、ぼくも急いで返礼をした。おなじものが入ったグラスをいつのまにか魔法のように手にしていたからだ。「さて、愛するブダペストでの快適な滞在のために何かできることがありましたら、遠慮なくおっしゃってください」老けた顔のなかできらきら輝き、そのふさふさした白髪とはえらく対称的な彼の大きな黒い瞳を見て、ぼくはふとヘレンの瞳を思い出し、急にこの教授のことが好きになった。

「ありがとうございます、教授」と、ぼくが真心をこめて言うと、彼は大きな手でぼくの背中をぽんと叩いた。

「さあ、どうぞ、大いに飲んで、大いに食べて、おしゃべりしましょう」ところが、その直後に彼はべつの用事でいなくなり、気がつくとぼくは、ほかの教授たちや客員研究員たちに囲まれて熱心に質問されていた。なかにはぼくより若そうな者までいた。連中はぼくとヘレンのまわりに群がっていたが、その話し声のなかから、しだいにフランス語やドイツ語のおしゃべりが聞えてきたし、ロシア語かもしれないまたべつの言語も混じっていた。実際に参加してみると、それは活気のある集まり、魅力的な集まりで、ぼくは不安を忘れかけていた。ヘレンはまさしくその場にふさわしいと思える他人行儀な丁重さでぼくを紹介し、ふたりの共同研究の内容やまもなくアメリカの雑誌に発表するつもりの論文について如才なく説明した。ヘレンのまわりにも熱のこもった人だかりができて、マジャール語の質問が矢継ぎ早に飛び、握手したり、何人かの昔なじみの頬にはキスまでしながら、彼女の顔にはほんのり赤みがさした。明らかに、彼女は忘れられていなかった——とはいえ、忘れられるはずがあるまい？　その部屋にはヘレンも含めて数名女性がいて、もっと年上の者もいれば、少数とはいえかなり年下の者もいたが、彼女の前では全員影が薄くなった。ヘレンのほうが背が高く、ずっとはつらつとしていて、落ち着きがあったし、肩幅が広くて、美しい形をした頭に豊かな巻き毛、生き生きとした皮肉っぽい顔つきをしていた。ぼくは彼女をじっと見つめてしまわないように、ハンガリー人教授のひとりのほうを向いた。火を吹くような酒が全身をかけめぐりはじめていた。

「こちらで会議が開かれる際にはこうした集まりはよくあるんですか?」何を言いたいのか自分でもよくわからなかったが、ヘレンから目をそらしているあいだの場つなぎの会話だった。

「そうです」と、ぼくの話し相手は誇らしげに言った。灰色のジャケットに灰色のネクタイという格好をした六十ぐらいの背の低い男だった。「この大学ではいろいろな国際会議が開かれています。とりわけ最近はね」

〝とりわけ最近は〟というのはどういう意味なのか尋ねたかったが、シャーンドル教授がまた忽然と姿を現していて、しきりにぼくに会いたがっているらしいハンサムな男のほうへ案内した。「ゲーザ・ヨージェフ教授です」と、彼は紹介した。「あなたとお近づきになりたがっていましてね」そのとたんに、ヘレンがこちらを振り向いたが、心底驚いたことに、その顔に不愉快そうな色が――いや、むしろ嫌悪感?――さっとよぎるのが見えた。あいだに割って入ろうとするかのように、彼女は即座にこちらへやって来た。

「ご機嫌いかが、ゲーザ?」ぼくが挨拶する暇もないうちに、ヘレンは慇懃《いんぎん》に、いささかひややかに、その男と握手していた。

「やあ、エレナ、会えてうれしいよ」と、ヨージェフ教授は言うと、軽く会釈した。その口調にもなんだか妙なところがあった。あざけりかもしれないが、なにかべつの感情であってもおかしくなかった。このふたりはぼくのためだけにわざわざ英語で話しているのだろうか。

「私もよ」と、彼女は感情のこもらない口調で言った。「アメリカでいっしょに研究している仲間を紹介させていただくわ――」

「お会いできて光栄です」と言うと、彼はほほえみ、端正な顔立ちをぱっと輝かせた。ぼくより背が高く、ふさふさした茶色の髪に、自分の男らしさにうっとりするタイプ特有の自信に満ちた物腰――馬に乗って羊の群れを連れて平原を移動する姿は、さぞかしりっぱだっただろう。彼は心のこもった握手をして、歓迎のしるしに空いているほうの手でぼくの肩を叩いた。どうしてヘレンが毛嫌いするのかわからなかったが、彼女がそう思ったという印象は振り払えなかった。「それに、明日は講演をしてくださるんですよね？　すばらしいことだ」と、彼は言ったが、そこでちょっと間を置いた。「でも、私はあまり英語が得意ではないんです。フランス語で話したほうがいいですか？　それとも、ドイツ語で？」

「あなたの英語はぼくのフランス語やドイツ語よりよっぽどお上手ですよ、まちがいなく」と、ぼくはすかさず応じた。

「これはご親切に」彼のほほえみは花畑のようだった。「たしか、ご専門はオスマン帝国によるカルパティア山脈地方の支配でしたよね？」

ここではあっというまに噂が広まる。アメリカとまったくおなじだ。「ええ、そうなんです」と、ぼくは同意した。「もっとも、そのテーマに関しては、こちらの大学の教授方から大いに学ぶところがあると思いますけれど」

「そんなことはありませんよ」と、彼は思いやり深くつぶやいた。「でも、じつは私もその件を少々研究していまして、あなたと論じ合えたらうれしいのですが」

「ヨージェフ教授はとても多趣味でいらっしゃるから」と、ヘレンが口をはさんだ。熱湯でも凍りつきそうな口調だった。さっぱりわけがわからなかったが、大学の学科というのはどこでも、全面的な内戦状態ではないにしても、政情不安には悩まされているもので、この大学もその例にもれないのだろうと、ぼくは自分に言い聞かせた。うまくなだめるような言葉を思いつかないうちに、ヘレンがだしぬけにこちらを向いた。「教授、そろそろ次の打ち合わせに行かないといけませんわ」と、彼女は言った。一瞬、誰に話しかけているのかわからなかったが、ヘレンはしっかりぼくと腕を組んだ。

「そうか、お忙しいんですね」ヨージェフ教授は未練たっぷりだった。「では、日を改めてオスマン帝国の問題をお話しさせてもらえないでしょうか？　教授、すこしばかりこの街をご案内するとか、ランチにお連れするぐらいのことなら喜んで――」

「教授のご予定は会議の期間中ずっとふさがっていますの」と、ヘレンはヨージェフ教授に告げた。ぼくは彼女の氷のような視線が許すかぎり熱をこめてその男と握手したが、そのあと彼はヘレンの空いているほうの手をとった。

「母国へ帰ってきてくれてうれしいよ」と、彼は言うと、身をかがめて彼女の手にキスした。ヘレンはすばやく手を振りほどいたが、その顔には奇妙な表情がよぎった。なんらかのかたちでそのしぐさに心を動かされたのだと思って、ぼくははじめてその魅力的なハンガリー人の歴史学者が嫌いになった。ヘレンはぼくをシャーンドル教授のもとへ連れ戻すと、ふたりで中座の詫びを言って、翌日の講演はぜひ拝聴したいと熱意のほどを示した。

「こちらこそ、あなたの講演を心から楽しみにしておりますよ」彼はぼくの手を両手でぐっと握りしめた。ハンガリー人はこのうえなく心温かい人びとだと思うと、血液中に流れこんだアルコールの作用も多少はあって胸が熱くなった。自分の講演について本気で考えるのをあとまわしにしているかぎり、安心してふらふらさまよっていられた。ヘレンがぼくの腕をとった。外へ出るまえに、彼女がちらりと部屋の中を見まわしたような気がした。

「あれはいったいどういうこと?」夜風はすがすがしいほど冷たく、ぼくのからだはさらに火照った。「きみの同胞ほど思いやりのある人たちには会ったこともないと思うけど、きみはあのヨージェフ教授をいつでも打ち首にできそうな感じだったね」

「そのとおり」と、彼女は手短に答えた。「鼻持ちならないやつよ」

「それを言うなら、鼻持ちならない、じゃないかな」と、ぼくは指摘した。「どうしてあんな態度をとるの? 彼は昔のよしみで親しげに挨拶していたのに」

「あら、あの人にはなんの問題もないわ。ただ、死肉を食らうハゲワシなだけで。もっと言えば、吸血鬼ね」彼女はいきなり言葉を切り、目を見開いてぼくを見つめた。「私はそんなつもりで――」

「もちろんさ」と、ぼくは言った。「彼の犬歯はちゃんとチェックした」

「あなたも鼻持ちなれないやつね」と、彼女は言うと、ぼくの腕から手を離した。

ぼくは残念そうに彼女を見た。「ぼくと腕を組んでてくれてもかまわないんだけど」と、ぼくは軽い調子で言った。「きみの大学の関係者の前でそんな態度をとってもいいのかな?」

ヘレンはじっとこちらを見つめた。その目に広がる暗闇からは何も読みとれなかった。「心配しないで。人類学科からは誰も出席していなかったわ」

「でも、きみには歴史学者の知り合いがおおぜいいるし、人の口に戸は立てられないよ」と、ぼくは食い下がった。

「それはないわよ」彼女は皮肉っぽく鼻を鳴らして笑った。「ここではみんな戦友みたいに団結しているの。ゴシップもなければ、いざこざもない——あるのは同志らしい論争だけ。明日になればわかるわ。ここはけっこうなユートピアなんだから」

「ヘレン」ぼくはうめいた。「一度でいいからまじめに聞いてくれないか? ぼくは本当にきみの評判が心配なんだよ——きみの政治的な評判がね。なんといっても、きみはいずれここへ戻ってきて、みんなと顔を合わせなければならない立場なんだから」

「そうかしら?」彼女はまたぼくの腕をとり、ふたりは歩きつづけた。ぼくは身を振りほどこうとはしなかった。その時点では、ひじをかすめる彼女の黒いジャケットの感触ほど貴重なものはほとんどないといってよかった。「どっちにしても、やるだけの価値はあったわ。ゲーザに歯ぎしりさせられたらそれでよかったんだから。あいつの場合は、牙ぎしりということだけど」

「それはどうも」と、ぼくはつぶやいたが、それ以上何か言う自信はなかった。ヘレンが誰かに焼きもちを焼かせるつもりだったとすれば、ぼくに効き目があったのは確かだった。ふいにゲーザのたくましい腕に抱かれるヘレンの姿が目に浮かんだ。ヘレンがブダペストを発つまえにふたりは付き合っていたのではないか？　人目を引くお似合いのカップルだったはずだ――ふたりともこんなに自信にあふれて堂々としていて、背が高くて優雅で、髪の色が濃くて肩幅が広いのだから。急に、自分はけちな白人で、大草原の騎馬民族にはとても太刀打ちできないと感じた。それでも、ヘレンの顔つきを見ればこれ以上質問などできそうになかったので、彼女の腕の重みをひっそり感じることで満足するしかなかった。

ホテルにはあっけなく到着し、金ぴかな正面玄関のドアから中へ入って、しんと静まりかえったロビーに出た。ぼくたちが入っていくなり、人影がひとつ、黒い布張りの椅子やシュロの鉢植えのあいだから立ち上がって、黙ってふたりが近づいてくるのを待った。ヘレンは小さく叫ぶと、両手を差し伸べて走りだした。「エヴァ！」

39章

はじめて顔を合わせてから――結局、三回会っただけなのだが――ヘレンの伯母エヴァのことはよく思い返している。世のなかには、ほんのちょっと会っただけなのに、長年付き合っている人よりも、ずっとはっきり記憶に残る人がいるものだ。エヴァはまさしくその手の鮮烈なタイプで、記憶と想像の相乗効果でぼくの心のなかで二十年間も色あせずにいる人だった。ときおり、ぼくはエヴァを本の登場人物や歴史上の人物の代役に立てることもある。たとえば、ヘンリー・ジェイムズの『ある貴婦人の肖像』で憎めない策士マール夫人に遭遇したときには、何も考えないうちにエヴァがその登場人物になりかわっていた。

じつのところ、エヴァにはぼくの夢想のなかでひと筋縄ではいかない切れ者の美女の代役を数多く務めてもらっているので、いまになって一九五四年の初夏の夕方にブダペストで出会ったときの彼女のようすを思い出すのはいささかむずかしい。それでも、ヘレンが柄にもなく愛情をこめて伯母の腕に飛びこんだことや、エヴァ自身は飛びつかず、落ち着いてどっしり構えていて、姪を抱きしめ、両頬に音を立ててキスしたことははっきり覚えている。ヘレンがぼくと伯母を引き合わせようとして、顔を紅潮させてこちらを振り向くと、女性陣ふたりの目には涙が光っていた。「エヴァ、こちらは私のアメリカ人の研究仲間、話していた人よ。ポール、伯母のエヴァ・オルバーンよ」

ぶしつけに見つめないように心がけながら、ぼくは握手を交わした。ミセス・オルバーンは五十五歳ぐらいに見える背の高い端正な女性だった。ぼくが心を奪われたのは、彼女がぎょっとするほどヘレンに似ているからだった。ふたりはうんと歳の離れた姉妹か、片方がつらい体験をして老けこんでしまい、もう片方は魔法でも使ったように若さを保っている双子だと言っても通っただろう。実際には、伯母のエヴァはヘレンより心もち背が低かったが、ヘレンとおなじく物腰は強気で優雅だった。かつてはヘレンよりずっと愛らしい顔だったかもしれない。姪とおなじまっすぐでちょっと高すぎる鼻に、はっきりした頬骨、ものうげな黒い瞳をしていて、いまだにとても美しかった。その髪の色には戸惑ったが、そのうち天然のものでないと気づいた。見たこともないような紫色がかった赤毛で、髪の根元は白くなっていた。その後、ブダペスト滞在中に、こんなふうに髪を染めた女性をたくさん見かけたが、このはじめて目にしたときには驚いた。エヴァは小さな金のイヤリングをして、ヘレンのスーツと同類の黒っぽいスーツを着て、下には赤いブラウスを着こんでいた。

握手をしながら、エヴァはとても真剣に、熱心といってもいいまなざしでぼくの顔をのぞきこんだ。姪に警告すべき性格上の弱点はないか調べているのかもしれないと思ったが、そこでぼくは自分をいさめた。ぼくのことを姪の求婚者になりそうな相手だと思う必要がどこにある？　目のまわりや口の端にはかすかなしわが網の目のように刻まれていた。並はずれた微笑が描く足跡だ。そのほほえみはすぐ現れた。長いあいだはこらえきれないとでも言うように。この女性がすぐさま会議の追加参加やビザの発給を手配できるのも無理はない。そのほほえみにふさわしく、輝くばかりの知性にあふれていた。ヘレンの歯のように、彼女の歯も真っ白できれいにそろっていた。だんだんわかってきたが、ハンガリー人のあいだではそれは当然のことではなかった。

「お会いできて光栄です」と、ぼくはエヴァに言った。「ぼくが会議に出席できるよういろいろとご尽力いただきましてありがとうございます」

エヴァは笑って、ぼくの手をぐっと握った。さっき彼女は冷静で無口だと思ったとすれば、ぼくはいっぱい食わされていた。彼女はそこでいきなりハンガリー語で立て板に水のようにまくし立てた。おかげで、多少はハンガリー語がわかることになっているのだろうかと、ぼくは考えこんだ。ヘレンがすぐに助け舟を出してくれた。「伯母は英語が話せないの」と、彼女は説明した。「もっとも、本人が言うほどわからないわけじゃないんだけれど。この国のお年寄りはドイツ語やロシア語を勉強しているし、場合によってはフランス語がわかる人もいるけれど、英語となるとさらにめずらしいわ。私が通訳するわね。ちょっと静かにして――」彼女は愛情のこもった手で伯母の腕に触れ、ハンガリー語で二、三指示を付け加えた。「伯母はよく来てくれたとあなたを歓迎して、何も問題がないことを願っていると言っているわ。あなたを入国させようとしたら、査証担当の次官事務所は上を下への大騒動になったからよ。伯母はあなたの講演に招待してもらえると思っているし――内容は大してわからないだろうけれど、それがものの道理だと言うの――あなたが通っているアメリカの大学のことや、私と知り合ったいきさつ、私がアメリカでちゃんとお行儀良くしているかどうか、あなたのお母さんがこしらえる料理についても説明して、彼女の好奇心を満足させないといけないわ。ほかにもあとできさたいことがあるそうよ」

ぼくはあっけにとられてこの伯母と姪のコンビを見つめた。このすばらしい女性たちはふたりともぼくにほほえみかけていた。伯母の顔にはヘレンそっくりな皮肉っぽさも浮かんでいたが、それでもヘレンはエヴァがしょっちゅう浮かべる笑みを見習ってもよかったはずだと思った。エヴァ・オルバーンのような利口者をだますのは無理な相談だった。なにしろ、ルーマニアの村からハンガリー政府の要人にまで昇りつめた人なのだから、とぼくは自分に言い聞かせた。「伯母さんの好奇心を満足させられるように頑張るよ」と、ぼくはヘレンに言った。「うちの母の得意料理はミートローフとマカロニチーズだと説明してくれ」

「へえ、ミートローフなの」と、ヘレンは言った。彼女が伯母に説明すると、相手は満足げな笑みを浮かべた。「アメリカにいるお母様にこんなりっぱな息子がいてお幸せだと伝えてほしいそうよ」腹立たしいことに、顔が赤くなるのがわかったが、ぼくはそう伝えると約束した。「それでは、そろそろレストランにお連れしたいと言っているわ。きっと気に入ってもらえるそうよ。昔ながらのブダペストの味なんですって」

数分後、三人はエヴァの専用車とおぼしき車の後部座席に陣取り――ちなみに、あまりプロレタリアらしい車ではない――ヘレンは伯母に促されてあちこちを指さしながら名所案内をしていた。ぼくと会ったときには二回とも、エヴァはひとことも英語を話さなかったと思うが、それは何より主義の問題――反西側社会のしきたりのようなもの？――だという気がした。ヘレンとぼくが何か言葉を交わすと、エヴァは姪が通訳もしないうちから多少なりとも話を理解しているように見えることがよくあった。あたかも西側世界の風物はいくぶんよそよそしく、嫌悪の情すらにじませて扱わなければならないが、個々の欧米人は好人物である可能性もあり、ハンガリー人らしく真心をこめて歓待すべきだと、宣言しているようなものだった。そのうちぼくはヘレンを介してエヴァと話をすることに慣れてしまったので、ときにはこの抑揚に富んだ怒濤のような言語をいまにも理解できそうな気がすることもあった。

だが、そもそも、エヴァとのやりとりには通訳がいらないこともあった。またあらためて壮麗な川沿いの道を走ると、名称はあとで知ったのだが、車は〝セーチェニ公のくさり橋〟を渡った。これは十九世紀の驚くべき工学技術の粋で、ブダペストの美観に貢献した名士のひとり、イシュトヴァーン・セーチェニ伯爵にちなんで名づけられた橋だ。橋にさしかかると、夕暮れの光がドナウ川の水面に反射して、あたり一面に満ちあふれていて、いま車が向かっているブダ側の優美このうえない王宮や教会の一群は、金色と茶色に染まってくっきり浮かび上がっていた。橋そのものは上品な一枚岩の建造物で、両端はそれぞれうずくまるライオン像に守られ、ふたつの巨大な凱旋門で支えられていた。ぼくが感嘆のあまり思わず息をのむのを見て、エヴァはほほえみ、ふたりのあいだに座っているヘレンも誇らしげにほほえんだ。「すばらしい街だね」と、ぼくが言うと、エヴァは成人した息子にでもするようにぼくの腕をぎゅっと握った。

ヘレンは伯母がこの橋の再建話をしたがっていると説明した。「ブダペストは戦争で甚大な被害を受けたの」と、彼女は言った。「橋のひとつはまだきちんと修理されていないし、戦禍をこうむった建物はたくさんあるわ。ほら、街のいたるところでいまだに復興の槌音が響いているでしょ。

でも、この橋は一九四九年に――なんて言うのかしら？――竣工百周年を記念して修理されて、市民はそれをとても誇りに思っているのよ。私はとりわけ鼻が高いわ。伯母がその再建計画の立案者だから」エヴァはほほえんでうなずいたが、そこで、建前上、この会話はひとつもわからないはずだったことを思い出したようだった。

しばらくすると、車はほぼ王宮の真下を通っていると思われるトンネルに突入し、エヴァはお気に入りのレストランのひとつ、ヨージェフ・アッティラ通りにある〝本物のハンガリー料理〟の店を選んでおいたと告げた。ぼくはブダペストの通りの名前にまだ驚いていた。たんに奇妙に聞えるかエキゾチックなだけの名前もあったが、この通りの場合のように、本のなかにしか残っていないと思っていた過去の香気を漂わせる名前もあった。ふたを開けてみると、ヨージェフ・アッティラ通りはほかの通りとおなじように洗練された大通りで、フン族の兵士たちが馬に乗ったまま食事する野蛮な野営地がずらりと並ぶような泥だらけの小道などではまったくなかった。レストランの中は静かで上品な雰囲気で、給仕頭が急いでこちらへやって来て、エヴァに名前で呼びかけて挨拶した。彼女はこの手の心づかいには慣れているようだった。数分もすると、ぼくたちはいちばん良い席に着いていた。そこからは古木や古い建物に、華やかな夏の装いでぶらぶら歩く歩行者たちを眺めたり、街なかを突っ走る騒々しい小型車の姿をかいま見たりして楽しむことができた。ぼくは満足の吐息をついて椅子に深々と座った。

当然のことながら、エヴァが全員の料理を注文した。最初の料理が運ばれてきたときに、パーリンカという名前の強い酒がいっしょについてきた。アンズの蒸留酒だということだった。「さあ、これはとてもおいしいわよ」と、エヴァはヘレンを通じて説明した。「ホルトバージ・パラチンタと言うの。仔牛肉のクレープ包みのようなもので、ハンガリーの低地地方にいる羊飼いたちの伝統料理よ。気に入っていただけると思うわ」そのとおりだったし、そのあとの料理もすべて気に入った――肉と野菜のシチュー、じゃがいもとサラミと固ゆで卵の重ね焼き、こってりしたサラダ、サヤインゲンと羊肉、こんがりきつね色に焼けたパン。一日がかりの長旅のあいだどんなに空腹だったか、ぼくはそのときはじめて気づいた。アメリカ人女性でも慎み深い人なら人前で披露する勇気はなさそうな旺盛な食欲を見せて、ヘレンと伯母が平然と食事していることにも気づいた。

それでも、三人がただひたすら食べていたという印象を与えるのはまちがいだろう。この伝統料理を平らげながら、エヴァは話し、ヘレンがそれを通訳した。ぼくはときおり質問したが、もっぱら料理と情報を両方吸収するのに大わらわだった覚えがある。エヴァはぼくが歴史学者《ヒストリアン》であることをしっかり念頭においているらしかった。ひょっとしたら、ぼくがじつはハンガリー史には無知なのではないかと疑っていて、会議で彼女に恥をかかせないように念を入れたかったか、あるいは、古くからの移民らしく愛国心に駆られたのかもしれない。動機はともかく、彼女は弁舌さわやかにまくし立て、その表情豊かな生き生きとした顔を見れば、ヘレンが通訳しないうちから次の文章が読みとれそうだった。

たとえば、両国の親睦を願ってパーリンカで乾杯すると、エヴァは羊飼いのクレープ料理の風味づけに、ブダペストの由来を説明し――ここはかつてアクインクムというローマ帝国の要塞だったところで、いまだにローマ時代の遺跡がその辺にごろごろしている――五世紀にローマ人からこの街を横取りしたアッティラ率いるフン族の姿をありありと描きだした。そこへ行くと、オスマン帝国は温厚な新参者なのだと、ぼくは思った。肉と野菜のシチューが運ばれてくると、九世紀のマジャール人侵攻が長々と語られた――これはヘレンが〝グヤーシュ（gulyas）〟と呼んだ料理で、西洋でハンガリー風シチューと言われている〝グーラッシュ〟ではない、と彼女はいかめしい顔で断言した。グーラッシュには、ハンガリーではべつの名前がついているそうだ。ジャガイモとサラミの重ね焼きはミートローフやマカロニチーズより断然おいしかったが、この料理を食べながら、エヴァは一〇〇〇年に法王が王位を授けたシュテファン一世――最終的には、聖イシュトヴァーンとなったが――のことを説明した。「彼は動物の毛皮を着ているような野蛮人だったけれど」と、彼女はヘレンを介して話した。「初代のハンガリー王となり、ハンガリーをキリスト教に改宗させたの。ブダペストではそこらじゅうで彼の名前を見かけるはずよ」

もうひと口も食べられないと思ったところで、ウエイターがふたり、オーストリア・ハンガリー帝国の玉座の間にあってもおかしくない焼き菓子やトルテをトレイに盛って、どれにもみなチョコレートかホイップクリームを山盛りかけ、コーヒーといっしょに――〝エスプレッソー〟だとエヴァは説明したが――運んできた。なんとか隙間を見つけて、ぼくたちはそのデザートをすべてお腹に納めた。「ブダペストにはコーヒーにまつわる痛ましい歴史があるのよ」と、ヘレンが伯母の話を通訳した。「大昔のこと――正確には一五四一年だけど――侵略者スレイマン一世がハンガリーの将軍のひとり、バーリント・トロクという人を自分のテントに招いてごちそうしたの。食後のコーヒーを飲んでいると――彼はコーヒーを味わった最初のハンガリー人だったわけね――スレイマンが、トロクにこう言ったの。『われわれが食事をしているあいだにオスマン帝国の精鋭部隊がブダ城を占領した』って。そのコーヒーがどんなに苦かったか、察するにあまりあるわ」

今度ばかりは、彼女の笑みも輝くばかりというより恨めしげだった。ぼくは思った。またしてもオスマン帝国か――なんて賢く、そして無慈悲な連中だろう。洗練された美意識と野蛮な戦術がじつに奇妙に入り混じっている。一五四一年といえば、オスマン帝国はすでに一世紀近くもイスタンブールを支配していた。それを思い出すと、彼らの不屈の力を感じた。この確固たる足場からヨーロッパじゅうに触手を伸ばしていて、その勢いはウィーンの城門の前でしか止まらなかった。オスマン帝国と戦ったヴラド・ドラキュラは、キリスト教徒の同胞たちの多くとおなじく、ゴリアテと戦うダビデのような孤軍奮闘を余儀なくされたが、ダビデほどの成果はとても挙げられなかった。その一方で、東欧やバルカン半島一帯の下級貴族たちが奮戦したおかげで、ワラキアだけではなく、二、三例を挙げれば、ハンガリーやギリシアやブルガリアでも、オスマン帝国の占領軍は敗走していた。ヘレンはこれだけの情報をすべてぼくの頭にうまく入れていたが、よく考えてみると、ぼくはそのせいで、ドラキュラに何か屈折した賞賛の念のようなものを抱いていた。オスマン帝国軍への抵抗があえなくついえることぐらい、彼は百も承知だったにちがいない。それでも、ドラキュラは人生の大半を費やして、自分の領土から侵入者を追い払おうと悪戦苦闘していた。

「じつを言えば、トルコ人がこの地域を占領したのはそれが二度目だったの」ヘレンはコーヒーをすこし飲むと、満足の吐息をつきながらカップを下に置いた。この世にブダペストほどコーヒーがおいしいところはないと言わんばかりだった。「ヤーノシュ・フニャディが一四五六年にベオグラードでオスマン帝国を打ち負かしているわ。イシュトヴァーン王やマーチャーシュ・コルヴィヌス王とともに、新しい城やさっき言った図書館を建てたこの国の偉大なる英雄のひとりよ。明日の正午に街じゅうに響きわたる教会の鐘の音を聞いたら、この何世紀もまえのフニャディの勝利を思い出して。彼の功績をたたえて、あの鐘はいまだに毎日鳴らされているの」

「フニャディか」と、ぼくは考えこみながら言った。「最近彼の話をぼくにしてくれなかった？一四五六年の勝利？」

ふたりは顔を見合わせた。ドラキュラの生涯に含まれる年代はすべて内輪の合図のようなものになっていた。「その当時、彼はワラキアにいたわ」と、ヘレンは声を落として言った。彼女がフニャディのことを言っているのでないのはわかっていた。ぼくたちには人前でドラキュラの名前を出さないという暗黙の了解があったからだ。

エヴァは頭が切れすぎて、ふたりが黙ったぐらいで、いや、言葉の壁ぐらいではぐらかされたりはしなかった。「フニャディ？」と、彼女はきくと、さらにハンガリー語で何か付け加えた。「あなたはフニャディが生きていた時代にとくに関心があるのかと尋ねてるわ」と、ヘレンが説明した。

言葉に窮したので、ぼくはヨーロッパ史全般に興味があると答えた。こんなまずい答弁をしたせいで、エヴァは微妙な顔を、しかめ面といってもいい顔をした。ぼくはあわてて彼女の気をそらそうとした。「ミセス・オルバーンにぼくからも質問していいかどうかきいてもらえる？」

「もちろん、いいわよ」ヘレンはぼくがそんな頼みごとをする動機まで見抜いてほほえんだように見えた。姪が通訳すると、ミセス・オルバーンはやんわりと警戒しながらこちらを向いた。「ちょっと考えていたんですが」と、ぼくは言った。「西側で耳にするハンガリーの現在の自由化に関する噂は本当なんでしょうか」

今度はヘレンの顔にも警戒の色がにじみ、また例によってテーブルの下で足を蹴られるかもしれないと思ったが、伯母のほうはすでにうなずいて通訳するようにと合図していた。話が通じると、エヴァはふと鷹揚にほほえみかけ、おだやかに答えた。「ここハンガリーでは、昔から個人の生き方を、独立心を大切にしているわ。だからこそ、オスマン帝国やオーストリアの統治時代はとてもつらいものだったの。本来のハンガリー政府は常に国民の要求にどしどし応えてきた。革命によって労働者が圧制や貧困から解放されたときには、われわれは独自の路線をとっていたから」エヴァの笑みが大きくなった。もっとちゃんとその意味を読みとれたらいいのにと、ぼくは思った。「ハンガリー共産党はいつも時代と波長を合わせているのよ」

「それなら、ハンガリーはイムレ・ナジ政権下で繁栄していると思っているのですね?」ブダペストに入ってからというもの、ぼくはずっと気になっていた。一年前に共産党強硬派のラーコシ首相のあとを継いで政権を担ってから、この驚くほどリベラルなハンガリーの新首相はこの国にどんな変化をもたらしたのだろうか、アメリカの新聞で読んだような熱狂的な国民の支持を受けているのだろうか、と。ヘレンはひやひやしながら通訳したようだったが、エヴァの微笑は揺るがなかった。

「なるほど、時事問題にもくわしいのね」

「昔から外交問題に興味があるのです。歴史を研究するには現実から逃避するより現状を理解する覚悟をもつべきだというのがぼくの信念ですから」

「賢明だわ。それでは、あなたの好奇心を満足させるとしましょう——ナジは国民に絶大な人気があるし、わが国の輝かしい歴史に沿って改革を進めています」

エヴァが注意深く何もコメントしないようにしていることに気づくのに一分ほどかかり、この如才ない戦法のおかげで、親ソ連派と改革支持派の栄枯盛衰があっても、ずっと政府高官の地位に留まることができたのだと思いいたるのにさらにもうすこしかかった。個人的にどう思っていようと、ナジはいま彼女の雇い主である政府を牛耳っていた。ひょっとしたら、エヴァが——彼女のような上級公務員が——アメリカ人を食事に連れていくことができるのも、まさにナジがブダペストにもたらした開放感のおかげだったのかもしれない。確信はもてないものの、その美しい黒い瞳には肯定の色が浮かんでいるようだったし、あとでわかったことだが、ぼくの推測は当たっていた。

「さてと、大事な講演のまえですから、あなたにはゆっくり休んでいただかないと。楽しみにしていますよ。あとで感想をお聞かせするわ」と、ヘレンが伯母の言葉を通訳した。エヴァは愛想よくうなずき、ぼくは思わずほほえみ返した。その話を聞いていたかのように、ウエイターが姿を現した。ぼくはお勘定をお願いしますと力なく頼もうとした。もっとも、こういう場合にふさわしい礼儀作法も、こんな高級レストランの代金を払えるぐらい空港で両替していたかどうかすら、さっぱりわからなかった。だが、そもそも勘定書きがあったとしても、それはぼくの目に入らないうちに消えてしまい、見えないところで支払いはすんでいた。ぼくは給仕頭の向こうを張って、クロークでエヴァにジャケットを着せかけ、三人は待たせてあった車にまたさっそうと乗りこんだ。

あのすばらしい橋のたもとで、エヴァは二言三言、運転手にささやいて車を止めさせた。三人は車を降りて、ペシュト側のきらめく灯りを見渡し、さざ波立つ暗い川面をのぞきこんだ。風はすこし冷たくなって、イスタンブールのさわやかなそよ風になじんだ顔に刺すように吹きつけていたが、地平線のすぐ向こうに広大無辺な中欧の平原が広がっているのを感じた。目の前の景色はぼくが長年ずっと見たいと願っていたような光景だった。自分がブダペストの街の灯を見渡しながらそこにたたずんでいることがとても信じられなかった。

エヴァが低い声で何かつぶやき、ヘレンが静かに通訳した。「この街はこれからもずっとすばらしい街よ」あとになって、ぼくはこのセリフをまざまざと思い出すことになる。それから約二年後、エヴァ・オルバーンがこの改革派の新政権に本当はどんなに深く傾倒していたか知ったときに、それは心によみがえってきた。一九五六年にハンガリーの学生たちが蜂起した際に、彼女の成人した息子ふたりは公共の広場でソ連の戦車に殺され、エヴァ自身もユーゴスラヴィア北部へと逃げた。そこでソ連の傀儡国家となったハンガリーから逃げ出した亡命者一万五千人とともに、あちこちの村に姿を隠した。ヘレンは何度も手紙を出して、アメリカに連れて来られるかどうか試させてほしいとしつこく頼んだが、エヴァは移民申請すら拒否した。ぼくは、数年前にもう一度、彼女の足取りをつかもうと試みたが、うまくはいかなかった。ヘレンを失ったときに、ぼくは伯母のエヴァとも連絡が途絶えてしまった。

40章

翌朝、ぼくは堅くてせまいベッドの真上にある金めっきの天使像をじっと見上げている自分に気づいて目が覚めた。一瞬、どこにいるのか思い出せなかった。それは不快な感覚だった。思いもよらないほど遠く故郷を離れてあてどもなくさまよい、ここがニューヨークなのか、イスタンブールなのか、ブダペストなのか、どこかべつの都市なのか、思い出せなくなっていた。目が覚める直前に悪夢を見ていたような気がした。胸に切ない痛みを覚えて、いやおうなしにロッシがいないことを思い出した。よく起き抜けに覚える感覚だ。その夢のなかにもっと長居すればロッシを見つけられたかもしれない、恐ろしい場所にぼくを連れていってくれたのだろうか。

ヘレンはホテルの食堂でハンガリーの新聞を広げながら朝食をとっており――ハンガリー語の活字を見て絶望的な気分になった。見出しの意味がひとこともわからなかったからだ――陽気に手を振ってぼくに挨拶した。失われた夢の記憶や、その新聞の見出しや、どんどん近づいてくる講演のことが重なり合って顔に出ていたにちがいない。ぼくが近づいていくと、ヘレンはいぶかしげにこちらを見たからだ。「ずいぶん悲しそうね。またオスマン帝国の残虐行為のことを考えていたの?」

「ちがうよ。国際会議のことだけさ」ぼくは席に着くと、彼女のパンかごに手を伸ばしてパンを取り、白いナプキンを広げた。質素にしていても、このホテルは清潔なリネン類にこだわっているらしかった。バターとイチゴジャムが付いたパンは絶品で、数分後に運ばれてきたコーヒーもすばらしかった。苦味などかけらもなかった。

「だいじょうぶよ」と、ヘレンがなだめるように言った。「あなたはきっと――」

「連中の度肝を抜く?」と、ぼくは先まわりして教えた。

彼女は笑った。「おかげで私の英語は上達しているわ」と、彼女は言った。「台無しになっているのかもしれないけれど」

「昨夜はきみの伯母さんに圧倒されたよ」ぼくはパンのおかわりを取ってバターを塗った。

「そうだと思ったわ」

「どうしてルーマニアからここへ来て、あんな高い地位にまで昇りつめたのか、教えてもらえないかな? 差し支えなければ」

ヘレンはひと口コーヒーを飲んだ。「運命のいたずらだったと思うわ。伯母の家はとても貧しかった――聞いた話ではいまはもうないらしいけれど、そんな村でつましく暮すトランシルヴァニア人一家だったの。私の祖父母には子どもが九人いて、エヴァはその三番目の子で、六歳のときに奉公に出されたわ。一家にはお金が必要だったし、彼女を養う余裕はなかったから。彼女はその村の外の土地をすべて所有している裕福なハンガリー人のお屋敷で働いたわ。ふたつの世界大戦のあいだにはハンガリー人の地主がおおぜいいたのよ――トリアノン条約後に国境が変わってルーマニア側にとり残されてしまった人たちがね」

ぼくはうなずいた。「第一次世界大戦後に国境線を引き直した条約のことだね？」

「そのとおり。だから、エヴァは幼いころからこの一家のもとで働いていたの。雇い主はよくしてくれたそうよ。日曜日に実家に帰らせてくれることもあったから、伯母は実の家族とも親密だった。伯母が十七歳のときに、雇い主の一家はブダペストへ戻る決心をして、彼女もいっしょに連れていったの。そこでエヴァは青年と、ヤーノシュ・オルバーンという新聞記者にして革命家と出会ったわけ。ふたりは恋に落ちて結婚し、伯父は戦時中の兵役もなんとか生き延びたわ」ヘレンはため息をついた。「第一次世界大戦ではおおぜいのハンガリー人の若者がヨーロッパじゅうで戦って、ポーランドやロシアの共同墓地に埋葬されているのよ……ともかく、オルバーンは戦後の連立内閣でのし上がり、輝かしき革命でその功績が報われて入閣を果たしたの。そのあと、伯父は自動車事故で亡くなり、エヴァは息子たちを育てながら、夫の政治キャリアを引き継いだ。彼女は驚くべき女性よ。いったい何派なのかはっきりわかったためしがないんだから——どんな政治にもいっさいのめりこまないようにしていると思うこともあるわ。それはたんなる職業にすぎないとでもいうようにね。伯父はひたむきな人だったんじゃないかしら。筋金入りのレーニン主義者で、残虐非道ぶりが知られるまえのスターリンに心酔していた。伯母もそうだったかどうかはわからないけれど、彼女は自力ですばらしいキャリアを築いたわ。その結果、息子たちはありとあらゆる恩恵に浴してきたし、まえに話したとおり、彼女は自分の権力にものを言わせて私も助けてくれたの」

ぼくは一心に聞き入っていた。「それで、きみとお母さんはどうやってここへ来たの？」

ヘレンはまたため息をついた。「母はエヴァより十二歳下なの」と、彼女は言った。「兄弟姉妹のなかでも昔からエヴァのお気に入りで、エヴァがブダペストに連れていかれたときにはまだほんの五歳だったわ。やがて、母は十九歳のときに未婚のまま妊娠した。両親や村じゅうの人間に気づかれてしまうんじゃないかと不安だったの――わかるでしょ、そんな伝統を重んじる文化では、母は村から追放されて、おそらくは餓死してしまったかもしれないわ。エヴァに手紙を書いて助けを求めると、伯母夫婦はブダペスト行きのお膳立てを整えてくれたの。伯父が警備の厳重な国境まで迎えにいって、母を市内へ連れて帰った。いつだったか伯母から聞いたことがあるけれど、伯父は国境警備隊の幹部に多額な賄賂をつかませたらしいわ。トランシルヴァニア人はハンガリーではひどく嫌われていたから。トリアノン条約後はとくにね。母は伯父を心から敬愛したそうよ――急場を救ってくれただけじゃなくて、国籍のちがいを感じるような思いは絶対にさせなかったから。亡くなったときには母は悲嘆に暮れたわ。伯父は母を無事ハンガリーに連れていって新しい人生をくれた人だったの」

「そして、きみが生まれた?」と、ぼくは静かにきいた。

「そして、私が生まれた、ブダペストの病院でね。伯母夫婦は私の養育や教育に手を貸してくれた。高校に入るまではみんないっしょに暮していたの。戦時中には、エヴァは私たちを連れて田舎に疎開して、どうにかして全員の食料を調達したわ。母もここで教育を受けて、ハンガリー語を学んだのよ。ときどき寝言で口にするのを聞いたことはあるんだけれど、昔から頑として私にルーマニア語を教えようとしなかったわ」ヘレンは辛辣なまなざしでちらりとこちらを見た。「あなたの最愛のロッシが私たち母娘をどんな目に遭わせたかわかるでしょ」と、彼女は唇をゆがめて言った。「伯母夫婦がいなかったら、母は山奥の森でひとりさびしく死んで狼に食われていたかもしれないわ。つまり、母娘もろともにね」

「ぼくもきみの伯母さん夫婦に感謝しているよ」と、ぼくは言ったが、ヘレンのあざけるような視線が怖くて、手近にある金属製のポットからせっせとコーヒーのおかわりを注いだ。

ヘレンは何も答えなかった。しばらくして、彼女はバッグから書類を取り出した。「もう一度講演のおさらいをしましょうか」


朝日が差すひんやりした外の空気は、その日のぼくにとって脅威だった。ぼくたちは大学へ向かって歩いていたが、刻々と近づくその瞬間のことで、講演のことで、ぼくの頭はいっぱいだったからだ。それまで講演なんて一度しかしたことがなかった。それはまえの年にロッシがとり仕切ったオランダ植民地主義に関する会議のときで、彼との共同発表だった。原稿はそれぞれが半分ずつ分担した。ぼくの分は、まだ何も書いていない博士論文の構想を要約して二十分にまとめようとするあさましい試みだった。ロッシのほうは才気にあふれた視野の広い論文で、オランダの文化遺産やオランダ海軍の戦略力や植民地主義の本質を題材としていた。すべてにおいて自分の力不足を痛感していたものの、ぼくはロッシに仲間に入れてもらえて舞い上がっていた。演壇に立ったときも、小柄でがっしりしていて自信たっぷりな彼がかたわらにいることで、ずっと安心していられた。今日はぼくひとりだ。恐ろしいというより不安だったが、ロッシならどう対処するかと考えて、ようやくすこしだけ落ち着きをとり戻した。

ぼくたちは優雅なペシュト地区に囲まれていたが、白日のもとにさらされてみると、その壮麗な街並みはいま工事中で――というか、再建中で――戦争の傷跡を修復していることがわかった。上階の壁や窓がなくなっている家や、それを言うなら、上階部分がそっくり吹き飛んでいる家までいまだにたくさんあり、よくよく見れば、材質は何であれ、ほとんどあらゆるものの表面が弾痕ででこぼこになっていた。ペシュトをじっくり見てまわれるように、もっと散歩する時間があればいいのにと思ったが、ぼくたちはすでに話し合って、その日の午前中の会合にはすべて参加して、できるだけ正式な出席者だとアピールすることにしていた。「午後にもちょっとやりたいことがあるの」と、ヘレンが考えこみながら言った。「閉館前に大学図書館へ行きましょう」

昨夜レセプションが開かれた大きな建物にたどり着くと、彼女は足を止めた。「お願いがあるんだけれど」

「いいよ。なんだい?」

「ゲーザ・ヨージェフには私たちの旅行のことも人捜しのことも話さないでもらいたいの」

「そんなことするはずがないだろ」と、ぼくは憤然として言った。

「注意してと言っているだけよ。あの人はとても魅力的になることがあるから」彼女はなだめるような身ぶりで手袋をはめた手を挙げた。

「わかった」ぼくはみごとなバロック様式の扉を押さえて彼女を先に通し、建物の中へ入った。

二階の講義室へ行ってみると、昨夜見かけた連中の多くはすでに何列にも並ぶ椅子に座って、話に花を咲かせたり書類をめくったりしていた。「大変」と、ヘレンがつぶやいた。「人類学科の連中も来ているわ」彼女はたちまち挨拶や会話の波にのみこまれた。ヘレンが旧友たちに、彼女の専門分野で長年いっしょに研究してきた仲間とおぼしき相手にほほえみかけるのを見て、孤独感がどっと押し寄せてきた。彼女はぼくを指さして、遠くから仲間に紹介しようとしていたが、ちんぷんかんぷんなハンガリー語がわっと飛び交っているせいで、ふたりのあいだには触れればわかるくらいはっきりとした壁ができていた。

ちょうどそのとき、ぼくはぽんと肩を叩かれた。例の曲者ゲーザが目の前にいた。彼の握手とほほえみには心がこもっていた。「ブダペストはいかがです？」と、彼はきいた。「あなたの趣味に合いますか？」

「何もかもぴったりね」と、ぼくもおなじくらい心をこめて言った。ヘレンの警告はしっかり頭に入っていたが、この男を嫌いになるのはむずかしかった。

「よかった」と、彼は言った。「で、今日の午後には講演をなさるんですよね？」

ぼくは咳こんだ。「ええ」と、ぼくは言った。「そのとおりです。あなたは？　今日講演をなさるんですか？」

「いやいや、私はしませんよ」と、彼は言った。「じつを言うと、このところ私にとって大変興味深いテーマを研究しているのですが、まだ講演ができるところまではいっていないのです」

「どんなテーマなんですか？」ぼくはつい尋ねずにはいられなかったが、その瞬間に白髪を派手なオールバックにしたシャーンドル教授が開会を宣言し、演壇から静粛にと呼びかけた。出席者たちは電線に止まる鳥のように着席し、静かになった。ぼくはうしろの列へ行ってヘレンの隣に座り、腕時計にちらりと目をやった。まだ九時半だったので、しばらくはくつろいでいられた。ゲーザ・ヨージェフは最前列に座っていた。一列目にそのりりしい後頭部が見えた。あたりを見まわすと、ほかにも数名ばかり、昨夜紹介された覚えがある人を見かけた。熱心で、いささかむさくるしい聴衆はみんなシャーンドル教授をじっと見つめていた。

「グーテン・モルゲン」彼の声が大音量で響いた。青いシャツに黒いネクタイを締めた学生が直しに駆けつけるまで、キーンと耳障りな音を立てた。「みなさん、おはようございます。グーテン・モルゲン、ボンジュール、ブダペスト大学へようこそ。これより——歴史学会の第一回ヨーロッパ大会をはじめさせていただき——」ここでまたマイクの音が割れはじめ、いくつか聞きとれない語句があった。さしあたり、シャーンドル教授は英語が種切れになってもいたようで、そのあとはしばらく、ハンガリー語とフランス語とドイツ語のちゃんぽんで話を続けた。フランス語とドイツ語の説明から察するに、彼が言っていたのは、昼食は十二時からであること、それから——恐ろしいことに——ぼくが基調講演者であり、この会議の目玉であり、ハイライトであること、ぼくは著名なアメリカ人学者で、オランダ史のみならず、オスマン帝国の経済やアメリカ合衆国の労働運動の専門家でもあること(この部分はエヴァが勝手にでっち上げたのだろうか?)、レンブラント時代のオランダ商人ギルドに関する著作が来年出版される予定であること、今週になってようやくぼくをプログラムに追加できて幸甚のきわみだということだった。

これはいままでに見たどんな悪夢より断然ひどかった。ヘレンがこの件に一枚嚙んでいたらただではおかないと、ぼくは心に誓った。会場にいる学者たちの多くは振り返ってぼくを見ようとしていて、愛想よくほほえんだり、うなずいたり、この話題の人物がどれか指さして互いに教え合うことまでしていた。ヘレンはまじめな面持ちで堂々とぼくの横に座っていたが、その黒いジャケットの肩が描くカーヴを見ると——ぼくにしかわからないことを願ったが——ほぼ完璧に押し隠してはいても笑いたがっているような気がした。ぼくも威厳のある顔をしようとした。これもすべてロッシのためだということを思い出そうとした。

シャーンドル教授のスピーチが終わると、禿げ頭の小男がハンザ同盟に関すると思われる講演を行なった。続いて、青いワンピースを着た白髪まじりの女性がブダペスト史にまつわるテーマで演壇に立ったが、ぼくはまったく話についていけなかった。昼食前の最後の講演者はロンドン大学の若い学者で——ぼくと同い年ぐらいに見えた——心底ほっとしたことに、彼は英語で講演し、それと同時に、ハンガリー人の比較言語学の学生がそれをドイツ語に翻訳したものを読み上げた（ドイツがブダペストを壊滅状態に追いこんでからほんの十年しか経っていないのに、ここでこれほどドイツ語を耳にするのは不思議だと思ったが、そこで、それがオーストリア・ハンガリー帝国時代の共通語だったことを思い出した）。シャーンドル教授はそのイギリス人をヒュー・ジェイムズ、東欧史の教授だと紹介した。

ジェイムズ教授は茶色いツイードのスーツにオリーヴ色のネクタイを締めたがっしりした男で、そんな格好をしていると、もうなんとも言えず、いかにもイギリス人らしく見えて、ぼくは笑いを嚙み殺した。彼はきらきら輝く目を聴衆に向けて、感じのよい笑みを浮かべた。「ブダペストに来ることがあるとは夢にも思っていませんでしたが」と、彼は言って、一同を見まわした。「この中欧随一の大都市に、東洋と西洋をつなぐ門に来ることができて大変うれしく思っております。それでは、数分ばかりお時間を拝借して、一六八五年にウィーン攻囲に失敗して退却する際に、オスマン帝国が中欧にどんな遺産を残したかという問題についてじっくり考察したいと存じます」

彼はそこで口をつぐむと、比較言語学の学生にほほえみかけ、相手は熱心にこの最初の一節をドイツ語で聴衆に読み上げた。講演はこんな具合にふたつの言語を交互に使って進められたが、ジェイムズ教授は原稿から逸脱することのほうが多かったにちがいない。話が進展するにつれて、学生はちらちら当惑の目で教授を見たからだ。「もちろん、みなさんもクロワッサンの誕生秘話は聞いたことがおありでしょう。オスマン帝国に対するウィーンの勝利を称えてパリの菓子職人が考案したものです。当然のことながら、このクロワッサンはオスマン帝国の国旗の三日月を表していました。今日でも西洋人がコーヒーを飲みながらむさぼり食らうシンボルですね」ジェイムズ教授はにこにこしながらあたりを見まわし、そこで、ぼくもいま気づいたばかりだったが、この熱心なハンガリーの学者たちの大半はパリにもウィーンにも行ったことがないことに気づいたらしかった。「そうです――その、オスマン帝国の遺産はひとことで要約することができると思います。美学、だと」

彼は次に中欧や東欧の五つか六つの都市の建築、遊びやファッション、スパイスやインテリア・デザインについていてくわしく説明した。言葉が完全に理解できるという安堵感のせいばかりではなく、ぼくは夢中になって話に聞き入っていた。ジェイムズがブダペストや初期のオスマン帝国のトルコ風呂や、サラエヴォのオーストリア・ハンガリー帝国時代の建物を話題にすると、イスタンブールで目にしたばかりのものの大半がどっとよみがえってきた。彼がトプカプ宮殿の説明をすると、ぼくは知らないうちに勢いよくうなずいていて、もっと目立たないようにすべきなのではないかとそこでようやく気がついた。

その講演のあとには万雷の拍手が沸き起こり、やがて、シャーンドル教授が食堂に集まって昼食をとっていただきたいと一同を促した。学者とビュッフェの料理でごった返す食堂の中で、ぼくはどうにかジェイムズ教授を見つけて、ちょうどテーブルに着こうとしているところをつかまえた。

「ごいっしょしてもよろしいですか?」

彼はさっと立ち上がってほほえんだ。「もちろん、かまいませんとも。ヒュー・ジェイムズです。はじめまして」ぼくもお返しに自己紹介し、握手を交わした。ぼくが彼の向かい側の席に着いたところで、お互いに親しみをこめてしげしげと見つめ合った。「そうか」と、彼が言った。「あなたはあの基調講演をなさる方ですね? 講演を本当に楽しみにしていますよ」近くで見ると、ぼくより十歳は年上のようで、とびきり明るい茶色の目は潤みを帯びていささか出っ張っていて、バセット・ハウンドのようだった。話し方からして、イギリス北部の出身であることはすでにわかっていた。

「ありがとうございます」はた目にもわかるほど身を縮めないようにして、ぼくはそう言った。「それより、あなたの講演にはすっかり魅了されましたよ。驚くほど広範囲の問題を論じていましたね。ひょっとして、ぼくの――その――恩師で、バーソロミュー・ロッシをご存じじゃないですか。彼もイギリス人なんですが」

「いや、もちろん知ってますよ！」ヒュー・ジェイムズは熱狂して派手にぱっとナプキンを広げた。「ロッシ教授は私の大好きな作家のひとりなんです――著作の大半は読んでます。彼に師事しているんですか？　うらやましいかぎりだ」

ぼくはヘレンの行方を見失っていたが、そのとき、彼女がビュッフェ・カウンターのところにいるのが目に留まった。かたわらにはゲーザ・ヨージェフがいて、ほとんど耳元で熱心に話しかけていた。一分後にお許しが出たらしく、ゲーザは首尾よくヘレンのあとについて食堂の反対側にある小さなテーブルに着いた。渋い表情をしているのがわかるぐらいには彼女の顔が見えたが、それではぼくが気に入るような光景には大してならなかった。ゲーザが身を乗り出して、顔をのぞきこんでいるあいだ、彼女はうつむいて料理に目を落としていた。ヘレンに何を話しているのか知りたくてたまらなかった。

「いずれにしても」――ヒュー・ジェイムズはまだロッシの業績のことを話していた――「ギリシア演劇に関する研究はじつにすばらしいと思います。なんでもこなせる方ですよね」

「そうですね」と、ぼくはうわの空で言った。「彼はこのところ『アンフォラの亡霊』という、ギリシア悲劇で使われた小道具に関する論文にとり組んでいます」ぼくは口をつぐんだ。ロッシの営業秘密をもらしているかもしれないとはっと気がついたからだ。だが、自分でブレーキをかけなかったとしても、ジェイムズ教授の顔を見たら、ぼくはいきなり話を止めていたはずだ。

「なんですって？」と、教授は言った。見るからに肝を潰していた。彼はフォークとナイフを置いて、昼食を中止した。「いま『アンフォラの亡霊』とおっしゃいました?」

「ええ」ヘレンとゲーザのことすらいまは頭になかった。「それが何か?」

「でも、そんなまさか! すぐにロッシ教授に手紙を書かなければ。私は最近とても興味深い十五世紀のハンガリーの文献を研究していましてね。そもそもブダペストへ来たのはそのためなんです――ハンガリー史のこの時代のことを調べていたんですが、そうこうするうちに、まあ、シャーンドル教授のご好意でこの会議の末席に加えていただけることになって。それはともかく、その文献というのはマーチャーシュ・コルヴィヌス王お抱えの学者のひとりが書いたもので、そこにアンフォラの亡霊の話が出てくるのです」

昨夜ヘレンがマーチャーシュ・コルヴィヌス王に言及していたことを思い出した。ブダ城内のあのすばらしい図書館の創設者ではなかったか? エヴァもこの王の話をしていた。「お願いです」と、ぼくは切迫した調子で言った。「くわしく説明してください」

「いや、その、私は――ずいぶんばかげた話に聞えますが、数年前から中欧の民間伝説に大変興味をもっているのです。大昔にほんの冗談ではじめたのに、すっかりとりこになってしまったんですよ、吸血鬼伝説のね」

ぼくはじっと彼を見つめた。陽気な赤ら顔といい、ツイードのジャケットといい、これまでと何も変わったようすはなかったが、ぼくは夢を見ているにちがいないと思った。

「まあ、子どもじみた話に聞えるでしょうが――ドラキュラ伯爵とかなんとかで――ちょっと掘り下げてみると、なかなかどうして注目に値するテーマなんですよ。だって、ドラキュラは実在の人物でしょう？　もちろん、吸血鬼ではありませんが、彼の経歴はなんらかのかたちで吸血鬼の民間伝承と関係があるのではないか、私はそれを突き止めたいのです。数年前に、多少なりともあるかどうか確かめようと、このテーマに関する資料を探しはじめました。吸血鬼はおもに中欧や東欧の村々で口伝てに伝承されてきたものですからね」

ジェイムズは椅子の背にもたれかかり、テーブルの端を指でリズミカルに叩いた。「ところが、驚くなかれ、このブダペストの大学図書館で調べてみると、コルヴィヌス王が作成を命じたと思われるこの文書に突き当たったのですよ——王はある人物に太古の昔からの吸血鬼の情報をすべて集めてもらいたいと要請していました。その仕事をおおせつかった学者が誰であれ、古典主義者だったのは確かで、有能な人類学者なら村から村へ歩きまわったところでしょうが、彼はそのかわりにラテン語やギリシア語の本をあちこちつつきまわして——コルヴィヌスはその手の蔵書に困りませんでしたからね——吸血鬼への言及を探しはじめ、このアンフォラの中に潜む霊という古代ギリシアの概念にばったり出くわしたのです。ほかでは見かけたことはありませんが——少なくとも、たったいまあなたが口にするまでは。古代ギリシアでは、そして、ギリシア悲劇では、アンフォラの中に人骨が納められていることがありますが、ギリシアの無学な民衆は、アンフォラを用いた埋葬ではへたをすると吸血鬼が生まれることがあると信じています——どういうことなのかどうもよくわからないのですけれど。アンフォラの亡霊について論文を書いているなら、ロッシ教授はこの件について何かご存じかもしれませんね。とんでもない偶然の一致だと思いませんか？　じつを言うと、民間伝承によれば、現代のギリシアにもまだ吸血鬼がいるそうです」

「知っていますよ」と、ぼくは言った。「ヴリコラカスですね」

今度はヒュー・ジェイムズがこちらを見つめる番だった。そのはしばみ色の飛び出た目が大きく見開かれた。「どうして知ってるんです？」と、彼はささやくように言った。「いや、つまり――すみません――とにかくびっくりしてしまって、その――」

「吸血鬼に興味をもっているような同類と出会って？」と、ぼくはそっけなく言った。「たしかに、昔はぼくも驚きましたけれど、最近はだんだん慣れてきましたよ。どうして吸血鬼に興味をもったんですか、ジェイムズ教授？」

「ヒューです」と、彼はのろのろ言った。「ヒューと呼んでください。そうですね、なんというか――」彼は一瞬じっとぼくを見つめた。その陽気で頼りなさそうな外見の奥に炎のような情熱が燃えているのがはじめて見えた。「これはおそろしく不思議な話で、ふつうならこんなことは人に話したりはしないんですが――」

ぼくはまどろっこしい前振りにもう耐えられなかった。「ひょっとして、真ん中に竜の挿絵が入った古い本を見つけたんじゃありませんか？」と、ぼくは言った。

彼は狂気じみた目つきでぼくを見た。健康そうな顔から血の気が引いた。「ええ」と、彼は言った。「本を見つけました」その手がぎゅっとテーブルの端をつかんだ。「きみは何者なんだ？」

「ぼくも一冊見つけたんです」

ふたりはたっぷり数秒間見つめ合った。じゃまが入らなければ、話し合うべきことをぜんぶ棚上げにして、もっと長々と口も利けずに座っていたかもしれない。気配に気づきもしないうちに、耳元でゲーザ・ヨージェフの声がした。彼は背後から近づいてきて、にこやかにテーブルに身をかがめていた。ヘレンも急いでこちらにやって来たが、妙な顔をしていた――うしろめたい顔だと言ってもいい。「こんにちは、同志諸君」と、ゲーザは心温まる口調で言った。「本を見つけたというのはなんのお話ですか?」

Ⅱ巻へ続く

■著者紹介
エリザベス・コストヴァ（Elizabeth Kostova）
作家。イェール大学卒業。ミシガン大学にて創作学修士号取得。本作品は執筆中にホップウッド賞を受賞した。処女作にして全米ベストセラー第1位に躍り出た。

■訳者紹介
高瀬　素子（たかせ　もとこ）
翻訳家。1960年生まれ。東京大学文学部英文科卒業。おもな翻訳書にラッセル・ウォーレン・ハウ『マタ・ハリ』、マーガレット・マロン『密造人の娘』『甘美な毒』、クリス・ネリ『花嫁誘拐記念日』（以上、早川書房）、ステファン・レクトシャッフェン『タイムシフティング』、コリーン・マクロウ『トロイアの歌』（以上、ＮＨＫ出版）、レイチェル・シーファー『暗闇のなかで』（アーティストハウスパブリッシャーズ）などがある。

校正：神力　由紀子

本文挿絵出典：荒俣　宏著『怪物の友　モンスター博物館』（集英社文庫）P.137
ドラゴン。ヨンストン《禽獣虫画図譜》（1650－53）より転載。

ヒストリアン I

2006(平成18)年2月25日　第1刷発行
2006(平成18)年3月20日　第3刷発行

著　者　エリザベス・コストヴァ
訳　者　高瀬　素子
発行者　大橋　晴夫
発行所　日本放送出版協会
〒150-8081　東京都渋谷区宇田川町41-1
電話　(03)3780-3319(編集)
(03)3780-3339(販売)
ホームページ　http://www.nhk-book.co.jp
振替　00110-1-49701

印　刷　亨有堂／大熊整美堂
製　本　石津製本所

定価はカバーに表示してあります。
乱丁・落丁本はお取り替えいたします。

ISBN4-14-005493-X　C0097　Printed in Japan

マヤ

ヨースタイン・ゴルデル
池田香代子 訳

娘を失った生物学者が見い出す〝永遠の命〟とは？ 日付変更線上の魅惑の島で不思議な物語が生まれる。

サーカス団長の娘

ヨースタイン・ゴルデル
猪苗代英徳 訳

少年時代に自分が作った物語に翻弄される男の数奇な運命…。奇才ゴルデルが繰り出す異色小説。

オレンジガール

ヨースタイン・ゴルデル
猪苗代英徳 訳

『ソフィーの世界』の著者が、生と死、そして世界が在ることの不思議を描いた、ヤング・アダルト小説。

ノアの子

エリック＝エマニュエル・シュミット
高木雅人 訳

ナチスに追われるユダヤ人の子どもたちをかくまったキリスト教神父とユダヤ人少年の心の交流を描く。

天国の五人

ミッチ・アルボム
小田島則子
小田島恒志 訳

不慮の事故で死んでしまうエディ。天国で待っていた五人の人物とは。全米ベストセラー小説の出版化！

16°E
24°E
32°E
58°N
50°N
42°N
スウェーデン
バルト海
モスクワ
ソヴィエト社会主義共和国連邦
ルリン
エルベ川
ポーランド
イツ
ンベルク
チェコスロヴァキア
ドナウ川
ュンヘン
ウィーン
オーストリア
ブダペスト
ハンガリー
ベルジェニ山地
ドナウ川
ユリアン・アルプス
ブレッド湖
リュブリャナ（エモナ）
ザグレブ
ボスニア・ヘルツェゴヴィナ
ベオグラード
ユーゴスラヴィア
クロアチア
スプリト
サラエヴォ
セルビア
モンテネグロ
アドリア海
ドゥブロヴニク（ラグーザ）
イタリア
ナポリ
アルバニア
トランシルヴァニア
カルパティア山脈
シギショアラ
ルーマニア
トゥルゴヴィシュテ
プロイシュティ
スナゴブ湖
アルジェシュ川
ブカレスト
ワラキア
ドナウ川
黒海
ブルガリア
ソフィア
バルカン山脈
プロヴディフ
リラ山脈
リラ
ハスコヴォ
エディルネ
バチコヴォ
ボスポラス海峡
イスタンブール（コンスタンティノポリス）
マルマラ海
マケドニア
チェペラルスカ川
ロドピ山脈
ゾグラフ修道院
アトス山
ギリシア
エーゲ海
トルコ
アテネ
ニア海
チリア島
地中海
クレタ島
クノッソス